明永樂至成化間臺閣詩學思想研究

湯志波 著

上海古籍出版社

圖書在版編目(CIP)數據

明永樂至成化間臺閣詩學思想研究／湯志波著. ——
上海：上海古籍出版社，2016.8
ISBN 978-7-5325-8098-9

Ⅰ.①明… Ⅱ.①湯… Ⅲ.①詩學觀—研究—中國—
明代 Ⅳ.①I207.22

中國版本圖書館 CIP 數據核字(2016)第 103209 號

本書獲華東師範大學"雙一流"學科建設經費資助

明永樂至成化間臺閣詩學思想研究
湯志波 著
上海世紀出版股份有限公司
上海古籍出版社 出版
(上海瑞金二路 272 號 郵政編碼 200020)
(1)網址:www.guji.com.cn
(2)E-mail:guji1@guji.com.cn
(3)易文網網址:www.ewen.co
上海世紀出版股份有限公司發行中心發行經銷
惠敦印務有限公司印刷
開本 850×1168 1/32 印張 12 插頁 2 字數 312,000
2016 年 8 月第 1 版 2016 年 8 月第 1 次印刷
ISBN 978-7-5325-8098-9
Ⅰ·3063 定價：46.00 元
如發生質量問題,請與承印公司聯繫

序

　　志波博士的此部著作，主要探討的是明代永樂至成化年間這一特定歷史時段臺閣文人的詩學思想形態。其中涉及作爲臺閣文學之顯著表徵的臺閣體的形成及其演變特徵、臺閣文人對於古典詩歌系統的審辨與接受，以及他們圍繞詩歌不同創作環節的闡説及其審美取向等重要問題的討論。

　　有明一代，尤其是明代前期自成祖永樂年間以來，臺閣文學勢力趨於活躍，臺閣文風呈現擴張的態勢，特別是其基於官方的特殊背景，對於明代前期乃至以後的文學圈產生顯在或潛在的影響。儘管從明代文學整體的意義上來看，臺閣文學無疑是其中的有機構成，同時又是研究鏈上不可缺失的一環，但相較而言，無論在明代文學史還是明代文學思想史研究當中，臺閣文學及其思想形態長時期以來並没有受到系統而深入的關注。追溯起來，早如上世紀三十年代問世的錢基博的《明代文學》，顯示作者面對"自來論文章者，多侈譚漢魏、唐宋，而罕及明代"的研究格局，且自以爲"中國文學之有明，其如歐洲中世紀之有文藝復興乎"（《自序》）？"近代文學之有明，如近古文學之有唐；蓋承前代文學之極王而厭以別開風氣者也"（《總論》），有意對當時處於相對冷落研究境地的明代文學多予關切，這當然展現了作者非同一般的研究眼光。不過，在涉及臺閣文學方面，除了第一章論文部分略述臺閣文人楊士奇、楊溥等人的文章特點，以顯示臺閣體之一端，第二章論詩部分有鑒於"永樂以還，崇尚臺閣體"（《總論》）的情形，對臺閣詩風則已略去不論，實表明作者針對研究問題的某種取捨。而同時代問世的宋佩韋《明文學史》，雖就永樂以來文學，述及"臺閣體"和"臺閣體以外的詩人"，但流於粗略，未能真正進入針對永樂以降臺閣文學的實質性討論。至於新中國成立以來出版的大部分文學史著作，在有關明代臺閣文人及其文學活動的問題上，或過於簡略而語焉不詳，或以標籤式的定性取代了詳實、理性的察析。歸納其中的原因，除了臺閣文學特別是基於同官方意識形態構成緊密聯繫的背景，在表現視閾上受到很大限制的自身缺陷，至少還有着以下兩方面的因素：一是受制于固有而單一的文學史價值評判標準，以此去審視臺閣文人的文學活動，在如此情形之下，臺閣文風的負面特徵被極度放大，與之相應的，其研究價值則被任意削弱；二是文獻涉獵或文本經驗相對缺乏，從而無法全面而深切地辨認臺閣文學的形成機制和意義指向，如此，簡單甚至臆斷的評判自然也就不可避免。

然而，文學的歷史事實和研究經驗告訴我們，一種文學現象的產生和發展，一方面，離不開特定的歷史境域，包括來自不同時期的政治制度、文化心理以及審美取向等各種因素的交合作用，因而往往賦予其以某種歷史的特殊性；另一方面，從文學史整體的發展演變進程來看，一種文學現象又不會是超越這種歷史進程的孤立存在，或多或少與前後形成的其他文學現象發生這樣或那樣的因果聯繫，成爲文學發展歷史之中的一個有機環節。這應當是我們在勉力把握文學發展歷史規律之際所必須面向的問題。也因爲如此，當我們系統審視文學史上呈示的各種文學現象，就不僅需要深切了解它們各自的歷史特殊性，切實把握它們賴以發生的特定的社會文化機制及價值導向,以更有效地還原間或被遮蔽的歷史事實;而且應充分注意到文學發展演變的動態而連綿的展開過程,尋索它們的來龍去脈,以更明晰地分辨不同文學發展環節的相互聯繫與演進軌迹。

值得指出的是,就中國大陸地區而言,特別自二十一世紀以來,隨着學術格局的變換和研究觀念的更新,中國古代文學研究進入了一個前所未有的繁榮和創新的時代,以明代臺閣文學的研究情形來看,也出現了一些新的動向。譬如,或從文學與政治制度關聯的層面,探討有明一代中央政治制度的構造對於官方文學形態所發生的不同影響,臺閣文人在這種特定政治制度背景下的身份意識、日常修習、集會活動、文體選擇以及風尚流變,從中展示臺閣文學的生存場景與建構秩序。或從皇權與文官集團的關係以及士人心態的角度,探察明代臺閣體形成的基礎條件,分析它們基於臺閣文人的生存環境和性情心態對其詩文表現風格的内在干預。或以對地域文學的切入爲背景,闡釋臺閣體形成和生長的地域因素,探究進入臺閣之權力中心的特定地域文人在倡揚臺閣文風中所發揮的重要作用。這些無疑是探討明代臺閣文人及其文學活動的有益嘗試,從不同的角度,多少彌補了長期以來很大程度上流於簡單化或概念化的涉及明代臺閣文學的研究之不足,體現了該領域朝向深度開展的一種拓進趨勢。

與探討臺閣文學相關的一大議題,就是研究者需要面對的臺閣文學思想。本書所討論的明代永樂至成化年間臺閣詩學思想,自是有明這一時期臺閣文學思想的重要組成部分,也是考察明代詩學思想乃至文學思想發展歷史無法回避的一個課題。從它的研究意義來說,這不僅取決於此際臺閣詩學思想自身的歷史特殊性,包括它的主體身份、生長空間、文化心理、審美取向等；並且鑒於其擔當的文學歷史進程中的有機環節，因而關涉我們對於明代詩學思想乃至文學思想發展演變軌迹的系統認知。這也意味着，首先，臺閣詩學究竟表現了什麽樣的基本訴求和精神特質，反映了什麽樣的支撐其中的思想基礎以及心理特徵，自然成爲需要重點加以探討的一個核心問題。例如，通過對於明代臺閣詩學思想的考察，可以發現其中較爲明顯的宗尚唐詩特別是盛唐詩歌的現象，這在有明前期的臺閣文人群體中尤爲突出，顯示他們古典詩歌接受的某種傾向性立場。而這一詩學立場，不啻受到宋代以來逐漸形成的唐詩經典化趨勢的浸潤，帶有詩歌接受的歷史慣性，更重要的是，凝集了反映臺閣文人身份認同或職能擔當的一種自覺的國家意識，正是這種意識，促使他們更加注意開掘歷史文化資源，確立與當下的明帝國書寫較爲吻合的宗尚目標。由此不難看到，在有唐一代特別是盛唐時期興盛的政治氣象被用來比附明帝國的盛世景觀的情形下，臺閣諸士傾向於將唐詩尤其是體現“治世之音”的盛唐詩歌，樹爲更適合表現明帝國政治盛世的一種文學樣板。並且也能够看到，臺閣文人同樣基於這種自覺的國家意識，在推崇唐詩的過程中，進一步強化了詩歌價值層面的功用意義與道德訴求，這也成爲他們宗唐詩學立場的一個顯著特徵，彰顯了其重塑詩歌價值系統的企圖。像杜甫詩歌進入那些臺閣文人重點閱讀視野和宗尚範圍，就是十分典型的一個例子。元明時期的杜詩注本系統中，有題元虞集注的《杜工部七言律詩》和明單復所撰的《讀杜詩愚得》，當時如楊士奇、黃淮、王直等臺閣文人都曾作文序之，多加鼓吹，可見其推崇杜甫詩歌之一端。而臺閣諸士對於杜詩的青睞，其中的一個重要因素，就在於爲他們極力表彰的杜詩“善陳時事”的“時政”意識和承接傳統風雅精神的“性情之正”的内藴，這牽涉臺閣諸士用心發掘杜詩潛含的政治與道德意藴的解讀立場,以及他們用以作爲改造詩歌價值系統一大步驟的根本動機。從另外一面來看,臺閣文人的詩學思想又絕非我們想像中的那樣單一和固化,這也包括他們對待唐詩的態度。儘管他們有意以宗尚唐詩來聲張詩歌的功用意義和道德訴求,但與此同時,唐詩相對完備的表現體制和成熟的美學特質,也是臺閣文人唐詩接受中難以忽略的面向。以杜甫詩歌爲例,其除了推重杜詩"鋪叙時政"的叙寫特點以及"性情之正"的意蘊指向,也關注杜詩"體制悉備",所謂"析而觀之,軒廡堂寝,各中程度;又析而觀之,大而棟樑,小而節梲欂桷,皆梗柟杞梓,黝堊丹漆也"(黄淮《讀杜詩愚得後序》),不忘標榜杜詩在表現體制上的優越性。諸如此類,提示臺閣文人詩歌審美取向上蘊含的複雜性。這又要求研究者在探析那些臺閣文人詩學思想過程中,更需秉持一種全面而客觀的觀照立場,以免陷入簡單而粗糙的習慣模式。除此,我以爲,關於明代臺閣詩學思想的探析,同時還應當將其放在整個明代詩學發展演變的歷程中去加以考察,這一點也是非常重要的,如此才能不至於割裂它和其他詩學思想系統生成及變化的有機聯繫,避免孤立、靜態、片段地去看待相關問題,而以往涉及明代臺閣文學及其思想形態的研究,在這方面多少還做得不夠。就明代前期臺閣詩學的特點而言,特別是臺閣諸士表現出來的宗尚唐詩尤其是盛唐詩歌這一古典詩歌接受的傾向性立場,如置於有明佔據主導地位的宗唐詩學的發展軌迹中,不應忽略它在一定意義上所擔當的聯結與催化角色;客觀上,它不僅融入了明初以來漸成風尚的宗唐趨勢,而且對於後來復古派諸士大力推尚唐詩發生一定的文學效應,也因此可以説成爲推助有明一代唐詩經典化進程的有效力量。

　　據我所知,志波博士爲這部著作的撰寫付出了很多時間和心力。他在攻讀博士學位期間,即圍繞明代前期臺閣文人及其文學活動開展系統、深入的研究工作，從研讀多種原始文本及爬梳大量相關文獻做起，因而爲該論題的展開奠定了扎實的資料基礎。應該説，本書從對臺閣體的考察，包括其名稱、時間、作者等基本概念的辨析及其興衰變化過程與成因的探究，臺閣詩學對先唐至宋元詩歌的接受傾向，臺閣詩學指涉的作家與創作論、作品與風格論等各個層面，對明代永樂至成化年間的臺閣詩學思想，作了較爲系統和客觀的闡析，不同程度地展現了這一思想形態包蘊的歷史特殊性，以及它在整個明代詩學思想系統中所處的特定位置，其中不乏作者基於文本或文獻的爬梳和深入思考的個人研治心得。在我看來，當我們一旦將研究對象作爲一個整體納入考察的視野，除了有必要辨析對象不同個體之間存在的彼此差異，更需要將它置於某種系統的範疇，審觀其中體現的近似乃至共同的特徵，了解對象内部之間的聯結基礎和整體面向。這一點，就探察特定制度背景下具有某種群體性特徵的臺閣文人的思想形態而言，顯然是十分必要的。本書的一個顯著特點，正是它針對永樂至成化年間臺閣詩學思想的不同面向，在注意分辨臺閣文人彼此觀念形態的差别的同時，更力圖清晰地展示他們作爲一個特定文人群體反映在詩學領域的基本立場及其意義指向。而這對於系統、深切認識這一歷史時期乃至有明一代臺閣詩學思想的整體特徵及内蘊，無疑做了一件相當有意義的工作。

　　是爲序。

鄭利華

2016 年 8 月 6 日于復旦大學光華樓

目録

緒論/1

  一、臺閣體研究述評/1

  二、臺閣詩學研究述評/8

  三、研究方法與思路/13

第一章　臺閣體概論/17

  第一節　臺閣體概念辨析/18

    一、臺閣體名稱/18

    二、臺閣體時間/25

    三、臺閣體作者/29

  第二節　翰林文人心態與臺閣體的興盛/52

    一、感恩酬德：臺閣體興盛的直接緣由/54

    二、鳴己之盛：臺閣體興盛的内在動力/59

    三、競技逞才：臺閣體興盛的重要因素/65

  第三節　帝王與臺閣體的興衰/69

    一、永樂間臺閣體的興起/70

    二、洪宣間臺閣體的鼎盛/74

    三、正統後臺閣體的分化/77

第二章　先唐詩歌之接受/83

  第一節　《詩經》的功用與情感/84

    一、理性情與觀盛世的功用釋解/84

二、自然天趣的情感表達/88

第二節　中古詩歌辨體與宗尚/92

一、吳訥、周叙之實用辨體/93

二、黃溥、李東陽之審美辨體/97

三、辨體下的中古詩歌宗尚/103

第三節　陶淵明詩歌接受/107

一、忠君愛國：臺閣文人的陶詩闡釋/107

二、壯志未酬：李賢"和陶詩"的形象呈示/111

三、頌世鳴盛：陶詩接受中的臺閣體色彩/116

第三章　唐代詩歌之接受/121

第一節　唐詩分期與宗尚/122

一、高棅"四唐九品"與唐詩分期/123

二、臺閣文人"世變論"與唐詩分期/129

三、"世變論"下分期與宗尚的矛盾/133

第二節　杜甫詩歌接受/139

一、杜詩詮釋：忠君憂國與不爲世用/140

二、杜詩推崇：從性情之正到性情之真/146

三、接受嬗變：李東陽之文學層面考察/150

第三節　唐宋詩之爭/159

一、對宋儒詩的推尚/162

二、對唐詩的批評/165

三、對宋代盛世的贊譽/169

第四章　宋元詩歌之接受/175

第一節　宋元詩之爭/176

　　一、宋元詩優劣之争/177

　　二、貶宋崇元原因檢討/181

　　三、成化後論争的轉變/186

　第二節　蘇、黄與江西詩派接受/188

　　一、對蘇、黄詩歌的漠視與否定/189

　　二、《蘇詩摘律》與天順後接受轉變/192

　　三、江西詩派理論接受與創作/195

　第三節　楊維楨接受與樂府創作/200

　　.一、楊維楨接受的演變/201

　　二、臺閣文人的樂府創作/209

第五章　作家與創作論/221

　第一節　詩人的涵養、學識與經歷/222

　　一、先天才質與後天學養的軒輊/223

　　二、"窮而工"與"達而工"的統一/230

　第二節　創作中的"不求其工"與"速而工"/237

　　一、"不求其工"與"天真呈露"/237

　　二、"速而工"與雕琢鍛煉/242

　　三、關於"速而工"的論争/246

　第三節　主情論及創作/250

　　一、臺閣文人的主情論及創作/250

　　二、理學家的主情論及創作/256

第六章　作品與風格論/263

　第一節　詩歌本質論/264

　　一、詩言志/264

二、詩緣情/269

三、言志與緣情的統一/272

第二節　詩歌功用論/274

一、詩以理性情/275

二、詩以觀盛世/279

三、忽視的功用/282

第三節　詩歌風格論/288

一、臺閣文人的理想詩風/289

二、創作實踐與風格演變/294

三、對風格成因的詮釋/301

餘論　李東陽對臺閣詩學思想的繼承與變革/309

一、詩歌創作的繼承與變革/310

二、臺閣詩學的繼承與變革/318

參考文獻/329

後　記/371

緒 論

明代永樂(1403—1424)間臺閣體興起并逐漸主導文壇,作者以"三楊"(楊士奇、楊榮、楊溥)爲代表,詩文内容多以鳴盛感恩、宣揚政教爲主,風格春容典雅,平正紆徐。直至成化(1465—1487)、弘治(1488—1505)間"前七子"等復古派崛起,臺閣體才退出主流文壇。臺閣文人秉持道統文學觀,堅持"性情之正"的創作理念,注重文學的實用功能,詩學思想多趨一致,詩風較爲沉悶。臺閣體在過去很長一段時期内,被認爲價值不大,甚至制約阻礙了文學發展,對明代文壇造成了較多的負面影響,因而受到詬病,相關研究較爲冷淡,臺閣文人之詩學思想研究更是薄弱。其實作爲一種文學現象,臺閣體自有其存在的合理性與研究價值,且其佔據主流文壇近百年,是明代文學發展中不可缺失的一部分,忽視臺閣體,整個明代文學的研究就是不完整的。近年來臺閣體及臺閣詩學相關研究略有起色,緒論中首先回顧研究現狀,反思研究中的缺陷與不足,最後指出本書研究方法與思路。

一、臺閣體研究述評

關於臺閣體研究綜述,2006 年有《20 世紀以來明代臺閣體研究述評》一文,從"臺閣體的整體評價"、"臺閣體産生的原因及流行時間和範圍"、"臺閣體創作隊伍的成員構成及各自的創作特色"、"臺閣體和其他文學流派的關係"、"臺閣體與地域文化的關係"五個方面入手,梳理20世紀以來臺閣體研究成果①,對研究臺閣體不無裨益。本書在其基礎上,對近十年來臺閣體相關研究略作補述。

首先,基本概念研究更加深入。對臺閣體名稱、作者、流行時間等問題之辨析,是研究臺閣體的基礎。李精耕《明代"臺閣體"的相關問題淺探》(《甘肅社會科學》2008年第6期)對臺閣體名稱與特點、流行時間及分期、歷來的評價、臺閣作家的分佈及江西士人居多的原因逐一辨析,認爲臺閣體應有廣義與狹義之區分。郭萬金《臺閣體新論》(《文學遺產》2008年第5期)對"三楊"自身的文學態度以及"臺閣體"用法的產生演變過程進行梳理,辨析"臺閣體"與"臺閣之體"關係,指出臺閣體最早爲楊士奇專屬。徐伯鴻《"臺閣體"不能等同"館閣體"辨析》(《海南師範大學學報》2010年第5期)一文,以臺閣不同於館閣,力證"臺閣體"不等同於"館閣體"。何坤翁《臺閣體"三楊"二題》(《文藝評論》2011年第12期)釐析"三楊"之說,指出楊榮首主文柄,且楊溥不是臺閣體代表作家。臺閣體作家統計方面,李曰剛《盛明詩臺閣體與諸別體之流變》(《國文學報》1975年總第4期)一文,論述了永樂至成化詩壇的五十餘位作家,分爲臺閣體中的"三楊"與羽翼、諸別體中的東南五才子、永正十八士、景泰十才子、理學五賢、武功四傑等,誠有開創之功。關涉臺閣體之產生、發展、衰落等問題也有了較爲深入的探討,如王璦《明代臺閣派形成》(《上海大學學報》2005年第2期)指出,臺閣派的形成不僅

① 史小軍、張紅花《20世紀以來明代臺閣體研究述評》,《南陽師範學院學報》2006年第2期。

是中國傳統文學發展和明代文學發展的必然結果，也是臺閣文人應對時代挑戰策略在文學創作上的反映。許建中與李玉亭《宋濂與臺閣體》（《浙江社會科學》2008 年第 2 期）、陳昌雲《宋濂與"臺閣體"關係新探》（《内蒙古大學學報》2010 年第 4 期）兩文，從宋濂文學思想與創作入手探討其與臺閣體之關係，均指出宋濂對臺閣體的產生發展有着重要作用，但宋濂並非臺閣體作者。郭皓政《從明初狀元詩文看"臺閣體"的形成和發展》（《明代文學與科舉文化國際學術研討會論文集》，武漢大學出版社 2010 年）、《從明中期狀元詩文看臺閣體向茶陵派的過渡》（《武漢大學學報》2010 年第 1 期），陳文新與郭皓政《從狀元文風看明代臺閣體的興衰演變》（《文學遺產》2010 年第 6 期）等文，從吳伯宗、胡廣、曾棨、陳循等前期狀元入手，探討臺閣體的形成、發展及向茶陵派演變之趨勢，亦有新意。何坤翁《朱元璋對臺閣體形成的基礎作用》（《哈爾濱工業大學學報》2011 年第 4 期）、《明代臺閣體詩派的消歇》（《學術交流》2011 年第 12 期）、《明初臺閣體形成芻議》（《中國文學研究》第 22 輯，復旦大學出版社 2013 年）等文則主要從政治角度切入，對臺閣體產生、衰退的動因作了有益探索。司馬周《茶陵派與明中期文壇研究》（湖南人民出版社 2010 年）辨析李東陽對臺閣體的傳承嬗變，對臺閣體退出主流文壇的原因作了較爲深入的探討。李聖華《臺閣體派新論》（《文學與文化》2012 年第 1 期）從明代詩史演變角度梳理臺閣體，認爲其源自明初越中派、江右派，并考察了臺閣文人的用實心態、盛世心態及唱酬活動。

其次，地域文化研究仍是熱點。魏崇新《明代江西文學的演進》（復旦大學博士學位論文 1997 年）是較早以江西地域爲背景探討臺閣體的博士論文，分析了江西臺閣文學興盛的原因、臺閣文學的主要創作特徵，并對代表作家解縉、楊士奇等人的詩文創作有深入闡釋。孫康宜《臺閣體、復古派和蘇州文學的關係與比較》(《2005 年明代文學國際學術研討會論文集》,學苑出版社 2005 年)論述了臺閣體演變過程,并辨析了臺閣體與復古派、吳中文壇的關係。陳廣宏《明初閩詩派與臺閣文學》(《文學遺產》2007 年第 5 期)通過考察永樂間"閩中十子"詩派聚集于京師的文學活動,認爲閩派詩人在自身文學職志與審美風致發生轉變的同時,對於"臺閣體"詩風的形成亦起了重要作用。鄭禮炬《明代洪武至正德年間的翰林院與文學》(中國社會科學出版社 2011 年)第三章分別從江西、閩中、吳中等地域探討翰林文學的產生、發展、傳承等因素。饒龍隼《通往館閣——西昌雅正文學的生長歷程》(復旦大學博士後出站報告 2011 年)通過考察西昌雅正文學的發展歷程,描述了臺閣體泛衍之勢,亦是從江右地域探討臺閣體的產生,多有新見。通過上述研究可以看出,江西、福建一直爲臺閣體研究的重點地域,而近年來吳中地域文學研究迅速升溫,除上述論著外,徐楠《明成化至正德間蘇州詩人研究》(社會科學文獻出版社 2010 年)、劉廷乾《江蘇明代作家研究》(東南大學出版社 2010 年)等專著集中探討蘇州或江蘇的詩文創作,對臺閣體也略有涉及。

再次,文官制度與文學關係研究方興未艾。翰林院、庶吉士制度與臺閣體產生興盛密切相關,學界已有所關注,如連文萍《明代翰林院的詩歌館課研究》(《政大中文學報》2009 年第 2 期)一文,對明代翰林院中的詩歌館課教習情況作了考察,分析了庶吉士對於詩歌館課的學習心態,對了解館閣文人的詩歌創作有重要價值。何詩海《明代庶吉士與臺閣體》(《文學評論》2012 年第 4 期)指出庶吉士教習在開展文學教育、確立與傳播文學經典等方面起到了積極作用;而庶吉士教育以制度化的形式,培養了一批批掌握文學話語權的館閣作家,直接推動了臺閣體的發展和興盛。李華《永樂年間庶吉士詩文與明前期社會》（武漢大學博士學位論文 2012 年）對庶吉士制度的形成、確立過程進行了較爲詳細的梳理，考察永樂間庶吉士的文化教育及著述活動，對庶吉士代表作家李昌祺等人詩文創作亦有翔實的分析。葉曄《明代中央文官制度與文學》（浙江大學出版社 2011 年）詳述了翰林院制度、庶吉士制度與文學的關係，提出了明代館閣、郎署、山林三層文學結構的理論，論述較爲豐富縝密。

最後，作家個案研究逐漸增多。專論臺閣體代表作者楊士奇的碩士論文，僅筆者目力所及，已有張紅花《楊士奇詩文研究——兼及對明代臺閣體的再認識》（暨南大學 2005 年）、王昊《仁宣致治下的臺閣標本——對楊士奇詩歌的解讀》（山東師範大學 2006 年）、朱桂芳《以楊士奇及其詩文爲標本審視臺閣體》（重慶師範大學 2011 年）等數篇，可見學界研究與關注趨向。其他值得一提的論文，如魏崇新《楊士奇之創作及對臺閣文風的影響》（《南京師範大學文學院學報》2004 年第 2 期）、王昊《試論"臺閣體"詩人楊士奇的詩歌》（《廈門教育學院學報》2010 年第 3 期）等。楊士奇之外，陳慶元《楊榮與閩籍臺閣體詩人》（《南平師專學報》1995 年第 3 期）、莊書睿《楊榮詩文研究》（福建師範大學碩士學位論文 2015 年）等，對"三楊"之楊榮詩文作了考察。後期臺閣作家如于謙，"杭州于謙研究會"連續出版《于謙研究》已至第四輯，並有《于謙集》（中國文史出版社 2000 年）、《于謙研究資料長編》（中國文史出版社 2003 年）等一系列成果問世。

儘管臺閣體研究近十年來已取得一定進展，但仍存在一些問題或不足，需要我們反思與改進。現就以上四個研究熱點分叙如下：

首先,基本概念尚未統一,接受史需辨別對待。雖然基本概念的辨析有所深入,但到目前爲止,臺閣體之名稱、作品、作者、流行時間等基本概念與問題仍多有爭議:臺閣體、館閣體、翰林體三者是可等同混用,還是各有其含義與用法? 臺閣體指詩還是指文抑或詩文兼指? 什麼樣的作品才能稱之爲臺閣體? 什麼樣的作家才算是臺閣作家? 臺閣體退出主流文壇的時間,有天順、成化、弘治、正德等多種説法,不同學者之間觀點多有牴牾,尚需深入探析。對這些基本概念與問題的清理,主要依據明清臺閣體接受史,但接受史需區別對待,有些已約定俗成只需順承接受,有些則需要辨別改正。如在《四庫提要》基礎上形成的臺閣體之名稱、代表作者爲"三楊"等説法已約定俗成,雖或有認識偏差,但大可不必追根溯源,另行改之,反倒造成混亂。有些錯誤的接受研究,如臺閣體的分期與退出主流文壇的時間,則需根據史實性資料辨明糾正,避免以訛傳訛。

　　其次,地域文學研究表面繁榮,缺少廣度與深度。目前臺閣體之地域文學研究,主要局限在贛、閩、越、吳四地。韓結根《明代徽州文學研究》(復旦大學出版社 2006 年)、孫秋克《明代雲南文學研究》(雲南人民出版社 2010 年)、周瀟《明代山東文學史》(中國社會科學出版社 2015 年)等著作對上述地域之個別臺閣作家略有涉及,但並非專門論述臺閣體。誠然,早期臺閣作家與贛、閩等地關係較爲密切,但並不局限于此,其他地域因爲作家較少而被忽略。且目前相關研究多從作家籍貫入手,集中在對臺閣體形成之影響的探究,並未真正從臺閣體內部辨察地域因素之影響。如永樂十九年(1421)明廷遷都北京,南京作爲陪都保留了中央文官制度,臺閣文學由此集中在南北兩都。那麼北京、南京的臺閣文學有無差異? 兩京的鳴盛之作與地方官員之鳴盛有何不同? 館閣文人多出江西,有"翰林多吉水,朝士半江西"之説①,江西籍臺閣體作者在永樂至成化間有何變化? 都值得從地域文學角度展開深入探討。此外,從宏觀角度分析南北文學的地域差異,如南北分科取士對臺閣體影響的研究亦不多見。陳慶元先生指出:"地域或區域文學研究,必須關注區域的地理環境。地理環境包括自然地理環境、經濟環境和文化環境。"②目前從地域角度探討臺閣體之論著,對地理環境方面的關注均略顯不足。

再次,制度研究史實不清,史料使用尚不充分。科舉、翰林、内閣制度與文學之關係雖已成爲研究熱點,但尚有諸多史實問題需要辨析,如翰林院與内閣之關係、明代閣臣具體人數、庶吉士選拔制度等,尚有模糊與爭議之處,從科舉、翰林制度層面探討臺閣體,還有很大空間。比如科舉制度對士人心態之影響、理學化的科舉與臺閣作家道統文學觀、館閣成員地位升降與文學創作的變化等均值得再深入研究。資料選擇上,學界多采《明史》等常見史料,而明前中期的一手史料使用尚不充分。《明史》爲清人編纂,並非完全準確無誤,如論述臺閣體常引之《明史‧選舉志》,就有學者"考證訛誤八十餘處"③。而臺閣作家之著作如金幼孜《北征錄》、楊榮《北征記》、李賢《天順日錄》等史料則挖掘不夠;子部著作如劉昌《懸笥瑣探》、葉盛《水東日記》、黄瑜《雙槐歲鈔》、馬愈《馬氏日抄》、陸深《玉堂漫筆》、孫繼芳《磯園稗史》、李默《孤樹裒談》、胡廣《胡文穆雜著》、王達《椒宮舊聞》、彭時《可齋雜記》、王錡《寓圃雜記》、王鏊《震澤紀聞》、邵寶《對客燕談》、姚福《清溪暇筆》、徐伯齡《蟫精雋》、尹直《謇齋瑣綴録》等,

①　錢謙益《列朝詩集小傳》"周講學叙"條,上海古籍出版社,2008 年,第172頁。

②　陳慶元《文學:地域的關照》,上海遠東出版社,2003 年,第 2 頁。

③　郭培貴《明史選舉志考論》,中華書局,2006 年,第 5 頁。

或是臺閣館臣之作，或對館閣翰林之事紀述尤詳可補史闕，對臺閣體研究有重要價值，但目前相關研究中使用尚不多見。

最後，個案研究集中于少數幾位作家，整體研究尚不均衡。錢謙益云："永樂以後，公卿大夫，家各有集。"[①]據筆者統計，永樂至成化間至少有百餘位臺閣作家有別集存世（參見本書第一章第一節附表《明永、成間主要臺閣文人存世別集簡表》）。雖然間有臺閣作家的年譜編纂與別集整理問世，如毛飛明編《商輅年譜》（香港天馬圖書有限公司 2005 年）、劉俊偉著《王鏊年譜》（浙江大學出版社 2013 年），朱樹人等整理《夏原吉集》（岳麓書社 2012 年）、孫福軒整理《商輅集》（浙江古籍出版社 2012 年）等，但與永、成間臺閣文人數量遠不成比例。而目前對臺閣文人的研究，除楊士奇、于謙等個別作家有較爲深入的探析外，其他重要作家如王英、王直、胡儼、金幼孜、黃淮、梁潛、曾棨、林誌、陳敬宗、周叙、蕭鎡、陳循、馬愈、彭時等個案研究甚少。且對臺閣作家的研究主要集中于詩文内容分析，而對其心態關注較少，其實臺閣體成爲文學潮流盛行數十年，士人無不以入翰林院爲榮，作爲"以文辭爲職事"的館閣文人在創作中的競技心態、生逢盛世之誇耀自足心態等，亦值得探討。

二、臺閣詩學研究述評

從宏觀角度專門論述臺閣詩學之論著尚不多見，代表性論文如廖可斌《論明代景泰至弘治中期的文學思潮》（《杭州大學學報》1991 年第 3 期）一文，將景泰間視作臺閣體衰落期，從政局變更、文學創作等方面的變化論述臺閣詩學之轉折，指出此時前

---

① 錢謙益《列朝詩集小傳》"楊少師榮"條，上海古籍出版社，2008 年，第 163 頁。

七子的復古理論已初露端倪。黃卓越《明永樂至嘉靖初詩文觀研究》（北京師範大學出版社 2001 年）中《明代的臺閣體及其早期思想基礎的形成》一章則是從臺閣文人之職業身份切入，闡析其頌世模式與儒家政治理念，多有新見。阮國華《明洪武至正統間的文學思想》（載于《悲愴的浪漫——中國古代文論、古代文學思想研究》，中國社會科學出版社 2009 年）討論了永樂前期楷式盛唐的文學思想、永樂中期至正統前期重雍容閑雅、高簡流麗的臺閣體文學思想，并間及戲曲、小說領域的創作思想。羅宗強《論明代景泰之後文學思想的轉變》（《學術研究》2008 年第 10 期）從政局變動、臺閣重臣的文學觀、白沙心學的出現三個方面，指出景泰之後文學思想開始轉變；另有《政策、思潮與文學思想傾向——關於明代臺閣文學思潮的反思》（《文史哲》2011 年第 3 期）一文則着重探析了臺閣體文學思潮的主要展開時期，并將其特點歸納爲兩點：傳聖賢之道與鳴國家之盛、提倡和平溫厚之文風。

臺閣文人之歷代詩歌統緒觀是臺閣詩學思想考察的重要內容，但目前學界尚未有專門論述，只有在歷代詩文接受史中涉及明前期時才略有察考。相關成果如劉毓慶在專著《從經學到文學——明代〈詩經〉學史論》（商務印書館 2001 年）中勾勒了明代《詩經》之接受發展趨向，兼及對胡廣《詩傳大全》的考察。伍純嫻《明代〈詩經〉專著與〈詩傳大全〉關係之研究》（臺灣中國文化大學博士學位論文 2014 年）專論《詩傳大全》與明代詩經學之關係，與劉著可相互闡發。陳煒舜《明代前期楚辭學史論》（臺灣學生書局 2011 年）一書，對於楊士奇、胡儼、陳敬宗等館閣文人之楚辭論多有研究。陳斌《明代中古詩歌接受與批評研究》（上海三聯書店 2009 年）論及高棅、周叙、李東陽等人之中古詩歌接受與批評，然其論述重點在明代中後期，對臺閣文人闡釋未能深入。明代唐詩接受已是學界研究熱點，僅專著就有陳國球《唐詩的傳承：明代復古詩論研究》（臺灣學生書局 1990 年，後更名《明代復古派唐詩論研究》，北京大學出版社 2007 年）、查清華《明代唐詩接受史》（上海古籍出版社 2006 年）、孫春青《明代唐詩學》（上海古籍出版社 2006 年）、金生奎《明代唐詩選本研究》（合肥工業大學出版社 2007 年）、孫學堂《明代詩學與唐詩》（齊魯書社 2012 年）等多部，其中也不同程度關涉臺閣文人之唐詩接受。比較而言，明代宋詩接受研究相對冷淡，只有在蘇軾、黃庭堅等名家接受史研究中才略有涉及，如王友勝《蘇詩研究史稿》（中華書局 2010 年）、邱美瓊《黃庭堅詩歌傳播與接受研究》（江西人民出版社 2009 年）等，因其論述核心不在臺閣文人，故多未能深入展開。李程《明代宋詩接受研究》（華中師範大學碩士論文 2011 年）、鄭婷《宋詩與明代詩壇》（復旦大學博士論文 2012 年）兩文均是宏觀論述有明一代之宋詩接受，後者論述臺閣文人尤多。

與歷代詩歌統緒觀研究相比，臺閣文人之詩學本體論、價值論、風格論、創作論等問題，學界則更是少有人論及。代表性論文如魏崇新《論臺閣體》（《文學評論叢刊》第 1 卷第 1 期，江蘇文藝出版社 1997 年）對臺閣文人之文學觀、創作思維特徵、詩文宗尚有所論析，亦涉及臺閣作家唐宋詩之爭。張德建《"歐學"與明初臺閣文學》（《天津師範大學學報》2008 年第 1 期）指出永樂以來形成的臺閣文學以歐陽修爲典範，"歐學"確立了臺閣文學的基本範疇，六一風神也成爲臺閣文學的精神榜樣。張日郡《明代臺閣體及其詩學研究》（臺灣新竹教育大學碩士學位論文 2011 年）用四章的篇幅分別討論臺閣文人之"詩歌基礎與本源論"、"詩歌本質與功用論"、"詩歌創作方法論"、"詩歌批評與詩史觀"，是首次較爲全面論述臺閣詩學的碩士論文，且多有一己之新見。何宗美《臺閣體審美範疇釋論——以〈四庫全書總目〉爲中心》(《西南大學學報》2014 年第 1 期)從四庫館臣對臺閣體之評價出發,探查臺閣體"雍容"等審美範疇,對本書間有啓發意義。對臺閣文人詩學思想的個案研究,多以楊士奇爲代表。如王昊《"臺閣"重臣楊士奇的文學思想謭論》(《廈門廣播電視大學學報》2013 年第 4 期)從楊士奇"道德人格的文學表達"、"載道世用的文學功用"、"平易簡當的文學風格"三大文學主張透視臺閣文學思想主脈,并歸納楊士奇文學觀之成因。張紅花、李秀芳《論明代臺閣體盟主楊士奇的詩學傾向》(《文藝評論》2013 年第 8 期)論述了楊士奇之提倡政治教化的功用論、注重道德與詩歌關係的創作論及文學世運論,并分析其意義與價值。

臺閣詩學研究中亦存在若干問題。首先,學界對文學思想的研究,多採用王世貞、錢謙益、朱彝尊以及四庫館臣等人的評說作爲立論依據,黃卓越先生將此稱之爲"評論性資料"①,與之相比,對臺閣作家詩文別集這些"史實性資料"的使用反而較少。"評論性資料"隨意性成份較大,且明人分門立戶,黨同伐異,遞相抨擊,言不由衷及有意作僞的情況不可忽視,引證尤須謹慎辨別。明初鎦績曾批評宋人云:"宋諸賢論唐以前詩,多有得其肯綮者。至論本朝人詩,便失其本心,此俗所謂護短者也。"②宋人如此,明人有過之而無不及。如錢謙益作《列朝詩集》有其特定的吳中地域意識及館閣立場③,《四庫提要》亦出自多人之手,如何甄別使用這些評論性資料又能跳出錢謙益、四庫館臣視角的

---

① 黃卓越《明永樂至嘉靖初詩文觀研究》,北京師範大學出版社,2001 年,第 3 頁。

② 鎦績《霏雪錄》卷下,《景印文淵閣四庫全書》866 冊,臺灣商務印書館,1986 年,第 690 頁。

③ 參見周興陸《錢謙益與吳中詩學傳統》,《文學評論》2008 年第 2 期。

窠臼，值得學者注意。

其次，"史實性資料"亦需甄別才能使用。如解縉《文毅集》中《説詩三則》，學界多以此論解縉之詩學思想，但此三則均是解縉抄襲前人之説，作爲論據已大打折扣。再如兩文内容基本一致者，以金幼孜《吟室記》與許彬《禮庭吟稿序》爲例：

> 大抵詩發乎情，止乎禮義。古之人於吟咏，必皆本於性情之正，沛然出乎肺腑，故其哀樂悲憤之形於辭者，不求其工，而自然天真呈露，意趣深到，雖千載而下，猶能使人感發而興起，何其至哉！後世之爲詩者，皆率雕鏤藻繪以求其華，洗磨漱滌以求其清，粉飾塗抹以求其艷，激昂奮發以求其雄，由是失於詩人之意，而有愧於古作者多矣。予友饒俊民自少喜工於詩，其家居時，嘗搆屋爲游息之所，而題之曰"吟室"……①

> 大抵詩發乎情，止乎禮義。古之人於吟咏，必皆本乎性情，出乎肺腑，故其形之於辭，不求其工，而自然天真呈露，意趣深到，雖千載而下，猶能使人感發興起。後世之爲詩，率多雕鏤藻繪以求其華，刮劇漱滌以求其清，粉飾塗抹以求其麗，激昂奮屬以求其雄，由是失於詩人之意，而有愧於古作者多矣。若此稿者，得魯東山水之勝，有園池魚鳥之樂，觸物興懷，發而爲詩……②

對比之下可看出，自首句至"而有愧於古作者多矣"，兩文内容基

---

① 金幼孜《吟室記》，《金文靖集》卷八，《景印文淵閣四庫全書》1240 冊，臺灣商務印書館，1986 年，第 775 頁。

② 許彬《禮庭吟稿序》，孔承慶《禮庭吟》卷首，《四庫全書存目叢書》影印明景泰六年刻本，齊魯書社，1997 年，集部 37 冊，第 2 頁。

本一致，僅略改數字而已。《禮庭吟稿序》作於景泰三年（1452），是時金幼孜已去世二十餘年，《吟室記》或是原作。再如學界常引用的《敬庵詩集序》，在羅倫、羅璟別集中均有收錄，真實作者亦需考證①。是以在引用此類"史實性資料"時需多加注意。

這類問題在詩話中表現更爲明顯，永樂至成化間存世詩話有瞿佑《歸田詩話》、朱權《西江詩法》、曾鼎《文式》、徐駿《詩文軌範》、朱奠培《松石軒詩評》、周叙《詩學梯航》、吳訥《文章辨體》、懷悅《詩法源流》《詩家一指》、單宇《菊坡叢話》、黃溥《詩學權輿》、葉盛《詩林廣記參評》、蔣冕《瓊臺詩話》等十餘種，哪些是作者原創，哪些是抄襲拼湊前人詩話、詩法而成，引用時多需斟酌辨別。如今人整理《明詩話全編》輯錄胡廣詩話七十三則②，絕大部分輯自其主持編纂的《詩傳大全》、《性理大全》兩書。永樂十二年（1414）十一月，朱棣命胡廣等編纂《四書大全》、《五經大全》、《性理大全》諸書作爲科舉取士標準，次年九月便纂修完成。三書總計二百六十餘卷，而時間如此倉促，多是抄錄前人著作而成。如《詩傳大全》乃是抄錄元代劉瑾《詩傳通釋》，《性理大全》則是仿《朱子語類》之例，抄錄百餘位宋儒之説，極爲駁雜。《明詩話全編》編纂者未能細查，以致其中胡廣"詩話"多有《朱子語類》之内容。

三、研究方法與思路

本書在研究過程中，以集部著作尤其是別集爲考察重心，盡

---

①　羅倫《敬庵詩集序》，《一峰文集》卷三，《景印文淵閣四庫全書》1251 册，臺灣商務印書館，1986 年，第 675—676 頁。羅璟《敬庵詩集序》，《羅冰玉文集》卷二，清光緒辛巳江西羅氏家刻本。可參見拙作《明代羅倫別集考辨——兼及〈敬庵詩集序〉作者問題》，《圖書館雜志》待刊。
②　吳文治主編《明詩話全編》，鳳凰出版社，2006 年，第 465—511 頁。

量充分發掘與運用原始資料。對明前期作家之現存別集進行全面排查，統計數據較《明別集版本志》增加作家七十餘人，別集版本增加數百種[①]，較後出《中國古籍總目》之明別集部分亦增補版本百餘種，對於永、成間別集的檢查相對完備。在對別集展開重點考察的同時，對此間所編纂、刊刻的其他集部著作亦有詳細考察。學界在臺閣體相關研究中已注意到同代總集、詩話之考察，如袁表等《閩中十子詩》、康麟《雅音會編》、沐昂《滄海遺珠》、韓陽《皇明西江詩選》等總集，瞿佑《歸田詩話》、朱權《西江詩法》等十餘種詩話著作，但永、成間歷代總集、別集的刊刻情況，尚未引起學界的充分關注。歷代別集之刊刻是其接受史的重要組成部分，其中序跋一類文字，尤其能體現作者的詩學思想。以宋別集爲例，祝尚書先生所編《宋集序跋彙編》收錄永、成間宋別集序跋二十餘篇，對研究臺閣文人之宋詩接受具有重要價值，其中大部分序跋已不載于明人別集。而《宋集序跋彙編》收錄依據爲現存宋別集，明人編刻之宋集已亡佚者不在考察範圍之內，但其序跋在明人別集中或存。故對永、成間明別集關涉編刻情況者進行詳細排查，正能與之互相補充，從而佔據豐富的一手資料。與此同時，本書對於重要臺閣作家的集部以外著作亦加以關注，如胡廣主持編纂的《四書大全》、《五經大全》，丘濬《文公家禮儀節》等在思想領域有重要影響的經部著作，金幼孜《北征錄》、楊榮《北征記》、李賢《天順日錄》、劉定之《否泰錄》等關係重大政治事件的史部著作，胡廣《胡文穆雜著》、尹直《謇齋瑣綴錄》等能反映臺閣文人思想的子部著作，亦在考察範圍之內。

　　本書之"詩學思想"研究，注重詩學理論與詩歌創作的結合考察。羅宗强先生在論述"文學思想"研究方法時曾經指出："把

---

① 　參見拙作《〈明別集版本志〉獻疑》，《中國典籍與文化》2013 年第 3 期。

文學批評、文學理論主張與文學創作的傾向結合起來考察，了解文學思想發展的實際情況，它在各個時期的主要特點，它演變的軌迹，以及它的歷史的與理論的價值。"①有鑒於此，本書在展開相關討論過程中，並不單純着意於臺閣文人之文學批評與文學理論主張，而試圖把臺閣文人之詩歌創作加入其中一起進行考察。而事實上，並非所有詩學主張都與實際創作一致，理論與創作是否吻合，是否有滯後甚至背離之情況，亦是"詩學思想"考察的重要内容。雖然"臺閣體"詩文兼指，但本書之"詩學思想"考察僅限於詩歌，臺閣文人之文章觀不在討論範圍之内。

　　本書研究的時間段落，主要限定在臺閣體佔據主流文壇的明代永樂至成化年間。然而文學的發展往往有其自身的特點，並非與諸如王位更替的歷史發展段落完全相吻合。同樣，對於永樂至成化年間臺閣詩學思想演變發展的時間段落的劃定，亦並非按照王位之更替就可簡單加以區分，何況相關材料很難做到全部準確繫年。所以，有些只能作大概時間段之推測。也鑒于此，本書部分章節涉及研究對象的時間段落，上或溯至元末明初，下或延至弘治、正德年間。與此同時，本書所及的臺閣詩學思想論題，乃指涉以臺閣（館閣）文人爲代表的詩學之觀念形態和以臺閣體爲主要表現特徵的詩歌創作。尤其是臺閣體泛衍後，受時代文學風氣的浸染，其他階層的文人乃至布衣隱士，也間有與臺閣體表現特徵相近的頌世鳴盛之作，而其詩學觀念也或與臺閣文人相似。因此，本書在考察臺閣詩學思想之際，也根據其時文壇的實際情形，有選擇性地將上述相關文人的詩學思想納入討論的範圍。

　　本書主體共六章，第一章爲臺閣體名稱、流行時間、主要作

---

① 　羅宗強《隋唐五代文學思想史》，中華書局，2003年，第1頁。

者等基本概念的辨析，這是研究臺閣詩學思想的基礎。并從翰林文人心態、帝王對臺閣體的態度探討其興衰之成因。第二章至第四章爲臺閣文人歷代詩歌統緒觀，從先秦至元代均有涉及，其中既有名家（如陶淵明、杜甫、楊維楨）之詩歌接受史考察，亦有詩學論爭（如唐宋詩之爭、宋元詩之爭）、詩歌辯體與宗尚（如中古詩歌、唐詩）的探討。第五章至第六章探討臺閣詩學中的詩歌本體論、功用論、作家論、風格論等，將其詩學主張與詩歌創作相結合加以考察，並注重不同臺閣文人之宗尚、接受及創作中的差異性。最後"餘論"以李東陽爲個案，從詩歌創作與詩學觀兩方面探討其對臺閣詩學思想的繼承與變革。

第一章　臺閣體概論

臺閣詩學思想之探討,首先要面臨"臺閣體"的基本問題研究。何謂臺閣體? 其與館閣體有何區別? 臺閣體是如何興起、發展、鼎盛乃至衰落? 何種心態才能使翰林文人作頌世鳴盛之詩持續數十年之久? 永樂至成化間七朝六帝,他們在臺閣體之興起發展中有何作用? 這些都是本章要討論的問題。

從臺閣體之名稱、文體、作品、作者、流行時間等基本問題——同時也是學界爭議較大的問題——入手,以明清以來的接受評論爲切入視角,可以看出,稱"三楊"代表的文學形態爲"臺閣體"約始於嘉靖末,與"館閣體"可以混用;臺閣體詩文兼指,其特點是雅正風格下的傳道與鳴盛;臺閣體流行於永樂至成化間,可分爲四個時期;臺閣體作者以"三楊"爲代表確立于四庫館臣,臺閣體泛衍以後,其作者也就不再局限于館閣成員。

臺閣體興起與翰林文人心態密切相關,學界目前對翰林文人心態討論較多的是"奴性"、"諂媚"等,本書指出翰林文人之"感恩酬德"心態是臺閣體興起的直接動因;而其"鳴己之盛"心態則是臺閣體興起發展的内在動力;翰林院的考核制度、帝王對應制詩歌的高下評比,則促使翰林文人"競技逞才"之心態形成。翰林文人在此三種心態下的持續創作,是臺閣體興盛的主要原因。

臺閣體頌世鳴盛的對象是君王,從六位帝王角度看臺閣體的興衰過程亦有新意。永樂間朱棣默許各種進呈與應制詩文,并加以評比賞賜,恩威並施下促成了臺閣體的興盛。洪熙、宣德間是臺閣體之鼎盛期,與永樂年間相比,帝王與君臣關係更爲融洽,且朱高熾、朱瞻基父子雅好文學,不僅評比翰林文人優劣高下,更喜與之唱和。可以説,若永樂間翰林文人是"鳴國家之盛","洪熙盛世"下則更多是鳴己之盛。正統後臺閣體已逐漸衰落,朱祁鎮八歲即位,對頌世鳴盛并無興趣,應制、進呈詩文只是在延續傳統慣例而已。正統末年的"己巳之變"成爲明代政治一大轉折點,景泰、天順間應制、進呈詩作已大爲減少,因爲帝王不再關注,臺閣體便失去了核心動力,加之君權威懾力減弱,至成化間臺閣體逐漸退出主流文壇。

第一節　臺閣體概念辨析

臺閣體之名稱、文體、作品、作者、流行時間等基本問題,學界尚有較多爭議。本書通過梳理明清以來的接受批評,對時賢論著中的某些觀點辨析商榷,試圖得出一個比較合理的臺閣體概念。

一、臺閣體名稱

臺閣體、館閣體之稱,宋元時已多見於文獻記載。南宋楊萬里《石湖先生大資參政范公文集序》云:"文之難也,長於臺閣之體者,或短於山林之味;諧於時世之嗜者,或灘於古雅之風。"①

---

① 楊萬里《石湖先生大資參政范公文集序》,辛更儒箋校《楊萬里集箋校》,中華書局,2007 年,第 3297 頁。

元代黄溍《貢侍郎文集序》曰："蓋其爲文,初不膠於一定之體,安知其孰爲臺閣,孰爲山林也耶?"①吴海《書貢尚書閩南集後》稱:"故公之文,豐腴清潤,無山林枯槁之態;温厚縝密,有臺閣優遊之體。"②戴良《皇元風雅序》云:"其爲體固有山林、館閣之不同,然皆本之性情之正,基之德澤之深。"③張之翰《題資山集》曰:"詩固多體,有館閣,有山林,有神仙,有英雄,蓋人之不齊,所作亦不齊。"④從上述稱謂看,作爲"山林"文學的對立面,"臺閣體"、"館閣體"意義基本相同,可以混用。明代"三楊"代表的文學形態稱"臺閣體",亦可稱"館閣體"。然徐伯鴻先生在《"臺閣體"不能等同"館閣體"辨析》一文中,以"臺閣"不同於"館閣",力證"臺閣體"不能稱之爲"館閣體"⑤,此説尚需探討辨析。

明人稱"三楊"代表的文學形態爲"臺閣體",約從嘉靖末年開始。王世貞《答王貢士文禄》曰:"國初之業,潛溪(宋濂)爲冠,烏傷(王禕)稱輔;臺閣之體,東里(楊士奇)闢源,長沙(李東陽)導流。"⑥其《藝苑巵言》又云:"楊(士奇)尚法,源出歐陽氏,以簡澹和易爲主,而乏充拓之功,至今貴之曰臺閣體。"⑦前者將"臺

---

① 黄溍《貢侍郎文集序》,王頲點校《黄溍全集》,天津古籍出版社,2008年,第272頁。

② 吴海《書貢尚書閩南集後》,《聞過齋集》卷八,民國《嘉業堂叢書》本。

③ 戴良《皇元風雅序》,《九靈山房集》卷二十九,《四部叢刊》影印明正統刻本。

④ 張之翰《題資山集》,《西岩集》卷十八,《景印文淵閣四庫全書》1204册,臺灣商務印書館,1986年,第502頁。

⑤ 徐伯鴻《"臺閣體"不能等同"館閣體"辨析》,《海南師範大學學報》2010年第5期。亦可參見氏著《國家意志與文學復古——明代詩文復古嬗變論略》第二章,長江文藝出版社,2009年,第30—64頁。

⑥ 王世貞《答王貢士文禄》,《弇州山人四部稿》卷一二七,明萬曆刻本。《答王貢士文禄》約作於嘉靖四十二年(1563),詳見鄭利華師《王世貞年譜》,復旦大學出版社,1993年,第146頁。

⑦ 王世貞《藝苑巵言》卷五,丁福保輯《歷代詩話續編》本,中華書局,2006年,第1024頁。

閣體"視爲從楊士奇到李東陽之間一種特殊文學樣式的稱謂,後者雖專指楊士奇,但意義明確:師法歐陽修,風格簡澹和易,亦是臺閣體的主要特徵。隆慶間皇甫汸《解頤新語》云:"今之詩曰臺閣體、曰翰林體,是位詩、勢詩也,觀者徒以銜耳。"①萬曆元年(1573)王錫爵作《袁文榮公文集序》稱:"錫爵間頗聞世儒之論……以爲文字至有臺閣體而始衰,嘗試令之述典誥、銘鼎彝,則如野夫閨婦強衣冠揖讓,五色無主,蓋學士家溺其職久矣。"②皇甫汸、王錫爵所言"臺閣體",多注重作者身份及應制特徵,亦指"三楊"代表的文學形態。"館閣體"之稱較早,弘治六年(1493)李東陽序《倪文僖公集》曾云:"文,一也。而所施異地,故體裁亦隨之。館閣之文,鋪典章、裨道化,其體蓋則正大,明而不晦,達而不滯,而惟適於用。山林之文,尚志節,遠聲利,其體則清聳奇峻,滌陳薙冗,以成一家之論。……蓋公之雄才絕識,學充其身,而形之乎言,典正明達,卓然館閣之體,非岩棲穴處者所能到也。"③李東陽歸納了"館閣之文"的用途、特徵,亦是作爲"山林之文"對立面比較其異同。萬曆間陳懿典輯有《皇明館閣文鈔》並自序之,皆稱"館閣體",如:"我明中天啓運,右文興理,二百年來,官重館閣之選,文重館閣之體。國家有大典制、大述作,俱由茲以出。"④縱覽其文,更多是強調"文歸館閣",故稱"館

---

① 皇甫汸《解頤新語》卷八,周維德集校《全明詩話》本,齊魯書社,2005 年,第1416 頁。

② 王錫爵《袁文榮公文集序》,《王文肅公文集》卷一,《四庫禁燬書叢刊》影印明萬曆間王時敏刻本,北京出版社,1999 年,集部 7 册,第 50 頁。

③ 李東陽《倪文僖公集序》,周寅賓校點《李東陽集》,岳麓書社,2008 年,第497 頁。

④ 《皇明館閣文鈔》或已不存,其序見陳懿典《陳學士先生初集》卷二,《四庫禁燬書叢刊》影印明萬曆四十八年曹憲來刻本,北京出版社,1999 年,集部 78 册,第656—657 頁。

閣體"。

由於明代之前作爲"山林之文"對立面存在的"臺閣體"與"館閣體"並無嚴格界限,所以明人在指稱"三楊"代表的文學形態時亦多混用,並無嚴格區分,兹舉以下三例:

> 國初館閣體,大半模擬宋人,期乎明白條暢而已。世之擬古者,遂不勝其凌屬詈語,大略用漢人、唐人以勝宋人,合諸縉紳暨諸草澤以勝詞林。……近代鴻儒偉士,麟集鳳翔,所爲朝堂典要,雄文大篇,式於宇内,而向者叫噪儇佻之士,幾改步而革心,視往時臺閣體如何也? 嗚呼盛矣。(郭正域《葉進卿文集序》)①

> 士奇文法歐陽修,韞麗夷粹雖不逮之,質而理、婉而顯,備有先正典刑,當時號館閣體。……次載大學士楊士奇臺閣之體,當世所推。(何喬遠《名山藏》)②

> 國初相業稱"三楊",公爲之首,其詩文號臺閣體。……既而康、李輩出,唱導古學,相與訾謷館閣之體,敬夫舍所學而從之,於是始自貳于長沙矣。(錢謙益《列朝詩集小傳》)③

萬曆間郭正域序葉向高文集,前稱"臺閣體",後用"館閣體",其意義完全等同;何喬遠所云"臺閣體"、"館閣體"專指楊士奇,亦是混用相通;錢謙益所言康、李輩"相與訾謷館閣之體",顯然是

---

① 郭正域《葉進卿文集序》,《合併黄離草》卷十八,《四庫禁燬書叢刊》影印明萬曆四十年史記事刻本,北京出版社,1999年,集部14冊,第76—77頁。

② 何喬遠《名山藏》卷五十九、卷八十六,明崇禎刻本。

③ 錢謙益《列朝詩集小傳》"楊少師士奇"、"王壽州九思"條,上海古籍出版社,2008年,第162、314頁。

指"三楊"代表的文學形態或其流弊。前者徐先生所言"就著者所見到的史料來看,有明一代似乎無人用'館閣體'來稱呼以'三楊'爲代表的特定的文學形態"①,實乃視野狹窄所致。"臺閣體"之稱謂,至清前期經四庫館臣基本確定下來,《四庫提要》中雖亦臺閣體、館閣體混用,然稱"臺閣體"、"臺閣之體"有二十四處,稱"館閣體"僅兩處。"臺閣體"指"三楊"代表的文學形態,而"館閣體"更多用在書法領域②。

雖然館閣體之稱較臺閣體更能準確顯示作者範圍,然自四庫館臣之後已約定俗成,沒有更改的必要。臺閣體亦有"翰林體"之稱,如錢謙益云:"爾時館課文字,皆沿襲格套,熟爛如舉子程文,人目爲翰林體。"③其後《元明事類鈔》、《明史》、《御定淵鑒類函》等多引其説,但"翰林體"概念較爲模糊,其隨意性較大,亦不流行。

臺閣體指詩還是指文抑或詩文兼指,學界也有争論。明人論述臺閣體者多言文,如王世貞評楊士奇之文曰:"楊尚法,源出歐陽氏,以簡澹和易爲主,而乏充拓之功,至今貴之曰臺閣體。"④錢謙益稱:"西涯之文,有倫有脊,不失臺閣之體。"⑤然"臺閣之文"

① 徐伯鴻《"臺閣體"不能等同"館閣體"辨析》,《海南師範大學學報》2010年第5期。

② 郭萬金先生《臺閣體新論》稱:"在明代,特定的臺閣體用法大約有兩種:一種是科舉考試中,要求所寫字體烏黑、方正、光潔、大小一律,稱之爲'臺閣體',在清代則改稱'館閣體'.《《文學遺産》2008年第5期)稱明代館臣的書法爲臺閣體,亦罕見于明代史料。張金梁先生指出:"將明代官楷稱爲'臺閣體'當是近現代人之舉,人們爲了將明代官楷與清代'館閣體'區别開來,才依據明代'臺閣'詩文,便將流行於此代朝廷中的官楷稱爲'臺閣體'."(《明代書學銓選制度研究》,上海書畫出版社,2008年,第235頁)張説較爲合理。

③ 錢謙益《列朝詩集小傳》"黄少詹輝"條,上海古籍出版社,2008年,第621頁。

④ 王世貞《藝苑巵言》卷五,丁福保輯《歷代詩話續編》本,中華書局,2006年,第1024頁。

⑤ 錢謙益《書李文正公手書東祀録略卷後》,錢仲聯標校《牧齋初學集》卷八三,上海古籍出版社,2009年,第1759頁。

首先是指"述典誥、銘鼎彝"之類的"大製作、大議論",即詔誥奏疏之類的應用性公文,並非現代文學意義上的文章。李東陽在《倪文毅公集序》中已詳細區分:

> 有紀載之文,有講讀之文,有敷奏之文,有著述賦咏之文。紀載尚嚴,講讀尚切,敷奏尚直,著述賦咏尚富。惟所尚而各適其用,然後可以爲文。然則數者皆用於朝廷、臺閣、部署、館局之間,禪政益令,以及於天下。惟所謂著述賦咏者,則通乎隱顯。蓋人情物理、風俗名教,無處無之。①

紀載、講讀、敷奏之類公文,與"著述賦咏"之類文學之文有着嚴格的區別。錢士升《叢篠園集序》云:"夫館閣之文與諸作者不同,彼寄情山水,極命庶物,以自雄放,而此視草代言,黼黻宸藻,則其體格殊。"②這類館閣之文與作者身份密切相關,在體式、風格上有嚴格的限定,並不在文學範疇之內。當臺閣體作爲一種審美範式或文學樣式的稱謂,則可以詩文兼指,如李賢在《楊溥文集序》中較早地歸納了臺閣體的特點:"觀其所爲文章,則辭惟達意,而主于理,言必有補於世,而不爲無用之言;論必有合于道,而不爲無定之論。嚴重老成,有臺閣之氣象焉。"③《楊溥文集》中詩文兼收,故其"文"應是詩文兼指。陳懿典《碧山學士集

---

① 李東陽《倪文毅公集序》,錢振民校點《李東陽集(續集)》,岳麓書社,2008年,第176頁。

② 錢士升《叢篠園集序》,《賜餘堂集》卷三,《四庫禁燬書叢刊》影印清乾隆四年錢佳刻本,北京出版社,1999年,集部10冊,第455頁。

③ 李賢《楊文定公集序》,《古穰集》卷八,《景印文淵閣四庫全書》1244冊,臺灣商務印書館,1986年,第566頁。

叙》則言:"館閣之體與當世作者異,文宗《典》、《謨》,詩師《雅》、《頌》,即負異才博學者不敢稍踰,而以典重和平爲範。"①雖然亦是強調館閣之文在體式、風格上的特殊性,但也明確指出了是詩文兼指。陳鳴鶴亦稱林燫詩文爲臺閣體:"林燫字貞恒……舉嘉靖丁未進士,復爲大宗伯,以廉介剛毅重於朝,世所謂社稷臣。……家人編其詩文曰《林宗伯文集》,蓋臺閣之體,非雕章縟采者也。"②可見作爲審美範式的臺閣體尚質,與"雕章縟采者"明顯不同。至明末錢謙益更明確指出:"國初相業稱'三楊',公爲之首,其詩文號臺閣體。"③由此可見,臺閣體最早是指館閣作家詔誥奏議之類的文章,其主要特點是風格的典雅平正;當臺閣體作爲一種審美範式或文學樣式的稱謂時,則是詩文兼指。

目前學界對臺閣體的定義,或僅言風格,如《辭海》:"臺閣體,明初館閣文臣賦詩作文時所形成的一種正統文風,流行於永樂、正統年間……"④或將其局限於内容歌功頌德的頌祝之作,如《劍橋中國文學史》:"'臺閣'的定義曾在明代中葉經歷過一些變化。由於翰林院的士人興趣越來越廣,他們所出版的作品並不都被稱爲臺閣文學。一般而言,'臺閣'在明代中葉變成了一個文體概念,特指那些在官方公開場合寫作的頌祝之作。"⑤這都是不完整準確的。臺閣體春容溫厚、典雅平正、

---

① 陳懿典《碧山學士集叙》,《陳學士先生初集》卷二,《四庫禁燬書叢刊》影印明萬曆四十八年曹憲來刻本,北京出版社,1999年,集部78冊,第661頁。
② 陳鳴鶴《東越文苑》卷六"林燫"條,《續修四庫全書》影印清同治十二年刻本,上海古籍出版社,2003年,547冊,第485頁。
③ 錢謙益《列朝詩集小傳》"楊少師士奇"條,上海古籍出版社,2008年,第162頁。
④ 夏徵農主編《辭海》,上海辭書出版社,2009年,第2192頁。
⑤ 孫康宜主編,劉倩等譯《劍橋中國文學史》(下卷),生活·讀書·新知三聯書店,2013年,第46頁。

平易簡淡等風格，多是由詔誥奏議等非文學意義上的文章得出，鳴盛詩畢竟内容單薄有限，陪駕、賜游、瑞應、奏捷等應制之作，也非所有館臣能有機會大量酬唱，應制與鳴盛之作只是臺閣體的典型代表，但遠遠不能涵蓋臺閣體。

二、臺閣體時間

臺閣體萌芽於洪武時期，朱元璋開科舉，設翰林院，爲臺閣體興起提供了制度上的保障；推崇程朱理學，意識形態加强調控，約束了士人個性的張揚。明代首科狀元吳伯宗（1334—1384）詩中已多頌世鳴盛，四庫館臣稱其"詩文皆雍容典雅，有開國之規模，明一代臺閣之體，胚胎於此"①。建文四年（1402）九月，朱棣命解縉、胡廣、楊士奇、楊榮、金幼孜、胡儼、黄淮等七人入值文淵閣參預機務，稱之爲"内閣"——即"臺閣"。臺閣體終明之世一直存在，自永樂以來逐漸佔據主流文壇，影響深遠。其退出主流文壇的時間，明清時有成化、弘治、正德等幾種説法，如王鳴盛《鈍翁類稿序》云："明自永、宣以下，尚臺閣體。化、治以下，尚僞秦漢。"②明確指出永樂至成化年間爲臺閣體的流行時期。王文禄《文脈》則曰："國初洪武間一格也。……永樂至成化間與弘治初一格也，楊東里學歐陽六一，更弱矣。劉保齋（筆者按：應爲呆齋）、李古穰大類東里，李西涯稍加潤澤，詩尚唐調。自西涯始，間或有類元音。"③王文禄雖未稱"臺閣體"，但楊士奇是"三楊"之首，"大類東里"的劉定之、李賢均爲臺閣重臣，其所

① 紀昀等《欽定四庫全書總目》，中華書局，1997年，第2281頁。
② 轉引自孫岱《歸震川先生年譜》，《北京圖書館藏珍本年譜叢刊》第49册，北京圖書館出版社，1999年，第89頁。
③ 王文禄《文脈》卷三，《四庫全書存目叢書》影印涵芬樓影印明萬曆間刻《百陵學山》本，齊魯書社，1997年，集部417册，第111頁。

言"永樂至成化間與弘治初一格"則指臺閣體無疑。四庫館臣稱："明之詩派,始終三變……永樂以迄弘治,沿'三楊'臺閣之體,務以春容和雅,歌咏太平。"①將臺閣體時間下限劃至弘治間。當代學者所言大同小異,亦不出以上幾種説法,其中差異,即是以李東陽還是前七子的崛起,作爲臺閣體退出主流文壇的分界綫。

明清人多言詩文至李東陽爲一變,如李維楨認爲："本朝文章沿宋元之陋,茶陵李文正起而後返古。"②魯九皋提出："永樂以還,崇尚臺閣,迄化、治之間,茶陵李東陽出而振之,俗尚一變。"③沈德潛亦言："永樂以後詩,茶陵起而振之,如老鶴一鳴,喧啾俱廢。"④可見明代文壇至李東陽有了較大變化。黄昌衢對此論述更詳:

> 永樂以降,數十年中詩學傍墜,諸調雜出,宇内不復知有唐音。成、弘間,李文正高步一時,汲汲以長養人物、興起來學爲事,詩學藉以再振,厥功匪小。⑤

作爲成化以來在文壇扮演着重要角色的李東陽,尤其是他對詩歌審美之重視、詩文異體之强調,與臺閣作家正統文學觀相比已有不同程度的差異,有學者已指出,"他的詩學態度與主張除了

---

① 紀昀等《欽定四庫全書總目》,中華書局,1997年,第2662頁。
② 李維楨《羅先輩制義題辭》,《大泌山房集》卷一三二,《四庫全書存目叢書》影印明萬曆三十九年刻本,齊魯書社,1997年,集部153册,第702頁。
③ 魯九皋《詩學源流考》,郭紹虞編選、富壽蓀校點《清詩話續編》本,上海古籍出版社,1983年,第1358頁。
④ 沈德潛、周准《明詩别裁集》卷三,上海古籍出版社,1979年,第75頁。
⑤ 黄昌衢《李茶陵詩小序》,《藜照樓明二十四家詩定》卷八,清康熙二十八年刻本。

對前七子文學復古所產生的啓迪意義之外，更爲重要的，也顯示了成、治之際文學指向相對於明代前期所發生的某種潛變迹象，並在一定意義上成爲此一轉變的關捩所在。"①李東陽對文學本身審美特徵的重視，使以其爲首的茶陵派成爲一個更加純粹的文學流派，這與臺閣文人堅持道統文學觀，言必"性情之正"形成鮮明對比。因此筆者認爲，可以將李東陽在當時文壇的崛起作爲臺閣體主流時代結束的一個重要標誌。李東陽天順八年進士，成化二十二年(1486)主持順天府鄉試，換言之，成化間可以視作臺閣體主導文壇的終結和李東陽崛起的過渡期，李東陽既是臺閣體作者，亦可視其爲臺閣體退出主流文壇的終結者。臺閣體的主要活躍時間，即永樂至天順間，與錢謙益《列朝詩集》乙集之時間段相吻合②。

　　臺閣體自永樂間興起至成化間逐漸退出主流文壇，有其變化發展過程，其分期也主要依據臺閣體作者與作品來劃定。永樂間臺閣館臣地位並不穩固，館臣動輒下獄外放，臺閣體雖已流行，但"三楊"並未主盟文壇。洪、宣兩朝，政治清明，社會穩定，號稱中興。與永樂朝相比，此時的臺閣文人更多是發自内心地歌功頌德，臺閣體創作至此也達到鼎盛。正統間王振開始專權，臺閣大臣的地位受到衝擊。"三楊"在正統五年(1440)、九年、十一年相繼去世，臺閣體也開始走向衰落。正統十四年六月黄淮去世，最早入閣的七位閣臣至此消逝殆盡。而八月發生的"己巳

<hr>

　　①　參見鄭利華師《李東陽詩學旨義探析——明代成化、弘治之際文學指向轉換的一個側面》，載廖可斌主編《明代文學論集》，浙江大學出版社，2007 年，第 111—126 頁。

　　②　錢謙益《列朝詩集》乙集主要收録在永樂至天順間詩人，以解縉、"三楊"等人開始，丙集主要收録成化至正德間詩人，以李東陽、謝鐸等人開始。這亦可視作李東陽結束臺閣主流之佐證。

之變",對臺閣體是一個更大的衝擊,其生存的政治基礎消失,盛世太平的幻想破滅,且此後沒有出現一位能像楊士奇一樣主盟文壇的有力領袖,而臺閣體雍容典雅之風格亦逐漸衍變爲膚廓冗沓,流弊蔓延。這一階段的主要臺閣文人李賢、彭時、商輅、岳正、劉定之、倪謙等均在成化間去世,而李東陽在成化間崛起,標誌着臺閣體主導文壇的時代結束。

　　臺閣體分期亦與其評價密切相關。四庫館臣對洪熙、宣德間文壇多有褒揚,如《尚約居士集》提要:"史稱其學問該博,文章爾雅。其門人丘濬序稱其文'正大光明,不爲浮誕奇崛',蓋洪、宣間臺閣之體大率如是也。"[1]尚約居士即蕭鎡,宣德二年(1427)進士,官至戶部尚書、文淵閣大學士兼翰林學士、太子少師,景泰八年(1457)罷官。宣宗曾選"進士之尤者"二十八人以蕭鎡爲首,亦如永樂間太宗選二十八人應星宿之數。正是這兩批"二十八宿"構成了第一批臺閣體作者的核心,洪、宣間亦成爲臺閣體最爲鼎盛輝煌的時期。宣德以後,春容典雅流爲庸膚嘽緩,四庫館臣對此多有微詞:

　　　　(楊)維楨所論,蓋標舉司空圖説,以"味外之味"務爲高論耳。其實一於鹹酸,不猶愈于洪熙、宣德以後所謂臺閣體者,並無酸鹹之可味乎?(《可傳集》提要)

　　　　明自正統以後、正德以前,金華、青田流風漸遠,而茶陵、震澤猶未奮興,數十年間,惟相沿臺閣之體,漸就庸膚。(《襄毅文集》提要)

　　　　正統、成化以後,臺閣之體漸成嘽緩之音。(《類博稿》提要)

---

① 紀昀等《欽定四庫全書總目》,中華書局,1997年,第2394頁。

明詩總雜，門戶多岐。約而論之，高啓諸人爲極盛。洪
熙、宣德以後，體參臺閣，風雅漸微。（《御定四朝詩》
提要）①

《四庫提要》非出自一人之手，但觀點基本相近。宣德、正統以
後"體參臺閣"者，不僅風雅漸微，以至於千人一面，平淡如水，
其流弊尤爲後人所詬病。朱彝尊《靜志居詩話》亦指出："成、
弘間詩道傍落，雜而多端。臺閣諸公，白草黃茅，紛蕪靡蔓。"②
可知後人對臺閣體之抨擊，主要集中在洪、宣以後的流弊，而非
針對"三楊"。四庫館臣評價尚屬客觀，但此後負面評價逐漸掩
蓋了洪、宣時期的優點，臺閣體也被視爲阻礙文學發展的因素。
由此亦可劃出臺閣體的分期：永樂間爲興起期，洪熙、宣德間爲
鼎盛期，正統至天順間爲分化期，成化間爲衰落期與茶陵派發
軔期。

三、臺閣體作者

有學者指出，"臺閣體"之稱最早是楊士奇專屬：

王世貞《藝苑卮言》卷五稱"文章之最達者，則無過宋文
憲濂、楊文貞士奇、李文正東陽、王文成守仁"，于楊士奇則
曰"楊尚法，源出歐陽氏，以簡澹和易爲主，而乏充拓之功，
至今貴之曰'臺閣體'"。語意十分明了，"臺閣體"是後人對
楊士奇擬法歐陽修簡澹和易文章的專有稱法，並不涉及他

---

① 紀昀等《欽定四庫全書總目》，中華書局，1997 年，第 2278、2295、2296、
2658 頁。
② 朱彝尊《靜志居詩話》卷十"李夢陽"條，人民文學出版社，1990 年，
第 260 頁。

人。……此外，錢謙益《列朝詩集》乙集"楊少師士奇"條明言："國初相業稱'三楊'，公爲之首，其詩文號臺閣體。"錢謙益雖將"臺閣體"的範圍擴展至詩歌，但基本指稱却很明確：楊士奇的詩文號稱臺閣體。①

此説似可商榷。同樣是王世貞，其《答王貢士文禄》云："臺閣之體，東里闢源，長沙導流。"②錢謙益亦云："東里、西涯，前輩臺閣之體，于是乎漸滅殆盡，而氣運亦滔滔不可復反矣。"③王世貞、錢謙益均將楊士奇與李東陽聯繫起來，"臺閣之體"已成爲從楊士奇延續到李東陽的特殊文學樣式的稱謂，顯然不是楊士奇的專屬。錢謙益亦用"臺閣之體"專稱李東陽之文："西涯之文，有倫有脊，不失臺閣之體。"④且明代臺閣體代表作者除楊士奇、李東陽外，還有丘濬。尹守衡《皇明史竊》曰："宣、成之際，士多本質，以是楊文貞、丘仲深，世尊尚之爲臺閣體矣。"⑤葉向高爲丘濬文集作序稱："間取公他所爲詩文讀之，率春容恬適，意盡辭止。……即邇來以著作自命，雄視詞場者，或以臺閣體目公。"⑥可見"臺閣體"之稱並非楊士奇或某人之專屬。

目前一般認爲臺閣體作者以"三楊"爲代表。"三楊"之稱

　① 郭萬金《臺閣體新論》，《文學遺産》2008 年第 5 期。
　② 王世貞《弇州山人四部稿》卷一二七，明萬曆刻本。
　③ 錢謙益《列朝詩集小傳》"馮尚書琦"條，上海古籍出版社，2008 年，第 549 頁。
　④ 錢謙益《書李文正公手書東祀録略卷後》，錢仲聯標校《牧齋初學集》卷八三，上海古籍出版社，2009 年，第 1759 頁。
　⑤ 尹守衡《皇明史竊》卷九四，明崇禎刻本。
　⑥ 葉向高《丘文莊公集序》，《蒼霞餘草》卷五，《四庫禁燬書叢刊》影印明萬曆間刻本，北京出版社，1999 年，集部 125 册，第 446 頁。

出現較早，其共主朝政時已有之。正統十一年（1446）七月楊溥去世，《明英宗實錄》載："溥在內閣與士奇、榮皆楊姓，時號'三楊'。三人者各有所長，士奇有學行，榮有才識，溥有雅操。天下引領望焉。"[1]成化五年（1469）彭時序楊溥詩集云："宣德、正統間，治教休明，民物康阜，可謂熙洽之時矣。當是時，以文學顯用者有三楊公焉。……（三楊）同居內閣，協心匡輔，並列三孤之位，一時功名事業烜赫盛大，屹然爲朝廷之表儀，縉紳之冠冕，天下人望，咸歸重焉。"[2]彭時將"三楊"與"文學"聯繫了起來，但正式將"三楊"和"臺閣體"聯繫起來的，却是四庫館臣：

> 明之詩派，始終三變。……永樂以迄弘治，沿"三楊"臺閣之體，務以春容和雅，歌咏太平。（《明詩綜》提要）
>
> 其詩文所謂公安派也，蓋明自"三楊"倡臺閣之體，遞相摹倣，日就庸膚。李夢陽、何景明起而變之，李攀龍、王世貞繼而和之。（《袁中郎集》提要）
>
> 其詩音節諧暢，而意境不深。蓋弘、正之間風氣初變，漸趨七子之派，而未盡離"三楊"之體也。（《静芳亭摘稿》提要）[3]

臺閣體在"三楊"共主朝政時形成，雖然彭時言"以文學顯用者有三楊公焉"，實際"三楊"文學地位並不相當，李東陽稱："永樂以

---

① 陳文等《明英宗實錄》卷一四三，臺灣中研院歷史語言研究所校印本，1962 年，第 2829 頁。

② 彭時《楊文定公詩集序》，楊溥《楊文定公詩集》卷首，《續修四庫全書》影印明鈔本，上海古籍出版社，2003 年，1326 册，第 463 頁。

③ 紀昀等《欽定四庫全書總目》，中華書局，1997 年，第 2662、2493、2409 頁。

後至於正統，楊文貞公實主文柄。鄉郡之彥，每以屬諸先生。"①
陳田《明詩紀事》亦云："世稱西楊文學，東楊政事，南楊雅操。"②
可見操持文柄主要以楊士奇爲主，楊榮、楊溥不以文學顯，且楊
溥文集流傳不廣。至四庫館臣方將"三楊"和臺閣體緊密聯繫起
來，後世遂以"三楊"爲臺閣體代表作家并沿續至今。

　　據筆者統計，永樂至天順間有別集存世的作家約三百餘人，
其中半數有館閣經歷(參見下表)③。然館閣成員並非一成不
變，有入閣就有"出閣"，閣臣致仕、外放乃至下獄，這類"有館閣
背景的非館閣人士"④是否還算是臺閣體作者？筆者認爲，這就
需要以具體作品來區別臺閣體作者。茲以黃淮和徐有貞爲例解
析之。黃淮原來爲最早的内閣七輔臣之一，永樂十二年(1414)
爲朱高煦所譖，下獄十年。黃淮在獄中所作詩集名之曰《省愆
集》，茲舉其入獄時所作《自訟》兩首爲例：

　　　　地位天光近，君恩海水深。竟無經濟略，空負聖明心。
　　中歲時同棄，南冠雪漸侵。沉思時引咎，深愧玷儒林。
　　　　寡識蠡窺海，疲才褰曳輪。臨深惟恐懼，撫己益酸辛。

---

　　① 李東陽《呆齋劉先生集序》，周寅賓校點《李東陽集》，岳麓書社，2008 年，第
445 頁。
　　② 陳田《明詩紀事》乙籤卷三，清陳氏聽詩齋刻本。
　　③ 永樂至天順間之作者，界定範圍爲此間有文學創作者，從生卒年來看，即卒
于永樂以後，約生于正統之前。本書對"館閣"的界定，依羅玘《館閣壽詩序》中之説：
"今言'館'，合翰林、詹事、二春坊、司經局皆館也，非必謂史館也；今言'閣'，東閣也，
凡館之官，晨必會於斯，故亦曰閣也，非必謂中閣也。然内閣之官亦必由館閣入，故
人亦蒙冒概目之曰'館閣'云。"(《圭峰集》卷一，《景印文淵閣四庫全書》本)即主要指
翰林院、詹事府及内閣等機構。
　　④ 黃卓越《明永樂至嘉靖初詩文觀研究》，北京師範大學出版社，2001 年，第
77 頁。徐伯鴻先生《"臺閣體"不能等同"館閣體"辨析》一文中不僅忽視了臺閣官員
與館閣官員之間的升降流動，亦忽視了館閣官員爲臺閣官員"代作"的情形，按徐先
生之定義無法區分，其"臺閣體不能稱之爲館閣體"之結論也難以成立。

聖治乾坤大，仁恩雨露春。自新如有路，指日聽絲綸。①

"自訟"既有替自己申訴之意，亦有"自責"之意。黃淮詩中更多是引咎自責，入獄的悲苦憤懣之情，在禮義約束下變爲對皇恩浩蕩的感嘆。楊榮爲之作序曰："公居幽時，感時觸事，形於賦咏，積累成編，名之曰《省愆》，其志可尚也。……公以高才懿學，夙膺遭遇，黼黻皇猷，鋪張至化，與世之君子頡頏振奮於詞翰之場者多矣。此蓋特其一時幽寓之作，而愛親忠君之念，咎己自悼之懷，藹然溢於言表。真和而平，溫而厚，怨而不傷，而得夫性情之正者也。"②可見其在獄十年，雖然身份上已不再是內閣成員，但其作品愛親忠君之內容、和平溫厚之風格並未發生很大的變化，仍符"性情之正"的要求，故獄中的黃淮仍然算是臺閣體作者，《省愆集》亦可稱之爲臺閣體作品。徐有貞因擁英宗復辟有功入閣，後被石亨誣陷而流放金齒，至天順四年(1460)始放還歸鄉。徐有貞賦閒吳中時，多與杜瓊、沈周等吳中隱士唱和，內容不再是黼黻皇猷，而是恢復了其早年典型的吳中特色。錢謙益言："(徐有貞)詩文取通達，不屑爲雕章飾句。晚遭屏廢，放情絃管泉石之間，好作長短句，以抒寫其抑塞激昂感慨，有辛稼軒、劉改之之風。"③故流放後的徐有貞不再是臺閣體作者。

有學者指出，臺閣體泛衍之後"就超出了館閣範圍，延展至更深廣的場景層面，其創製活動，不限於館閣，還遠波山林；不只

---

① 黃淮《自訟二首甲午秋初入獄賦》，《省愆集》卷上，《景印文淵閣四庫全書》1240 冊，臺灣商務印書館，1986 年，第 446 頁。

② 楊榮《省愆集序》，《文敏集》卷十一，《景印文淵閣四庫全書》1240 冊，臺灣商務印書館，1986 年，第 169 頁。

③ 錢謙益《列朝詩集小傳》"徐武功有貞"條，上海古籍出版社，2008 年，第 204 頁。

在廟堂,還牽動地方;不專屬公共,還觸及私人。"①當臺閣體成爲文壇創作主流,臺閣體的作者也就不再局限於館閣文人,自藩王至地方官員乃至平民隱士亦大量撰寫歌功頌德之詩,故以下三類詩人亦在本書詩學思想的考察範圍之内:

(一)藩王及藩府文人。朱元璋建國不久將其子孫分封到全國各地爲王,以鞏固朱氏政權的統治。宗藩制度貫穿有明一代始終,在政治、經濟、軍事等方面均有重要影響,文學領域亦不例外。藩王對臺閣文學影響尤大,如寧王朱權參與了靖難之役,永樂元年(1403)遷封南昌,與胡儼等臺閣文人交往密切;永樂間祥瑞進呈則是由周王朱橚帶頭發起。不僅如此,藩王亦多有文學創作,僅存世者就有寧獻王朱權(1378—1448)《宮詞》一卷、《太和正音譜》二卷,其孫寧靖王朱奠培(1418—1491)《松石軒詩評》一卷,周王《元宮詞》一卷②,周憲王朱有燉(1379—1439)《誠齋録》四卷,《誠齋牡丹譜》、《牡丹百咏》、《梅花百咏》、《玉堂春百咏》各一卷,楚莊王朱孟烷(1395—1439)《勤有詩集》一卷《勤有文集》一卷,蜀獻王朱椿(1371—1423)《獻園睿制集》十七卷,蜀定王朱友垓(1420—1463)《定園睿制集》十卷,蜀懷王朱申鈘(1448—1471)《懷園睿制集》十卷,蜀惠王朱申鑿(1458—1493)《惠園睿制集》十二卷等。雖然藩王遠離京城,但與臺閣文人多有酬唱交遊,加之其政治身份的影響,故亦是主流文壇中臺閣詩學思想的重要組成部分。此外,對藩府之文人亦須重視,較爲重要的文人如楚府長史胡粹中、漢府長史錢仲益、楚府左長史管時敏、遼府左長史程通、

---

① 饒龍隼《通往館閣——西昌雅正文學的生長歷程》,復旦大學博士後出站報告,2011 年,第 102 頁。

② 《元宮詞》作者是周定王朱橚抑或周憲王朱有燉尚有爭議,故只稱"周王"。參見拙作《〈元宮詞〉作者再議》,《天一閣文叢》第 10 輯,浙江古籍出版社,2012 年,第 34—40 頁。

寧府教授胡奎、漢府紀善唐文鳳、魯府紀善梁混等。而且有些藩府儒臣和翰林文人身份多有更替，如周府長史王翰曾任翰林編修，朱右則由翰林編修出爲晉府長史，"閩中十才子"之一的王褒曾任翰林修撰後改爲漢府紀善，楊翥由翰林修撰遷郕王府長史，張洪由靖江王府教授升翰林院修撰，金實則由翰林典籍遷衛王府左長史等，故藩王及王府之儒臣文人本書亦多關注。

（二）地方官員。歌功頌德並非臺閣文人之專利，地方官員同樣不乏鳴盛之作。以陳璉爲例，陳璉（1370—1454）字廷器，東莞人，洪武二十三年（1390）舉人，授桂林府教授，歷任許州知州、滁州知州、四川按察使、南京通政使等職，至正統元年（1436）方調任禮部左侍郎，"敭歷中外三十餘年矣，凡遇國家大慶暨禎祥之事，無不播之歌頌"[①]。其現存三十卷《琴軒集》中，永樂至宣德間的"國家大慶暨禎祥之事"，從外邦入貢之白象麒麟到地方獻瑞之河清騶虞，從平定安南到太宗北征，陳璉不厭其煩地作詩頌揚，比翰林文人有過之而無不及。再如隱居吳中的杜瓊，永樂十八年（1420）以講《大誥》率生徒朝京，途中就已按捺不住作詩鳴盛："驛路三千足宦遊，舉頭今喜見神州。彩雲高擁雙龍闕，瑞日初升五鳳樓。北向關山如叠障，南來車馬似奔流。春風一振朝天珮，明日金門拜冕旒。"[②]自永樂間鳴盛之風興起，即使從未有過任何館閣經歷的地方官員，亦多有歌功頌德之詩作，故臺閣詩學思想考察亦會間或涉及此類地方官員之作品。

（三）僧道方外之人。羽釋之作，向爲山林詩之代表，似乎很難和歌功頌德、雍容典雅的臺閣體聯繫起來，但亦有例外，如

---

① 曾棨《重刻琴軒集序》，陳璉《重刻琴軒集》卷首，清康熙六十年陳氏刻本。

② 杜瓊《旅次通州望闕》，《東原集》卷五，《四庫全書存目叢書》影印明張習鈔本，齊魯書社，1997年，集部78冊，第619頁。

明初釋道衍與張宇初。釋道衍即姚廣孝(1315—1418)，蘇州人。
元至正十二年(1352)出家爲僧，法名道衍，字斯道，自號逃虛子。
洪武間釋道衍隨燕王朱棣至北平主持大慶壽寺，成爲其重要謀
士，在靖難之役中多次出謀劃策，堪稱第一功臣。因輔佐朱棣登
基有功，官至太子少師。永樂二年(1404)朱棣復其姓，釋道衍雖
受官，但至死未改變僧人身份，其詩亦多頌世鳴盛之臺閣體。張
宇初(1359—1410)字子璿，一字信甫，號耆山，又號無爲子。道
教正一派第四十三代天師，洪武十年(1377)嗣教。張宇初多次
赴京朝覲，寵遇甚隆，洪武間被封爲"正一嗣教道合無爲闡祖光
範大真人"，永樂四年曾奉敕纂修《道藏》，其所著《峴泉集》中亦
有諸多鳴盛之作，如《癸未臘廿七日頒賜法服》："内使馳宣降藥
宫，金衣烜彩拜恩濃。鬱蕭星斗輝三極，警蹕風雲面九重。聖澤
雨濡沾禹貢，皇猷天廣頌堯封。極慚疎陋知何補，敢俟圯橋禮赤
松。"①感激之情溢於詩中，且極盡贊頌之能事。故本書將釋道
衍、張宇初之詩學思想亦納入考察範圍之内。

　　通過對以上問題的清理，臺閣體概念至此已大致清晰。我
們可以看出，明代臺閣體亦稱館閣體，得名于其作者身份，最早
是形容平直而又春容典雅的文風，主要是指文，並且更多傾向於
詔誥奏議之類，但作爲一種文學樣式或美學範式的"臺閣體"，則
可詩文兼指。由於臺閣文人操持文柄，追隨模擬者甚衆，遂成爲
文壇主流。當臺閣體泛衍之後，其作者也就不再局限于館閣文
人。由此筆者認爲，用狹義與廣義兩個概念來界定明代臺閣體
會更加清楚。狹義的臺閣體，指内容歌功頌德、風格平正典雅的
應制進呈詩文。廣義的臺閣體，指明永樂至成化間佔據文壇主

---

① 　張宇初《癸未臘廿七日頒賜法服》，《峴泉集》卷六，清乾隆十九年張昭麟
刻本。

導地位的文學風氣,作者主要是内閣和翰林院官員但不局限于此,秉持道統文學觀,文法歐陽修,詩宗盛唐,内容多以鳴盛感恩、宣揚政教爲主,風格春容典雅,平正紆徐。其在洪熙、宣德間最爲興盛,正統間"三楊"去世後漸趨衰落,景泰、天順間流弊蔓延,至李東陽崛起,標誌着臺閣體退出主流文壇。當前學界對臺閣體的理解較爲混亂,一個重要的原因,往往是因爲没有區分狹義與廣義的臺閣體概念。

明永、成間主要臺閣文人存世别集簡表

姓名	生卒年	籍貫	仕宦經歷	主要存世别集
王達 字達善	1343—1407	南直無錫	以明經授邑庠訓導,永樂元年與修《太祖實錄》,遷翰林編修、侍讀學士	《翰林學士耐軒王先生天游雜稿》十卷《重刻天遊集》十卷
王翰 字時舉	1344—1413後	河南夏邑	洪武中以經明辟夏邑訓導,擢周王府長史,薦爲翰林編修	《梁園寓稿詩集》九卷《弊帚集》五卷
王恭 字安中	約1347—1411	福建閩縣	永樂四年以儒士薦至京修《大典》,擢翰林典籍	《王皆山先生白雲樵唱》二卷《草澤狂歌》五卷
王璲 字汝玉 號青城山人	1349—1415	四川遂寧	永樂初擢翰林五經博士,歷官右贊善、翰林典籍、左贊善	《青城山人詩集》八卷
高棅 字彦恢 更字廷禮 號漫士	1350—1423	福建長樂	永樂初以布衣召入翰林,爲待詔,升翰林典籍	《高漫士嘯臺集》二十卷《閩高待詔詩集》五卷《高漫士木天清氣集》十四卷

姓名	生卒年	籍貫	仕宦經歷	主要存世別集
高得暘 （德暘） 字孟升	1352— 1420	浙江 錢塘	永樂中預修《大典》，任副總裁官，進講春宮	《節庵集》八卷 《續稿》一卷
鄒　濟 字汝舟	1357— 1424	浙江 餘杭	永樂初與修太祖實録，升儀制郎中，任《大典》總裁，歷禮部郎中、少詹事	《頤庵文集》九卷
鄭　棠 字叔美	1361— 1429	浙江 浦江	永樂中與修《大典》，除翰林典籍，講學東宮，升翰林檢討	《道山集》六卷
胡　儼 字若思 號頤庵	1361— 1443	江西 南昌	永樂初以翰林侍講直文淵閣，歷官翰林檢討、侍讀、國子祭酒兼侍講	《頤庵文選》二卷 《胡祭酒集》十四卷 《胡祭酒頤庵集》十二卷
王　紱 字孟端 號友石	1362— 1416	南直 無錫	永樂初以善書徵入文淵閣，除中書舍人	《友石先生詩集》五卷
鄭　賜 字彥嘉	？— 1408	福建 建寧	洪武十八年進士，永樂中進工部尚書	《聞一齋詩稿》不分卷
王　褒 字中美 號養靜	1363— 1416	福建 閩縣	永樂中與修《太祖實録》，擢翰林修撰，任《大典》總裁官，遷漢府紀善	《三山王養靜先生集》十卷 《養靜公詩集》五卷 《養靜公文集》五卷
黃　福 字如錫 號後樂翁	1363— 1440	山東 昌邑	永樂初任工部尚書兼詹事府詹事，宣德時任行在工部尚書、户部尚書	《黃忠宣公文集》十三卷 《方山要翰》四卷

姓名	生卒年	籍貫	仕宦經歷	主要存世別集
吳溥 字德潤 號古崖	1363— 1426	江西 崇仁	建文二年進士，任翰林修撰，永樂初遷國子司業	《古崖先生詩集》八卷
張洪 字宗海	1364— 1447	南直 常熟	永樂間授行人，洪熙間官翰林修撰	《張修撰遺集》八卷
陳誠 字子實	1365— 1458	江西 吉水	洪武二十七年進士，授行人，升翰林檢討	《陳竹山先生文集》四卷
楊士奇 名寓號 東里	1365— 1444	江西 泰和	建文初薦入翰林纂修實錄，進編修，累官少師、兵部尚書兼華蓋殿大學士	《東里詩集》三卷 《文集》二十五卷 《續編》六十二卷 《別集》五卷
梁潛 字用之 號泊庵	1366— 1418	江西 泰和	永樂初與修實錄，升翰林修撰，歷官右春坊右贊善、翰林侍讀	《泊庵先生文集》十六卷
夏原吉 字惟喆	1366— 1430	湖廣 湘陰	以鄉薦入太學，歷官戶部主事、侍郎、尚書	《夏忠靖公集》六卷
虞謙 字伯益	1366— 1427	南直 金壇	由國子生升刑部郎中，官大理左少、大理寺卿	《玉雪齋詩集》三卷
黃淮 字宗豫 號介庵	1366— 1449	浙江 永嘉	洪武卅年進士，累官侍讀、右春坊大學士、少保、戶部尚書兼武英殿大學士	《省愆集》二卷 《黃文簡公介庵集》十二卷
金幼孜 名善	1368— 1431	江西 新淦	建文二年進士，遷翰林檢討、侍講，累官太子少保、禮部尚書、武英殿大學士	《金文靖公集》十卷

姓名	生卒年	籍貫	仕宦經歷	主要存世別集
解　縉 字大紳 號春雨	1369— 1415	江西 吉水	洪武廿一年進士，歷翰林待詔、侍讀學士、翰林學士兼右春坊大學士，永樂五年謫廣西	《皇明大學士解春雨先生詩集》不分卷 《解學士先生集》三十一卷 《解學士文集》十卷
尹昌隆 字彥謙	1369— 1417	江西 泰和	洪武卅年榜眼，永樂中歷禮部主事	《尹訥庵先生遺稿》十卷
胡　廣 字光大 號晃庵	1370— 1418	江西 吉水	建文二年狀元，歷侍講、侍讀、翰林學士兼左春坊大學士、文淵閣大學士	《胡文穆公文集》二十卷
王　偁 字孟敭 （孟揚）	1370— 1415	福建 永福	永樂初徵爲國史檢討，充《大典》總裁	《虛舟集》五卷
陳　繼 字嗣初 號怡庵	1370— 1434	南直 吳縣	洪熙元年以薦授五經博士，領弘文館事，進檢討	《怡庵文集》二十卷 《陳檢討文集》二十卷
楊　榮 字勉仁	1371— 1440	福建 建安	建文二年進士，授編修，以侍講入閣，累官謹身殿大學士、工部尚書、少傅	《兩京類稿》三十卷 《楊文敏公集》二十五卷
金　實 （金寔） 字用誠	1371— 1439	浙江 開化	永樂初授翰林典籍，衛王府左長史致仕	《覺非齋文集》二十八卷
余學夔 字一夔	1372— 1444	江西 泰和	永樂二年進士，選庶吉士，授翰林檢討，進侍講	《北軒集》十八卷

姓名	生卒年	籍貫	仕宦經歷	主要存世別集
楊　溥 字弘濟	1372— 1446	湖廣 石首	建文二年進士，以太常卿兼學士入閣，累官少保、禮部尚書兼武英殿大學士	《楊文定公詩集》七卷
曾　棨 字子啓 號西墅	1372— 1432	江西 吉安	永樂二年狀元，授修撰，歷侍講、侍讀、左春坊大學、少詹事兼侍讀學士	《巢睫集》五卷 《刻曾西墅先生集》十卷 《曾西墅先生文集》六卷
周　述 字崇述	？— 1439	江西 吉水	永樂二年榜眼，授翰林編修，進諭德，升左庶子	《東墅詩集》二卷
魏　驥 字仲房	1374— 1471	浙江 蕭山	永樂四年進士副榜，官至吏部尚書	《南齋先生魏文靖公摘稿》十卷
李時勉 名懋以 字行	1374— 1450	江西 安福	永樂二年進士，選庶吉士，授侍講，歷侍讀、侍讀學士、翰林學士、祭酒	《古廉李先生詩集》十一卷 《諡忠文古廉文集》十二卷 《李古廉先生文集》十一卷
王　英 字時彥 號泉坡	1376— 1450	江西 金溪	永樂二年進士，歷修撰、侍讀、侍講、右春坊大學士、少詹事、南禮部尚書	《王文安公詩集》五卷 《王文安公文集》六卷
李　禎 字昌祺	1376— 1452	江西 廬陵	永樂二年進士，由禮部郎中左遷河南布政使	《運甓漫稿》七卷

姓名	生卒年	籍貫	仕宦經歷	主要存世別集
王瀹 字子清 號退翁	1376—1450	河南太康	永樂四年進士，歷左春坊左司直郎、南户右侍郎	《退翁文集》六卷
章敞 字尚文	1376—1437	浙江上虞	永樂二年進士，選庶吉士，歷刑部主事、員外郎中、禮部右侍郎	《章質庵先生集》四卷 《明永樂甲申會魁禮部左侍郎會稽質庵章公文集》不分卷
林環 字崇璧	1376—1415	福建莆田	永樂四年狀元，除翰林修撰，升翰林侍講	《絅齋先生集》三卷 《二集》十卷 《三集》十卷
袁忠徹 字靜思	1376—1458	浙江鄞縣	以蔭由鴻臚寺序班官至尚寶寺少卿	《符臺外集》二卷 《鳳池吟稿》一卷
陳敬宗 字光世 號澹然居士	1377—1459	浙江慈溪	永樂二年進士，選庶吉士，授刑部主事，歷國子監司業、祭酒	《澹然居士文集》十卷 《陳文定公澹然遺書全集》十三卷
羅亨信 字用實	1377—1457	廣東東莞	永樂二年進士，改庶吉士，歷工科給事中、監察御史	《覺非集》十卷
林誌 字尚默	1378—1427	福建閩縣	永樂十年榜眼，授編修，歷修撰、侍讀、右春坊諭德	《蔀齋先生文集》十二卷 《續刻蔀齋公文集》十五卷
王直 字行儉 號抑庵	1379—1462	江西泰和	永樂二年進士，歷翰林修撰、侍讀、少詹事兼侍讀學士、吏尚、榮禄大夫	《抑庵文集》十三卷 《重編王文端公文集》四十卷

（續　表）

姓名	生卒年	籍貫	仕宦經歷	主要存世別集
王洪 字希範 號毅齋	1380— 1420	浙江 錢塘	洪武卅年進士，永樂初擢吏科給事中，改翰林檢討，歷修撰、侍講、禮部主事	《毅齋王先生文集》八卷 《附録》一卷
周忱 字恂如 號雙崖	1381— 1453	江西 吉水	永樂二年進士，歷刑部主事、員外、越府右長史、工部侍郎、工部尚書	《雙崖文集》四卷 《雙崖詩集》六卷
蕭儀 字德容	1384— 1423	山東 樂安	永樂十三年進士，官至吏部主事	《重刻襪綫集》二十卷 《南行記咏》二卷
陳循 字德遵 號芳洲	1385— 1462	江西 泰和	永樂十三年狀元，授修撰，翰林學士入閣，累官少師、户部尚書兼華蓋殿大學士	《芳洲文集》十卷 《續編》六卷 《詩集》四卷 《東行百咏集句》十卷
曹義 字子宜	1386— 1461	南直 句容	永樂十三年進士，歷翰林編修、禮部主事、吏部郎中、南吏部尚書、資德大夫	《默庵詩集》五卷
鄭珞 字希玉	不詳	福建 侯官	永樂十三年進士，選庶吉士，授刑部主事	《雞肋集》一卷
習經 字嘉言	1388— 1453	江西 新喻	永樂十三年進士，選庶吉士，累官太常少卿、詹事	《尋樂習先生文集》二十卷
孫瑀 字原貞	1388— 1474	江西 德興	永樂十三年進士，官至兵部尚書	《歲寒集》二卷 《附録》一卷

姓名	生卒年	籍貫	仕宦經歷	主要存世別集
薛瑄 字德溫 號敬軒	1389— 1464	山西 河津	永樂十九年進士，除御史，歷大理少卿，累官禮部左侍郎兼文淵閣大學士	《河汾詩集》八卷 《敬軒薛先生文集》二十四卷 《薛文清公全集》五十三卷
柯暹 字啓暉 （又字用晦） 號東岡	1389— 1462後	南直 建德	永樂三年舉人，預修大典，尋選入翰林，授户科給事中，坐言事出知永新	《東岡集》十卷 《東岡文集》十二卷
林文 字恒簡 號淡軒	1390— 1476	福建 莆田	宣德五年探花，歷修撰、春坊諭德兼侍講、尚寶司卿、太常寺少卿兼侍讀	《淡軒先生詩文集》十二卷
高穀 字世用	1391— 1460	南直 興化	永樂十三年進士，以工部右侍郎兼侍講學士入閣，累官工尚兼謹身殿大學士	《育齋先生詩集》十七卷 《歸田集》三卷 《拾遺集》一卷
劉球 字求樂	1392— 1443	江西 安福	永樂十九年進士，授禮部主事，官翰林侍講	《兩谿文集》二十四卷 《兩谿先生詩集》四卷
周叙 字公叙	1392— 1452	江西 吉水	永樂十六年進士，庶吉士，歷編修、修撰、侍讀、南侍講學士掌院事	《石溪集》十一卷 《石溪周先生文集》八卷

姓名	生卒年	籍貫	仕宦經歷	主要存世別集
蕭鎡 字孟勤	1393— 1464	江西 泰和	宣德二年進士，授編修，歷侍讀、祭酒累官太子少師、戶部尚書兼翰林學士	《尚約居士集》二十卷 《尚約文鈔》十二卷 《附錄》一卷
劉鉉 字宗器	1394— 1458	南直 長洲	永樂十七年徵入翰林，官國子祭酒、東宮講讀	《劉文恭公詩集》六卷
馬愉 字性和 號澹軒	1395— 1447	山東 臨朐	宣德二年狀元，仕至禮部右侍郎兼侍講學士	《馬學士文集》八卷
張益 字士謙 號蠢庵	1395— 1449	南直 江寧	永樂十三年進士，選庶吉士，官侍讀學士、知制誥	《張文僖集》一卷
蕭晅 字仰善 號雪崖	1396— 1461	江西 泰和	宣德二年進士，歷吏部主事、南京禮部尚書	《雪厓集》一卷
吳節 字與儉 號竹坡	1397— 1481	江西 安福	宣德五年進士，選庶吉士，官至南祭酒、太常卿	《竹坡詩集》二十八卷 《吳竹坡先生文集》五卷
周旋 字中規	1397— 1454	浙江 永嘉	正統元年狀元，授修撰，進侍講兼左春坊左庶子	《畏庵集》十卷 《畏庵周先生文集》十卷
于謙 字廷益	1398— 1457	浙江 錢塘	永樂十九年進士，官至兵部尚書	《于肅湣公集》八卷 《于忠肅公集》十二卷

姓名	生卒年	籍貫	仕宦經歷	主要存世別集
李紹 字克述 號拙庵	1407— 1471	江西 安福	宣德八年進士，選庶吉士，累官禮部侍郎、國子祭酒	《拙庵集》四卷
徐有貞 字元玉	1407— 1472	南直 吳縣	宣德八年進士，選庶吉士，累官華蓋殿大學士	《天全翁集》存五卷 《武功集》五卷
李賢 字原德	1408— 1466	河南 鄧州	宣德八年進士，累官少保、吏部尚書兼華蓋殿大學士	《古穰文集》三十卷
劉定之 字主靜	1409— 1469	江西 永新	正統元年探花，授編修，歷春坊洗馬、右庶子、學士、太常少卿、禮部侍郎	《呆齋存稿》二十四卷 《呆齋前稿》十六卷 《存稿》十卷《續稿》五卷
章綸 字大經	1413— 1483	浙江 樂清	正統四年進士，授南京禮部主事，累官禮部侍郎	《困志集》一卷 《章恭毅公集》十二卷
姚夔 字大章	1414— 1473	浙江 桐廬	正統七年進士，累官禮部尚書、吏部尚書	《姚文敏公遺稿》十卷
商輅 字弘載 號素庵	1414— 1486	浙江 淳安	正統十年狀元，以修撰入閣，歷侍讀、翰林學士等，累官吏部尚書兼謹身殿大學士	《商文毅公集》十卷 《商文毅公全集》三十卷
倪謙 字克讓 號靜存	1415— 1479	應天 府上元	正統四年探花，歷侍講、侍講學士、通政司參議兼侍講、南禮部侍郎、尚書	《倪文僖公集》三十二卷 《遼海集》四卷

姓名	生卒年	籍貫	仕宦經歷	主要存世別集
王　恕 字宗貫 號石渠	1416— 1508	陝西 三原	正統十三年進士，授 大理寺副，累官南京 兵部尚書	《王端毅公文集》九 卷 《續集》二卷
彭　時 字純道	1416— 1475	江西 安福	正統十三年狀元，累 官太常寺少卿，兵部 尚書兼文淵閣大學士	《彭文憲公集》八卷
呂　原 字逢原	1418— 1462	浙江 秀水	正統七年榜眼，除翰 林編修，天順間入閣 預機務	《呂文懿公全集》十 二卷
岳　正 字季方 號蒙泉	1418— 1472	北直 漷縣	正統十三年進士，授 編修，天順初改修撰 入閣	《類博稿》十卷
卞　榮 字華伯	1419— 1487	南直 江陰	正統十年進士，官至 戶部郎中	《卞郎中詩集》七卷
丘　濬 字仲深	1421— 1495	廣東 瓊山	景泰五年進士，庶吉 士，授編修，以太子 太保禮部尚書兼文 淵閣大學士入閣	《瓊臺類稿》七十卷 《瓊臺詩文會稿重 編》二十四卷
柯　潛 字孟時	1423— 1473	福建 莆田	景泰二年狀元，授翰 林修撰，官少詹事兼 翰林學士	《竹巖集》十八卷 《補遺》一卷 《續補遺》一卷
黎　淳 字太樸	1423— 1492	湖廣 華容	天順元年狀元，授修 撰，歷詹事府少詹事 兼翰林修撰、南京禮 部尚書	《黎文僖公集》十七 卷

姓名	生卒年	籍貫	仕宦經歷	主要存世別集
王　偁 字廷貴	1424—1495	南直 武進	景泰二年進士，授編修，遷侍講，歷南翰林學士、國子祭酒、南戶部尚書	《王文肅公集》十二卷 《思軒文集》二十三卷
童　軒 字士昂	1425—1498	江西 鄱陽	景泰二年進士，歷太常寺卿、右副都御史、南吏部侍郎、戶部尚書	《枕肱亭文集》二十卷 《清風亭稿》八卷
楊守陳 字維新	1425—1489	浙江 鄞縣	景泰二年進士，選庶吉士，歷侍講、洗馬、侍講學士、少詹事、吏部侍郎	《楊文懿公文集》三十卷
謝一夔 （王一夔） 字大韶 號約齋	1425—1487	江西 新建	天順四年狀元，授翰林修撰，進翰林學士，禮部右侍郎，累官工部尚書	《謝文莊公集》六卷
張　弼 字汝弼 號東海	1425—1487	南直 華亭	成化二年進士，官至兵部員外郎	《張東海先生詩集》四卷 《張東海先生文集》八卷
張　悦 字時敏 號定庵	1426—1502	南直 華亭	天順四年進士，授刑部主事，官至南京兵部尚書	《定庵集》五卷
劉　珝 字叔温 號古直	1426—1490	山東 壽光	正統十三年進士，累官太保、戶部尚書兼謹身殿大學士	《古直先生文集》十六卷
馬文升 字負圖	1426—1510	河南 鈞州	景泰二年進士，累官兵部尚書、吏部尚書	《馬端肅公詩集》一卷

姓名	生卒年	籍貫	仕宦經歷	主要存世別集
何喬新 字廷秀	1427— 1502	江西 廣昌	景泰五年進士,授南禮部主事,歷員外郎、福建按察副使、刑部侍郎、尚書	《椒邱文集》三十四卷 《外集》一卷 《文肅公文集》三十四卷
徐　溥 字時用 號謙齋	1428— 1499	南直 宜興	景泰五年榜眼,授編修,官至吏部尚書、大學士	《徐文靖公謙齋集》八卷 《徐文靖公謙齋文錄》四卷
彭　韶 字鳳儀	1430— 1495	福建 莆田	天順元年進士,授刑部主事,官至刑部尚書	《彭惠安公文集》八卷 《彭惠安集》十卷
羅　倫 字彝正	1431— 1478	江西 永豐	成化二年狀元,授翰林修撰,坐言事貶泉州	《一峰先生文集》十四卷
彭　華 字彥實	1432— 1496	江西 安福	景泰五年進士,選庶吉士,授翰林編修,遷侍讀,官至禮部尚書兼翰林院學士	《彭文思公文集》十卷 《彭文思公文集》六卷 《附錄》一卷
徐　貫 字原一	1433— 1502	浙江 淳安	天順元年進士,授兵部主事,官至工部尚書	《徐康懿公餘力稿》十二卷
林　瀚 字亨甫 （亨大） 號泉山	1434— 1519	福建 閩縣	成化二年進士,選庶吉士,歷編修、修撰、國子祭酒、南京兵部尚書	《林文安公詩集》八卷 《林文安公文集》九卷
謝　鐸 字鳴治 號方石	1435— 1510	浙江 太平	天順八年進士,選庶吉士,授編修,官至南國子祭酒	《桃溪净稿》八十四卷

姓名	生卒年	籍貫	仕宦經歷	主要存世別集
吳寬 字原博	1435— 1504	南直 長洲	成化八年狀元，選庶吉士，累官南京禮部尚書	《匏翁家藏集》七十七卷 《補遺》一卷
黃潛 字仲昭 以字行	1435— 1508	福建 莆田	成化二年進士，授翰林編修，坐言事謫湘潭	《未軒公文集》十二卷 《補遺》二卷
陸容 字文量	1436— 1497	南直 太倉	成化二年進士，授南京吏部主事，坐言事謫浙江	《式齋先生文集》三十七卷
陳音 字師召	1436— 1494	福建 莆田	天順八年進士，改庶吉士，授編修，官至太常寺卿	《愧齋先生文粹》十卷 《愧齋集》十七卷
章懋 字德懋	1436— 1521	浙江 蘭谿	成化二年狀元，選庶吉士，授編修，累官南禮部尚書	《楓山章先生文集》九卷
張泰 字亨父	1436— 1480	南直 太倉	天順八年進士，選庶吉士，授翰林檢討，遷翰林修撰	《滄洲詩集》十卷 《續集》二卷
楊守阯 字維立	1436— 1512	浙江 鄞縣	成化十四年榜眼，授編修，歷南侍讀、侍講學士、南吏部侍郎、吏部尚書	《碧川文選》八卷 《碧川詩選》八卷
莊泉 字孔暘 號定山	1437— 1499	南直 江浦	成化二年進士，改庶吉士，授檢討，以諫謫桂陽州判	《定山先生集》十卷

姓名	生卒年	籍貫	仕宦經歷	主要存世別集
彭　教 字敷五 號東瀧	1438— 1480	江西 吉水	天順八年狀元，授翰林修撰，進侍講學士	《彭東瀧先生遺稿》四卷 《東瀧遺稿四卷制策》一卷
鄭　紀 字廷綱 號東園	1439— 1508	福建 仙遊	天順四年進士，改庶吉士，授檢討，遷國子祭酒，官至戶部尚書	《東園鄭先生文集續編》十三卷
陸　釴 字鼎儀 號靜逸	1439— 1489	南直 崑山	天順八年榜眼，授編修，歷修撰、右春坊右諭德、太常少卿兼翰林侍讀	《少石集》十三卷 《春雨堂稿》二十九卷 《續稿》二卷
韓　文 字貫道	1441— 1526	山西 洪洞	成化二年進士，授工科給事中，累官戶部尚書	《韓忠定公集》四卷
張　昇 字啟昭 號柏崖	1442— 1517	江西 南城	成化五年狀元，授修撰，歷贊善、諭德、庶子、官至禮部尚書	《張文僖公文集》十四卷 《張文僖公詩集》二十二卷 《張文僖公和唐詩》十卷
陸　簡 字廉伯	1442— 1495	南直 武進	成化二年進士，官至詹事府少詹事	《龍皋文稿》十九卷
李　傑 字世賢	1443— 1517	南直 常熟	成化二年進士，改庶吉士，授編修，累官禮部尚書	《石城山房稿》存六卷

姓名	生卒年	籍貫	仕宦經歷	主要存世別集
倪岳字舜咨	1444—1501	南直上元	天順八年進士，累官太子少保、吏部尚書	《青谿漫稿》二十四卷
程敏政字克勤	1445—1499	南直休寧	成化二年榜眼，授編修，歷左諭少詹事兼侍讀學士、吏部右侍郎	《篁墩程先生文集》九十三卷《拾遺》一卷《篁墩程先生文粹》二十五卷
李東陽字賓之號西涯	1447—1516	湖廣茶陵	天順八年進士，改庶吉士，授編修，累遷侍講學士，官至吏部尚書兼華蓋殿大學士	《懷麓堂詩稿》二十卷《文稿》三十卷《詩後稿》十卷《文後稿》三十卷《懷麓堂全集》一百卷

説明：一、永樂至成化間有館閣經歷且有別集存世之作者約一百五十餘人，本表僅列代表作者 117 人，以生年先後爲序，生年不詳者以科第先後爲序。

二、臺閣文人別集衆多，爲節省篇幅只舉其代表作，別集版本詳見參考文獻。

三、籍貫中的"北直"、"南直"分別是京師（北直隸）、南京（南直隸）之簡稱。

第二節　翰林文人心態與臺閣體的興盛

臺閣體興起與翰林制度有着密切關係。建文四年（1402）九月，朱棣登基不久即簡拔解縉、黃淮、胡廣、楊榮、楊士奇、金幼孜、胡儼等七人入值文淵閣，名曰文學侍從，實乃參預機務，這是内閣制度的雛形,解縉等人名義上仍屬翰林院。永樂二年(1404)朱棣開科取進士四百七十餘人,次年正月,又命解縉于新進士中選二十八人入文淵閣進學,朱棣對其期望甚高,并親加勸勉,《翰林記》載:

> 上諭勉之曰:"人須立志,志立則功就。天下古今之人,未有無志而能建功成事者。汝等簡拔于千百人中爲進士,又簡拔于進士中至此,固皆今之英俊。然當立志遠大,不可安于小成。爲學必造道德之微,必具體用之全,爲文必並驅班、馬、韓、歐之間,如此立心,日進不已,未有不成者。古之文學之士,豈皆天成,亦積功所至也,汝等勉之。朕不任爾以事,文淵閣古今載籍所萃,爾各食禄,日就閣中,恣爾玩索,務實得於己,庶國家將來皆得爾用,不可自怠,以孤朕期待之意。"①

朱棣選擇二十八人應星宿之數,以彰顯當代文章之盛。能舉進士已是莫大榮耀,而翰林文人則又是從進士中"拔其尤者",可謂畢一時之選。至天順間"非進士不入翰林,非翰林不入內閣"②成爲定制,入閣成爲翰林官員之專權,翰林地位日益尊崇。翰林文人讀書中秘,專以文辭爲職事,凡外邦入貢、地方獻瑞、扈從遊幸等多有頌詞,臺閣體興盛一時。臺閣體雖由內閣大臣創立倡導,但主要創作隊伍却在翰林院③,因此考察翰林文人心態顯得

---

① 黃佐《文淵閣進學》,《翰林記》卷四,傅璇琮、施純德編《翰學三書》本,遼寧教育出版社,2003年,第36頁。

② 張廷玉等《明史》卷七十,中華書局,2007年,第1702頁。

③ 參見廖可斌《詩稗鱗爪》,浙江大學出版社,1999年,第73頁;黃卓越《明永樂至嘉靖初詩文觀研究》,北京師範大學出版社,2001年,第6頁。

尤爲重要。目前學界探討臺閣體作家心態有"奴性"、"和樂"、"諂媚"等幾種說法①，筆者認爲，翰林制度對士人心態有着重要影響，除最直接的"感恩酬德"外，尚有"鳴己之盛"與"競技逞才"心態，這三種心態是臺閣體創作興盛的重要原因。

一、感恩酬德：臺閣體興盛的直接緣由

從新科進士中所選之"二十八宿"寵遇甚盛，《翰林記》載"司禮監月給筆墨紙，光禄寺給朝暮膳，禮部月給膏燭鈔人三錠，工部擇近第宅居之"，"五日一休沐，使内臣道之，校尉備騶"。且無政事煩擾，只是文淵閣中讀書學習，"從人莫不歆其榮艷"②。寵遇如此優渥，翰林文人萌生感恩酬德之情亦屬正常，并在應制、進呈、升遷、賞賜等詩中多有體現，試舉三首：

> 國計民庸重討論，傳宣頒賜禮駢蕃。告猷素乏經綸策，沾惠慚叨眷顧恩。風雨克調資輔弼，農桑不擾慶黎元。微臣願效驅馳力，萬歲千秋奉至尊。③
> 瑞氣氤氳捧紫宸，時當佳節沐新恩。蓬壺月上午門曉，寶炬花開萬樹春。杖外爐煙凝綵隊，雲中仙樂奏韶鈞。微臣愧乏涓埃報，願效嵩呼祝聖神。④

① 參見陳傳席《臺閣體與明代文人的奴性品格》，《社會科學論壇》2001年第4期；夏咸淳《情與理的碰撞：明代士林心史》，河北大學出版社，2001年，第6頁；左東嶺《論臺閣體與仁、宣士風之關係》，《湖南社會科學》2002年第2期；王萴《明代臺閣派形成》，《上海大學學報》2005年第2期。
② 黃佐《文淵閣進學》，《翰林記》卷四，傅璇琮、施純德編《翰學三書》本，遼寧教育出版社，2003年，第36頁。
③ 周忱《乙卯九月廿二日，予朝京師，陪諸公議事於户部。蒙恩遣中官賜羊五牽、酒五十瓶，以爲午膳之助，感而賦此》，《雙崖詩集》卷四，清光緒四年周氏山前崇恩堂刻本。
④ 鄭珞《永樂甲辰元夕應制》，《雞肋集》卷一，明嘉靖十六年刻本。

叨陪群彦後，通籍紫垣中。進道思加勉，爲文愧未工。九霄分宿彩，萬里得鵬風。報國無他術，惟應有朴忠。[1]

　　第一首是周忱朝京獲得賞賜有感而作。周忱(1381—1459)字恂如，吉水人，永樂二年(1404)進士，選庶吉士，官至戶部尚書、工部尚書。朱棣初選二十八人中幷無周忱，然"忱自陳年少願進學，上喜曰：'有志之士也。'命增忱爲二十九人"[2]。此詩寫帝王對農桑之重視，而自己多次沾惠"眷顧"之恩，表示願爲帝王奔走效勞，祝皇位千秋萬歲。第二首爲鄭珞元夕應制之作。鄭珞字希玉，閩縣人，永樂十三年(1415)進士，入翰林爲庶吉士。詩歌中極力描寫帝王盛世之氣象，最後一聯突出自己愧乏報答，只能學衆人高呼萬歲以祝福帝王。第三首爲徐有貞初入翰林院之作。徐有貞(1407—1472)字元玉，吳縣人，宣德八年(1433)進士，選庶吉士，授翰林編修。是時仿效前朝故事選二十八人入翰林，徐有貞亦在其列，詩中描寫入翰林之榮耀，正如大鵬初起，春風得意之情溢於言表，最後表示要更加勤勉進取，以樸實忠誠報答君主。可以看出，這類鳴盛之作最後多以感恩酬德、表達忠心結束，這不僅是頌世臺閣體的典型創作模式，亦是翰林文人面對帝王寵遇而報恩感激心態之體現。

　　僅是感恩心態下的應制進呈創作，尚不能使臺閣體成爲文壇主流，翰林文人將感恩心態延續至個人生活領域，無論是生日慶賀，還是節日感懷，亦或登山玩水，多要表達感恩酬德之情，將題材範圍擴大，這也是臺閣體興盛的直接原因。如楊士奇七十

---

　　① 徐有貞《初入翰林贈同選諸公，時有詔比二十八宿二首》之一，《武功集》卷二，《景印文淵閣四庫全書》1245册，臺灣商務印書館，1986年，第69頁。

　　② 黄佐《文淵閣進學》，《翰林記》卷四，傅璇琮、施純德編《翰學三書》本，遼寧教育出版社，2003年，第36頁。

初度感懷云:"翰苑春坊清切地,從來未有效涓埃。天朝三十三年禄,虚負君恩養不才。"①楊士奇感嘆自己在翰林、春坊等接近帝王的清貴之地却未能有任何微小功勞報答,朝廷任職三十三年,辜負了帝王的知遇之恩、培養之功。自謙中不乏真情流露,可見報恩心態影響之深。楊榮七十初度作自贊,亦是如此:

> 荷先世積德之厚,叨列聖眷遇之隆。久侍禁近,冀效愚忠。當齒力之既衰,尚責任之愈崇。自愧乎進無所補,退不我從。徒存心之競競,而懷憂之忡忡。惟古人堯舜其君民者,素景仰其高風。思勉焉而不懈,期一致於初終者也。②

楊榮歷仕永樂、洪熙、宣德、正統四朝,年愈高而位愈隆。因年老體衰"冀效愚忠"不能實現,而變得"懷憂之忡忡"。最後亦是勉勵自己堅持不懈,能自始至終報答君主之恩。所謂的自贊,實際全篇是向皇上盡忠之表白。洪熙元年(1425)袁忠徹六十初度所作《自贊》亦云:"故其幸者,蒙荷國家之厚恩;而其所愧者,不能補報於涓塵。噫而猶可以自勉者,夙夜匪懈,委致其身。思以無負於聖君,無忝於前人也。"③愧不能報答國家深恩,只能自勉盡職以無負君王。可見翰林文人之初度感懷,已多變爲對不能報恩的反思與懺悔。節日感懷亦多如此,如胡廣除夕感懷云:"荷蒙寵眷深,天地重恩私。努力竭忠悃,金石以爲期。"下有自注曰:"吾今行年亦三十九,道德日荒於舊學,而事功有愧於古人,

---

① 楊士奇《甲寅初度感懷二首》之一,《東里詩集》卷三,《景印文淵閣四庫全書》1238冊,臺灣商務印書館,1986年,第367頁。
② 楊榮《七十歲自贊》,《文敏集》卷十六,《景印文淵閣四庫全書》1240冊,臺灣商務印書館,1986年,第256頁。
③ 袁忠徹《自贊》,《符臺外集》卷下,《四明叢書》本。

叨沐聖恩，深懷感激，因賦此詩，用發一嘆。"①對於帝王的恩寵感激備至，胡廣在除夕之夜的感慨表態，自己要努力盡忠，金石不渝。相對胡廣口號式的盡忠報恩，魏驥的除夕感懷更加形象："撚指光陰又一年，深恩惟日感堯天。舊頒寶誥香猶在，新換宮袍色倍鮮。架積詩書孫愛讀，牀餘袍笏子能傳。燈前微醉醺酥後，題得桃符句更妍。"②是年魏驥已九十六歲高齡，感慨一年時光又過，盛世深恩，惟日不足。再舉李昌祺花朝節、王越中秋節感懷兩例：

　　平分春色恰相停，處處秋千日日晴。柳爲迎風偏婀娜，花因臨水更分明。尋芳已負嬉遊興，對景徒添感嘆情。猶記南宮曾獻藝，白頭無補負恩榮。③

　　琴瑟西風吹雨晴，可憐佳節在邊城。百年人有幾時健，一歲月無今夜明。撫劍不堪傷往事，舉杯空自惜離情。君恩未報頭先白，贏得轅門説老成。④

李昌祺(1376—1452)名禎，字昌祺，後以字行，廬陵人。永樂二年(1404)進士，選翰林院庶吉士。詩中描寫花朝節之春景，二月十五日恰是春季中間，故稱"平分春色"，柳枝婀娜，花朵明媚，郊外處處有遊人，本是一幅恬靜和美的嬉春圖，但最後卻突然轉向

　　① 胡廣《戊子除夕》，《胡文穆公文集》卷一，《四庫全書存目叢書》影印清乾隆十五年刻本，齊魯書社，1997年，集部28冊，第523—524頁。
　　② 魏驥《己丑除夕》，《南齋先生魏文靖公摘稿》卷十，《四庫全書存目叢書》影印明弘治十一年洪鐘刻本，齊魯書社，1997年，集部30冊，第489頁。
　　③ 李昌祺《辛亥花朝》，《運甓漫稿》卷五，《景印文淵閣四庫全書》1242冊，臺灣商務印書館，1986年，第498頁。
　　④ 王越《丁亥中秋》，《黎陽王襄敏公疏議詩文輯略》卷上，《四庫全書存目叢書》影印明嘉靖三十二年中山徐氏刻本，齊魯書社，1997年，集部36冊，第466頁。

感嘆自己"白頭無補負恩榮"。王越(1423—1498)字世昌,直隸大名人,景泰二年(1451)進士。是詩寫在邊城中秋之感懷,開篇頗有清俊之氣,感嘆人生苦短而壯志難酬,最後指出"君恩未報"亦是縈繞其心頭的痛苦。再如韓雍遊山作詩云:"九載名山五度過,山容靄靄勢峩峩。洞穿海外飛仙島,水接天中織女河。白鶴盤風秋氣近,紫簫吹月夜涼多。宦情也動幽棲念,可奈深恩未報何。"[1]前三聯寫山中景色,亦頗有氣勢,最後表達自己致仕歸隱之意,但因皇恩未報,故不能實現。翰林文人專注於報答皇恩,已對親恩產生衝擊,如永樂七年(1409)胡廣懷念母親作詩曰:"君恩母德總難酬,耿耿中懷負百憂。惟有此身圖兩報,忠心孝念各悠悠。"[2]希望能在君恩母德之間平衡,做到忠孝雙全。而孫瑀歸省作詩稱:"鳳敕新頒出紫垣,歸寧慈壼到鄉園。焚黃獨抱趨庭恨,戲彩猶承斷織言。遠溯慶源沾累世,深遺德澤裕來昆。祇今存歿皆膺寵,少報親恩感聖恩。"[3]全篇頌世鳴盛,最後甚至明確表示要"少報親恩"。

　　翰林文人"感恩酬德"之心態並不僅僅表現在詩歌中,更直接作用于其職責觀念。翰林文人作爲文學侍從,"專以文辭爲職事",王直《立春日分韵詩序》稱:"因時紀事,以歌咏盛美,而垂之後世者,本儒臣職也。"[4]其《富溪八景詩序》又云:"然使天下後

---

　　① 韓雍《景泰丙子六月十七日,便道與大理少卿弋陽李公遊上清。明日遊仙巖,皆賦七言近體詩一章,書之翛然亭》之一,《韓襄毅公家藏文集》卷五,明蚪溪草堂刻本。

　　② 胡廣《寫懷三首》之三,《胡文穆公文集》卷八,《四庫全書存目叢書》影印清乾隆十五年刻本,齊魯書社,1997年,集部28冊,第594頁。

　　③ 孫瑀《洪熙元年歸省》,《歲寒集》卷下,《四庫全書存目叢書》影印明嘉靖七年孫嘩刻本,齊魯書社,1997年,集部31冊,第50頁。

　　④ 王直《立春日分韵詩序》,《抑庵文集》卷四,《景印文淵閣四庫全書》1241冊,臺灣商務印書館,1986年,第69頁。

世,因是以知聖朝文明之運,士君子得以其暇日娛意山水之間,而形於歌咏,豈非太平之盛觀哉!"①翰林文人深知自己職責所在,即以詩文頌世鳴盛,使當今及後世讀者識盛世之氣象。除外邦入貢、地方獻瑞、軍事大捷等重大事件要歌咏盛美外,個人之閑暇生活亦要形於歌咏,使後世知當朝太平之盛。楊榮《重游東郭草亭詩序》即曰:"洪惟聖天子在上,治道日隆。輔弼侍從之臣仰峻德,承宏休,得以優遊暇豫,登臨玩賞而歲復歲,誠可謂幸矣。意之所適,言之不足而咏歌之,皆發乎性情之正,足以使後之人識盛世之氣象者,顧不在是歟?"②輔弼侍從之臣能得以優遊暇豫,登臨玩賞,一定要發於詩中,使後人識當今盛世之氣象。感恩酬德心態激發了翰林文人的職業意識,在此心態下大量創作各種詩歌以歌咏盛美,希望垂諸後世,以此來報答帝王的寵遇之恩。

二、鳴己之盛: 臺閣體興盛的内在動力

臺閣體最顯著的"鳴盛頌世"特徵雖是翰林文人感恩心態之體現,但需要注意的是,頌世鳴盛卻並非翰林文人之專權,地方官員乃至布衣隱士同樣可以爲各種朝貢祥瑞作詩鳴盛。臺閣體興盛流衍之後,其作者不再局限于館閣廟堂,波及至地方山林。這種普遍頌世模式背後之士人感恩心態顯而易見,當然亦不乏"奴性"與"諂媚"。但作爲臺閣體主要創作隊伍的翰林文人,在其"鳴國家之盛"同時顯現的"鳴己之盛"心態,更值得我們關注。

---

① 王直《富溪八景詩序》,《抑庵文後集》卷十一,《景印文淵閣四庫全書》1241册,臺灣商務印書館,1986年,第570—571頁。
② 楊榮《重游東郭草亭詩序》,《文敏集》卷十一,《景印文淵閣四庫全書》1240册,臺灣商務印書館,1986年,第159頁。

翰林院爲内閣官員的儲養之地,翰林文人擢入内閣參預機務,"備顧問於内廷,參密命於翰院"[①],備受帝王寵遇,感恩之外的自豪得意自然也會在詩文中流露。這在永樂間就已初露端倪,永樂八年(1410)胡儼重被詔值内閣時作詩數首,録其三:

> 清曉朝回秘閣中,坐看宮樹露華濃。緑窗朱户圖書滿,人在蓬萊第一峰。
>
> 御溝風細水生波,喜得春來暖漸多。階下絶無塵迹到,橋邊只有内臣過。
>
> 承乏詞林愧不才,重承恩詔直芸臺。筵前視草頻封檢,帶得天香兩袖回。[②]

詩中不僅是描寫春季内閣之景色,更是作者得意與自豪之情的展露,末句"人在蓬萊第一峰"、"帶得天香兩袖回"體現得尤爲明顯,已近乎炫耀。洪武間丞相制廢除,朝廷重要制作議論之擬定多出内閣官員之手,有學者已指出:"臺閣文臣……會主動將自己認作是朝廷政績的共預者,並將頌揚朝政與自己工作的成就感内在地聯繫在一起。"[③]這種情況下,翰林文人在鳴國家之盛、歌君王之功的同時,會自覺不自覺地帶入對自己的歌頌與贊揚。但得以擢入内閣的畢竟還是少數,大部分翰林文人更願意津津樂道于"學士四榮",即經筵侍講、史局修書、殿試

---

① 黄佐《御製誥詞》,《翰林記》卷一,傅璇琮、施純德編《翰學三書》本,遼寧教育出版社,2003年,第5頁。

② 胡儼《永樂八年春二月重被詔直内閣,即事有咏遂成》,《皇明西江詩選》卷三,《豫章叢書》集部八,江西教育出版社,2007年,第530頁。

③ 黄卓越《明永樂至嘉靖初詩文觀研究》,北京師範大學出版社,2001年,第50頁。

讀卷與禮闈主試①。試各舉一例：

> 並命理編簡，悠悠今十年。茲辰荷光寵，列秩居經筵。績熙固恒典，地近乃異銓。側聞講官屬，進侍蓬萊天。稽經彩雲裏，考史紅日前。與與存內警，翼翼懷周旋。自憐質屝弱，高步何當聯。惟君負青望，宿學成淵源。提攜以終事，庶足儕群賢。②

> 先朝國史進明君，勑向西湖聚稿焚。親睹文光騰宇宙，早知筆法灑煙雲。金明池上流烏影，太液波心結鳳紋。午夜都城凝望處，中天瑞色尚氤氳。③

> 恭承詔命簡群英，慚以非才秉鑑衡。五夜奎光垂玉座，九重曙色動霓旌。明時養士關興運，此日掄材係聖情。不獨有周歌棫樸，朝陽佇聽鳳凰鳴。④

> 御題新製出明光，合殿春風墨色香。製作盡如周典禮，規模不數漢文章。酒須臘盡來光祿，樂奏雲和屬太常。明日臚傳皇榜出，青雲爭睹鳳鸞翔。⑤

---

① 黃佐《翰林記》卷十九《學士榮選》載："（丘）濬常與楊守陳諸人賦學士四榮詩，謂經筵進講、史局修書、殿試讀卷、禮闈主試也。"查丘濬等人所賦"學士四榮"爲《史館進書》、《經筵進講》、《奉天侍宴》、《謹身讀卷》（參見丘濬《重編瓊臺稿》卷五、倪岳《青谿漫稿》卷七、彭華《彭文思公文集》卷九之《學士四榮》詩），與《翰林記》所載略有不同。但無論是何種"四榮"，均較多地體現出館臣"鳴己之盛"心態。

② 吳節《乙丑升經筵侍講，簡同寅蕭鎡》，《吳竹坡先生詩集》卷四，《四庫全書存目叢書》影印清雍正三年吳琦刻本，齊魯書社，1997年，集部33冊，第471—472頁。

③ 吳節《戊午宣廟實錄成，因焚稿，賜遊萬歲山十韵》之《焚史稿》，《吳竹坡先生詩集》卷十四，《四庫全書存目叢書》影印清雍正三年吳琦刻本，齊魯書社，1997年，集部33冊，第525頁。

④ 金幼孜《壬辰會試受命作考試官》，《金文靖集》卷四，《景印文淵閣四庫全書》1240冊，臺灣商務印書館，1986年，第628頁。

⑤ 虞謙《辛卯歲春三月，廷策進士，謙預同六部尚書及翰林諸公讀卷賦此，以紀其事云》，《玉雪齋詩集》卷二，明宣德間刻本。

"學士四榮"更多是作者榮耀身份的體現。正統元年(1436)始開經筵,由翰林院、春坊儒臣分直侍講,經筵日講官專用"年資深而品秩尊者",天子御前講學,不僅榮耀且"寵錫稠疊"①;史館修書本是翰林職責,但"凡書成進御,例有陞賞"②,纂修官多有擢用;殿試讀卷官"國初用祭酒、修撰等官,正統中侍講猶與,其後非執政大臣不得與"③;禮闈主試更爲翰林文人把持文柄、引導文風之體現。"學士四榮"並非僅是翰林文人日常之工作,更多象徵着尊崇與榮耀,故這類詩歌中鳴己心態展現得更爲明顯。隨着鳴己心態的擴張蔓延,景泰後進士及第亦成爲不斷誇耀的題材,試舉章綸、柯潛二詩爲例:

> 三月皇都春滿園,上林榮宴集群仙。杯傾御酒恩銜海,冠戴宮花色染煙。柱國大臣陪上列,教坊雅樂戲華筵。日斜醉罷曲江會,稽首揚休拜九天。④
>
> 瓊林宴罷醉陶陶,笑坐金鞍意氣豪。自喜真龍千載遇,須談汗馬一身勞。杏花風暖香吹帽,楊柳煙濃綠映袍。一派笙歌歸去路,無人不道讀書高。⑤

章綸(1413—1483)字大經,浙江樂清人,正統四年(1439)進士。柯潛(1423—1473)字孟時,福建莆田人,景泰二年(1451)狀元。進士及第後君王瓊林賜宴,寵耀無比,章綸詩中雖有"杯傾御酒

---

① 黃佐《經筵恩賚》,《翰林記》卷九,傅璇琮、施純德編《翰學三書》本,遼寧教育出版社,2003年,第119頁。
② 黃佐《修書陞賞》,《翰林記》卷十三,同上書,第159頁。
③ 黃佐《殿試讀卷執事》,《翰林記》卷十四,同上書,第165頁。
④ 章綸《瓊林賜宴》,沈不沉編注《章綸集》,線裝書局,2009年,第190頁。
⑤ 柯潛《及第賜宴詩》,《竹巖集》續補遺,《續修四庫全書》影印清雍正十一年柯潮刻本,上海古籍出版社,2003年,1329冊,第381頁。

恩衛海"、"稽首揚休拜九天"等感恩酬德之情,但已多自我炫耀:在帝王的園宥中"群仙"宴集,臺閣重臣陪同在上座,新科進士頭戴插宮花的官帽,顏色之艷,染紅雲烟。而柯潛詩更多是在描述自己:在一派奏樂歌唱中,作者意氣豪發,騎馬踏盡長安花,路人的艷羨與讚美,楊柳杏花中的得意與自豪之情盡顯無疑。再如正統七年(1442)進士姚夔亦有組詩備述進士榮耀,如"賜宴瓊林得志春,宮花插帽帶橫銀。醉歸按轡長安道,盡訝蓬萊仙島人","聖代恩隆進士科,勒名國學意如何。要期事業光前哲,千載芳聲不可磨"①等,榮耀之情不再一一詳述。自永樂間進士及第者一甲一名授翰林修撰、一甲二三名授翰林編修幾成定制,新科進士無不以擢入翰林院爲榮。至天順二年(1458)李賢奏定纂修專選進士,"由是非進士不入翰林,非翰林不入內閣",之前非科舉出身之翰林官自天順時皆遷出翰林院而委以他職,自是"布衣無得入館閣者","庶吉士始進之時,已群目爲儲相"②,士人越來越重視科舉身份,進士及第之榮耀與翰林地位之尊貴不言而喻。

翰林文人鳴盛機會頗多,馳恩封贈、侍游禁苑、燕飲賡和等翰林文人亦多賦詩炫耀,這在洪武間就已有傳統。如洪武六年(1373)朱元璋召陳寧、宋濂等賜飲甘露,"寧等飲畢,奠爵於几,頓首而退,賦'甘露漿'詩以侈其榮"③。細觀這類臺閣體作品,雖然也是頌世鳴盛,但賦詩"以侈其榮"的心態動機亦很明顯。有研究者言臺閣體應制詩文中的歌功頌德是文人"奴

①　姚夔《恩榮十首》之《宴錫瓊林》、《勒石太學》,《姚文敏公遺稿》卷五,《四庫全書存目叢書》影印明弘治姚璽刻本,齊魯書社,1997年,集部34册,第506頁。
②　張廷玉等《明史》卷七十,中華書局,2007年,第1702頁。
③　黃佐《侍游禁苑》,《翰林記》卷六,傅璇琮、施純德編《翰學三書》本,遼寧教育出版社,2003年,第69頁。

性"之體現①,但這些作品與其説是"奴性"的體現,不如説有"主人"的姿態;與其説是鳴國家之盛,不如説是鳴己之盛。相比之下,山林隱士鳴盛之作中多有奴性體現,翰林侍讀學士王達曾言:"居閣館而言山林,可也;居山林而言館閣,不可也。何也? 居山林而言館閣,則慕富貴之心重矣,處貧賤而慕富貴,是何志耶?"②

翰林文人鳴己之盛心態的形成有着多方面原因。首先,永樂以後君臣之間的猜忌減少,翰林文人地位穩固,已有研究者指出:"臺閣體作品在明成祖時期大量出現,與其在仁、宣時期盛行的原因不同。前期的盛行,因帝王的高壓政策所致;後期的興盛,則源自作者自身。"③此説確有一定道理,永樂間能體現"鳴己之盛"心態的詩歌並不多,且主要集中在内閣七人之中,永樂後漸趨增多,宣德間君臣酬唱賡歌最爲興盛,"一時君臣之間,腹心之密,魚水之歡,所以致太平之盛"④,故翰林文人多"述皇上眷待臣下恩禮之隆,以紀群臣遭際之盛"⑤,將鳴國家之盛與鳴己之盛緊密合理地聯繫起來。其次,翰林地位日益尊貴崇顯,除"非翰林不入内閣"外,"南、北禮部尚書、侍郎及吏部右侍郎,非翰林不任"⑥,翰林文人亦時時不忘提醒自己"以文辭爲職事"的身份,故鳴己之盛心態擴張蔓延,由擢入

---

① 陳傳席《臺閣體與明代文人的奴性品格》,《社會科學論壇》2001 年第 4 期。

② 王達《筆疇》,《翰林學士耐庵王先生天游雜稿》卷九,《四庫全書存目叢書》影印明正統胡濱刻本,齊魯書社,1997 年,集部 27 册,第 179 頁。

③ 李振松《明代"臺閣體"芻議》,《理論界》2007 年第 11 期。

④ 葉盛《拙庵集序》,杜敩《拙庵集》卷首,明成化間刻嘉靖四年印本。

⑤ 楊榮《賜遊萬歲山詩》,《文敏集》卷一,《景印文淵閣四庫全書》1240 册,臺灣商務印書館,1986 年,第 17 頁。

⑥ 張廷玉等《明史》卷七十,中華書局,2007 年,第 1702 頁。

內閣時的鳴己之盛到甫進士及第就大肆鳴放，這與翰林地位的提高不無關係。

　　翰林文人的職責是歌咏國家盛美而垂之後世，其亦希望歌咏自己的榮耀而垂諸後世。臺閣體不僅是歌功頌德的應制詩文，在私人化的寫作中也存在着大量的頌世現象，這也是翰林作家利用自己的職業身份在頌世模式下歌咏自己的一種體現。儘管文學作品中"爲文造情"的情況時有發生，但畢竟不能持久，臺閣體的鳴盛能持續數十年，其內在動力莫過於作者是發自內心地鳴盛——不管是鳴國家之盛還是鳴自己之盛。

三、競技逞才：臺閣體興盛的重要因素

　　進士及第後擢入翰林雖爲士人艷羨，但並非一勞永逸。有"選館"就有"散館"，經過三年的教習考核，"優者留翰林院爲編修、檢討，次者出爲給事、御史"①。而考核標準主要以翰林文人所作詩文爲主，《翰林記》載："在公署讀書者，大都從事詞章。內閣所謂按月考試，則詩、文各一篇，第其高下，俱揭帖開列名氏，發本院立案，以爲去留之地。"②且"上時步至閣中，親閱其勞，且視其所治無弗稱旨者，乃喜，必有厚賚。或時至閣，閱諸學士暨庶吉士應制詩文，詰問評論以爲樂"③。應制賦詩爲翰林文人職責所在，亦是一種榮耀，但帝王往往會對應制唱和之作有高下評定：

　　　本院以供奉文字爲職，凡被命有所述作，則謂之應制。……諸將告捷，多令翰林諸儒臣應制賦詩，上親加評

---

　　① 張廷玉等《明史》卷七十，中華書局，2007年，第1701頁。
　　② 黃佐《公署教習》，《翰林記》卷四，傅璇琮、施純德編《翰學三書》本，遼寧教育出版社，2003年，第38頁。
　　③ 黃佐《車駕幸館閣》，《翰林記》卷十六，同上書，第192頁。

品。……永樂八年二月，上親征北虜……嘗命諸文學侍從賦《天馬海青歌》，修撰曾棨最先成，爲上所褒美。宣德中，每遇令節，令詞臣應制賦詩。是時太平無事，上留意詞藝，翰林儒臣嘗被命賦《京師八景詩》以獻。……景泰中，學士倪謙輩應制賦詩，中官嘗立俟以進。成化初，學士劉定之應制賦《元夕詩》，絕句百首，頃刻而成。又嘗以"東風解凍"、"春山雪霽"等爲題，令翰林學士等分咏之。①

　　永樂四年八月朔，承旨集翰林儒臣及修書秀才千餘人，于奉天門丹墀内同賦，各給筆札，一時立就。擢右庶子胡廣爲第一，（黄）淮爲第二，有羅紗之賜。②

　　永樂己丑，令自正月十一日爲始，賜元宵節假十日。……自是車駕駐兩京，皆賜觀燈宴。上或御午門，示御制，使儒臣奉和。覽而悦之，賜以羊酒鈔幣。時評應制諸作，以陳侍講敬宗五首爲工。③

這種情況下作爲以文辭爲職事的翰林文人，其吟咏不再僅僅是個人陶冶性情，更多是一種比賽競技；而應制詩文之高下評定絕不僅僅是有無賞賜之差別，更關係到自己的前程命運。此時報恩、鳴盛的心態更多被競技心態取代，翰林文人在創作上竭盡心思以求勝出儕輩。這種心態下"詩日相角而品日高"④，不僅造成了臺閣體數量上的興盛，也要求其必須在技巧上不斷提高。

　　①　黄佐《應制詩文》，《翰林記》卷十一，傅璇琮、施純德編《翰學三書》本，遼寧教育出版社，2003年，第134—135頁。
　　②　黄淮《白象詩》，《黄文簡公介庵集》卷一，《四庫全書存目叢書》影印民國二十七年永嘉黄氏排印《敬鄉樓叢書》本，齊魯書社，1997年，集部26册，第528頁。
　　③　黄瑜《觀燈應制》，《雙槐歲鈔》卷三，中華書局，2006年，第53頁。
　　④　羅玘《送蔡君之任南京刑部員外郎序》，《圭峰集》卷五，《景印文淵閣四庫全書》1259册，臺灣商務印書館，1986年，第69頁。

但頌世模式內容狹窄，只能使臺閣文風漸趨冗繁雕琢——這也是臺閣體遭到後人摒棄的一個重要原因。

　　翰林制度下的競技心態不僅表現在應制創作中，亦體現在頻繁的翰林雅集唱和中。翰林文人無專門職掌，惟以讀書進學爲務，《治世餘聞》載：“翰林院素稱清貴，無簿書之擾。舊有語曰：‘一生事業惟公會，半世功名在早朝。’所謂清者如此。”①故翰林文人宴集頗多，如主試禮闈時之唱和：

　　　　永樂七年春，翰林編修朱文冕預考試天下貢士，棘闈中五十日相與倡和，爲詩凡三百餘首。……因念其時，天下士子二千人聚三場，文如山海，考覽辨論，計其間閒暇之時，十不一二，而所作之多且美如此。……如侍講鄒君仲熙，性尤不喜賦詩，間有來求者，遙望見已搖首退卻，即不得已，草草聊略遣持去。今主考文其中，亦連賦愈出不貲。平生不喜作者且如此，其他抑又何如？②

主試禮闈是學士四榮之一，亦是翰林文人唱和的好機會，僅“十不一二”的閒暇之時就唱和達三百餘首，連平生不喜作詩的鄒緝也“連賦愈出不貲”。翰林生活清閒，玉臺賞花亦是其雅集賦詩的盛會：

　　　　文淵閣之下有花臺焉，列芍藥三本。……首夏上旬之四日，遂各吐藥，欣欣然若解人意，吾之賞業乃成。初亦不

　　① 陳洪謨《治世餘聞》下篇卷三，中華書局，1997 年，第 55 頁。
　　② 梁潛《春闈倡和詩序》，《泊庵集》卷七，《景印文淵閣四庫全書》1237 册，臺灣商務印書館，1986 年，第 340 頁。

必其數也,明日會者八人,花即盛開八枝,各獻芳妍,無不佳者,咸以爲異。……予作詩一章,復和數首。諸先生在會者亦皆和之。……已而閣院青宮諸僚友咸喜爲玉堂盛事,亦屬和之。①

天順二年(1458)李賢邀翰林同僚于文淵閣右花臺雅集賞花,前後共有四十人賦詩,集成三卷近二百首。翰林文人"樂睹盛事,遇一時一景,必舉酒相慶,又歌咏以紀之"②,翰林雅集頻繁,是臺閣體興盛的一個重要因素。這種同僚宴集背景下的詩文創作雖然競技心態不如應制中那麼強烈,但也是逞才鬥勝的好機會,如胡廣、黃淮、金幼孜、曾棨等人與姚廣孝唱和咏雪禁體詩,不許用梨、梅、練、絮、白、舞、鵝、鶴、縞、皓、玉、月等比擬③,以此來展示自己的才情;再如賡和元代中峰和尚《梅花百咏》詩,曾棨、王達、夏原吉、潘賜等均有《梅花百咏》④,風氣延續至藩王,朱權、朱有燉亦賦《梅花百咏》,均用百首律詩洋洋灑灑窮盡梅花之態。應制評定與雅集酬唱下形成的競技逞才心態,使翰林文人創作水平不斷提高,臺閣體詩文數量迅速膨脹,《詞林典故》載:"在昔儒流,遭逢明盛,供奉清班,著作專家,汗牛充棟。故從來記翰林

---

① 李賢《玉堂賞花會詩序》,《玉堂賞花詩》卷首,《域外漢籍珍本文庫(第二輯)》影印明天順二年序刊本,西南師範大學出版社,2011年,第6—8頁。

② 王英《立春日讌集詩序》,《王文安公文集》卷二,《續修四庫全書》影印清樸學齋鈔本,上海古籍出版社,2003年,1327冊,第304頁。

③ 參見胡廣《胡文穆公文集》卷四《和少師對雪禁體》、金幼孜《金文靖公集》卷二《次少師姚廣孝禁體雪詩韵》、黃淮《黃文簡公介庵集》卷一《和姚少師禁體雪詩》、曾棨《刻曾西墅先生集》之《和姚少師廣孝禁體雪詩韵》等。

④ 曾棨、王達所作《梅花百咏》今尚存,見于《刻曾西墅先生集》卷二《應制百咏詩》、《和中峰和尚梅花百咏詩》,夏原吉等人所作或以亡佚,據王圻《續文獻通考》卷一八四六、王偁《思軒文集》卷七《梅花百咏詩序》、胡儼《頤庵文選》卷上《梅花百咏詩序》與陳璉《重刻琴軒集》卷十八《梅花百咏詩序》可知。

者不載藝文，非不載也，不勝載也。"①錢謙益亦指出："國初大臣別集行世者，不過數人；永樂以後，公卿大夫，家各有集。"②臺閣體遂充斥文壇。

臺閣體的興盛繁榮，決非僅是外力壓迫下的鳴盛那麼簡單，更多來源於翰林文人自身的意願與動力。翰林文人在帝王寵遇下產生的感恩酬德心態，貫徹于"以文辭爲職事"之職責中；而翰林地位的尊崇榮耀，使得翰林文人在頌世鳴盛同時不忘歌頌自己，鳴己之盛的心態是臺閣體持續發展的內在動力；翰林院學習考核之詩文評定、應制詩歌的高下評比乃至翰林雅集中的逞才鬥勝，使得翰林文人酬唱不斷，臺閣體在數量和品質上均不斷提高，鳴己之盛與競技逞才心態，是臺閣體持續興盛數十年的重要動力。而一種文學風氣能否佔據文壇主流，除作家自身的努力寫作外，還需要得到整個社會的認同。翰林院尊貴優渥，翰林文人因主試禮闈而操持文柄，士人羨慕追求之心態自不待言，朝廷上下莫不以翰林文風爲望，故不僅以文辭爲職事的翰林文人勉力頌世鳴盛，其他官員乃至布衣也紛紛擬作和作，臺閣體興盛一時，遂成文壇主流。

第三節　帝王與臺閣體的興衰

有學者從文學生態學角度論述帝王對文學之影響時指出："最高權威的詩歌興趣歷來是爲文學生態中最不容忽視的影響因素。……明代君王雖也偶然作詩，亦保持着維繫天子形象的

---

①　鄂爾泰、張廷玉《藝文》,《詞林典故》卷五，傅璇琮、施純德編《翰學三書》本，遼寧教育出版社，2003年，第93頁。
②　錢謙益《列朝詩集小傳》"楊少師榮"條，上海古籍出版社，2008年，第163頁。

賜詩、賦詩行爲，但其所表現出詩歌態度實在算不得熱衷，有限的君王興趣已然使得明詩生態中的日照時間大大縮短。"①將帝王對詩歌之影響比作日照時間對生命的影響，可謂形象恰當；與前代相比，明代帝王對詩歌之影響有所減弱，亦是事實。但從臺閣體來看，帝王對其産生、發展、鼎盛至衰落過程均起着重要作用，絕非僅是"日照時間"。本書試從永樂至成化間六位帝王對臺閣體的影響入手探討其頌世鳴盛之興衰，以圖對臺閣體發展演變獲得更爲明晰的認識。

一、永樂間臺閣體的興起

臺閣體的題材主要有地方獻瑞、外邦入貢、軍事大捷、節日朝賀、扈從遊幸等，這些活動早在洪武間就已有詩文頌揚，但至永樂間才流行起來，實與朱棣對各種祥瑞進呈的默許有關。而朱棣設立專門文學侍從及對鳴盛之作的喜好，則在很大程度上促使臺閣體迅速發展成爲潮流。

朱棣通過"靖難之役"取得皇位，較之朱元璋更需要各種天降祥瑞、外邦入貢來展現自己皇位的合法性與大國威儀。與洪武時獻瑞進呈者爲獲得提擢賞賜不同，永樂初的祥瑞進貢一開始就帶有更爲明顯的政治色彩。永樂二年(1404)周王朱橚獲騶虞並獻於朝，群臣掀起歌頌高潮，"百僚稱賀，以爲皇上至仁格天所至"，這不僅是太平盛世的祥瑞之兆，更是藩王以此來表明對朱棣的忠心，群臣以此來表示對新朝的擁護。朱棣"是日宴王於華蓋殿，賜其從官宴於中右門"②，其後又屢加賞賜，實際上是對

---

① 郭萬金《明詩文學生態述議》，《山西大學學報》2009 年第 2 期。
② 楊士奇等《明太宗實録》卷三四,臺灣中研院歷史語言研究所校印本,1962年,第 599—600 頁。

明永樂至成化間臺閣詩學思想研究　　**70**

這種祥瑞進呈的認可。因此永樂間各種祥瑞紛湧而至,從河清海平到騶虞麒麟,從景星慶雲到嘉禾瑞麥,乃至玄兔、白鵲、神龜、龍馬,無不是瑞應之象徵,進獻祥瑞在永樂間成爲風氣。這些原是進呈者爲獲得賞賜的行爲,但在靖難之役後的特殊政治環境下,滿足了朱棣"天人感應"的心理需求,因此得以大行其道。朱彝尊曾云:"長陵靖難而後,瑞應獨多。黃河清、甘露降、嘉禾生、醴泉出、卿雲見、野蠶成繭、麒麟、騶虞、青鸞、青獅、白雉、白燕、白鹿、白象、玄兔、玄犀,史不一書。甚矣,天之難諶也。當時詞臣,爭獻賦頌。"[①]此外朱棣實行"朝貢外交"政策,國外入頁可以獲得豐厚的賞賜,永樂二年(1405)起鄭和卜西洋,加強了與海外國家的聯繫,海外進貢紛至沓來。朱棣對這些內外進貢持默許態度,使國內外呈瑞入貢頻繁,隨之而來的館臣鳴盛頌揚之作亦大量湧現。

頌世鳴盛的臺閣體主要有應制與進呈兩種方式,《翰林記》載:"本院以供奉文字爲職,凡被命有所述作,則謂之應制。"[②]朱棣多喜命群臣一起應制賦詩並親加評定,如永樂四年賦《白象詩》,"承旨集翰林儒臣及修書秀才千餘人,于奉天門丹墀內同賦,各給筆札,一時立就,擢右庶子胡廣爲第一,(黃)淮爲第二,有羅紗之賜"[③]。"永樂八年二月,上親征北虜……嘗命諸文學侍從賦《天馬海青歌》,修撰曾棨最先成,爲上所褒美。"[④]帝王親

---

① 朱彝尊《静志居詩話》卷六"夏原吉"條,人民文學出版社,2006年,第149頁。

② 黃佐《應制詩文》,《翰林記》卷十一,傅璇琮、施純德編《翰學三書》本,遼寧教育出版社,2003年,第134頁。

③ 黃淮《白象詩》,《黃文簡公介庵集》卷一,《四庫全書存目叢書》影印民國二十七年永嘉黃氏排印《敬鄉樓叢書》本,齊魯書社,1997年,集部26冊,第528頁。

④ 黃佐《應制詩文》,《翰林記》卷十一,傅璇琮、施純德編《翰學三書》本,遼寧教育出版社,2003年,第135頁。

自主持下的評比賞賜自然激發了翰林文人的創作熱情,永樂十年左右,元夕賜宴觀燈、端午擊球射柳等節日賦詩鳴盛已成爲定制,"自是車駕駐兩京,皆賜觀燈宴。上或御午門,示御制,使儒臣奉和。覽而悦之,賜以羊酒鈔幣"①。朱棣出示御制詩文令群臣唱和並有賞賜,這種君臣之間的文學互動及獎勵評比,使臺閣體迅速興盛。但得以應制創作的翰林文人畢竟是少數,臺閣體成爲文壇主流更多依靠的是翰林文人乃至地方官員的主動進呈。朱棣對進呈詩文亦獎賞有加,《翰林記》載:

> 前輩自應奉之外,以己所聞見撰述爲書進呈者,殆不數人。……乃若進呈歌頌詩賦,則多有之。……永樂二年八月,周王畋于鈞州,獲騶虞。九月丁未,王獻于闕下。侍讀梁潛進《騶虞詩》,侍講楊榮進《騶虞頌》。已而甘露屢降,嘉禾呈瑞,外國獻麒麟、白雉、玄兔、白鹿、白象、靈犀、白兔之屬,榮與學士胡廣等咸爲詩歌以進,上嘉之。②

朱棣對進呈詩文的嘉獎③,激發了士人頌世鳴盛的創作熱情,因

---

① 黄瑜《觀燈應制》,《雙槐歲鈔》卷三,中華書局,2006 年,第 53 頁。

② 黄佐《進呈書詩文字》,《翰林記》卷十一,傅璇琮、施純德編《翰學三書》本,遼寧教育出版社,2003 年,第 136、137 頁。

③ 這裏需要指出《明實錄》中"實錄不實"的情況。按《明實錄》之記載,每有詩文進呈多是"帝止之",如永樂十一年五月曹縣進貢騶虞,"行在禮部尚書吕震奏騶虞上瑞,請明旦率群臣上表賀。上曰:'百穀豐登,雨陽時順,家給人足,此爲瑞,騶虞何與民事,不必賀。'"(《明太宗實錄》卷一四〇),但實際此次祥瑞楊士奇、楊榮、金幼孜、陳敬宗、曾棨、王紱、鄭棠等多人都有詩文頌揚,這樣的例子比比皆是。同年六月隆平侯張信言言武當山大頂五色雲見,繪圖以進,"行在禮部尚書吕震率文武群臣致賀,敕諭曰:'武當創見宮觀,上資皇考皇妣之福,下祈福天下生靈。……今兹禎應,蓋皇考皇妣之福,而山川效靈所致。朕德涼薄,資爾群臣協心輔治,必共勉之,以答神貺。'"可見一個月後,朱棣又接受了祥瑞朝賀。因此《明實錄》中關於帝王對頌詩的批評與阻止實爲粉飾之辭,讀者自應辨别。

此每有捷報祥瑞之賀，"監國下及五府六部例各進表"[①]，不僅專職的翰林文人創作，"五府六部"乃至地方官員亦模仿進呈以邀功請賞。

朱棣除了選拔庶吉士作爲御用文人、專以"潤飾鴻業"爲職事歌功頌德之外，還下詔纂修《永樂大典》、《四書五經大全》、《性理大全》等書，廣羅天下文人進京。景泰四年（1453）徐有貞序王璲文集即指出："國朝文章之盛稱洪武，而永樂次之。……然當其時，高皇帝初定天下，懲元之寬無制，而矯之以猛。網羅天下之豪傑，用法剸除之。而彼諸老，皆勝國之遺才，雖用於維新之朝，而偪於法，或死或遯，不得以盡其鳴世之能事。及太宗之入，乘豐富，致太平，乃崇儒術，廣文學之選，以潤飾鴻業，照耀天下。於是士之幸存而後出者，始皆濯拂登進，以鳴一時之盛。"[②]經過洪武朝的清洗，勝國遺老所剩無幾，前朝文風一掃而盡。朱棣對待文臣不僅是徐有貞所言"崇儒術、廣文學之選"，其嚴刑酷法比朱元璋有過之而無不及。即位前誅方孝孺十族八百餘人，給天下士人一個血淋淋的警示。且朱棣生性猜忌，永樂間臺閣重臣地位並不穩固，隨時可能有性命之虞。永樂九年（1411）解縉下獄，四年後卒於獄中；永樂十六年梁潛卒於獄中；黃淮、楊溥繫獄十年，直至朱棣去世後才釋放。《國史唯疑》載：

> 胡廣、胡濙、楊榮、金幼孜爲太宗所寵遇臣，若楊士奇、楊溥、黃淮以輔佐監國，屢瀕危殆。溥、淮坐幽繫十年，士奇

---

① 楊士奇《聖諭錄》卷中，劉伯涵、朱海點校《東里文集》，中華書局，1998年，第394頁。

② 徐有貞《青城山人詩集叙》，王璲《青城山人詩集》卷首，清鈔本。

再被罪,僅釋,日處於多凶多懼之場,危岌岌矣。[①]

此外李至剛、梁潛、周冕、夏原吉、李時勉、呂震、蹇義等臺閣重臣在永樂間都曾先後下獄,遑論他人。在這種政治高壓之下,文學的"美刺"功用只剩下了"美",臺閣體因此也只能頌世鳴盛。在朱棣恩威並施的文化政策下,頌世鳴盛的臺閣體迅速興盛並成爲一種書寫模式,不僅在應制進呈詩文中歌功頌德,翰林文人之間的酬唱、抒發私人之情的作品亦多是頌世鳴盛之音。

二、洪宣間臺閣體的鼎盛

臺閣體在洪熙、宣德間達到頂峰,這與仁、宣父子有着密切關係。在太平盛世的大環境下,君臣關係融洽,帝王雅意文學,遂使臺閣體興盛起來。

明仁宗朱高熾在位不足一年便去世,在位期間對臺閣體似乎影響不大。但朱高熾作爲東宮太子二十餘年間,多由楊士奇等講學輔弼,與館閣之臣建立了良好的師生關係。其爲皇儲時,朱高煦、朱高燧等多次讒間,由解縉、楊士奇、黃淮等人幫助才得以度過難關,繼承皇位。史載"蓋先是永樂中,上巡幸北京,太子居守,以讒故,宮僚大臣輒下詔獄。陳善、解縉等相繼死,而溥及黃淮一繫十年。仁宗每與后言,輒慘然泣下"[②]。臺閣文人或死或囚,爲朱高熾登基付出了沉重代價,因此仁宗每言此事"輒慘然泣下"並非誇張。因此朱高熾、朱瞻基即位後,對這些臺閣重臣禮遇有加亦是常情。仁、宣時期內閣制度逐漸確立,閣職漸

---

① 黃景昉《國史唯疑》卷二,《續修四庫全書》影印清康熙三十年鈔本,上海古籍出版社,2003年,432冊,第21頁。

② 谷應泰《明史紀事本末》卷二十八,《景印文淵閣四庫全書》364冊,臺灣商務印書館,1986年,第415頁。

崇,臺閣館臣地位穩固,既與仁、宣父子有師生之誼,又在朝中位高權重,洪武、永樂間君臣之間的猜忌與殺戮已遠去,關係趨於融洽,臺閣文人少了後顧之憂,便有更多的精力來頌世鳴盛。

朱元璋、朱棣一生忙於征戰,而仁、宣父子受過良好的教育,更雅意于文學。朱高熾自稱"工詩歲月深"[①],洪熙元年(1425)建弘文閣,詔王進、陳繼等大儒"日侍燕閒,備顧問,可咨訪以聞"[②]。王直曾言:"昔仁宗皇帝在位時,銳意文學之事,特置弘文閣,擇天下之名能文章者處之,朝夕備顧問,典著述,最爲華近,他人莫得至焉。……士之承下風而望餘光,以爲昌黎韓子、廬陵歐陽子不過矣。"[③]朱瞻基更是酷愛辭章,自言:"朕喜吟咏,耳目所遇,興趣所適,往往有作。雖才思弗逮,而志乎正者,未嘗不自勉。"[④]其現存《大明宣宗皇帝御製集》四十四卷,詩歌千餘首。《謇齋瑣綴錄》云:"宣廟最好辭章,選南楊與陳芳洲,日直南宮應制。"[⑤]《明史》稱:"天子(宣宗)雅意文章,每與諸學士談論文藝,賞花賦詩,禮接優渥。"[⑥]不僅是雅意辭章,朱瞻基甚至自作程文:"宣宗天縱神敏,長歌短章,下筆即就。每遇南宮試,輒自草程式文,曰:'我不當會元及第耶?'"[⑦]故錢謙益評朱瞻基云:"長篇短歌,援筆立就。……萬機之暇,遊戲翰墨,點染寫生,

---

① 朱高熾《自師吟》,《御製詩集》卷下,明洪熙間内府刻本。
② 楊士奇等《明仁宗實錄》卷六上,臺灣中研院歷史語言研究所校印本,1962年,第203—204頁。
③ 王直《贈陳嗣初謝病歸姑蘇序》,《抑庵文後集》卷八,《景印文淵閣四庫全書》1241冊,臺灣商務印書館,1986年,第501頁。
④ 朱瞻基《御製詩集序》,《大明宣宗皇帝御製集》卷三,《四庫書存目叢書》影印明内府鈔本,齊魯書社,1997年,集部24冊,第126頁。
⑤ 尹直《謇齋瑣綴錄》卷二,明鈔《國朝典故》本。
⑥ 張廷玉等《明史》卷一五二,中華書局,2007年,第4196頁。
⑦ 王世貞《藝苑卮言》卷五,丁福保輯《歷代詩話續編》本,中華書局,2006年,第1023頁。

遂與宣和爭勝;而運際雍熙,治隆文景,君臣同遊,賡歌繼作,則尤千古帝王所希遘也。"①

與朱棣喜歡評定作品高下不同,朱高熾父子更喜與文臣贈詩唱和。朱高熾現僅存的兩卷詩集中就有《贈蹇義尚書》、《冬至賜學士士奇醴席》、《賜楊士奇醴席》、《與徐贊善善述》、《和徐老儲字韵》、《贈庶子鄒濟》、《賜脯酒慰勞頤庵遠回》、《與梁侍讀》、《題扇戒贈袁止安》、《和典簿張箕韵》等多首詩作,而朱瞻基與群臣之間唱和更爲頻繁,"宣德中每遇令節,令詞臣應制賦詩","是時太平無事,上留意詞藝,翰林儒臣嘗被命賦《京師八景詩》以獻"②。就連出征在外也不忘命楊士奇賦詩,巡邊時曾"出示御製詩數篇,諭士奇曰:'此朕馬上遣興也。'士奇拜觀畢,上命左右取楮筆,命士奇賦詩,遂賜酒饌"③。不僅如此,朱瞻基對進呈文學同樣贊賞有加,"宣德二年三月,騶虞復見,大學士楊榮獻頌,上褒賞。三年九月,榮扈從北征,凱旋,進《平胡詩》,凡十篇,各立題命意,上覽之喜,屢沐白金、鈔幣之賜。自是每同遊匪頌,榮與楊士奇等多以詩進,遇令節被召宴遊,亦多以詩謝恩"④。仁、宣朝君臣唱和如此頻繁,朱高熾、朱瞻基身體力行的大量創作及對進呈頌世詩文不遺餘力的賞賜,使頌世鳴盛在宣德間達到頂峰。

這段時期的臺閣體作品從內容上看,地方獻瑞、外邦入貢、軍事大捷等題材數量已減少,而節日朝賀、扈從遊幸題材數量迅速增多。各種節日朝賀在永樂間已成定制,加之君臣關係融洽,

---

① 錢謙益《列朝詩集小傳》"宣宗章皇帝"條,上海古籍出版社,2008 年,第 3 頁。

② 黃佐《應制詩文》,《翰林記》卷十一,傅璇琮、施純德編《翰學三書》本,遼寧教育出版社,2003 年,第 135 頁。

③ 楊士奇等《明宣宗實錄》卷一一二,臺灣中研院歷史語言研究所校印本,1962 年,第 2534 頁。

④ 黃佐《進呈書詩文字》,《翰林記》卷十一,傅璇琮、施純德編《翰學三書》本,遼寧教育出版社,2003 年,第 137—138 頁。

閣臣扈從游幸的機會增多，使得這兩類題材逐漸成爲鳴盛的主流。仁、宣時期政治清明，史稱"仁宣之治"，經過洪武、永樂朝的勵精圖治，至此已形成了盛世局面；君臣關係和諧融洽，臺閣文人地位穩固，此時士人心態已與洪武、永樂時大爲不同，頌世鳴盛背後的政治色彩和外在壓力逐漸消退，詩文創作是發自他們内心的雍容嫺雅之音，是真正的盛世贊歌。由於閣臣的地位提高並漸趨穩固，閣臣間的私人宴集增多，這爲他們創造了更多的鳴盛機會——由此產生更多的臺閣體作品。臺閣體頌世鳴盛在洪熙、宣德間達到鼎盛，這是太平盛世下仁、宣父子雅意文學、君臣關係和諧的共同結果。

三、正統後臺閣體的分化

頌世鳴盛在正統後出現衰落之迹象，此亦與帝王對臺閣體態度的轉變有關。正統後帝王對進呈應制詩文不再抱有强烈興趣，君權威懾力逐漸下降，翰林文人中觀念開始分化，政治環境的變化使得頌世題材越來越狹窄，臺閣體由此開始衰落並退出主流文壇。

首先是帝王對頌世鳴盛的興趣趨淡。明英宗朱祁鎮即位時年僅八歲，本由帝王親自命題或參加唱和的應制文學，"其後惟中官傳旨而已"[1]，對應制文學的評比獎勵更是空談。正統間地方獻瑞、外邦入貢、軍事大捷、扈從遊幸等題材的頌詩已迅速減少，僅有節日朝賀題材延續下來，應制進呈文學僅僅是在延續前朝慣例而已，年幼的帝王對此並不關心。正統十四年（1449），朱祁鎮御駕親征在土木堡被俘，史稱"己巳之變"，這是明代政治的一大轉折。明代宗朱祁鈺倉促之間即位，甫即位就面臨大兵壓境，且景

---

① 黄佐《應制詩文》，《翰林記》卷十一，傅璇琮、施純德編《翰學三書》本，遼寧教育出版社，2003 年，第 134 頁。

泰間内憂外患不斷，更是無暇顧及詩文小道。期間偶有應制詩文產生，但主動進呈歌功頌德的作品已甚少。朱祁鎮復辟後勵精圖治，同樣無暇顧及文學，這期間臺閣體詩文數量已大爲減少。明憲宗朱見深即位時雖然已十六歲，但寵愛萬妃，又溺于佛道方術，對文學並無特殊愛好。成化二十餘年間對地方呈瑞、外邦入貢、扈從遊幸的頌揚已較爲少見，偶有節日朝賀的鳴頌也是在帝王缺席的情況下翰林文人之間互相賡和，因此應制、進呈文學一蹶不振，《翰林記》載："進呈書詩文字……自正統後，此事寖不聞矣。"①臺閣體頌世鳴盛的對象是帝王，對帝王的依賴程度很大，一旦帝王不再關注，便失去了核心的動力。

其次是君權威懾力減弱。隨着洪熙、宣德間君臣關係的緩和融洽，洪武、永樂間酷刑殺戮留下的陰影也逐漸退去。朱祁鎮幼沖即位，雖有"三楊"主持政務，但宦官王振已逐漸竊權干預政治，史載："正統七年太皇太后崩，榮已先卒，士奇以子稷論死不出，溥老病，新閣臣馬愉、曹鼐勢輕，振遂跋扈不可制。"②正統末發生的"己巳之變"，使得君權威懾力喪失殆盡，翰林文人開始反思所謂的盛世太平，反思自己"潤飾鴻業"之職責。文學之"美刺"在永樂宣德間僅有"美"的功能存在，至景泰間"刺"之功能漸趨恢復。如景泰四年（1453）呂原作《癸酉夏應制》："珠箔低垂晝暑長，博山頻注水沉香。濯枝雨過庭墀淨，扇物風來殿閣涼。金盤果從遐土獻，玉壺冰是隔年藏。却思南畝農人苦，當午耘苗汗滴漿。"③可見應制詩已不是全篇的鳴盛歌頌，雍容典雅中已寓

---

① 黃佐《進呈書詩文字》，《翰林記》卷十一，傅璇琮、施純德編《翰學三書》本，遼寧教育出版社，2003年，第138頁。

② 張廷玉等《明史》卷三百四，中華書局，2007年，第7772頁。

③ 呂原《癸酉夏應制二首》之二，《呂文懿公全集》卷三，明嘉靖四十三年呂科等刻本。

勸諫。天順二年(1458)四月,文淵閣內芍藥花開,倪謙等館臣賦詩唱和,彙而刊刻成《玉堂賞花詩》一卷,李賢爲之作序。此事遭到了陳真晟的強烈訾詆:

> 僕觀《玉堂賞花集》,知諸公之尊榮貴寵,皆出於天命定數,固非人力之所能及矣。然周公之道,其益衰矣乎? 昔周公相周,承文武聖治之後,天下可謂無事矣,猶且一食三吐其哺,一沐三握其髮,以勤相職。今士習之不正,民風之不淳,皇上復位之初,拳拳以此爲問,見於丁丑科策制者,昭昭矣,諸閣老公豈不知耶? 則今之天下,不逮周公之世遠矣。設使周公生之時,作今之相,不惟三吐三握以救之,必將併食與沐皆不及矣,何暇於賞花乎哉? 又況玉堂非賞花之所,不惟無益,而實有害也。何也? 閣老,君之師相也,爲師相者,既自以賞花爲樂,何怪乎所輔相者不求名花珍禽異獸以爲樂,是師相教之也。何以嚴憚以成君德哉? 既咏爲詩,復繪爲圖,又梓行以誇耀天下,謂之"玉堂賞花盛事"。吁,末矣! 周公所不暇爲者也。①

陳真晟(1411—1474)字剩夫,又字晦德,學者稱布衣先生,漳州鎮海衛人。陳氏對翰林文人習以爲常的吟咏題材大加攻訐,指責時政弊端,直言"今士習之不正,民風之不淳"、"今之天下,不逮周公之世遠矣",實振聾發聵,這在君權威懾力強大的永樂間是難以想像的。陳真晟認爲輔佐帝王之人以賞花爲樂,則帝王就會追求珍禽異獸爲樂,翰林文人應當反思其職責所在,批評深刻,入木三分。不僅翰林之外的士人反對,翰林文人自身亦開始

---

① 陳真晟《題玉堂賞花集後》,《布衣陳先生存稿》卷七,明萬曆刻本。

有所反思。成化三年(1467)十一月,内閣令翰林官員各賦煙火詩,以備明年元夕賞玩。這本是翰林文人分内之事,自永樂以來已成定制,但翰林編修章懋、黃仲昭與翰林檢討莊㫤公然上疏反對,拒絕作詩,稱應制觀燈詩爲"鄙褻之詞",并云:"至如翰林之官,以論思代言爲職,雖曰供奉文字,然鄙俚不經之辭,豈宜進於君上,若不取法於聖賢,而曲引宋祁、蘇軾之教坊致語以爲之比,是以三代以下之君望陛下,而不以三代以上之君望陛下也。"①成化初出現翰林三諫事件,不僅是翰林作家的觀念開始分化的預兆②,更是君權威懾力衰退、頌世模式的臺閣體開始走向衰落的表現。

　　臺閣體的興盛與衰落是由多方面因素造成的,帝王在其中無疑扮演了至關重要的角色。朱棣通過靖難之役取得皇位,不僅要外邦入貢宣揚國威,更需要"天人感應"來展示自身政權的合法性,選拔文學侍臣以"潤飾鴻業",對不服從的文人嚴酷殺戮,恩威並施下使得臺閣體趨向頌世鳴盛的書寫模式;經過洪熙、宣德兩朝"仁宣之治",經濟恢復,太平盛世下朱高

① 章懋《諫元宵燈火疏》,《楓山集》卷一,《景印文淵閣四庫全書》1254 册,臺灣商務印書館,1986 年,第 4 頁。亦可見黃仲昭《未軒文集》卷一、莊㫤《定山集》卷十,文字略有差異。

② 與章懋等同在翰林院的程敏政數年後尚繼續作元夕觀燈詩,其《篁墩集》卷六十二有《元夕燈詩十首應制》,不署年月;卷六十四有《成化乙未元夕觀燈應制》,爲成化十一年應制詩。陳田《明詩紀事》中論述翰林三諫事件後云:"檢程克勤《篁墩集》有《元夕觀燈應制詩》云:'五朝故事傳來久,樂與民同上元酒……'未免近于迎合上旨矣。"(《明詩紀事》丙簽卷五,清陳氏聽詩齋刻本)按其意當是將成化十一年的《元夕觀燈應制》誤作是翰林三諫時的應制詩。馮小禄、張歡《成化初臺閣派內部的一次政治、文藝鬥爭:"翰林四諫"事件分析》中云:"查三人的同年進士文集,發現名列茶陵詩派的程敏政《篁墩集》中即有作於是年的《元夕燈詩十首應制》。也就是説,在章懋三人拒絕之時,程敏政却欣然賦筆了。其中有云:五朝故事傳來久……"(《貴州師範大學學報》2011 年第 5 期)將《元夕燈詩十首應制》定爲"作於是年"不知何據,且"五朝故事傳來久"一詩爲《成化乙未元夕觀燈應制》中句子,並非《元夕燈詩十首應制》。

熾父子又雅意文學，熱衷於君臣唱和，君臣關係融洽，臺閣作者發自內心贊頌盛世，從而使臺閣體得以繁榮鼎盛；正統後帝王對應制進呈詩文不再關注，君權威懾力衰落，且"己巳之變"後的大環境也不再適合頌世鳴盛，從而使臺閣體逐漸衰落並退出主流文壇。

第二章　先唐詩歌之接受

本章考察臺閣文人之唐前詩歌接受。《詩經》不僅是中國文學史上第一部詩歌總集，亦是詩學史中關於詩歌本質、功用、風格乃至體制等問題的標杆與源頭，有着至高無上的地位。有關先秦詩歌接受，本書以詩歌經典文本《詩經》接受爲例。臺閣文人功用理念下的《詩經》觀，更注重闡釋其"理性情"與"觀盛世"的功用，并將此上升爲臺閣詩學之核心，使之成爲臺閣體創作與評價的標準。與典型臺閣文人不同，永樂間周忱、成化間丘濬等人更多從文學角度關注《詩經》之"天趣自然"，顯示出臺閣詩學的複雜性及成化後變化趨勢。

關於臺閣文人對中古詩歌之辨體，本書以吳訥《文章辨體》、周叙《詩學梯航》、黃溥《詩學權輿》、李東陽《懷麓堂詩話》四部詩話著作爲代表，考察其辨體思想的發展變化過程。吳訥以"詩系國體"論樂府，專取漢唐，對魏晋南北朝樂府一概加以否定；古詩辨體則據朱熹尊古卑律之説，對漢魏古詩仍有贊譽。周叙以"最近風雅"爲辨體依據，五古專尊漢魏。吳訥、周叙之辨體雖略涉及文學層面之風格、音律、感情等因素，但主要還是從政治功用角度立論。與之不同的是，至成化、弘治間，黃溥、李東陽等對中古詩歌或"以聲辨體"，或以風格辨體，在一定意義上凸顯了一種文學審美向度。臺閣文人對中古詩歌並無嚴格宗尚，但周叙五古宗漢魏之説,實啓前七子"古體宗漢魏"之先聲。

明代前期陶淵明詩歌接受主要有陶詩闡釋與"和陶詩"兩個方面。陶詩闡釋中,臺閣文人對歸隱田園之意旨多解讀爲忠君愛國,將沖淡自然之風格歸因於性情之正,而以李賢爲代表的"和陶詩"創作中,塑造了與陶淵明截然相反的"壯志未酬"形象,陶詩接受中不自覺地表現出"頌世鳴盛"的臺閣文學色彩。

第一節　《詩經》的功用與情感

《詩經》作爲中國第一部詩歌總集,亦是六經之一,兼具"詩"與"經"雙重屬性,且自產生後就不斷被闡釋,這些闡釋本質上已融爲《詩經》的一部分,對中國詩學思想影響深遠。明代主流臺閣文人之《詩經》接受,更多是依據《詩大序》強調其"理性請"與"觀盛世"功用,并將其上升到適用于所有詩歌的總體詩學理念。

一、理性情與觀盛世的功用釋解

《詩大序》云"情動於中而形於言,言之不足故嗟嘆之","情發於聲,聲成文謂之音","吟咏情性,以風其上"①,亦言詩歌乃抒發作者之感情。但臺閣文人更注重闡釋其"發乎情,止乎禮義",推崇《詩經》的"性情之正",如楊士奇云:"古之善詩者,粹然一出於正。故用之鄉閭邦國,皆有裨于世道。夫詩,志之所發也。三代公卿大夫下至閨門女子皆有作,以言其志,而其言皆有可傳。三百十一篇,吾夫子所録是已。"②指出《詩經》是公卿大

---

① 毛亨傳,鄭玄箋,孔穎達疏《毛詩正義》卷一,影印阮元校刻《十三經注疏》本,中華書局,1980年,第270頁。

② 楊士奇《題東里詩集序》,《東里續集》卷十五,《景印文淵閣四庫全書》1238册,臺灣商務印書館,1986年,第570頁。

夫乃至閨門女子"言其志"之作,但首先強調其"粹然一出於正"的特徵。何喬新引前人之説以《詩經》具體篇章爲例,詳細論述其"發乎情止乎禮義"之表現:

> 《三百篇》之詩,多出於婦人女子,然其爲言,憂而不困,哀而不傷。如《泉水》,衛女之思歸也,而能以禮;《載馳》,許夫人之思歸也,而能以義。《緑衣》,傷己之詩也,其言不過曰:我思古人,俾無訧兮;《擊鼓》,怨上之詩也,其言不過曰:土國城漕,我獨南行。況于士大夫哉![①]

《泉水》爲衛女嫁于諸侯,因父母終,思歸寧不得而作,朱熹《詩集傳》云:"楊氏曰:衛女思歸,發乎情也;其卒也不歸,止乎禮義也。聖人著之於經,以示後世,使知適異國者,父母終,無歸寧之義,則能自克者知所處矣。"[②]《載馳》亦是許穆夫人思歸寧之作,"先王制禮,父母没則不得歸寧者,義也。雖國滅君死,不得往赴焉,義重於亡故也。"[③]而《緑衣》、《擊鼓》這樣的"傷己怨上"之作,詩中亦未有強烈感情表現。簡言之,樂而不淫、哀而不傷、憂而不困才符合"發乎情,止乎禮義",也就是臺閣文人所説的"性情之正"。

《詩經》有"經夫婦、成孝敬、厚人倫、美教化、移風俗"之教化功用,即《詩大序》所云:"風,風也,教也,風以動之,教以化之。"[④]臺閣館臣亦多注重此功用,如李奎曰:

---

① 何喬新《策府十科摘要·經科·論詩》,《椒邱文集》卷一,《景印文淵閣四庫全書》1249册,臺灣商務印書館,1986年,第15頁。
② 朱熹集注《詩集傳》卷二,中華書局,1980年,第25頁。
③ 朱熹集注《詩集傳》卷三,中華書局,1980年,第34頁。
④ 毛亨傳,鄭玄箋,孔穎達疏《毛詩正義》卷一,影印阮元校刻《十三經注疏》本,中華書局,1980年,第269頁。

古詩三百，獎善懲惡，嚴如秋霜烈日，及夫成孝敬、厚人倫，其感人也温如甘雨和風。然一變而爲《騷》，再變而爲《選》，三變爲律、爲歌行。體制雖有不同，其所以理性情、寓美刺、獎善懲惡，有補於風教，一也。①

其説基本上是承應《詩大序》意旨而展開的闡釋，值得注意的是他對"理性情"的强調。"理性情"首先是指涵養讀者性情，如夏靖云："臣嘗謂詩本性情，關世道，《三百篇》無以尚矣。聖人删述，列之于經，蓋欲人皆得其性情之正也。"②認爲孔子删詩，意在以《詩經》教化後人，後人學《詩經》以得"性情之正"。胡儼則曰："《詩》三百篇，不越乎六義。六義之詞，有善有惡，或勸或懲，而諷咏之間，優柔浸漬，善心由是而感發，逸志因之以懲創，得於其心，發於其言，言滿天下必無口過。此性情之得其正者也。"③《詩經》以"温柔敦厚"浸漬讀者，讀者由此善心感發，而縱欲放蕩之志得以懲戒，主張只有諷咏《詩經》才能得"性情之正"，才能"言滿天下必無口過"。其次"理性情"亦指理順作者不平之氣，最著名的論斷當屬楊士奇在《玉雪齋詩集序》中所言："詩以理性情而約諸正，而推之可以考見王政之得失，治道之盛衰。三百十一篇，自公卿大夫下至匹夫匹婦，皆有作。"④"考王政之得失，治道之盛衰"是《詩經》主要的政治功用，但楊士奇認爲表現其政治功用的前提，乃基於作者性情之正，只有先"理性情而約諸正"，

---

① 李奎《皇明西江詩選序》，《皇明西江詩選》卷首，《豫章叢書》集部八，江西教育出版社，2007年，第397頁。
② 夏靖《定園睿制詩集後序》，朱友垓《定園睿制集》卷末，明藩府刻本。
③ 胡儼《詩禮庭記》，《頤庵文選》卷上，《景印文淵閣四庫全書》1237册，臺灣商務印書館，1986年，第589—590頁。
④ 楊士奇《玉雪齋詩集序》，劉伯涵、朱海點校《東里文集》卷五，中華書局，1998年，第63頁。

才能進一步考見政治的得失盛衰。

《詩大序》云："情發於聲，聲成文謂之音。治世之音安以樂，其政和；亂世之音怨以怒，其政乖；亡國之音哀以思，其民困。"①明確指出詩歌與時代政治關係之密切。臺閣文人亦多論此，如黃仲昭《讀毛詩》曰："周之世道，莫升于武王，有天下之後，莫降于平王。東遷之時，世道有升降，則詩隨之而爲升降者，理也，亦勢也。"②詩道隨世道升降，故可由詩觀世道之盛衰，周武王與周平王時代之詩歌不同，即能體現出周朝之世道升降變化。王直強調《詩經》的"詩可以觀"之功用云："予謂《詩》三百篇，不必皆出於士大夫，而當時之事賴以不朽。詩之所咏，本於父子夫婦兄弟者多矣。述倫誼之重，性情之真，百世之下，有以見夫王道之盛衰、風俗之厚薄，故曰'詩可以觀'。"③然後又以具體篇章爲例論證云：

> 若夫《鴇羽》之怨，《陟岵》之嗟，蓋又出於衰世之所爲者，此《行葦》諸詩之所以爲盛也。是以後之君子讀其詩而知王道之隆替，人事之得失，風俗之厚薄，禮樂之廢興。故曰："詩可以觀。"④

《鴇羽》、《陟岵》等反映行役之苦的篇章是衰世之音，而《行葦》這

---

① 毛亨傳，鄭玄箋，孔穎達疏《毛詩正義》卷一，影印阮元校刻《十三經注疏》本，中華書局，1980 年，第 270 頁。

② 黃仲昭《讀毛詩》，《未軒文集》卷一，《景印文淵閣四庫全書》1254 册，臺灣商務印書館，1986 年，第 373 頁。

③ 王直《和集堂詩序》，《抑庵文後集》卷十九，《景印文淵閣四庫全書》1241 册，臺灣商務印書館，1986 年，第 794 頁。

④ 王直《劉敏英甫壽詩序》，《抑庵文後集》卷十八，《景印文淵閣四庫全書》1241 册，臺灣商務印書館，1986 年，第 752 頁。

種歌頌"周家忠厚,仁及草木"之作,才是盛世之音。楊士奇亦云:"小而《兔罝》、《羔羊》之咏,大而《行葦》、《既醉》之賦,皆足以見王道之極盛,至於《葛藟》、《碩鼠》之興,則有可爲世道慨者矣。"①可見區分王道隆替、世道興衰是《詩經》的主要功用之一。

二、自然天趣的情感表達

基於"性情之正"理念下的《詩經》觀,更注重闡發其政治功用,實爲永、成間主流詩學思想。但臺閣文人詩學思想並非完全一致,亦有特例,如黃淮强調《詩經》中感情强烈動人,周忱、丘濬看重《詩經》的"自然天趣"等,顯示出臺閣詩學思想的複雜性。黃淮在《蓼莪闇詩文序》中云:

> 《詩》三百篇,具載事物之理,其於事君事親之道,特加詳焉。其言事親,若《陟屺》(筆者按:應爲《陟岵》),若《北山》,若《鴇羽》,或勞於王事,或困於行役,不得躬致其養,形於聲嗟氣嘆,自有所不能已者。至於《四牡》,實上之人逆探其情而代之言。求其詞切情至,皆未若《蓼莪》一詩,蓋此詩乃孝子不得終養而作,是故晋王裒每誦及此,未嘗不三復流涕,門人受業者並廢不講。嗚呼,詩之感人若是其至歟!②

黃淮以《詩經》中《陟岵》《北山》《鴇羽》等"事親"之詩爲例,指出作者思念父母之情强烈"不能自已",而感情最爲强烈的莫過於

---

① 楊士奇《玉雪齋詩集序》,劉伯涵、朱海點校《東里文集》卷五,中華書局,1998年,第63頁。
② 黃淮《蓼莪闇詩文序》,《黃文簡公介庵集》卷三,《四庫全書存目叢書》影印民國二十七年永嘉黃氏排印《敬鄉樓叢書》本,齊魯書社,1997年,集部26冊,第561頁。

《蓼莪》一詩,此詩爲孝子苦於服役不得終養父母而作,鄭箋曰:"二親病亡之時,時在役所,不得見也。"其中"哀哀父母,生我劬勞"、"無父何怙,無母何恃,出則衙恤,入則靡至"等句,哀痛凄婉。西晉王裒因其父死非罪,故每讀至此三復流涕,受業者爲廢此篇。可見黃淮已經注意到《詩經》中作者之感情強烈以及對讀者的影響,與前舉楊士奇"理性請而約諸正"、何喬新"憂而不困、哀而不傷"之《詩經》闡釋形成了鮮明對比。

永樂十六年(1418)周忱將赴江南輪租,翰林友人分韵賦詩爲之送行,周忱自作《送行詩序》,強調友人送別詩中感情之真、流露之自然,并與《詩經》對比曰:"詩以道性情之真、出於自然之爲貴,《三百篇》尚矣。十五《國風》間有田夫閨婦之辭,後世老于文者或莫能及,由其出于自然,而非有所勉強造作也。"①《詩經》之優點在於"出于自然",《國風》是由民間百姓隨口吟咏而出,感情自然而發,未有雕琢造作,而後世學者多莫能及。與臺閣文人強調"性情之正"而側重于感情止乎禮義之約束不同,周忱對於"性情之真"的主張,則是側重于感情的真實自然流露。約成化間丘濬作《劉草窗詩集序》,亦持相似觀點:

> 三代以前無詩人。夫人能詩也,太師隨所至,採詩以觀民風,而繫國以別之。方是時,上自王公后妃,下至匹夫匹婦,率意出口,皆協音調,可誦可歌。自夫子刪三千篇以爲三百五篇後,詩始不繫于國,而繫於人。夫人不皆能詩也,詩道於是乎始晦。自時厥後,詩不出乎天趣之自然,而由乎學力之所至。有一人焉,本學力而積久,習熟以幾於化。詩

① 周忱《送行詩序》,《雙崖文集》卷二,《四庫未收書輯刊》影印清光緒四年周氏山前崇恩堂刻本,北京出版社,2000年,第6輯30冊,第314頁。

非不工也，然比之得天趣之自然者，則有間矣。嗚呼，此刪後所以無詩與？[1]

丘濬（1421—1495）字仲深，廣東瓊山人，景泰五年（1454）進士，選庶吉士，授編修，歷任侍講、侍講學士、翰林學士、國子監祭酒、文淵閣大學士、禮部尚書兼武英殿大學士等職，是成化、弘治間的重要館閣詩人。在丘濬看來，三代之前人皆能詩，詩以國繫，故只有各國“國風”，而無“詩人”。孔子刪詩以後，“采詩”之道亦亡，詩人作詩不再出於天趣自然，而肆力于學問之雕琢，故難以與《詩經》比擬。由此可見，丘濬與周忱均強調《詩經》之“自然”特性，二人均論及《詩經》作者“田夫閨婦”、“上自王公后妃，下至匹夫匹婦”，其論述的重點也無非在於創作上“率意出口”。楊士奇等人亦論及《詩經》作者，如前引《玉雪齋詩集序》云：“三百十一篇，自公卿大夫下至匹夫匹婦，皆有作。”[2]林誌《鳴秋集序》亦曰：“知聲文之高下，關乎氣運盛衰，《三百篇》如《燕燕》、《谷風》之詩，乃婦人所作，古者閭巷草次之言，後人有竭力而不能摹似之者，而況於立言哉？”[3]但要表述的重點卻是以此來辨別盛世衰世，《詩經》不是用來吟咏性情的個人之作，而是關乎氣運盛衰的政治產品，可知楊士奇等人仍是從政治功用角度解析《詩經》。

周忱、丘濬均從自然性情角度論述《詩經》，已涉及文學層面

---

① 丘濬《劉草窗詩集序》，《重編瓊臺稿》卷九，《景印文淵閣四庫全書》1248 冊，臺灣商務印書館，1986 年，第 180 頁。

② 楊士奇《玉雪齋詩集序》，劉伯涵、朱海點校《東里文集》卷五，中華書局，1998 年，第 63 頁。

③ 林誌《鳴秋集序》，趙迪《鳴秋集》卷首，《四庫全書存目叢書》影印清乾隆三年陳作梅刻本，齊魯書社，1997 年，集部 36 冊，第 275—276 頁。

的考察,不同于典型臺閣文人持論。成化元年(1465)朱鏞序卞榮詩集,即以《詩經》爲例,論及詩歌創作中的性情與學問之關係,較周忱、丘濬更進了一步:

> 詩豈易言乎哉?原於性情,擴之問學,協之聲律,具自然之節,發悠然之趣,涵有餘不盡之微意,可以感人心而成治道,其要如此。邵子所謂"刪後無詩",豈虛言哉!……後世言詩者,吾措之,尚學問者,謂不讀萬卷書看不得杜詩,而失之拘;尚才力者,謂詩本性情中流出,無事乎斧鑿,而失之誕。故昔人謂少陵無一字無來處,若不用事,正以文不讀書之過;又謂古人吟咏之妙在於用事之外者,要皆一偏之論,而不可語詩之全也。夫《三百篇》,《國風》、《小雅》多於婦寺輿人之言,而其情真、趣真、事真,足爲萬世法程,何嘗由乎學問?《大雅》、《三頌》作於朝廷郊廟間,亦援古證今,據理確事,何嘗不本諸學問? 由是言之,詩之爲道,可思過半矣。①

朱鏞字廷用,仁和人,景泰二年(1451)進士,授南京兵部主事,遷工部郎中。朱鏞認爲,詩發于性情,而得以學問之助,故性情、學問缺一不可,《詩經》即是最好之代表。後世論詩,往往片面強調性情或學問:強調學問者,追求無一字無來歷,字字求典故出處,則失于拘束;強調才力者,一任性情自然流出而不加修飾,則失于放誕。故強調學問者不可過分拘于用典,而強調性情者亦不可完全放棄修飾。《詩經》中的《國風》、《小雅》多是"婦寺輿

---

① 朱鏞《卞郎中詩集後序》,卞榮《卞郎中詩集》卷末,《四庫全書存目叢書》影印明成化十六年吳綖刻本,齊魯書社,1997 年,集部 35 册,第 520—521 頁。

人"所作,非由乎學問,而詩中之情、趣、事皆真,足爲後世詩歌之楷模;《大雅》、《頌》等公卿大夫之作,也非僅僅吟咏性情,更多是"援古證今,據禮確事",多由學問所出,故由此可觀作詩之法。朱鏞所論顯然已察覺《詩經》既不完全本諸學問,亦不流於性情自出,較之前人之論説更進了一步。由此可見,臺閣文人之《詩經》觀不可一概而論,如上述周忱、丘濬等人注重《詩經》之自然,而朱鏞較爲辯證地看待《詩經》中的"性情"與"學問"的關係,并以此作爲詩歌創作之原則,顯然是更加注重《詩經》的文學研究。

第二節　中古詩歌辨體與宗尚

本書中的"中古"概念,主要綜合劉師培《中國中古文學史講義》、王瑶《中古文學史論》、陸侃如《中古文學繫年》中關於"中古"之定義,指漢、魏、晋、南北朝,即明人所稱"漢魏六朝"。明人重視辨體思想,其中既有指向詩歌内部如古詩、樂府、律詩之間的辨體,亦有從時代角度對漢魏、魏晋、六朝詩歌所展開的辨體。本書着重以吳訥《文章辨體》、周叙《詩學梯航》、黄溥《詩學權輿》、李東陽《懷麓堂詩話》等著作爲例,探討臺閣文人之中古詩歌辨體。前三書或多沿襲前人之説,如《文章辨體》主要以真德秀《文章正宗》爲藍本;周叙《詩學梯航》自序得叔祖子霖、東吳王汝器二家《詩法》,重加編定,間以己意補之;黄溥《詩學權輿》亦是彙編前人之作,許學夷稱其"皆類次晚唐、宋、元人舊説,而多不署其名"[①]。但有些是選擇性抄録,其編選原則指示着詩學取向;有些抄録中已作更改,雜入己見,是作者詩學思想之真實反映。相關辨體思想在序跋中較爲零散不成系統,而以上四種詩

---

① 　許學夷《詩源辯體》卷三十五,人民文學出版社,1987年,第342頁。

話所論則較爲集中,故重點以此考察明前期的中古詩歌辨體思想。

一、吳訥、周叙之實用辨體

吳訥(1372—1457)字敏德,號思庵,江蘇常熟人。永樂中被薦至京,洪熙元年(1425)以侍講學士授監察御史,宣德時歷浙江、貴州巡按,累官至南京都察院左副都御史。天順間吳訥採集上古至明初詩文編爲《文章辨體》,分内集五十卷、外集五卷,總計六十體①,每體各爲之説。其《凡例》云:"凡文辭必擇辭理兼備、切於世用者取之;其有可爲法戒而辭未精,或辭甚工而理未瑩、然無害於世教者,間亦收入;至若悖理傷教及涉淫放怪僻者,雖工弗録。"②"關世教"不僅是吳訥選輯詩文之原則,亦是辨體的重要依據。吳訥將樂府與古詩分開論述,其辨析樂府曰:"魏、晋以降,世變日下,所作樂歌,率皆誇靡虚誕,無復先王之意。下至陳、隋,則淫哇鄙褻,舉無足觀矣。自時厥後,惟唐、宋享國最久,故其辭亦多純雅。"③其評論樂府優劣之依據乃在於時代是否興盛,將文學發展等同於世運興衰,由此將魏晋南北朝之樂府一概加以否定。這種將詩歌優劣與政治盛衰緊密聯繫的思想,周叙稱之爲"詩繫國體"④。吳訥在《郊廟歌辭》序説中闡釋得更爲清楚:"秦、漢以降,代有制作。然唯漢、唐、宋爲盛者,蓋其混一既久,功德在人,雖其道不能比隆成周,然其致治制作之懿,終

---

① 《文章辨體》文體分類數目多有争議,本書采用數目最多者六十體之説。可參見仲曉婷《〈文章辨體〉的文體分類數目考》,《上饒師範學院學報》2005年第5期。
② 吳訥《文章辨體序説・凡例》,人民文學出版社,1982年,第9頁。
③ 吳訥《文章辨體序説・樂府》,人民文學出版社,1982年,第24—25頁。
④ 周叙《詩學梯航・叙詩》,周維德集校《全明詩話》本,齊魯書社,2005年,第89頁。

非秦、魏、晋、隋、南、北、五季之可比也。讀者其尚考焉。"①因漢、唐、宋"混一既久"而漢魏"世變日下",故漢魏南北朝之樂府已不足觀。吳訥亦不忘贊頌當朝之盛,他在《愷樂歌辭》序說中指出:"洪武中宋濂擬宋《鼓吹》,雖如魏之曲數,而辭義殆過之矣。今特錄附漢曲之後,以爲好古學者之助云。"②即使宋濂所擬樂府曲數如曹魏,但因明代之隆盛混一,辭意亦已超過魏晋,於是將宋濂擬作附於漢代樂府之後,可見其對當代政治之自信。

　　對於古詩辨體,吳訥亦言"詩道"隨"世道"變化:"《三百篇》尚矣!以漢、魏言之,蘇、李、曹、劉,實爲之首。晋、宋以下,世道日變,而詩道亦從而變矣。"③與樂府不同,吳訥對魏晋詩歌尚未全部否定。"詩繫國體"外,"性情之正"亦是其主要辨體依據。其論四言古詩曰:"大抵四言之作,拘於模擬者,則有蹈襲《風》《雅》辭意之譏;涉於理趣者,又有銘贊文體之誚。惟能辭意融化,而一出於性情六義之正者,爲得之矣。"論五言古詩則云:"五言古詩,載於昭明《文選》者,唯漢、魏爲盛。若蘇、李之天成,曹、劉之自得,固爲一時之冠。究其所自,則皆宗乎《國風》與楚人之辭者也。"④魏晋之樂府不足觀,但曹植、劉楨等人之詩尚可與蘇武、李陵並稱。吳訥對魏晋南北朝詩之評價隨時代遞降:

　　　　至晋陸士衡兄弟、潘安仁、張茂先、左太沖、郭景純輩,前後繼出,然皆不出曹、劉之軌轍。獨陶靖節高風逸韵,直超建安而上之。元嘉以後,三謝、顏、鮑又爲之冠,其餘則傷鏤刻,遂乏渾厚之氣。永明而下,抑又甚焉。沈休文既拘聲

①②　吳訥《文章辨體序說・樂府》,人民文學出版社,1982年,第26頁。
③　吳訥《文章辨體序說・古詩》,人民文學出版社,1982年,第29—30頁。
④　吳訥《文章辨體序說・古詩》,人民文學出版社,1982年,第31頁。

韵,江文通又過模擬,而詩之變極矣。①

認爲六朝之詩亦有可取者,直至永明以下才"詩之變極矣"。吳訥古詩辨體更多源自朱熹之説:"古今之詩,凡有三變:自書傳所記,虞夏以來,下及魏晉,自爲一等,自晉宋間顔、謝以後,下及唐初,自爲一等,自沈、宋以後,定著律詩,下及今日,又爲一等。"②吳訥引朱熹之語並言:"嗚呼,學詩之法,子朱子之言至矣盡矣,有志者勉焉!"③其對漢魏六朝詩之評價,亦是延續朱熹尊古卑律之説。

周叙(1392—1452)字公叙,江西吉水人。永樂十六年(1418)進士,選庶吉士。歷官編修、侍讀、經筵講官、南京侍講學士。周叙在宣德、正統間編纂《詩學梯航》一卷,對樂府、古詩並無嚴格區分,多統稱"五言古詩"。周叙爲論證"漢魏之詩,最近風雅"而選取古樂府四首進行闡釋,以《君子行》爲例:"《君子行》,首言君子不可妄動,次言瓜田嫂叔之喻,以明嫌疑之可謹如此。中言唯勞謙可以守之,和光則甚難矣。末言周公如此之勞謙,而後世所以稱之爲聖賢也,其能樂而不淫者歟?"④其他亦是如此,如《飲馬長城窟行》"其憂而不困之意得矣",《傷歌行》"非怨而不怒者若是乎",《長歌行》"其哀而不傷者也"。"最近風雅"即符合樂而不淫、哀而不傷的性情之正。又評曹植樂府《箜篌引》"豈復可憂哉",《名都篇》"可謂樂而得其節矣",《美女篇》"亦何尤於人哉","皆發乎情而止乎禮義者",均是强調詩歌中感情

---

① 吳訥《文章辨體序説·古詩》,人民文學出版社,1982 年,第 31 頁。
② 朱熹《答鞏仲至》,朱傑人等主編《朱子全書》第 23 册,上海古籍出版社,2010 年,第 3095 頁。
③ 吳訥《文章辨體序説·古詩》,人民文學出版社,1982 年,第 30 頁。
④ 周叙《詩學梯航·述作中·專論五言古詩》,周維德集校《全明詩話》本,齊魯書社,2005 年,第 99 頁。

符合儒教傳統。"最近風雅"亦指《詩經》的賦比興傳統,對此周叙認爲,《飲馬長城窟行》"興言離居之婦,見河畔青青之草而思其良人之在遠道者",《傷歌行》"賦言昭昭之月,燭我床榻",《長歌行》"比言葵上之露,待日而晞,猶人之年華,待時而發也",《名都篇》"賦述都邑之麗,少年之盛",《美女篇》"興言採桑之女服飾之華"①,指出漢魏之詩尚能延續比興傳統,故得出結論"此漢魏之詩,所以爲近風雅"。

周叙認爲兩晋詩歌尚有可取之處,但對六朝詩歌已多不滿:"漢魏而下,猶有取於晋,如陶淵明之自然、阮嗣宗之典古,則巨擘焉。下此,唯左太沖近之。六朝之詩,有意精工,務求佳句,未免過於刻削。"②在周叙眼中,六朝詩人中獨謝靈運、謝宣城、謝惠連高出衆人,但三謝"池塘生春草,園柳變鳴禽"之類得意之句"亦已駸駸乎入于徐、庾矣","徐、庾等輩之詩,如金妝玉點、珠縷翠鋪,非不炫耀,然大本已喪,外觀何益"③。六朝詩雖然鏤刻精工,富麗堂皇,但已無《詩經》的性情之正與比興傳統,即所謂"大本已喪",故六朝詩已不足取。

吳訥、周叙基於其理學詩學思想對中古各朝詩歌展開辨體,但具體到同時代作家或同一詩體,仍會從風格、聲律及情感等文學角度加以考察。如吳訥表示:"陶靖節高風逸韻,直超建安而上之。元嘉以後,三謝、顏、鮑又爲之冠,其餘則傷鏤刻,遂乏渾厚之氣。"④辨析歌行與古詩之區別則曰:"歌行則放情長言,古詩則循守法度。故其句語格調亦不能同也。大抵七言古詩貴乎句語渾雄,格調蒼古。若或窮鏤刻以爲巧,務喝

---

① 周叙《詩學梯航·述作中·專論五言古詩》,周維德集校《全明詩話》本,齊魯書社,2005年,第98—100頁。
②③ 周叙《詩學梯航·述作中·專論五言古詩》,同上書,第100頁。
④ 吳訥《文章辨體序説·古詩》,人民文學出版社,1982年,第31頁。

喊以爲豪，或流乎萎弱，或過乎纖麗，則失之矣。"①歌行與古詩之體制不同，區別在於"句語格調"，吳訥更推崇七言古詩之"雄渾"與"蒼古"風格。周叙雖以"近風雅"爲辨體原則，但亦言："漢魏之詩，最近風雅，語意圓渾，理趣深長。動出天然，不假人力。終篇一覽，穆如清風。"②魏晋詩之感情含蓄蕴藉、表現渾然天成、風格温雅和藹，與其他時代不同，這自然是其"最近風雅"之表現。再如言"陶淵明之自然、阮嗣宗之典古，則巨擘焉"，陶淵明與阮籍之詩並非是漢魏"最近風雅"之作，但因其自然、古典之風格獨樹一幟，已堪稱"巨擘"。

二、黄溥、李東陽之審美辨體

吳訥、周叙在詩歌辨體問題上略涉文學考察，但主要還是以政治功用之眼光相審視。成化五年（1469）黄溥編刻《詩學權輿》，相比之下則更多是從文學的角度展開辨體。黄溥字澄濟，號石崖居士，江西弋陽人，正統十三年（1448）進士，擢監察御史。著有《石崖集》、《漫興集》等。編有《詩學權輿》二十二卷，其《詩學權輿序》云：

> 詩果有法乎？詩出於情，情動而有聲，聲協而有詩。其音格高下，固不可一律拘也。詩果無法乎？詩原於唐謡、虞歌，委於《國風》、《雅》、《頌》，以及《騷》、《選》、古近體。欲得其體，合其格，亦必有其道也。……凡其體制格律之辨、命意構思之由、用韵造語之法、比事屬對之方，與夫詩家開闔變化

---

① 吳訥《文章辨體序説·古詩》，人民文學出版社，1982年，第32頁。

② 周叙《詩學梯航·述作中·專論五言古詩》，周維德集校《全明詩話》本，齊魯書社，2005年，第98頁。

之妙、豐約精粗隱顯之機、雅俗芳穢向背之分，靡不冥蒐旁引，科分條別，明著於篇。復繼以儒先之評論，諸家之作述。使學者得有所考，以充廣其見聞；得有所式，以不昧其趨向。是則詩雖未易窺其閫室，抑又豈不因之而得其門徑也耶？①

黃溥編寫此書之目的，在於爲初學者指示學詩門徑。《詩經》之後有騷體、選體、古近體之異，因此學詩首先要辨別"體制格律"之不同。吳訥、周叙較少提及中古詩歌的聲律，更未能以聲律辨體。《文章辨體》之《歌行》中曾對歌行諸體名稱進行辨析，黃溥對此有詳細的闡釋，從中可見成化間辨體觀念變異之一端。如《文章辨體》言"委曲盡情曰曲"，《詩學權輿》則言"抑揚其辭，比順其音，使高下長短各極其趣，因命曰'曲'"②。"委曲"即聲音抑揚不絕，《詩學權輿》中更強調其高下長短之音調相順從。《文章辨體》言"感而發言曰'嘆'"，《詩學權輿》言："志意沉鬱，形於聲嘆氣嗟，因名之'嘆'。"③"感而發言"並未言及聲律，但《詩學權輿》中已注意其感情沉悶憂鬱形於聲氣之效果。《文章辨體》中僅"曲"一則涉及聲律，而《詩學權輿》對於聲律多有涉及，如"樂府"要"諧律呂，合八音"，明確提出樂府的音樂性；"調"要"比合起聲之清濁高下，以成調曲"，涉及音樂清音與濁音之高低；"唱"是"抑揚其志，委曲其聲"，這裏的"委曲"則指聲音的曲折旋繞，均是從聲律角度進行辨體。"聲律"以外，《詩學權輿》亦注重以情辨體：

---

① 黃溥《詩學權輿序》，《詩學權輿》卷首，《四庫全書存目叢書》影印明天啓五年黃氏復禮堂刻本，齊魯書社，1997年，集部292册，第5—6頁。
②③ 黃溥《詩學權輿》卷一，《四庫全書存目叢書》影印明天啓五年黃氏復禮堂刻本，齊魯書社，1997年，集部292册，第12頁。

操：劉向云："其道閉塞,悲愁而作者,其曲名曰'操'。"蓋以遇災害憂虞而不失其守故也。

咏：長言以道其志,暢其情,故曰"咏"。

吟：幽憂深思,形於嗟慨,故名曰"吟"。

思：觸物感懷,陶情寫景,以舒其悠悠之懷。

哀：感傷之深,形於聲而有悲慘之意故曰"哀"。

別：寫其分離之情,悽愴之意,因以"別"名。

愁：憂戚鬱結之情形於呻吟,因名曰"愁"。

樂：心歡志適,由中發外,自然以成律度,故名曰"樂"。

弄：憂思憤懣,寓之嘲諷,以舒其懷曰"弄"。①

《文章辨體》中僅"感而發之曰嘆"、"委曲盡情曰曲"兩則略涉及詩歌中的感情因素,相比之下,明顯可見《詩學權輿》辨體對詩歌中情感表達的重視。以上所舉涉及感情的九類體裁中,"操"、"吟"、"哀"、"別"、"愁"、"弄"均是表達憂愁哀傷之情,但憂愁深淺不一,有幽憂深思、分離傷別、感傷悲愴、憂戚鬱結、憂思憤懣;發洩方式亦不同,有形於嗟嘆者,有形於呻吟者,有寓之嘲諷者。不同憂愁與不同聲律結合,故能形成不同詩歌體裁。《詩學權輿》之辨體從字面意思闡釋,或顯牽強,但如此辨體明確顯示出作者注重不同體制之詩歌在聲律、感情表達上的不同,更趨向一種純文學批評。

李東陽(1447—1516)字賓之,號西涯,又號懷麓堂,湖廣茶陵人。天順八年(1464)進士,成化元年(1465)授編修,遷侍講學士、東宮講官。孝宗時任太常少卿,擢升禮部右侍郎,入內閣,閣

---

① 黄溥《詩學權輿》卷一,《四庫全書存目叢書》影印明天啓五年黃氏復禮堂刻本,齊魯書社,1997年,集部292冊,第11—13頁。

中疏草多出其手。弘治八年(1495)直文淵閣參預機務,累遷太子少保、禮部尚書兼文淵閣大學士,卒諡文正。李東陽歷仕四朝官五十年,在翰林院任職亦長達二十九年,以宰臣身份領導文壇,但其詩學思想較之典型臺閣文人已多有變化。李東陽強調詩文辨體,"詩文辨體是其高揚的旗幟"①,且其辨體思想已逐步脱離理學色彩濃厚的"性情之正"、"關世教"之説,多從詩歌聲律、風格等文學層面加以考察,與周叙等人的辨體思想明顯不同。雖然李東陽核心觀點是強調"詩"與"文"之差別,但對中古詩歌亦多有辨體,如指出古體與近體的區別,側重于"以聲辨體",其《懷麓堂詩話》云:

> 古詩與律不同體,必各用其體,乃爲合格。然律猶可間出古意,古不可涉律。古涉律調,如謝靈運"池塘生春草"、"紅藥當堦翻",雖一時傳誦,固已移於流俗而不自覺。若孟浩然"一杯還一曲,不覺夕陽沉",杜子美"獨樹花發自分明"、"春渚日落夢相牽",李太白"鸚鵡西飛隴山去,芳洲之樹何青青",崔顥"黃鶴一去不復返,白雲千載空悠悠",乃律間出古,要自不厭也。②

李東陽認爲古詩與律詩不同,作詩要"各用其體",但是律詩可以間用古詩創作方法,打破格律之束縛,詩歌或存古意,亦不會使人生厭;但古詩若學習律詩之句法、字法、格律等特徵,則易趨于流俗。李東陽批評謝靈運"池塘生春草"之句,是因其與下句"園

---

① 李慶立《李東陽詩學體系論》,《聊城大學學報》2009年第3期。
② 李東陽著,李慶立校釋《懷麓堂詩話校釋》,人民文學出版社,2009年,第6—7頁。

柳變鳴禽"對仗嚴格,已屬於律詩之創作範疇,然後舉唐代李白、杜甫之例,論證律詩可以間涉古詩。宋代嚴羽《滄浪詩話》中曾對比建安詩與謝靈運之詩云:"建安之作,全在氣象,不可尋枝摘葉。靈運之詩,已是徹首尾成對句矣,是以不及建安也。"①李東陽之說或即承此而來。其批評"紅藥當堦翻"亦是因其與下句"青苔依砌上"對仗工整②,失去古詩之意,而近于其後流行的"齊梁體"。可見其辨析古體與近體之別,是自創作方法入手,强調各自句式之不同。李東陽對於古體詩内部的不同體制亦有辨析,他在《懷麓堂詩話》中指出:"古、律詩各有音節,然皆限於字數,求之不難。惟樂府、長短句,初無定數,最難調叠,然亦有自然之聲。古所謂'聲依永'者,謂有長短之節,非徒永也。故隨其長短,皆可以播之律吕,而其太長、太短之無節者,則不足以爲樂。"③樂府、長短句亦屬古詩之範疇,李東陽此論,是針對樂府、長短句之雜言古體詩與齊言古體詩之辨體。齊言古詩或律詩因詩内每句字數相同,故音節在創作中有規矩可尋,便於安排寫作;而雜言詩無固定字數,相較之下在謀篇佈局中難以使音韵和諧。但上古之詩出於自然,亦能達到"聲依永"之效果。"聲依永"出自《尚書·舜典》:"詩言志,歌永言。聲依永,律和聲。八音克諧,無相奪倫,神人以和。"孔穎達疏曰:"聲依永者,謂五聲依附長言而爲之。"④即宫、商、角、徵、羽五聲,能與長言相配合而成爲音樂。李東陽引經書之説,是强調雜言古詩亦能與聲相

① 嚴羽著,張健校箋《滄浪詩話校箋》,上海古籍出版社,2012年,第550頁。

② 按,"紅藥當堦翻"之句出自謝朓五古《直中書省》,非謝靈運所作,李東陽此説或是誤記。

③ 李東陽著,李慶立校釋《懷麓堂詩話校釋》,人民文學出版社,2009年,第20頁。

④ 孔安國傳,孔穎達疏《尚書正義》,影印阮元校刻《十三經注疏》本,中華書局,1980年,第131頁。

配,故可以"隨其長短,播之律呂",是以聲辨體之詩學主張的體現。

李東陽亦注重中古詩歌之風格辨體,其中既包括時代風格,亦寓含個人風格。李東陽心儀漢魏樂府之剛健風格,曾云:"予嘗觀漢、魏間樂府歌辭,愛其質而不俚、腴而不艷,有古詩'言志'、'依永'之遺意。播之鄉國,各有攸宜。嗣是以還,作者代出,然或重襲故常,或無復本義,支離散漫,莫知適歸,縱有所發,亦不免曲終奏雅之誚。"[1]漢魏樂府尚有上古詩歌之遺意,而後世刻意模仿學習漢魏古詩,但最終缺乏"質而不俚、腴而不艷"之風格。對於風格不同之成因,李東陽認爲:"詩之爲物也,大則關氣運,小則因土俗,而實本乎人之心。"[2]詩風不同與時代氣運有關,亦與地域風俗有關,更多"本乎人之心",與詩人個性感情相聯繫,已注意到時代盛衰之外,地域因素、個體特徵等亦能影響風格,與吳訥以"詩繫國體"、周叙以"最近風雅"之政治功用辨體論相比有了較大進步。李東陽已關注作者個人之獨特風格,如其辨析六朝詩之風格曰:"故觀'蘭亭'之詩,而王羲之之骨鯁、徽之之放誕、謝安之簡靖、萬之之矜傲,孫統之恬退、綽之剴直,皆得以具見。"[3]對六朝詩人多有準確的風格歸納,這種風格之不同,顯然是出於"人之心"的不同。《懷麓堂詩話》或作於弘治間[4],已超出了本書"永樂

---

[1] 李東陽《擬古樂府引》,周寅賓校點《李東陽集》,岳麓書社,2008年,第3頁。
[2] 李東陽《赤城詩集序》,同上書,第430頁。
[3] 李東陽《遊會稽詩後序》,同上書,第393頁。
[4] 《懷麓堂詩話》在正德初首次刊刻,但並非一時一地之作。廖可斌先生指出,"李東陽的文學理論主張,在弘治中應已基本成熟",并據此將茶陵派形成上限定於弘治八年左右。參見氏著《明代文學復古運動研究》,商務印書館,2008年,第43頁。亦可參見趙博《李東陽詩歌理論的形成過程以及〈懷麓堂詩話〉的刊刻動機》一文,載《北京大學中國古文獻研究中心集刊》第14輯,北京大學出版社,2015年,第314—329頁。

至成化間"的論述範圍,但李東陽作爲臺閣一派後期盟主,其側重文學角度的辨體思想與前期臺閣文人相比所發生的不同程度的變化,值得關注。

三、辨體下的中古詩歌宗尚

明代七子派提出"古體宗漢魏"之説,影響深遠,但七子派之前的臺閣文人並無嚴格的古體宗尚。吳訥在《文章辨體》中對魏晋南北朝樂府一概否定,即使有"五言古詩,載於昭明《文選》者,唯漢魏爲盛"之贊譽,却無專宗漢魏古詩之説。周叙《詩學梯航》有言"凡作五言古詩,必以漢魏爲法","故學五言者,必以《毛詩》爲祖,漢魏爲宗",雖言以漢魏爲法、爲宗,但只局限於五言古詩。有研究者指出:"明前期從理論上對五古宗漢魏予以倡導論證的是周叙編撰的《詩學梯航》。"①五言古詩外,周叙並未有統一嚴格的古體宗尚,其《述作上·總論諸體》中云:"大抵郊天地、薦鬼神之歌,必取式於兩漢;諷君上、刺美惡之詞,或效響于魏晋;叙事實、騁材華之作,常踵武于有唐。若擬舊題,必各仿其始製之體,此爲妙訣。"②可知其樂府取式兩漢,美刺之作學習魏晋,唐代詩歌則學其叙事之法與才華,而不是專宗某一時代。其《通論》中又言:"熟玩《毛詩》又漢魏諸詩,以爲根本。而取材于晋、唐。"即使以漢魏詩歌爲根本,晋代詩歌亦有取材之處。周叙雖五言古詩宗尚漢魏,但對唐宋五古同樣推賞有加:"唐初五言,猶循六朝。景雲以後,風氣稍變,至開元、大曆之間,自成一體。觀其詞語充贍,理氣通暢,雖不及魏晋之隱微,而其據事直書,輾轉

---

① 陳斌《明代中古詩歌接受與批評研究》,上海三聯書店,2009年,第201頁。
② 周叙《詩學梯航·述作上·總論諸體》,周維德集校《全明詩話》本,齊魯書社,2005年,第96頁。

開闔，各盡一長，律以風雅，得六義之賦焉，有不必求之漢魏也。"至於朱熹之五言古詩，則評價更高："若宋朱子《感興》二十首，非特跨越晉唐，直欲凌躐漢魏。"開元、大曆間之五古已能自成一體，不必求之漢魏，而朱熹之五言古詩已能"跨越晉唐"、"凌躐漢魏"，可見其辨體思想受理學影響之深。

嘉靖間楊慎、顧璘等人提倡學習六朝初唐詩，對七子派之復古思想多有補充，後人稱之爲"六朝派"。臺閣文人不僅宗尚漢魏，對六朝詩亦多認同，如梁潛在《跋陰何詩後》中指出：

> 右陰常侍鏗、何水曹遜二家詩，共若干首。予既録爲一帙，又宋秘校黃君伯思所爲水部跋尾一首，録附其後。觀跋尾所稱二家詩初尚多，即今所録十失其八九，所存者特零落之餘，而世又少得其本，亦可惜也。夫詩之變，至二家詞益綺麗，而格調之卑弱亦極矣，故選古者於此輒棄而不録，非無意也。雖然，唐之始音實權輿於此，故以李杜之豪，亦愛賞稱慕之不置，其語至往往有甚相似者，則又何可以其卑弱之極而遂少之耶！特其音調于古則已遠，于唐又未盡純，此所以爲二家之作也。近時蓋有慕而效之者，因擇其所作之似者，得若干首附其後，亦足以見作者之用心也。[①]

梁潛(1365—1418)字用之，世稱泊庵先生。洪武時舉於鄉，永樂二年(1404)以重修《太祖實録》擢翰林編修，代鄭賜爲《永樂大典》總裁。何遜、陰鏗是梁陳之際詩人，梁潛雖言"夫詩之變，至

---

① 梁潛《跋陰何詩後》，《泊庵集》卷十六，《景印文淵閣四庫全書》1237 册，臺灣商務印書館，1986 年，第 423 頁。

二家詞益綺麗而格調之卑弱亦極矣"、"音調于古則已遠,于唐又未盡純",却仍校錄何遜、陰鏗之詩集,且有"慕而效之者",可知當時之風氣。再來看王洪與張洪論六朝詩云:

> 希範嘗與修撰張洪論詩,自誦所作,竊比漢魏。張哂而未答,復自謂曰:"終不作六朝語。"張曰:"六朝人豈易及?無論士衡、靈運,且自視比江、沈云何?子詩傍大李門牆,猶未窺其奧也。"希範始屈服,曰:"平生喜讀大李詩,君評我甚當。"①

王洪(1380—1420)字希範,洪武三十年(1397)進士,"閩中十才子"之一。歷官吏科給事中、翰林院檢討、太子侍講等職,曾任《永樂大典》副總裁。張洪字宗海,常熟人。以明經被薦授靖江王府教授,永樂間入翰林,任《永樂大典》副總裁,洪熙元年升翰林院修撰。王洪初重漢魏詩而輕視六朝詩,張洪指出其詩學李白而未窺其奧,其詩作連江總、沈約都難以比擬,更無論謝靈運等人。王洪後專有效齊梁體詩,當是"始屈服"之明證,如《玩藻軒》:

> 葳蕤轉初景,猗旎媚澄漣。絲弱繞交渚,香波巳泛川。稍冐金塘槭,復映鏤渠蓮。鳧唼綃紋亂,魚戲翠浪圓。還應悟心賞,載咏滄浪篇。②

---

① 錢謙益《列朝詩集小傳》"王侍講洪"條,上海古籍出版社,2008 年,第 170 頁。
② 王洪《玩藻軒》,《毅齋集》卷三,《景印文淵閣四庫全書》1237 册,臺灣商務印書館,1986 年,第 458 頁。

其詩題下自注"齊梁體"三字,即刻意效仿齊梁綺靡之作,描寫在玩藻軒中觀看初夏的旖旎景色,"鳬唼綃紋亂,魚戲翠浪圓"一句對仗極爲工整,風格纖弱柔靡,堪比嘉靖間六朝派之詩作。

　　明前期臺閣文人對古體詩並無特殊嚴格之宗尚,既有漢魏之宗,亦有六朝之尚,從其漢魏六朝往往並稱可知。如林環爲王恭《白雲樵唱集》作序云:"其論五七言長歌律絕句,則一欲追唐開元、天寶、大曆諸君子,而五言古選,則時或祖漢魏六朝諸作者而爲之,宋、元而下不論也。"①張宇初爲張嘉定詩集作序指出:"其體裁風致,本乎風雅,而浸淫乎漢魏六朝,若盛唐初元而下,所不道也。"②林環稱王恭五言古體祖漢魏六朝,張宇初稱張嘉定詩"浸淫乎漢魏六朝",均是贊譽之意。楊士奇爲梁蘭詩集作序表示:"蓋先生于詩,自《三百篇》以還,若蘇、李、枚乘,若建安,若六朝,以及盛唐諸名家,無不涵泳融液,如己素有。"③其《杜律虞注序》又云:"自屈、宋下至漢魏及郭景純、陶淵明,尚有古詩人之意。顏、謝以後,稍尚新奇,古意雖衰而詩未變也。至沈、宋而律詩出,號近體,於是詩法變矣。"④前者言梁蘭對建安六朝之詩亦涵泳融液,毫無尊建安卑六朝之意,後者言南朝宋詩人顏延之、謝靈運之後尚"古意雖衰而詩未變",可知楊士奇對中古詩歌並無特別宗尚。彭時序楊溥詩集亦曰:"詩自《三百篇》而下,其

　　① 林環《白雲樵唱集原序》,王恭《白雲樵唱集》卷首,《景印文淵閣四庫全書》1231 冊,臺灣商務印書館,1986 年,第 84 頁。
　　② 張宇初《張嘉定集序》,《峴泉集》卷二,《景印文淵閣四庫全書》1236 冊,臺灣商務印書館,1986 年,第 386 頁。
　　③ 楊士奇《畦樂詩集原序》,梁蘭《畦樂詩集》卷首,《景印文淵閣四庫全書》1232 冊,臺灣商務印書館,1986 年,第 713 頁。
　　④ 楊士奇《杜律虞注序》,《東里續集》卷十四,《景印文淵閣四庫全書》1238 冊,臺灣商務印書館,1986 年,第 541—542 頁。

體屢變,其音節高下,世異而人不同。然其和平雅正、無雕刻險怪之弊者,大抵皆盛世之音也。觀漢魏六朝以及隋唐宋元諸家篇什,概可見矣。"①可見只要"和平雅正",六朝之詩亦可稱爲"盛世之音"。

綜上,以楊士奇爲首的臺閣文人往往漢魏六朝並稱,對中古詩歌並無嚴格宗尚取捨。六朝詩在前期臺閣文人中並無低貶惡評,甚至有專門效仿者。至正統間周叙編《詩學梯航》,始提出至五古宗漢魏之説,但並未形成主流,直至前七子提出"古體宗漢魏"之説,才在文壇掀起專尊漢魏古體與大量擬古創作之文學思潮。

第三節　陶淵明詩歌接受

雍容典雅之臺閣體與沖淡自然之陶詩風格迥異,廟堂之上的臺閣文人與幽游林下的隱士陶淵明更是天壤之別,由此在陶詩接受史中,臺閣文人之陶詩接受的情形往往被忽視。本節探討明前期陶詩接受情形,這不僅是明代陶詩接受史的重要組成部分,亦是認識臺閣詩學思想的一個重要角度。

一、忠君愛國: 臺閣文人的陶詩闡釋

明前期對陶詩意旨之闡釋,更傾向於以"忠君愛國"來解讀。如陶淵明《咏荆軻》,僅是其"讀《史記·刺客列傳》及王粲等人咏荆軻詩有感而作"②,一首普通咏史詩,黃仲昭將其解讀爲對晉

---

① 彭時《楊文定公詩集序》,楊溥《楊文定公詩集》卷首,《續修四庫全書》影印明鈔本,上海古籍出版社,2003年,1326册,第463頁。
② 陶潛《咏荆軻一首》,袁行霈箋注《陶淵明集箋注》,中華書局,2003年,第392頁。

宋易代的悲憫憤慨："然其疾宋祖之弑奪、閔晉室之陵遲，忠憤激烈之氣，往往於詩焉發之，觀其《咏荊軻》者，可見矣。"[①]由於《咏荊軻》頗有"怒目金剛"式的豪放之氣，與陶詩平常風格不類，附會成政治詩尚可理解，至於陶淵明之歸隱宣言《歸去來辭》，謝肅竟認爲是表達對前朝的眷戀之情："若夫陶潛，乃晉室大人之後，恥事異代，超然高舉。安於義命，雖無益于國，而其心則見於《歸去來辭》與諸詩賦焉。""《歸去來辭》與諸詩賦，足以見其不慕世榮，惓惓乎其本朝也。"[②]更進一步將陶詩意旨附會屈原、諸葛亮之行爲：

> 然而《讀史》九章，其首述夷齊，非孔明識義利大分之謂乎？其次述箕子，非靈均不忍宗國危亡之謂乎？其曰精衛填海，非孔明爲漢復讎鞠躬盡力之謂乎？其曰與三辰遊，非靈均悲時俗迫隘而輕舉遠遊之謂乎？至于所謂山陽歸國、平王去京，不自知其涕之流者，其忠義之心，視屈、葛爲何如也？[③]

《讀史》九章爲陶淵明讀《史記》時有感之作，評述伯夷、叔齊、箕子、管仲等人。謝肅認爲《讀史》九章首列伯夷、叔齊，與諸葛亮"識義利大分"相同；《讀史》第二章述箕子過殷墟而傷感，亦是陶淵明寄託改朝換代之傷感，與屈原不忍楚亡之傷感相同。至於

---

① 黃仲昭《題陶淵明詩集》，《未軒文集》卷四，《景印文淵閣四庫全書》1254 册，臺灣商務印書館，1986 年，第 456 頁。
② 謝肅《和陶詩集序》，《密庵文稿》辛卷，《四部叢刊》影印明洪武刻本。按，謝肅(1332—1385)字原功，號密庵，浙江上虞人。洪武十六年(1383)舉明經，授福建按察司僉事，後以事下獄死。謝肅雖卒于洪武間，但其陶詩闡釋與臺閣詩學思想接近，故本書亦將其納入考察範圍。
③ 謝肅《和陶詩集序》，《密庵文稿》辛卷，《四部叢刊》影印明洪武刻本。

《讀山海經》之“精衞銜微木，將以填滄海”、“方與三辰游，壽考豈渠央”，則與諸葛亮爲恢復漢室而鞠躬盡瘁、屈原悲憤時俗而遠遊相同。《述酒》詩中“山陽歸下國”、“平王去舊京”等更是陶淵明忠心之體現，由此將陶淵明與屈原、諸葛亮聯繫起來，一同作爲忠君愛國形象之代表。

將陶詩意旨歸結爲忠君愛國，其主要原因在於以人論詩，把陶淵明視作晋朝忠臣，而非詩人隱士。如謝肅爲陶淵明辯解曰：“夫靖節山澤之逸，凍餒所纏，進不偶時，而退安於命，然以氣節問學弗獲表見於天下，故托詩酒以自娛，非真酣于曲糵、汩於辭章也。”①認爲陶淵明因“進不偶時”，故托詩酒自娛，並非真正沉溺於辭章之學。成化間翰林編修章懋在《題陶淵明集》中亦表示：

> 古今論淵明者多矣。大率以其文章不群，詞彩精拔沖淡，深粹悠然。自得爲言，要皆未爲深知淵明者。獨子朱子稱其不臣二姓，有得於天命民彝君臣父子之義；吳草廬稱其《述酒》、《荆軻》等作，殆亦欲爲漢相孔明之事；而魏鶴山則曰有謝康樂之忠而勇退過之，有阮嗣宗之達而不至於放，有元次山之漫而不著其迹。觀是三言，足以見其爲人。而節概之高、文章之妙，固有不待言者。嗚呼，若淵明豈徒詩人逸士云乎哉？吾不意兩晋人物有若人也。②

章懋認爲歷來只言陶淵明文章詞彩之美者乃未能真正了解陶淵

---

①　謝肅《和陶詩集序》，《密庵文稿》庚卷，《四部叢刊》影印明洪武刻本。
②　章懋《題陶淵明集》，《楓山集》卷三，《景印文淵閣四庫全書》1254 册，臺灣商務印書館，1986 年，第 77—78 頁。

明，獨贊同朱熹、吴澄、魏了翁三家之説。朱熹之説，以爲陶淵明忠君不作貳臣，吴澄則稱陶淵明欲學諸葛亮匡扶漢室，魏了翁則贊賞陶淵明激流勇退而不放浪形骸。陶淵明之所以留名後世是因其忠君愛國而非"詩人逸士"，"節概之高"要比"文章之妙"更爲重要。故何喬新論曰："自已删之後，詩雅蕭條。如蘇、李之高妙，嵇、阮之沖澹，曹、劉之豪逸，謝、鮑之峻潔，其詩非不工也，然嘲咏風月，亡裨風教，求其有補風化者，晋之淵明而已。觀其自晋以前，皆書年號，自宋以後惟書甲子，是豈可與刻繪者例論耶？"①

"沖淡自然"是陶詩最顯著之風格特徵，臺閣文人亦多論此，如楊士奇曰：

> 詩以道性情，詩之所以傳也。古今以詩名者多矣，然《三百篇》後得風人之旨者，獨推陶靖節。由其沖和雅澹，得性情之正。若無意於詩，而千古能詩者卒莫過焉。②

陶詩"得風人之旨"，楊士奇將其置於承接《詩經》之後的至高地位。"性情之正"不僅表示詩歌中感情抒發和平中正，更重要的是"關於民彝物則之大"，楊士奇對陶詩"沖和雅澹"的風格並未進一步展開文學角度的討論，而將其籠統歸納爲"性情之正"，認爲這才是其"沖淡自然"詩風形成的原因。臺閣文人對陶詩風格的闡釋，更多與其"忠君愛國"的行爲聯繫起來。如景泰間進士張寧（1426—1496）言："靖節遭時多故，志念幽微，故其詞隱約而

① 何喬新《策府十科摘要·經科·論詩》，《椒邱文集》卷一，《景印文淵閣四庫全書》1249 册，臺灣商務印書館，1986 年，第 15—16 頁。
② 楊士奇《畦樂詩集原序》，梁蘭《畦樂詩集》卷首，《景印文淵閣四庫全書》1232 册，臺灣商務印書館，1986 年，第 712 頁。

沖澹。"①將陶淵明"沖淡"風格與"隱約"並稱,"隱約"即義深而言簡,指陶詩中隱含爲晋復仇之微言大義。黄仲昭則稱:"陶靖節詩,蕭散沖澹,如行雲流水,出於自然而變化開闊,涵弘演迤,自有無窮之趣。故予嘗妄意題品,以爲自漢《古詩十九首》而下,惟蘇子卿可以頡頏之,其餘皆當避竈而煬也。"②對陶詩可謂評價甚高,歸納其"蕭散沖澹"之風格亦較爲準確。然黄氏接着論述陶淵明與張良之相似,并爲陶淵明不爲晋室復仇辯解:"留侯得漢高爲之依歸,故終能滅秦、項,以遂其報韓之願。靖節遭時無漢高者可托以行其志,是以適意於酒以終身也。……靖節之與留侯,迹雖不同而心則未始不同,所謂易地則皆然者也。"③并以《咏荆軻》詩爲例,證明陶淵明"心懷晋室"。然正如前引黄仲昭所言,《咏荆軻》詩中多是"忠憤激烈之氣",顯然與陶詩"蕭散沖澹"之風格格不入。

二、壯志未酬:李賢"和陶詩"的形象呈示

"和陶詩"是文學接受史中一大特色,亦是陶詩接受史的重要組成部分,自北宋蘇軾和陶以來,歷代和作甚多。據相關統計,宋代和陶詩作者約 46 人,和陶詩約 530 首,元代和陶詩作者有 7 人,和陶詩有 264 首④。明清兩代由於數量衆多,目前尚未統計。明前期和陶詩甚多,梵琦禪師、張渤、童冀、桂彦良、張洪、

---

①　張寧《晚香亭倡和詩序》,《方洲集》卷十五,《景印文淵閣四庫全書》1247 册,臺灣商務印書館,1986 年,第 390 頁。

②　黄仲昭《題陶淵明詩集》,《未軒文集》卷四,《景印文淵閣四庫全書》1254 册,臺灣商務印書館,1986 年,第 456 頁。

③　同上。

④　參見楊松冀《精神家園的詩學探索——蘇軾"和陶詩"與陶淵明詩歌之比較研究》,人民出版社,2012 年,第 20 頁。

李賢、范仲彰、吴景輝等人均有成書或獨立成卷者①。歷代和陶詩中，以宋代蘇軾、元代劉因爲代表。蘇軾所作和陶詩，往往是以和陶爲名，描寫當下的心情與環境，如《和歸田園居》開篇稱"環州多白水，際海皆蒼山。以彼無盡景，寓我有限年"②，乃是描寫謫居惠州時的生活場景。而劉因之和陶詩，則是借和陶之名與陶淵明展開心靈對話，如《和歸田園居五首》中"爲問五柳陶，栽培幾何年"、"每讀淵明詩，最愛桃源長"③等。與蘇軾、劉因等人不同，臺閣文人和陶詩往往是代陶淵明語氣書寫隱居田園生活，新意不多。相形之下，李賢所作和陶詩較有特色。李賢(1408—1466)字原德，河南鄧州人。宣德八年(1433)進士及第，天順元年(1457)擢爲翰林學士，入内閣，升吏部尚書，是繼"三楊"後臺閣體代表作者。其《古穰集》載和陶詩兩卷，共計158首，按陶集次序將陶詩全和一遍，僅《形影神三首》無和詩。李賢的和詩中塑造了壯志未酬的詩人形象，這與前人和陶詩有較大不同。先看《和胡西曹贈顧賊曹》(爲方便對比，兹將陶詩附於後)：

---

① 大部分和陶詩今已不存，僅有序跋存世。如梵琦禪師《西齋和陶詩》，據朱右《白雲稿》卷四《西齋和陶詩序》可知，《御選宋金元明四朝詩》録其二首。張渤和陶詩據宋濂《文憲集》卷十二《題張渤和陶詩》可知。童冀《和陶集》，楊士奇《文淵閣書目》卷二、黄虞稷《千頃堂書目》卷十七有著録，胡翰《胡仲子集》卷八《童中洲和陶詩後跋》、林弼《登州集》卷二十三《跋童中州和陶詩後》尚存。桂彦良《和陶靖節詩》據謝肅《密庵文稿》庚卷《和陶詩集序》可知，《御選宋金元明四朝詩》中收録一首。張洪《和陶詩》，楊子器《(弘治)常熟縣誌》卷四有著録，范仲彰《和陶詩》據王直《抑庵文後集》卷二十九《范仲彰墓誌銘》可知。吴景輝《和陶詩》據周瑛《翠渠摘稿》卷二《和陶詩序》可知。其中部分和陶詩或作於元明之際，但其刊刻産生影響主要在明初，故併入明前期統計。

② 蘇軾《和陶歸園田居六首》之一，黄任軻、朱懷春校點《蘇軾詩集合注》，上海古籍出版社，2011年，第2005頁。

③ 劉因《和歸田園居五首》之一、二，《静修先生文集》卷三，《四部叢刊》影印元本。

仲夏宿雨收，當晨送輕飆。杖履陟丘隴，涼氣襲我衣。清興悠然生，因之歷翠微。茫茫宇宙間，不能忘憂葵。尚念魯中叟，鳳德何其衰！空有奮揚志，未得天戈揮。魚龍失雲水，非由見事遲。達人能悟此，撫志良足悲。①

蕤賓五月中，清朝起南飆。不駛亦不遲，飄飄吹我衣。重雲蔽白日，閑雨紛微微。流目視西園，曄曄榮紫葵。於今甚可愛，奈何當復衰。感物願及時，每恨靡所揮。悠悠待秋稼，寥落將賒遲。逸想不可淹，猖狂獨長悲。②

陶淵明詩之主題是對時間流逝的哀嘆，而李賢和詩中却是憂國憂民的情懷與壯志未酬的悲傷。和詩前半部分尚是寫田園景色，"茫茫宇宙間，不能忘憂葵"一句，話鋒頓轉。"憂葵"典出自《列女傳》："漆室女憂魯君老，太子幼。鄰婦笑曰：'此乃魯大夫之憂，婦人何與焉！'漆室女曰：'不然，非子所知也。昔晉客舍吾家，繫馬園中。馬佚馳走，踐吾葵，使我終歲不食葵。'"③後以"憂葵"借指擔憂國事。詩人雨後山中散步，清興悠然，但終心念國事。"魯中叟"指孔子，楚狂接輿曾譏諷孔子有才德而不識時務，過孔子歌曰："鳳兮！鳳兮！何德之衰！"陶淵明亦是不識時務，故以此自嘲。"空有奮揚志，未得天戈揮。魚龍失雲水，非由見事遲"一句直接表露胸臆：空有報國之情，却苦於未逢機遇，不能大展身手。由此，一個心憂國事、滿腔熱血却壯志未酬的詩人形象躍然紙上。再如和《始作鎮

　　① 李賢《和胡西曹贈顧賊曹》，《古穰集》卷二十三，《景印文淵閣四庫全書》1244 册，臺灣商務印書館，1986 年，第 731 頁。
　　② 陶淵明《和胡西曹示顧賊曹》，袁行霈箋注《陶淵明集箋注》，中華書局，2003 年，第 172 頁。
　　③ 劉向《魯漆室女》，《古列女傳》卷三，《四部叢刊》影印明刻本。

軍參軍經曲阿》：

> 　　秦灰既云冷，無由見全書。所以古人行，今人多不如。
> 予茲辭帆畝，駕言適通衢。暫使襟宇擴，敢言農事疏。一覽
> 前古迹，使我胸中紆。高賢將有遇，得以開緒餘。念昔西河
> 老，幡然謝索居。楚累良足悲，委身葬江魚。古來豪傑士，
> 安可繩墨拘。君看臥龍人，未必終草廬。①
> 　　弱齡寄事外，委懷在琴書。被褐欣自得，屢空常晏如。
> 時來苟冥會，宛轡憩通衢。投策命晨裝，暫與園田疏。眇眇
> 孤舟逝，綿綿歸思紆。我行豈不遙，登降千里餘。目倦川塗
> 異，心念山澤居。望雲慚高鳥，臨水愧游魚。真想初在襟，
> 誰謂形迹拘。聊且憑化遷，終返班生廬。②

《始作鎮軍參軍經曲阿》爲陶淵明在出任鎮軍將軍參軍途中所
作。雖是出仕，但開篇即以"弱齡寄事外，委懷在琴書"奠定基
調，宣稱少時即寄心琴書之中，即使是出仕，也是"暫與園田疏"。
路途中思鄉之情纏綿，"望雲慚高鳥，臨水愧遊魚"，出仕慚愧之
情盡顯其中，結語表示最後會返回田園舊居。而李賢和詩雖然
前半部分有歸隱之意，但最後兩句變爲"君看臥龍人，未必終草
廬"，主題立意頓改，即將陶淵明比擬於諸葛亮，最終會走出隱居
的茅廬，完成匡扶漢室的偉業。
　　陶淵明《述酒》一詩，晦澀難懂，歷來學者多認爲是寫晋宋間
的政治鬥爭。相比而言，在李賢和詩中，《述酒》却變爲詩人對功

---

　　① 李賢《始作鎮軍參軍經曲阿》，《古穰集》卷二十三，《景印文淵閣四庫全書》
1244 册，臺灣商務印書館，1986 年，第 731 頁。
　　② 陶淵明《始作鎮軍參軍經曲阿一首》，袁行霈箋注《陶淵明集箋注》，中華書
局，2003 年，第 180 頁。

業未就而隱居不仕的自責：

> 儀狄造旨酒，古來人共聞。杜康得妙術，美已極十分。
> 我性獨嗜此，萬事皆浮雲。斯人安在哉，無由酹其墳。念此
> 心戚戚，對酒當清晨。木石豈有知，鷗鳥相與馴。人生天地
> 間，飄飄遺此身。子房志有在，忠義良殷勤。事鎬非素懷，
> 終然報韓君。脫身從赤松，芳名久彌熏。而我竟何爲，作詩
> 綴空文。周鼎久已沉，一朝出河汾。安得魯連子，爲我解其
> 紛。撫事但興嘅，杯酒聊復親。古人去云久，後世儔
> 能倫。[①]

> 重離照南陸，鳴鳥聲相聞。秋草雖未黃，融風久已分。
> 素礫晶脩渚，南嶽無餘雲。豫章抗高門，重華固靈墳。流淚
> 抱中嘆，傾耳聽司晨。神州獻嘉粟，西靈爲我馴。諸梁董師
> 旅，芊勝喪其身。山陽歸下國，成名猶不勤。卜生善斯牧，安
> 樂不爲君。平王去舊京，峽中納遺薰。雙陵甫云育，三趾顯
> 奇文。王子愛清吹，日中翔河汾。朱公練九齒，閑居離世紛。
> 峨峨西嶺內，偃息常所親。天容自永固，彭殤非等倫。[②]

自唐代顏真卿在《咏陶淵明》中開篇稱"張良思報韓，龔勝恥事
新"[③]而比擬陶淵明以來，張良就與陶淵明聯繫起來。在李賢和
詩中，詩人雖然嗜酒，但"子房之志"常縈在心。張良能輔佐劉邦
滅秦并"終然報韓君"，而自己却只能"作詩綴空文"，由此慚愧不
已，希望能得到魯仲連這樣的謀士輔佐以逐鹿中原，建功立業，

① 李賢《述酒》，《古穰集》卷二十四，《景印文淵閣四庫全書》1244 冊，臺灣商務
印書館，1986 年，第 736 頁。
② 陶淵明《述酒》，袁行霈箋注《陶淵明集箋注》，中華書局，2003 年，第 290 頁。
③ 顏真卿《咏陶淵明》，《顏魯公文集》卷十二，清《三長物齋叢書》本。

但最終未能實現，只能聊以飲酒打發時光。

陶淵明年輕時不乏濟世精神，"少時壯且厲"、"猛志逸四海"等亦成爲其個人心志的真實寫照。陶淵明或有壯志未酬的哀痛①，但在現實環境中不能實現自己的理想時，並未在詩中直接表露自己的哀痛，相反，却在詩中不斷表現出安貧樂道的恬淡、田園生活的美好，塑造了中國文學史上的"隱者"形象。而李賢所作大部分和陶詩中，儘管同樣是繪寫田園生活之美好，但忠君愛國、壯志未酬的詩人形象，還是不自覺地表現了出來。

三、頌世鳴盛：陶詩接受中的臺閣體色彩

詩有山林、臺閣之分。朱權曾引元人詩法曰："大凡臺閣之作，氣象要光明正大；山林之作，要古淡閑雅。"②悠游林下、沖淡自然之陶詩無疑是山林詩代表，與雍容典雅、充滿富貴氣息的臺閣體相對立。但臺閣文人並未排斥陶詩，相反對其贊賞有加。其策略是選擇了忠君愛國之陶淵明而非詩人逸士之陶淵明，並在此理念下不斷對陶詩內容風格進行闡釋。在臺閣體佔據主流文壇的明前期，陶詩接受亦不自覺地受其影響。如吏部主事林弼序童冀《和陶詩》曰："中州（童冀）蘊深發茂，方將爲世笙鏞，以鳴治世之盛，顧乃以山林枯槁自居。夫苟得二公之所以樂，則無入不自得，于出處奚擇焉？《衡門》、《考槃》之咏，尚毋爲太早計也。"③認爲童冀要爲新朝鳴國家之盛，作歸隱主題

---

① 參見林家驪、楊健《論陶淵明詩歌的理想化傾向》，《浙江學刊》2012 年第 1 期。

② 朱權《西江詩法·詩家模範》，吳文治主編《明詩話全編》本，鳳凰出版社，2006 年，第 570 頁。

③ 林弼《跋童中州和陶詩後》，《林登州集》卷二十三，《景印文淵閣四庫全書》1227 册，臺灣商務印書館，1986 年，第 194 頁。

的和陶詩爲時尚早，對其略有責備之意。謝肅爲桂彥良和陶詩作序指出：

> 公乃切切焉以靖節之詩是和，靖節與公果何所同邪？曰：同其心不同其迹也。何也？在至正末，天下大亂，衆方以智術干爵祿，公則遁于林麓以自樂其天，固有契於靖節者，茲所以屬知其時也歟？及皇明受命，聖人出而四海清，士君子應詔而起，布列中外，莫非英選。若公者則以孔孟之學，際明良之會，不數年而登臺輔，以佐理宗藩。蓋道德在躬，既孚于朝廷；文章已出，將行于天下。顧豈蔽於不耀之地而已也？其視和陶集，直公曩時一清事哉！①

桂彥良元末隱居不仕時，有和陶之作。至明代受朱元璋禮遇，曾出任晉王府右傅。謝肅序中用大量篇幅來描寫新朝之興盛、桂彥良位爵之隆崇，但元末不仕時所作的和陶詩，亦不能爲新朝鳴盛，只好將其解釋爲"公曩時一清事哉"！

即使是描寫隱居生活的和陶詩，亦會不自覺地出現臺閣體的影子。茲以成化間翰林侍讀學士吳節和《歸田園居》之一爲例對比：

> 憶昔去鄉邑，抗手匡廬山。同行二三友，一一皆青年。有如縱壑鱗，不肯藏深淵。丈夫有遠志，安用負郭田？驅車大行路，息轡高林間。孰知中有阻，疲馬嘶不前。俛眉訊歸路，還指墟里煙。開荒遶清澗，結屋依山巓。時尋里中叟，

---

① 謝肅《和陶詩集序》，《密庵文稿》庚卷，《四部叢刊》印明洪武刻本。

高論消餘閑。雖無金滿橐，亦得心晏然。①

　　少無適俗韵，性本愛丘山。誤落塵網中，一去三十年。
羈鳥戀舊林，池魚思故淵。開荒南野際，守拙歸園田。方宅
十餘畝，草屋八九間。榆柳蔭後園，桃李羅堂前。曖曖遠人
村，依依墟里煙。狗吠深巷中，雞鳴桑樹巔。户庭無塵雜，
虛室有餘閑。久在樊籠裏，復得返自然。②

《歸田園居》是陶淵明代表作，也是歷代和陶詩中出現較多的一首。
陶詩前半部分表達其性愛自然之意，後半部分則展現一幅美麗的田
園景象，全詩質樸自然，毫無波瀾。而吳節和詩，用大量篇幅描寫少
年得志場景，"同行二三友，一一皆青年"，"有如縱壑鱗，不肯藏深
淵。丈夫有遠志，安用負郭田"。雖然後半部分回到了歸隱主題，但
全詩的氛圍已與陶詩形成了較大的差距，陶詩中田園風光在和詩
中變爲抒發遠大志向。這種得志炫耀是臺閣體的常見主題，吳節
不自覺地將其摻入了和陶詩中。再以李賢所作《和飲酒》對比：

　　六經不可尚，誰復得其真。後聖如有作，再使風俗淳。
憶昔周邦舊，文王受命新。何意繼周者，而乃在强秦。遂使
寰宇内，紛然渾泥塵。卯金成事業，爲之亦辛勤。仁澤被四
海，皇天固無親。萬物已枯槁，生意復津津。吾今處閑散，
有此漉酒巾。清風北窗下，自謂羲皇人。③

---

　　① 吳節《和陶徵君詩四首》之四，《吳竹坡先生詩集》卷六，《四庫全書存目叢
書》影印清雍正三年吳琦刻本，齊魯書社，1997 年，集部 33 册，第 484 頁。
　　② 陶淵明《歸田園居五首》之一，袁行霈箋注《陶淵明集箋注》，中華書局，2003
年，第76 頁。
　　③ 李賢《飲酒詩二十首》之二十，《古穰集》卷二十四，《景印文淵閣四庫全書》
1244 册，臺灣商務印書館，1986 年，第 736 頁。

義農去我久，舉世少復真。汲汲魯中叟，彌縫使其淳。
鳳鳥雖不至，禮樂暫得新。洙泗輟微響，漂流逮狂秦。詩書
復何罪？一朝成灰塵。區區諸老翁，爲事誠殷勤。如何絕
世下，六籍無一親！終日馳車走，不見所問津。若復不快
飲，空負頭上巾。但恨多謬誤，君當恕醉人。①

　　陶詩原意是借上古真淳民風逝去表達對現實社會不滿之情緒，
孔子雖生不逢時，但尚有整理禮樂之功，孔子去世後江河日下，
至狂暴秦朝焚書坑儒。雖然漢代諸儒傳授經書，但自此以後已
無人親近經籍，唯有四處奔走渴求功名利祿。然在李賢和詩中，
却對漢代以後充滿了讚美之情，"卯金成事業"指劉邦建國，陶詩
中對現實的不滿消失殆盡，歸隱主題下的和詩竟然出現"仁澤被
四海，皇天固無親"等臺閣氣息濃厚的詩句。
　　明前期臺閣文人之陶詩接受中，對陶詩田園隱居內容進行
忠君愛國之解讀、對沖淡風格進行性情之正的闡釋，多是延續宋
元以來理學家詩學思想，並無多少新意。臺閣文人之陶詩接受，
更多是對陶淵明人格品行之推崇，而非文學意義上對於陶詩的
學習與宗尚。至於其所作和陶詩，由於身處廟堂之上，難以體會
隱居林下之樂，却硬要摹倣陶淵明語氣寫田園歸隱生活，既無真
正致仕歸隱之心向，亦無真實田園生活之體驗，因此水平往往不
高。袁行霈先生指出："和陶，在不同程度上代表了某種文化的
歸屬，標誌着對某種身份的認同，表明了對某種人生態度的選
擇。"②臺閣文人作和陶詩，或出自這一特殊文人群體之精神需

　　① 陶淵明《飲酒二十首》之二十，袁行霈箋注《陶淵明集箋注》，中華書局，2003
年，第 282 頁。
　　② 袁行霈《論和陶詩及其文化意蘊》，《中國社會科學》2003 年第 6 期。

求,表達對當時頌世鳴盛、雍容典雅詩風充斥詩壇的一種不滿；亦或僅僅是一種文化慣性,乃成爲閑暇之餘摹倣陶淵明語氣的娛樂遊戲之作。明前期臺閣文人之和陶詩不自覺地受到臺閣體之影響,具有典型時代特色,成爲陶詩接受史中特殊的一筆。

第三章　唐代詩歌之接受

　　唐詩不僅是臺閣文人學習模仿的重要對象,亦是臺閣詩學中研究論爭之重點。本章從臺閣文人對唐詩的分期與宗尚、杜詩闡釋以及唐宋詩之爭三個角度展開來論述其唐代詩歌接受情況。

　　洪武間高棅編選《唐詩品彙》,其在"世變論"與"體裁論"相結合的基礎上形成了"四唐九品"之分期,"四唐"是從政治角度分期,"九品"則更多傾向于文學考察。但永樂末高棅在《唐詩品彙》基礎上删減成《唐詩正聲》一書,則專以"性情之正"爲標準選詩,其詩學思想已漸趨文壇主流。永樂至成化間臺閣文人的唐詩分期,更多受元代楊士弘《唐音》之"始音"、"正音"、"遺響"三分法影響,但故意將其與初、盛、晚唐變成一一對應的關係,唐詩分期由"世變論"與"體裁論"之結合考察變成了單純的"世變論"。臺閣詩學思想下的唐詩分期與宗尚存在諸多矛盾,難以自圓其説,顯示出其理論的局限性。

　　臺閣文人之杜詩接受,主要强調杜詩忠君憂國之憤慨、不爲世用之悲苦以及寓含其中的激烈感情,然而這與臺閣詩學思想中發爲治世之音、感情平淡閑雅等要求多少相衝突。臺閣文人對此矛盾多予迴避,重以"性情之正"爲標籤推崇杜詩,究其原因,乃受制於對自我性情的約束,不能正視杜詩中的真情。

唐宋詩之爭歷來是文壇一大公案，明初以崇唐抑宋爲主，但"貶唐崇宋"之論似乎從不缺乏，於是學界有人據此指出明前期詩壇存在"宗宋"傾向或"潛流"。但筆者認爲，這些言論并不能構成文學史意義上的"崇宋抑唐"，透過臺閣文人"對宋儒詩之推尚"、"對唐詩之批評"、"對宋代盛世之贊譽"三個方面，可以看出明初的"唐宋詩之爭"并非文學意義上的爭論，"崇唐抑宋"一直是臺閣詩學的主流意見。

第一節　唐詩分期與宗尚

唐詩有其自身發展演變過程，對唐詩分期區別之意識自然隨之産生，這在唐詩選本中體現尤爲明顯。早在天寶間殷璠編輯《河岳英靈集》時就曾説："武德初，（齊梁）微波尚在。貞觀末，標格漸高。景雲中，頗通遠調。開元十五年後，聲律風骨始備矣。"①其對初、盛唐詩歌演變的闡釋，已具有分期之意，並直言推崇開元詩歌。宋末嚴羽《滄浪詩話·詩辨》曰："次取沈、宋、王、楊、盧、駱、陳拾遺之詩而熟參之，次取開元、天寶諸家之詩而熟參之，次獨取李、杜二公之詩而熟參之，又取大曆十才子之詩而熟參之，又取元和之詩而熟參之，又盡取晚唐諸家之詩而熟參之。"②以人論詩，分爲六類，實則將唐詩分爲五期：一爲沈、宋及初唐四傑所代表的唐初；二爲開元、天寶時期，李、杜雖亦屬開元、天寶間，但特意單獨拈出；三爲大曆；四爲元和；五爲晚唐。其《詩體》又進一步"以時而論"，列出"唐初體（自注：唐初猶襲陳、隋之體）、盛唐體（自注：景雲以後，開元、天寶諸公之詩）、大

---

① 殷璠編，王克讓注《河岳英靈集注》，巴蜀書社，2006年，第1頁。
② 嚴羽著，張健校箋《滄浪詩話校箋》，上海古籍出版社，2012年，第59頁。

曆體（自注：大曆十才子之詩）、元和體（自注：元、白諸公）、晚唐體”[1]，與《詩辨》相互闡發，唐詩“五期”之分更爲清晰。元末楊士弘《唐音》卷前設“《唐音》姓氏並序”，共列 175 位詩人，以世次分類，王績至張志和爲“自武德至天寶末六十五人爲唐初盛唐詩人”，皇甫冉至劉禹錫爲“自天寶至元和間四十八人爲中唐詩人”，賈島至吳商浩爲“自元和至唐末四十九人爲晚唐詩人”，僧道閨秀無名氏十三人另列[2]，可知楊士弘將唐詩分爲“唐初盛唐”、“中唐”、“晚唐”三期。明前期在宗唐尤其是宗盛唐的大背景下，對唐詩分期自然更加重視。洪武間高棅編選《唐詩品彙》，確立了“四唐九品”的唐詩分期，而我們熟知的“初唐”、“盛唐”、“中唐”、“晚唐”四分法即由此而出[3]。但《唐詩品彙》在永樂至成化間影響較小，此間臺閣文人更多是附會楊士弘《唐音》中“始音”、“正音”、“遺響”三分法。

一、高棅“四唐九品”與唐詩分期

高棅（1350—1423）字彥恢，號漫士，入仕更名廷禮，“閩中十才子”之一。永樂元年（1403）以布衣召爲翰林待詔，升典籍。高棅歷時十年之久於洪武二十六年（1393）編纂完成《唐詩品彙》九十卷，洪武三十一年又完成《唐詩拾遺》十卷附於後，湊成百卷。

---

① 嚴羽著，張健校箋《滄浪詩話校箋》，上海古籍出版社，2012 年，第 212—217 頁。

② 楊士弘編選，陶文鵬等點校《唐音評注》，河北大學出版社，2010 年，第 20—25 頁。

③ 王順貴先生根據新發現的元代李存《唐人五言排律選》、戴表元《唐詩含弘》指出，高棅“四唐九品”之分期多源自此。參見氏著《〈唐詩品彙〉何以成爲典範的唐詩選本——論元代三種唐詩選本與〈唐詩品彙〉的關係》，《文學遺産》2013 年第 2 期。因兩書均係稿鈔本流傳不廣，遠不如《唐詩品彙》之影響深遠，故暫將“四唐”分期之功歸於高棅。

《唐詩品彙》總計收詩五千八百餘首，按五七言古詩、絶句、律詩、排律分類編排，時人贊曰"衆體兼備，始終該博"、"大全而無憾"①。《唐詩品彙》不僅是規模空前的唐詩選本，亦是高棅唐詩史觀之直接體現。高棅將唐詩分爲初唐（貞觀、永徽）、盛唐（開元、天寶）、中唐（大曆、貞元）、晚唐（元和、開成以後）四期，四唐下又列九品，初唐下設"正始"品，稱"初唐之始制"，盛唐下設"正宗"、"大家"、"名家"、"羽翼"四品，構建盛唐詩之各個層次，中唐設"接武"品，爲"中唐之再盛"，晚唐設"正變"、"餘響"品，爲"晚唐之變"、"晚唐變態之極"，又不拘世次設"有姓氏無字里世次可考者"及佛道閨秀詩爲"旁流"，這樣通過"四唐九品"分期構築起完整的唐詩發展史。高棅選唐詩以盛唐爲正，晚唐爲變，故自言選詩"詳于盛唐，次則初唐、中唐，其晚唐則略矣"。其對唐詩的評價及分期依據，是將"世變論"與"體裁論"相結合，在世道升降分期下兼及文學層面的考察。

高棅在《唐詩品彙・總叙》中表示："唐詩之偈，弗傳久矣；唐詩之道，或時以明。誠使吟咏性情之士，觀詩以求其人，因人以知其時，因時以辯其文章之高下、詞氣之盛衰，本乎始以達其終，審其變而歸於正，則優遊敦厚之教，未必無小補云。"以時之盛衰辨詩之高下，將世道升降作爲詩歌優劣評價及分期的重要依據，不可不謂是典型的"世變論"。具體體裁分而論之，其世道升降之分期依據更爲明晰。以五言古詩爲例，論"正始"云："唐氏勃興，文運丕溢。……明良滿庭，賡歌贊治，若夫世南屬和，匡君以正；魏徵終篇，約君以禮。辭之忠厚，豈曰文爲？"唐朝創建伊始，賢明之君、忠良之臣充溢朝廷，互相唱和之作均與朝廷政務有關，故不尚文辭，是唐詩興盛之濫觴。盛唐之詩，有陳子昂、李白

---

① 馬德華《唐詩品彙序》，《唐詩品彙》卷首，上海古籍出版社影印明汪宗尼刻本，2011年，第1—3頁。本書所引《唐詩品彙》均出自此，以下不再注明。

之"正宗"，杜甫之"大家"，孟浩然、王維等"名家"，崔顥等"羽翼"，彬彬然盛極一時，如論"羽翼"曰："太白、浩然、儲、王、常、李、高、岑數公已褐於前，他如崔顥、薛據、張謂、王季友諸人，皆李、杜當時所稱許，相與發明斯道，賡歌鼓舞，以鳴乎盛世之音者矣。"但天寶十二年(753)爆發"安史之亂"，唐朝由盛入衰，唐詩亦隨之轉變，故"接武"云："天寶喪亂，光嶽氣分，風概不完，文體始變。"指出詩歌風格之變是由"天寶喪亂"所致。詩風轉變，就存在"正變"之分："今觀昌黎之博大而文，鼓吹六經，搜羅百氏，其詩騁駕氣勢，嶄絕崛強，若掀雷決電，千夫萬騎，橫騖別驅，汪洋大肆而莫能止者。又《秋懷》數首及《暮行河堤上》等篇，風骨頗逮建安，但新聲不類，此正中之變也。東野之少懷耿介，齷齪困窮，晚擢巍科，竟淪一尉。其詩窮而有理，苦調淒涼，一發於胸中而無吝色，如古樂府等篇，諷咏久之，足有餘悲，此變中之正也。""正變"即"變"中不失爲"正"者，韓愈、孟郊之詩即爲"正變"代表。具體而論，二人又有不同，韓詩有建安風骨，但不類新樂府，是"正中之變"；孟詩窮而有理，聲調悲涼，是"變中之正"，較韓愈更下一籌。論"餘響"云："開成後，馬戴、陳陶、劉駕、李群玉輩，電勉氣格，尚欲賈前人之餘勇，又如司馬禮、于濆、邵謁之屬，研精覃思，不過歷郊、島之藩翰耳。雖然，時有廢興，道有隆替，文章與時高下、與代終始，向之君子，豈可泯然其不稱乎？"高棅將開成後馬戴以下十七人列爲"餘響"，認爲其詩可取之處不多，不過是孟郊、賈島之下屬罷了，但爲昭彰"文章與時高下"，顯示晚唐之衰，故將其列入。

政治世變論下的唐詩分期，實沿襲宋元以來理學家之傳統詩學觀，並無多少新意。高棅《唐詩品彙》"四唐九品"分期能廣爲後人所接受，主要是在政治分期基礎上關注文學層面的詩歌聲律、興象，以彌補政治世道標準分期之不足，使唐詩之分期更符合文學標準。高棅在其綱領性的《總叙》中說：

> 有唐三百年詩,衆體備矣。故有往體、近體、長短篇、五七言律句絕句等製,莫不興於始、成於中、流於變,而陵之於終。至於聲律、興象、文詞、理致,各有品格高下之不同。

各體唐詩均有其興盛衰落的發展過程,並非僅僅是初、盛、中、晚這麼簡單,高棅亦注重從"聲律、興象、文詞、理致"四個角度考察詩歌的優劣高下。具體到各體裁言之,如論五古之"正宗"云:"詩至開元、天寶間,神秀、聲律粲然大備。李翰林天才縱逸,軼蕩人群,上薄曹、劉,下淩沈、鮑,其樂府古調若使儲光羲、王昌齡失步,高適、岑參絕倒,況其下乎?"開元、天寶詩之所能列入"盛唐",除盛唐之政治盛世外,更重要的是詩歌"神秀聲律粲然大備",這不僅是由政治盛世造成,更與詩人獨特創作風格有關。再如論七古之"名家"曰:"若夫張惶氣勢、陟頓始終,綜核乎古今,博大其文辭,則李、杜尚矣!至於沉鬱頓挫、抑揚悲壯、法度森嚴、神情俱詣、一味妙悟而佳句輒來,遠出常情之外之數子者,誠與李、杜並驅而爭先矣。"七言古詩除李、杜之外,尚有高適、岑參、王維等"名家"交相輝映,高棅論述這些"名家",同樣是從其"沉鬱頓挫"之風格、"抑揚悲壯"之情感、"一味妙悟"之創作方法等文學因素加以探究,尤其注重風格等方面的考察,"名家"與李杜等"正宗"、"大家"共同構築起盛唐詩歌的頂峰。

文學世變論下,政治興衰與詩歌優劣對等,顯然對於唐詩分期及評價不甚適合。高棅亦注意到這一點,九品的設立,使四唐分期不再是簡單地增減關係,而是有所變動乃至于成爲特例。如高棅在《凡例》中指出:"間有一二成家特立與時異者,則不以世次拘之。如陳子昂與太白列在'正宗',劉長卿、錢起、韋、柳與高、岑諸人同在'名家'者是也。"陳子昂若按生活時代應列入初唐之"正始",在五絕、五律中確實也排在"正始"之中,但高棅在五言古詩中將陳子昂與李白並列爲盛唐之"正宗"，以突出陳子昂五古的重要地位。劉長卿、錢起等人在七古、五絕、七絕、五律等均列入中唐"接武"品，但在五古中卻進入盛唐之"名家"品，亦是此意。高棅《唐詩品彙》以盛唐爲正，晚唐爲變，崇正抑變的思想非常明確，但對盛唐以外詩歌並非一味貶低，如評價中唐之七絕："大曆以還，作者之盛，駢踵接迹而起，或自名一家，或與時唱和。如樂府、宮詞、竹枝、楊柳之類，先後述作，紛紜不絕。逮至元和末，而聲律不失，足以繼開元、天寶之盛。"在高棅的分期中，元和、開成後已屬晚唐，但稱元和末之七言絕句（尤其是樂府、宮辭、竹枝曲之類）尚可追蹤盛唐，褒揚尤高。可見高棅並非完全是以時代劃分詩歌優劣，亦多立足於文學層面而加以觀照。

　　成化前《唐詩品彙》、《唐詩正聲》未能刊刻，因此流傳不廣，影響有限。李東陽《懷麓堂詩話》云："選唐詩者，惟楊士弘《唐音》爲庶幾，次則周伯弼《三體》。"①可知博學如李東陽者，仍認爲《唐音》與《三體唐詩》才是唐詩選本代表，而不提《唐詩品彙》。對此陳國球先生在《明代復古派唐詩論研究》一書中論述已詳，不再贅言。究其原因，除客觀上《唐詩品彙》篇幅過大、卷帙浩繁而不易刊刻外，或與高棅未按照嚴格的世變論分期、過分強調聲律興象、文詞理致等文學因素，與主流文壇的臺閣詩學思想格格不入有關。高棅編選《唐詩品彙》時尚是在野文人，無需承擔翰林文人頌世鳴盛的任務，更多是憑藉自己主觀喜好編選唐詩，高棅自稱："余素耽於詩，恒欲窺唐人之藩籬。"《唐詩品彙》之編纂目的是意欲爲學唐詩者指示門徑，並呈現出完整的唐詩風貌。高棅沒有爭衡攻訐的對象，亦無宗主詩壇、掌握權柄的野心，單純地

---

　　① 李東陽著，李慶立校釋《懷麓堂詩話校釋》，人民文學出版社，2009 年，第104 頁。

爲創作而選詩，爲鑒賞而選詩。① 故《唐詩品彙》所列"四唐九品"分期，更符合唐詩發展演變的規律，不僅在成化以後影響深遠，當代唐詩研究中的分期，亦是基本沿襲高棅之説②。永樂元年(1403)高棅應召入京，永樂末年在《唐詩品彙》基礎上删節成《唐詩正聲》一書，其編選動機與構建唐詩史意義上的《唐詩品彙》已完全不同，選詩標準變爲"性情之正"、"聲律純完"，高棅自云："唯君子養其浩然，完其真宰，平居抱道，與時飛沉，遇物悲喜，觸物成真，咨嗟咏嘆，一出於自然之音，可以披律吕而歌者，得詩之正也。其發於矜持、忿詈、謗訕、侵凌，以肆一時之欲者，則叫燥怒張，情與聲皆非正也，失詩之旨，得詩之禍也。""情與聲"皆正者方能入選，故名之曰"正聲"，此時高棅已與主流臺閣文人思想漸趨一致。許學夷曾指出："廷禮復於《品彙》中拔其尤者爲《唐詩正聲》，既無蒼莽之格，亦無纖靡之調，獨得和平之體。"③可見《唐詩正聲》所選唐詩已接近臺閣體之風格。從《唐詩品彙》到《唐詩正聲》，高棅的最大貢獻——"四唐九品"之唐詩分期已消失，但《唐詩正聲》較《唐詩品彙》更爲流行，永樂後逐漸取代了後者，成爲通行的唐詩學教材。有研究者指出，《明史》所云"終明之世，館閣宗之"實則是指《唐詩正聲》，而非《唐詩品彙》④，確有一定道理。

---

① 參見蔡瑜《高棅詩學研究》，臺灣大學出版委員會，1990年，第45—50頁。
② 參見李志娟《〈唐詩品彙〉研究》第三章第二節《"四唐"分期説在當代》，華中師範大學碩士論文，2009年，第31—35頁。
③ 許學夷《詩源辯體》卷三十六，人民文學出版社，1987年，第364頁。
④ 廖虹虹《〈唐詩正聲〉：明代流行的詩歌讀本》，《中國詩學》第17輯，人民文學出版社，2013年，第98，99頁。但廖氏據彭曜《唐詩正聲後序》認爲《唐詩正聲》成書于永樂初，似恐不確。查彭曜序云"始獲睹其所編，亟請録之"之時間與永樂初並無直接聯繫。黄鎬《唐詩正聲序》云"編成而先生没"，高棅卒於永樂二十一年，故《唐詩正聲》成書時間當在此前不遠。

二、臺閣文人"世變論"與唐詩分期

高棅《唐詩品彙》之四唐分期在永樂至成化間影響不大,此間臺閣文人之唐詩分期,更多是附會楊士弘的《唐音》。元末楊士弘歷時十年編成《唐音》十四卷,在明前期風靡一時。如楊士奇云"余讀《唐音》,間取須溪所評王、孟、韋諸家之説附之。此編所選,可謂精矣"①,"楊伯謙⋯⋯嘗選《唐音》,前此選唐者皆不及也"②。不僅臺閣領袖盛贊,還有專門唱和《唐音》者,如張楷"摘《唐音》中律詩絶句盡和之"③,楊榮"取楊伯謙選盛唐詩凡五七言律絶五百三十餘首,摹仿其意而追和之"④,可知《唐音》在明前期流傳之盛。《唐音》全書分爲"始音"、"正音"、"遺響"三部分,"始音"只收王、楊、盧、駱四家,不分體,"正音"及"遺響"分爲"唐初盛唐"、"中唐"、"晚唐"三期,"正音"按五七言古詩、律詩、絶句排列,"遺響"不分類。明前期臺閣文人對《唐音》之闡釋,往往直接將始音、正音、遺響變成與初唐、盛唐、晚唐一一對應之關係,將《唐音》之三分法直接視爲詩歌與世道同升降的標準。如正統二年(1437)張洪《和唐詩正音序》云:

> 襄城楊士弘集《唐音》行於世,其論次以初唐爲始音,盛唐爲正音,晚唐爲遺響。然初唐尚有六朝氣習,體制未純;

① 楊士奇《唐音》,《東里續集》卷十九,《景印文淵閣四庫全書》1238 册,臺灣商務印書館,1986 年,第 616 頁。

② 楊士奇《録楊伯謙樂府》,《東里續集》卷十九,《景印文淵閣四庫全書》1238 册,臺灣商務印書館,1986 年,第 617 頁。

③ 張洪《和唐詩正音序》,載葉盛《水東日記》卷二十六,中華書局,2007 年,第 254、255 頁。

④ 楊榮《和唐音序》,《和唐詩正音》卷首,明成化十四年吳汝哲刻本。按,楊榮(1438—1487)字時秀,餘姚人,非"三楊"之楊榮。

盛唐則辭氣渾厚，不求奇巧，自然難及；晚唐則有意於奇，語雖艱深，意實短淺。①

錢溥《和唐音序》亦指出："漢魏而降，變極而至於有唐，五七言之作，雖各自名家，然猶有盛唐、中唐、晚唐三體，分爲始音、正音、遺響之別。"②二人觀點一致。成化十四年（1478）萬冀序《和唐詩正音》曰："唐運三變，故其詩亦有始音、正音、遺音之變，雖未擬之風雅，而音律、節奏、賦比嚴密，殆足以鳴唐，非六朝齒也。"③雖未直言一一對應，然將始音、正音、遺音稱之爲"唐運三變"，顯然亦是沿襲張洪、錢溥之說。再如張寧所言："《三百篇》而下，詩莫盛于唐。楊伯謙所述分爲三，始音猶豐腴，盛唐則沉著，而晚唐遺響，則漸流麗矣。"④始音豐腴、盛唐沉著是直接引用楊士弘之語，張寧最後將"晚唐"與"遺響"並稱，則可知其仍是將三者混同。《唐音》三分法在臺閣文人中有較大影響，黃淮《與節庵論唐人詩法因賦長律三十五韻》曰："粵自盛唐推渾厚，迄于季代謾雕鎪。楊王聯軌方前邁，盧駱長驅亦並遊。……一代文章垂汗簡，三千禮樂著嘉猷。驪黃能識同還異，軒輊從知是與否。"其下自注曰："此言初唐、盛唐以及晚唐。"⑤將唐詩分爲初、盛、晚三期，雖不言始音、正音、遺響，但其推崇盛唐之"渾厚"，批

① 張洪《和唐詩正音序》，載葉盛《水東日記》卷二十六，中華書局，2007 年，第 254、255 頁。

② 錢溥《和唐詩音序》，楊榮《和唐詩正音》卷首，明成化十四年吳汝哲刻本。

③ 萬冀《和唐詩正音後序》，楊榮《和唐詩正音》卷末，明成化十四年吳汝哲刻本。

④ 張寧《御製詩並應制詩共一帙，前輩題贊詳矣……復系以詩》，《張方洲奉使録》卷下，《四庫全書存目叢書》影印涵芬樓影印明天啓三年樊維城刻鹽邑志林本，齊魯書社，1997 年，集部 36 册，第 654—655 頁。

⑤ 黃淮《與節庵論唐人詩法因賦長律三十五韻》，《省愆集》卷下，《景印文淵閣四庫全書》1240 册，臺灣商務印書館，1986 年，第 467 頁。

評晚唐之"雕鏤"，明顯是世變論影響下分期的體現。

楊士弘《唐音·凡例》云："《正音》以五、七言古律絕各分類者，以見世次不同、音律高下，雖各成家，然體制聲響相類，欲以便於觀者。"①雖云分類以見世次之不同，但並不完全是世變論，如前所述，始音、正音、遺響並非與初、盛、晚唐是一一對應關係。早在明初，蘇伯衡就對《唐音》不以世道升降爲分期依據提出批評：

> 夫惟詩之音系乎世變也……不論其世，而論其體裁，可乎？李唐有天下三百餘年，其世蓋屢變矣，有盛唐焉，有中唐焉，有晚唐焉。晚唐之詩，其體裁非不猶中唐之詩也；中唐之詩，其體裁非不猶盛唐之詩也，然盛唐之詩，其音豈中唐之詩可同日語哉？中唐之詩，其音豈晚唐之詩可同日語哉？昔襄城楊伯謙選唐詩爲《唐音錄》，蜀郡虞文靖公序之，慨夫聲文之成，係於世道之升降，而終之以一言曰："吾於伯謙之錄，安得不嘆夫知言之難也？"蓋不能無憾焉。無他，文之日降，譬如水之日下，有莫之能禦者，故唐不漢，漢不秦，秦不戰國，戰國不春秋，春秋不三代，三代不唐虞。自李唐一代之詩觀之，晚不及中，中不及盛，伯謙以盛唐、中唐、晚唐別之，其豈不以此乎？然而盛時之詩，不謂之正音而謂之始音，衰世之詩，不謂之變音而謂之正音，又以盛唐、中唐、晚唐並謂之遺響，是以體裁論，而不以世變論也。其亦異乎大小《雅》、十三《國風》之所以爲正爲變者矣。②

---

① 楊士弘編選，陶文鵬等點校《唐音評注》，河北大學出版社，2010 年，第 27 頁。

② 蘇伯衡《古詩選唐序》，《蘇平仲文集》卷四，《景印文淵閣四庫全書》1228 册，臺灣商務印書館，1986 年，第 592、593 頁。

蘇伯衡(1330—1393 後)字平仲,金華人。明太祖闢禮賢館,伯衡亦被延至,擢翰林修撰。蘇氏認爲唐代分盛、中、晚三期,唐詩分期評價亦應如此一一對應,方符合"世道之升降"規律,但楊士弘編選《唐音》時,將部分盛唐詩歌歸入始音、遺響,又把中晚唐之詩歸入正音,不符合世變論的要求,故對《唐音》"不能無憾焉"。正統七年(1442)周忱爲《唐詩正聲》作序亦云:"予昔在翰林爲庶吉士,與廷禮同編校秘書,嘗相與論近世選唐詩者。廷禮獨推襄城楊伯謙之《唐音録》爲盡善,蓋謂其專以體裁論,而不拘拘于時世之升降也。"[①]可見高棅亦發現《唐音》並非專以世道升降爲標準,對此贊賞並繼承,將"世變論"與"體裁論"糅雜貫穿於《唐詩品彙》編選中。

臺閣文人對《唐音》分期的理解並不符合楊士弘原意,但這並非誤讀,而是其世變論詩學思想之闡釋方式。除附會《唐音》三分法外,永、成間臺閣文人亦有四分法,但多是"世變論"之分期,與高棅關係不大。如黃淮論唐律時曾云:"詩至於律,其變已極,初唐、盛唐,猶存古意,馴至中唐、晚唐,日趨於靡麗,甚至排比聲音、摩切對偶,以相誇尚。"[②]論述雖極爲簡略,但"初唐盛唐"、"中唐晚唐"四期明確,且言初盛唐古意猶存,中晚唐趨於靡麗,亦是世變論之觀點。周叙《詩學梯航》云:

　　唐詩之體自分而爲四,唐詩之格遂離而爲十。何爲四?
　　初唐(景雲以前)、盛唐(景雲以後,天寶之末)、中唐(大曆以

----

① 周忱《唐詩正聲序》,《雙崖文集》卷二,《四庫未收書輯刊》影印清光緒四年周氏山前崇恩堂刻本,北京出版社,2000 年,第 6 輯 30 冊,第 315 頁。

② 黃淮《杜律虞注後序》,《黃文簡公介庵集》卷十一,《四庫全書存目叢書》影印民國二十七年永嘉黃氏排印《敬鄉樓叢書》本,齊魯書社,1997 年,集部 27 冊,第 80 頁。

下,元和之末)、晚唐(元和以後至唐季年也)。初唐之詩,去六朝未久,餘風舊習,猶或似之。盛唐之詩,當唐運之盛隆,氣象雄渾。中唐之詩,歷唐家文治日久,感習既深,發於言者,意思容緩。晚唐之詩,丁唐祚衰歇之際、王風頹圮之時,詩人染其餘氣,淪於萎靡蕭索矣。詩繫國體,不虛言也。①

周叙初、盛、中、晚之四分法,更傾向於以政治盛衰爲標準,盛唐因氣運隆盛,故詩歌"氣象雄渾";中唐詩"容緩"則是因承平日久,多感習盛唐之氣息;晚唐詩"萎靡蕭索"之原因則在於"唐祚衰歇"、"王風頹圮",最後得出"詩繫國體,不虛言也"之結論,可見周叙亦是以"世變論"爲分期主要依據。

三、"世變論"下分期與宗尚的矛盾

無論《唐詩品彙》"四唐九品"分期還是臺閣文人"世變論"分期,最終均指向對盛唐詩歌的宗尚。對此前賢論述頗多,無須贅言。同樣是對盛唐的推崇,高棅與臺閣文人又有不同,前者多推崇盛唐之古詩,後者則更推崇盛唐之律詩。高棅以古詩爲"正",以律詩爲"變","審音律之正變"不僅指初唐到晚唐之變,更包括古體到律絶之變。《唐詩品彙》前"歷代名公叙論"引《詩法源流》曰:"古詩徑叙情實,去《三百篇》爲近;律詩牽於對偶,去《三百篇》爲遠。此詩體之正變也,自選體以上皆純乎正。"以《詩經》爲標杆,古詩真情直言,更近風雅之體,是詩體之"正";律詩限於對偶,爲詩體之"變"。這在高棅"五言古詩叙目"中多有體現,如論"大家"云:"唐興,學官大振,歷世之文,能互出者,而又沈、宋之

---

① 周叙《詩學梯航·叙詩》,周維德集校《全明詩話》本,齊魯書社,2005 年,第 89 頁。

流，研煉精切，穩順聲勢，謂爲律詩。由是而後，文變之體極矣。"
"接武"云郎士元等人"然而近體頗繁，古聲漸遠，不過略見一二，
與時唱和而已"。有研究者統計古體在《唐詩品彙》中所占比重
并與律絕選詩數量對比，亦得出高棅"以古體爲'正'，律絕爲
'變'的詩體觀"的結論①，可知高棅對五古極爲重視，其推崇的
盛唐詩歌更多是古詩，尤其重視盛唐之五古。

　　臺閣文人亦以古詩爲正，律詩爲變，如楊士奇表示："律詩非
古也，而盛於後世。古詩《三百篇》，皆出乎情而和平微婉……自
屈、宋下至漢魏及郭景純、陶淵明，尚有古詩人之意，顔、謝以後，
稍尚新奇，古意雖衰，而詩未變也。至沈、宋而律詩出，號近體，於
是詩法變矣。"②但臺閣文人對盛唐詩歌的推崇却與高棅相反，推
崇律詩而非古詩。對此周叙在《詩學梯航》中表述得甚爲明晰：
"凡作五言古詩，必以漢魏爲法。漢魏之詩，最近風雅。……律
詩，必截然祖于唐人。"③可知其主張是古詩學漢魏，律詩學盛
唐。臺閣文人對同代人評價亦多區分古詩與律詩，如楊士奇爲
胡廣作神道碑稱："賦詩取適其性情，近體得盛唐之趣。"④爲羅
性作傳曰："詩古體宗漢、魏，近體宗盛唐。"⑤評價陸閫言："其文
章長於詩，古體宗魏、晋、宋，近體主盛唐。"⑥可見古體或有宗漢
魏、宗魏晋之些許差異，但近體宗盛唐應無疑義。臺閣文人尤其

----

① 申東城《〈唐詩品彙〉研究》，黃山書社，2009 年，第 175 頁。
② 楊士奇《杜律虞注序》，《東里續集》卷十四，《景印文淵閣四庫全書》1238 册，
臺灣商務印書館，1986 年，第 541 頁。
③ 周叙《詩學梯航·述作中·專論五言古詩》，周維德集校《全明詩話》本，齊
魯書社，2005 年，第 98、100 頁。
④ 楊士奇《故文淵閣大學士兼左春坊大學士贈榮禄大夫少師禮部尚書諡文穆胡
公神道碑銘》，劉伯涵、朱海點校《東里文集》卷十二，中華書局，1998 年，第 177 頁。
⑤ 楊士奇《羅先生傳》，同上書，第 329 頁。
⑥ 楊士奇《跋與友蘭生往復詩後》，同上書，第 121 頁。

尊崇杜甫律詩，宣德九年(1434)《杜律虞注》刊刻，胡濙、楊士奇、楊榮、黄淮、王直等臺閣重臣均爲之作序跋；天順間《杜律演義》刊刻，黎近等作序。此外衆多臺閣館臣還有專和杜律之作，如景泰三年(1452)李賢賡和杜律一卷並自序之①，天順元年(1457)進士萬冀取杜甫律絶和之，童軒爲之評點並作序②，天順三年張楷和杜律二百五十首刊刻，成化十三年(1477)郁文博《和杜律》一卷刊刻。不僅刊刻、唱和杜律，臺閣文人對杜律亦是推崇有加，如黄淮《杜律虞注後序》曰："律詩始于唐，而盛于杜少陵。"③其《讀杜詩愚得後序》又云：

> 詩以温柔敦厚爲教……觀於《三百篇》可見矣。漢魏以降，屢變屢下，至唐稍懲末弊而振起之，既而律絶之體興焉。當時擅名無慮千餘家，李、杜爲首稱，而杜爲尤盛。蓋其體制悉備，譬若工師之創巨室，其跂立騫飛之勢，巍峨壯麗，干雲霄，焜日月……④

古詩自漢魏以後愈變愈衰，至唐代律詩絶句興起，詩道復興。唐代律詩中李杜稱首，而杜甫之詩更優。杜律作爲律詩之集大成者，其體制悉備，氣勢雄渾，黄淮對杜律之推崇，到了無以復加的

---

①　李賢《廣咏杜律序》，《古穰集》卷七，《景印文淵閣四庫全書》1244 册，臺灣商務印書館，1986 年，第 555 頁。

②　童軒《和杜詩序》，黄宗羲《明文海》卷二百六十一，中華書局，1987 年，第2731 頁。

③　黄淮《杜律虞注後序》，《黄文簡公介庵集》卷十一，《四庫全書存目叢書》影印民國二十七年永嘉黄氏排印《敬鄉樓叢書》本，齊魯書社，1997 年，集部 27 册，第80 頁。

④　黄淮《讀杜詩愚得後序》，單復《讀杜詩愚得》卷末，《四庫全書存目叢書》影印明天順元年朱熊梅月軒刻弘治十四年重修本，齊魯書社，1997 年，集部 4 册，第340 頁。

地步。王紳作詩曰："新詩追少陵，雄文逐昌黎。"①"新詩"亦是指杜甫律詩。由此可知，臺閣文人之盛唐詩歌宗尚，實則推崇律詩，尤尊杜律。

臺閣文人與高棅同尊盛唐又同以古詩爲正、律詩爲變，但尊崇對象卻不同，這亦與其秉持的"世變論"有關。與唐代中衰相比，臺閣文人更推崇堯舜治理下的三代盛世，如何喬新《桂坊稿序》云："三代盛時，大道明而王化洽，鬱鬱之文，非獨士君子爲然。衢童里婦，肆口而成，亦皆典麗靖深，有後世能言之士所不及者，蓋有所本也。自秦以降，雖作者不乏，然本於道者蓋鮮矣。"②唐虞三代渺不可及，下及商周，《詩經》才是治世之音、古詩典範。劉珝序馬愉文集稱："粵自造書契以來，世有升降而文與之俱，宋不唐，唐不漢，漢不春秋戰國，春秋戰國不三代黃虞。如老者不可復少，勢不得不然也。"③臺閣文人認爲世有升降而文與之俱，唐不如漢，更不如春秋戰國，故唐代古詩遠不如前，絕不能成爲推崇學習之對象。而律詩自唐代才產生，律學盛唐，理所當然。周叙在《詩學梯航》中指出："律詩……故蓋唐以前，未有此體，景雲以後，此體始出，中唐尤盛。"④吳訥亦曰："律詩始於唐，而其盛亦莫過於唐。……故學之者當以子美爲宗。"⑤高棅《唐詩品彙》選詩只限有唐一代，無從與前朝對比，其尊崇盛唐

---

① 王紳《讀李御史文稿》，《繼志齋集》卷二，《景印文淵閣四庫全書》1234 冊，臺灣商務印書館，1986 年，第 680 頁。
② 何喬新《桂坊稿序》，楊守陳《楊文懿公文集》卷首，《四庫未收書輯刊》影印明弘治十二年楊茂仁刻本，北京出版社，2000 年，第 5 輯 17 冊，第 400 頁。
③ 劉珝《馬學士澹軒文集序》，馬愉《馬學士文集》卷首，《四庫全書存目叢書》影印明嘉靖四十一年遲鳳翔刻本，齊魯書社，1997 年，集部 32 冊，第 431 頁。
④ 周叙《詩學梯航·述作中·專論五言古詩》，周維德集校《全明詩話》本，齊魯書社，2005 年，第 100 頁。
⑤ 吳訥《文章辨體序說·律詩》，人民文學出版社，1982 年，第 56 頁。

之五古,更多從文學角度出發而非政治因素,故形成與臺閣文人不同的尊尚結果。

"世變論"下的唐詩分期與尊尚,臺閣文人選擇了盛唐與杜律,但由此引發出諸多問題,"世變論"難以自圓其說。首先,爲何選擇唐詩?既然"唐不漢,漢不春秋戰國,春秋戰國不三代黃虞",何不直接學習三代《擊壤》、《康衢》之謠,爲何還要宗唐,尊盛唐,學杜律? 黃淮爲《杜律虞注》作序時就已指出這個問題:"詩自風、雅、頌變而爲騷些,騷些變而爲古選、歌行,又變而後及于唐律,文靖(虞集)注詩,舍本而逐末,何居?"[1]在他看來,風雅屢變最後成爲唐律,對唐律的推崇,頗有捨本逐末之嫌。對此,臺閣文人給出了不同解釋,梁潛將其籠統歸於唐人能得"性情之正",他在《雅南集序》中說:

> 詩以道性情,而得夫性情之正者嘗少也。《三百篇》風雅之盛,足以見王者之澤。及其變也,王澤微矣。然其憂悲、歡娛、哀怨之發,咏歌之際,尤能使人動盪感激,豈非其澤入人之深者,久猶未泯耶? 自漢魏以降,其體屢變,其音節去古益遠。至唐作者益盛,然皆有得乎此,而後能深於詩也。[2]

變風變雅,實質是"王澤"衰微之體現,但仍能感動人心,則是因"王澤"深入人心所致。漢魏以後,詩歌愈衰,去古益遠。而唐詩能夠興盛并得性情之正,其原因當然是王澤滋潤——也

---

① 黃淮《杜律虞注後序》,《黃文簡公介庵集》卷十一,《四庫全書存目叢書》影印民國二十七年永嘉黃氏排印《敬鄉樓叢書》本,齊魯書社,1997年,集部27冊,第80頁。

② 梁潛《雅南集序》,《泊庵集》卷五,《景印文淵閣四庫全書》1237冊,臺灣商務印書館,1986年,第281頁。

就是唐代盛世政治的結果。吳訥論述樂府唐代爲盛，將其歸於"享國最久"，亦是此意："魏晋以降，世變日下，所作樂歌，率皆誇靡虛誕，無復先王之意。下至陳、隋，則淫哇鄙褻，舉無足觀矣。自時厥後，惟唐宋享國最久，故其辭亦多純雅。"①詩歌"大備于唐"、"極盛于唐"是不爭的事實，臺閣文人宗唐及尊盛唐律詩，仍要歸結于"盛世政治"，魏晋以後政治衰微，世變風移，故詩或失于雕琢鋪張，或失于誇大虛妄，至於陳、隋等末世，詩歌更變成邪淫之聲、鄙俚之詞，已全無足觀。相比之下，唐詩因政治盛世而詩人能得性情之正，故詩歌一掃前代之綺靡，或是臺閣文人推崇盛唐詩歌之重要原因，這與高棅推崇盛唐是從"聲律、興象、文詞、理致"等文學角度分析唐詩之優劣完全不同。但臺閣文人質疑世變論下唐代政治又不如上古三代，故由此問題産生。

其次，何爲盛唐？世變論下的詩學思想，很難給以準確界定。宣德元年(1426)楊士奇作《玉雪齋詩集序》表示：

　　若天下無事，生民乂安，以其和平易直之心，發而爲治世之音，則未有加于唐貞觀、開元之際也。杜少陵渾涵博厚，追蹤風雅，卓乎不可尚矣。一時高材逸韵，如李太白之天縱，與杜齊驅，王、孟、高、岑、韋應物諸君子，清粹典則，天趣自然，讀其詩者，有以見唐之治盛於此，而後之言詩道者，亦曰莫盛於此也。②

　　① 吳訥《文章辨體序説・樂府》，人民文學出版社，1982 年，第 24、25 頁。
　　② 楊士奇《玉雪齋詩集序》，劉伯涵、朱海點校《東里文集》卷五，中華書局，1998 年，第 63 頁。

楊士奇所舉李、杜、王、孟等人，多是天寶以後詩人，並非貞觀、開
元之際詩人。臺閣文人從政治角度將貞觀、開元之治界定文學
上的"盛唐"，而唐詩真正興盛的"正宗"、"大家"、"名家"反倒集
中在天寶以後。政治斷代與文學分期並不能完全對應，堅持以
政治分期，自然造成"盛唐"界定混亂。臺閣文人對杜詩的推崇，
主要還在于對其忠君憂國之旨的屬意，而這些詩歌主要是安史
之亂後的作品，正是"亂世之音"之體現，絕非盛世政治的結果。
臺閣文人忽略此矛盾，亦顯示出其理論的局限性。關於這一點，
將在下節論述中展開。

第二節　杜甫詩歌接受

　　明前期在尊唐尤其是尊盛唐的背景下，作爲"正宗"、"大家"
的李白、杜甫之詩，尤其受到臺閣文人的重視。胡儼曾作詩寄曾
榮云："李杜詩篇今古豪，只緣體裁具風騷。崑崙萬折歸滄海，到
底方知出處高。"①而李、杜相比，杜甫更受推崇，《讀杜詩愚得》、
《杜律虞注》、《杜律演義》等杜詩注本先後刊刻，臺閣文人多將杜
詩直接置於《詩經》之後的崇高位置，如楊士奇稱："李、杜，正宗、
大家也。太白天才絕出，而少陵卓然，上繼三百十一篇之後。"②
劉球則曰："蓋先生之文辭冠於唐，超越於六朝兩漢，卓然成一家
於《三百篇》之後。凡習爲詩者，皆知其然。"③蕭儀亦稱："詩自

---

　　①　胡儼《閱古作寄簡子啓八首》之六，《頤庵文選》卷下，《景印文淵閣四庫全書》
1237 册，臺灣商務印書館，1986 年，第 678—679 頁。
　　②　楊士奇《讀杜愚得序》，《東里續集》卷十四，《景印文淵閣四庫全書》1238 册，
臺灣商務印書館，1986 年，第 541 頁。
　　③　劉球《謁少陵杜先生草堂記》，《兩谿文集》卷四，《景印文淵閣四庫全書》
1243 册，臺灣商務印書館，1986 年，第 447 頁。

《三百篇》之後,老杜一人而已。"①可見對杜詩推崇之甚。然臺閣文人對杜詩的闡釋,多言其忠君憂國與不爲世用,而非其在文學意義上的成就。已有學者指出:"相較於明初詩壇相對多元的杜詩解讀路徑及其體現的審美趣尚,尤從永樂以來,伴隨功用主義的顯突與臺閣文風的氾起,杜詩受到不少臺閣文士的青睞,而他們偏向其中'時政'意識及'性情之正'内蘊的揭櫫,重在標舉與正統意識更相符合的實用典範。"②臺閣文人出於功用目的推崇杜詩之"時政"意識,又强調其"性情之正",但杜詩内容上忠君憂國之憤慨、不爲世用之悲苦以及由此產生的激烈情感,與臺閣詩學思想中發爲治世之音、感情平淡閑雅等要求矛盾。

一、杜詩詮釋：忠君憂國與不爲世用

臺閣文人關於杜詩内容的詮釋,首推其忠君憂國之旨。黄淮爲單復《讀杜詩愚得》作序指出:"其鋪叙時政,發人之所難言,使當時風俗世故,瞭然如指諸掌,忠君憂國之意,常拳拳於聲嗟氣嘆之中。"③又云:"杜子美走川峽,而懇乎忠愛之情,屢見詩篇。"④胡儼《閱杜詩漫述》曰:"倉皇侍從時,流落艱虞際。百年朋友交,萬世君臣義。"⑤杜甫能在危難之際侍奉君主,君臣之義

---

① 蕭儀《董子懋詩序》,《重刻檽線集》卷五,《四庫全書存目叢書》影印清乾隆五年重刻本,齊魯書社,1997 年,集部 31 册,第 435 頁。

② 鄭利華師《明代前中期詩壇尊杜觀念的變遷及其文學取向》,《中正大學中文學術年刊》2011 年第 2 期。

③ 黄淮《讀杜詩愚得後序》,單復《讀杜詩愚得》卷末,《四庫全書存目叢書》影印明天順元年朱熊梅月軒刻弘治十四年重修本,齊魯書社,1997 年,集部 4 册,第 341 頁。

④ 黄淮《四愁賦》,《省愆集》卷上,《景印文淵閣四庫全書》1240 册,臺灣商務印書館,1986 年,第 436 頁。

⑤ 胡儼《閱杜詩漫述》,《頤庵文選》卷下,《景印文淵閣四庫全書》1237 册,臺灣商務印書館,1986 年,第 623 頁。

在詩中萬世長存。景泰元年(1450)薛瑄與友人遊杜甫草堂時指出:"夷考子美平日所作諸詩,雖當兵戈騷擾流離之際、道路顛頓凍餓之餘,其忠君一念,炯然不忘,故其發而爲詩也,多傷時悼亂、痛切危苦之詞,憂國愛民、至誠惻愴之意。千載之下,讀之者尚能使之憤懣而流涕,感慕而興起。"①指出千載之後讀者尚能對杜詩感慕興起產生共鳴,是因杜甫困頓危難中不忘君王,仍是強調杜詩"憂國愛民"之意。杜詩號稱"詩史",唐人孟棨曰:"杜逢祿山之難,流離隴蜀,畢陳于詩,推見至隱,殆無遺事,故當時號爲'詩史'。"②"詩史"主要指反映了社會轉折時期的重大歷史事件、有强烈寫實性的長篇叙事詩,可以以安史之亂前夕的《自京赴奉先縣咏懷五百字》、《兵車行》、《麗人行》,安史之亂後的《北征》、"三吏"、"三別"等爲代表。這些詩歌不僅詳細記載了安史之亂前後的歷史事實,更重要的是蘊含了作者强烈的感情,又因它在創作手法上以叙述爲主,帶起抒情、議論的長篇鉅製,在藝術上具有獨特的成就③。但臺閣文人亦將"詩史"簡單地理解爲忠君憂國,成化五年(1469)劉釪序《玉笥集》云:"漢魏而唐,作者不一,獨杜子美之詩謂之'詩史',以其忠君愛國之誠懇也。"④何喬新甚至説:"如元微之之雄深,韋應物之雅澹,徐陵、庾信之靡麗華藻,白樂天、柳宗元之放蕩嘲怨,其詩非不美也,然誇耀煙雲,無關政體。求其愛君憂國者,唐之杜甫而已。觀其《杜鵑》之詩,忠愛之心見於言外;《北征》之詩,憂國之意見於終篇。又豈

---

① 薛瑄《遊草堂記》,孫玄常等點校《薛瑄全集》,山西人民出版社,1990年,第839頁。

② 孟棨《本事詩·高逸第三》,丁福保輯《歷代詩話續編》本,中華書局,2006年,第15頁。

③ 參見高建新《杜甫"詩史"略論》,《內蒙古大學學報》2007年第4期。

④ 劉釪《玉笥集原序》,張憲《玉笥集》卷首,《景印文淵閣四庫全書》1217册,臺灣商務印書館,1986年,第366、367頁。

可與浮靡者例論耶？”①以“愛君憂國”爲評判標準，其他詩人雄渾雅澹、靡麗華藻之風格雖佳，但因“無關政體”而被否定，由此將杜甫視作唐代最優秀的詩人。

杜甫表現“忠君憂國”意旨的詩歌主要集中在“安史之亂”前後，唐王朝亦由此轉盛入衰。而臺閣詩學思想最重視“治世之音”與“亂世之音”的區別，周啓評李杜之詩云：

> 治世之音安以樂，亂世之音怨以怒，是孰使之然哉？情發於聲故也。詩之爲音，《三百篇》不可尚矣。漢魏而降，有唐爲盛。李翰林當開元之盛，故其辭多供奉；杜少陵屬天寶之亂，故其辭多羈旅。然二公愛君憂國之心，溫柔敦厚之旨，殆所謂聖於詩者歟？②

李白在開元、天寶之際曾詔入長安，獲賜“翰林供奉”③，後改爲翰林供奉學士，其職責即作爲文學侍從創作“雅樂大章”④，如應詔所作《宮中行樂詞》，兹録其二：“小小生金屋，盈盈在紫微。山花插寶髻，石竹繡羅衣。每出深宮裹，常随步輦歸。只愁歌舞散，化作綵雲飛。”“柳色黄金嫩，梨花白雪香。玉樓藏翡翠，金殿鎖鴛鴦。選妓随雕輦，徵歌出洞房。宮中誰第一，飛燕在昭陽。”⑤雖非頌世

---

① 何喬新《策府十科摘要·經科·論詩》，《椒邱文集》卷一，《景印文淵閣四庫全書》1249 册，臺灣商務印書館，1986 年，第 16 頁。
② 周啓《王楚林先生詩序》，《溪園集》卷四，明景泰四年周源刻本。
③ 李白入翰林時間學界尚有爭議，參見趙睿才《“飲中八仙”的演化與李白爲“翰林供奉”的時間問題》，《山東大學學報》2005 年第 2 期，故本書統稱爲“開元、天寶之際”，不再展開討論。
④ 參見吳相洲、張煜《從李白翰林供奉的身份看其新樂府創作》，《中國李白研究》，黄山書社，2005 年，第 43—52 頁。
⑤ 李白《宮中行樂詞八首》之一、二，瞿蜕園、朱金城校注《李白集校注》，上海古籍出版社，2007 年，第 378—379 頁。

鳴盛,但實質是應帝王所喜之風格而創作。周啓雖統稱李白、杜甫"愛君憂國",但李白在開元盛世的"供奉"之辭可當之無愧地稱爲"治世之音",而杜甫在安史之亂的"羈旅"之語,反映出當時政治混亂、朝廷衰敗,則顯然是"亂世之音"。對此臺閣文人或以"變風變雅"爲之辯解,如楊士奇云:"少陵卓然上繼三百十一篇之後,蓋其所存者,唐、虞、三代大臣君子之心。而愛君憂國、傷時閔物之意,往往出於變風、變雅者,所遭之時然也。"①童軒亦曰:"杜詩《北征》、《咏懷》、《苦戰》、《冬狩》等作,要之得於變雅之體居多。"②但"變風變雅"實際仍是"先王之澤"浸潤的結果,如梁潛《雅南集序》稱:"詩以道性情,而得夫性情之正者嘗少也。《三百篇》風雅之盛,足以見王者之澤。及其變也,王澤微矣。然其憂悲歡娛,哀怨之發,咏歌之際,尤能使人動盪感激,豈非其澤入人之深者,久猶未泯耶?"③變風變雅之所以能感動讀者,其主要原因是王澤深入人心,久猶未泯。若以爲安史之亂背景下杜詩出於變風變雅,是王澤深入人心而未衰的表現,顯然過於牽強。概言之,臺閣文人強調杜詩之"忠君憂國"與其推崇的"治世之音"自相矛盾。

　　杜詩中不僅有愛君憂國之意旨,更有對自身遭遇不幸的哀嘆。臺閣文人亦注意到這一點,胡儼《閱杜詩漫述》曰:"殷勤稷契心,漂泊生涯寄。"④指出杜甫詩中不僅有稷、契之賢臣忠心,亦或寄託生活飄零困頓之感慨。李賢曾和杜律兩卷並自序曰:

　　①　楊士奇《讀杜愚得序》,《東里續集》卷十四,《景印文淵閣四庫全書》1238 册,臺灣商務印書館,1986 年,第 541 頁。
　　②　童軒《楊學士詩序》,黃宗羲《明文海》卷二百六十一,中華書局,1987 年,第 2730 頁。
　　③　梁潛《雅南集序》,《泊庵集》卷五,《景印文淵閣四庫全書》1237 册,臺灣商務印書館,1986 年,第 281 頁。
　　④　胡儼《閱杜詩漫述》,《頤庵文選》卷下,《景印文淵閣四庫全書》1237 册,臺灣商務印書館,1986 年,第 623 頁。

"吾非詩人也,特憐子美之才不爲世用,而坎坷終身,鬱鬱不遂之懷,往往發洩於詩。"①杜甫在開元盛世時科舉不利,長安干謁十年却未能謀得滿意的一官半職,安史之亂中又被叛軍擄走,後四處漂泊,一生在饑困流離中掙扎。生平遭際如此坎坷,故詩歌中發洩"鬱鬱不遂之懷"實屬人之常情。臺閣文人多言杜詩中不平之氣與感情之强烈,如金實在《贈鄧先生宗經歸潛山詩叙》中稱:"詩所以言志也,《風》《雅》以降,莫盛于唐,而少陵又唐之集大成者。然遭時喪亂,流離困苦,故其聲率多痛心疾首。"②莫士安序易恒《陶情稿》亦云:

> 詩不古若者,時使之然也。……至唐而作者相繼,理氣漸平,而意趣有餘,不惟關氣運之盛衰,抑其因性情之發而見之言者,未有不自鳴其幸不幸者也。杜子美兼有衆長,一時之執,孰與並馳?而平生得失之機,獨于《鄭虔醉時歌》吐出肺腑,有云:"但覺高歌有鬼神,焉知餓死填溝壑。"當時此言不思而得,實神之先啓歟!③

莫士安初名仮,以字行,更字維恭,自號柏林居士,歸安人。洪武初爲府學教授,遷知黃岡縣,入爲國子助教。永樂間治水江南,遂僑居無錫。莫氏認爲唐詩興盛最重要原因是能"性情之發而見之言",在詩中抒發自己幸與不幸的遭遇。杜甫贈鄭虔《醉時

---

① 李賢《廣咏杜律序》,《古穰集》卷七,《景印文淵閣四庫全書》1244 册,臺灣商務印書館,1986 年,第 555 頁。

② 金實《贈鄧先生宗經歸潛山詩叙》,《覺非齋文集》卷十四,《續修四庫全書》影印明成化元年唐瑜刻本,上海古籍出版社,2003 年,1327 册,第 115 頁。

③ 莫士安《陶情稿序》,易恒《陶情稿》卷首,《四庫未收書輯刊》影印清鈔本,北京出版社,2000 年,第 5 輯 17 册,第 50 頁。按,易恒字久成,其先廬陵人,徙居崑山。洪武中應薦至京,後以老辭歸,居淞南之泗濱,自號泗園叟。

歌》中感慨其懷才不遇,生活困苦,實則抒發自己"杜陵野客人更嗤"的悲苦遭遇,可謂感情激烈。莫士安尤推崇"但覺高歌有鬼神,焉知餓死填溝壑"一句,認為是抒發詩人不幸的神來之作。質言之,臺閣文人並未否定杜詩中不為世用的"鬱鬱不遂之懷"、痛心疾首的哀痛之音,相反卻多持贊揚態度,認為這才是杜詩與衆不同並流傳千古的原因。

永樂後經濟恢復,政治穩定,在臺閣館臣眼中是"海內宴安,民物康阜"①的"洪宣盛世"景象,遠離喪亂流離之苦,加之自身又多是志得意滿、平步青雲的館閣重臣,在鳴盛頌世詩學理念下自然對"不遂之懷發洩於詩"加以否定。臺閣文人強調"治世之音安以樂",對詩歌中有悖治世的"怨怒之情"多持批評態度,如王英《李紹白決別詩序》曰:"後世作者雖多,樂則放,哀則傷慘,貧賤則怨怒,至死則呼號怨憤,其言非出於正,辭雖工麗,其何足以感動於人哉!"②指出哀樂貧賤時所作傷慘怨怒之詩,即使言正辭工亦不能感動人。柯潛亦指出:"然詩者,心之聲也。必其心無愧怍,則形於詩皆敦厚和平、悠揚廣大之音,而傳之於後,足以見君子群居,有從容道誼之樂為可慕也。否則為委靡、為哀怨,甚而流於肆以哇,皆適為譏笑之資,雖傳無益,而況未必傳耶?"③委靡、哀怨之作不僅不能流傳後世,反而成為他人譏笑之資。概言之,王英等人所言,均指詩人要心態平和溫厚。再如景泰中周瑛入試春官,館于周璋之所,曾與之論詩云:

① 楊榮《杏園雅集圖後序》,《文敏集》卷十四,《景印文淵閣四庫全書》1240 冊,臺灣商務印書館,1986 年,第 205 頁。
② 王英《李紹白決別詩序》,《王文安公文集》卷二,《續修四庫全書》影印清樸學齋鈔本,上海古籍出版社,2003 年,1327 冊,第 311 頁。
③ 柯潛《春闈倡和詩序》,《竹巖集》卷六,《續修四庫全書》影印清雍正十一年柯潮刻本,上海古籍出版社,2003 年,1329 冊,第 275—276 頁。

蓋詩所以歌咏乎性情者也,性情理則詩無不理矣。……主人(周瑋)朗誦其作十數章,皆飄然如孤鶴橫空,不可捫摸。瑛嘆曰:"兄詩之豪,一至此耶?"主人曰:"詩不患其不能豪,患其不能馴耳。蓋高抗矯激之音,不若夷平和厚之爲得也。"問其所自入,曰:"自理性情始,要使胸中如碧潭浸秋月,無一毫煙火氣,而後詩可言也。"①

詩之性情要用"理"約束,才能符合"樂而不淫、哀而不傷"的要求,周瑛甚至要求胸中"無一毫煙火氣"然後才可言詩。而杜詩中無論是忠君憂國還是不爲世用,均會産生激烈憤慨之情,顯然與臺閣文人所要求的感情平淡意態閑雅相矛盾。莫士安所贊頌杜甫窮困潦倒、懷才不遇時所作《醉時歌》,不僅不符合"樂而不淫、哀而不傷",更做不到"無一毫煙火氣",正是臺閣文人所追求的和平溫厚之反例。

二、杜詩推崇: 從性情之正到性情之真

　　臺閣文人對杜詩"忠君憂國"等意旨的闡釋,雖與"性情之正"詩學思想矛盾,但仍將杜詩冠以"性情之正"標籤並大加推崇。如前引黃淮《讀杜詩愚得後序》云:"其鋪叙時政,發人之所難言,使當時風俗世故,瞭然如指諸掌,忠君憂國之意,常拳拳於聲嗟氣嘆之中,而所以得夫性情之正者,蓋有合乎《三百篇》之遺意也。"②認爲因忠君憂國之意屢發於詩,故能合乎《詩

---

① 周瑛《夢草集序》,《翠渠摘稿》卷一,《景印文淵閣四庫全書》1254 册,臺灣商務印書館,1986 年,第 742 頁。
② 黃淮《讀杜詩愚得後序》,單復《讀杜詩愚得》卷末,《四庫全書存目叢書》影印明天順元年朱熊梅月軒刻弘治十四年重修本,齊魯書社,1997 年,集部 4 册,第 341 頁。

經》遺意,而得"性情之正"。楊士奇則直接忽略安史之亂下的"亂世之音",如前引《玉雪齋詩集序》,只講貞觀、開元之太平盛世,不言天寶後安史之亂中杜甫所作之詩,所以杜詩是"治世之音"。王直更直接將"感憤激烈"也歸作"性情之正"的表現,其《虞邵庵注杜工部律詩序》云:

> 開元、天寶以來,作者日盛,其中有奧博之學、雄傑之才、忠君愛國之誠、閔時恤物之志者,莫如杜公子美。其出處勞佚,憂悲愉樂,感憤激烈,皆於詩見之,粹然出於性情之正,而足以繼《風》、《雅》之什。至其觸事興懷,率然有作,亦皆興寄深遠,曲盡物情,非他之所能及。①

性情之正要求"樂而不淫、哀而不傷",但王英言"憂悲愉樂,感憤激烈"亦是出於性情之正,其自相矛盾之處顯而易見,但臺閣文人卻對此多予以迴避,或斷章取義,或模棱兩可,推崇杜詩只言"性情之正"。

臺閣文人多言杜詩之法律、矩度,亦將其歸爲"性情之正"。如陳敬宗指出:"杜子美之作如長江巨浸,渾涵汪洋,不可窺其涯涘。然其言皆時政所關,有憂國愛民之心。君子學之,無非防範於規矩尺度,而流連光景、淫哇靡麗之言,不得雜吾心胸之中。雖不能造其精微,然亦不失其爲正也。"②其中的"規矩尺度",即指詩歌內容關乎時政,憂國愛民,而非留連光景、無病呻吟之作。黎近《杜律演義序》亦曰:"詩至於律,其法精矣。唐之工于律者

---

① 王直《虞邵庵注杜工部律詩序》,《抑庵文後集》卷十一,《景印文淵閣四庫全書》1241冊,臺灣商務印書館,1986年,第577—578頁。
② 陳敬宗《篔籍集序》,《澹然先生文集》卷五,《四庫全書存目叢書》影印清鈔本,齊魯書社,1997年,集部29冊,第396頁。

萬家，其渾噩深永，獨推少陵。雖馳騁變化於繩尺之外，終從容微婉於矩度之中，蓋得六藝之遺風，不失性情之正者也。"[1]言杜詩之馳騁變化雖多，但終歸於矩度之中，其"矩度"指感情中正平和，不偏激。陳敬宗、黎近所強調的杜詩之"矩度"，其實質仍是"性情之正"。對杜詩"性情之正"的闡釋，楊士奇《杜律虞注序》最爲明晰：

> 律詩始盛於開元、天寶之際，當時如王、孟、岑、韋諸作者，猶皆雍容蕭散有餘味，可諷咏也。若雄深渾厚，有行雲流水之勢，冠冕佩玉之風，流出胸次，從容自然，而皆由夫性情之正，不局於法律，亦不越乎法律之外，所謂"從心所欲不踰矩"，爲詩之聖者，其杜少陵乎！厥後作者代出，雕鏤鍛煉，力愈勤而格愈卑，志愈篤而氣愈弱，蓋局於法律之累也。不然，則叫呼叱吒以爲豪，皆無復性情之正矣。[2]

楊士奇論杜律"性情之正"，着眼於"不局於法律，亦不越乎法律之外"、"從心所欲不踰矩"。"法律"即律詩與古詩之區別，古詩未有"法律"之束縛，而皆出於真情且和平委婉，是"發乎情，止乎禮義"之表現，與陳敬宗等人所云"矩度"意思相近。但楊士奇涉及"性情之正"更重要一點乃"從容自然"，這不僅是指與"叫呼叱吒以爲豪"相對的感情平和、風格自然，更有自然抒發感情之意，而非後世詩人刻意雕琢辭藻之作。

闡釋杜詩突出"自然"，並非永樂後臺閣文人首創，早在明初

---

① 黎近《杜律演義序》，張性《杜律演義》卷首，明嘉靖十年汝南王齊刊本。
② 楊士奇《杜律虞注序》，《東里續集》卷十四，《景印文淵閣四庫全書》1238 册，臺灣商務印書館，1986 年，第 541—542 頁。

劉基論杜甫詩就曾云："言生於心而發爲聲，詩則其聲之成章者也。故世有治亂，而聲有哀樂，相隨以變，皆出乎自然。……予少時讀杜少陵詩，頗怪其多憂愁怨抑之氣，而説者謂其遭時之亂，而以其怨恨悲愁發爲言辭，烏得而和且樂也！然而聞見異情，猶未能盡喻焉。比五六年來，兵戈迭起，民物凋耗，傷心滿目，每一形言，則不自覺其悽愴憤惋，雖欲止而不可，然後知少陵之發於性情，真不得已，而予所怪者，不異夏蟲之疑冰矣。"①劉基親歷戰亂後，方知杜詩中感情之真，其所强調的"出乎自然"，實質是指杜詩性情之自然、真實流露，比楊士奇所論更加清楚。羅倫在《蕭冰厓詩集序》中進一步説："詩非爲傳世作也，本乎情性，止乎禮義，詩不能以不傳也。……若靈均之憂憤，杜陵之忠悃，陶彭澤之沖澹，皆本乎性情之真，庶乎禮義之正，關於民彝物則之大，視《風》、《雅》不知何如，惡可以後世之詩例視之哉！"②羅倫雖然仍在强調"本乎情性，止乎禮義"，最後還加以"庶乎禮義之正，關於民彝物則之大"的約束，但將"性情之正"變爲"性情之真"，雖只有一字之差，已不自覺地將杜詩"本乎性情之真"的真實內容表達了出來，其對杜詩推崇的真實原因至此昭然若揭。臺閣文人不斷闡釋與贊賞杜詩之忠君憂國與不爲世用，不是因杜詩止乎禮義的"性情之正"，而是因其發乎真情的"性情之真"。臺閣文人在杜詩評價中的各種矛盾，根源亦在於對杜詩中的真性情不敢直接承認，對"亂世之音怨以怒"的否定，無法解釋杜詩之忠君憂國；對詩歌情感溫厚和平的要求，又不能否定杜詩感情之憤慨强烈。

---

① 劉基《項伯高詩序》，林家驪點校《劉伯溫集》，浙江古籍出版社，2011 年，第 112 頁。

② 羅倫《蕭冰厓詩集序》，《一峰文集》卷二，《景印文淵閣四庫全書》1251 册，臺灣商務印書館，1986 年，第 662 頁。

三、接受嬗變：李東陽之文學層面考察

　　楊士奇等臺閣文人多從"性情之正"出發論述杜詩忠君愛國之旨意，其實明初宋濂在《杜詩舉隅序》中就已對附會忠君愛國的杜詩闡釋方式提出批評：

　　　　杜子美詩，實取法《三百篇》，有類《國風》者，有類《雅》、《頌》者，雖長篇短韻，變化不齊，體段之分明，脈絡之聯屬，誠有不可紊者。注者無慮數百家，奈何不爾之思？務穿鑿者，謂一字皆有所出，泛引經史，巧爲傅會，檀釀而叢脞。騁新奇者，稱其一飯不忘君，發爲言辭，無非忠國愛君之意，至於率爾咏懷之作，亦必遷就而爲之説。説者雖多，不出於彼，則入於此。子美之詩不白於世者，五百年矣。①

宋濂認爲杜詩取法于《詩經》，注釋杜詩應考察其音韻節奏、結構脈絡，而後世注者多旁徵博引論其典故出處，對杜甫率性之作亦多有附會，使得杜詩"不白於世者五百年"。宋濂所倡導的音韻節奏、結構脈絡等文學層面考察，在永樂至成化間的杜詩接受中并不多見。如宣德間刊刻的《杜律虞注》，楊士奇、楊榮、胡瀅、黄淮、王直等重要臺閣文人均有序跋②，多贊同其從"忠君愛國"角

---

①　宋濂《杜詩舉隅序》，《宋學士文集》卷三十七，《四部叢刊》影印明正德本。

②　《杜律虞注》又名《杜工部七言律詩》、《杜工部七言注解》、《虞邵庵分類杜詩注》，爲明初書賈抄改元末張性《杜律演義》之作，而假託以虞集之名。羅鷺在《僞〈杜律虞注〉考》中認爲楊士奇與黄淮之序二者必有其一是僞造（載《古典文獻研究》第七輯，鳳凰出版社 2004 年，第 312—321 頁）馮小禄《僞〈杜律虞注〉補説》（《杜甫研究學刊》2007年第 2 期）已證其非，其序爲楊士奇、黄淮所作并無疑義，本書不再展開。

度闡釋杜詩,如《杜律虞注》中《題桃樹》之解題與注釋:

此詩疑是公再歸草堂之時,感物傷時,因桃樹而發,故
題之也。……因言舊時桃實,秋來皆聽貧人取以充飢,來春
之花仍是滿眼。又言舊時垂簾當户,每通乳燕,心甚宜之。
而兒童之戲,有慈鴉來止,亦莫肯任打逐也。中四句見公仁
民愛物之實,而次聯則接次句桃樹而言,三聯則應首句升堂
而言也,末聯感今懷舊,言昔時非如今日,家家有寡妻,處處
有群盜,回思天寶之盛,天下正屬一家,文軌混同,豈謂兵亂
廼至此極乎? 其可嘆者,非止桃樹而已。①

《杜律虞注》强調頷聯、頸聯體現杜甫"仁民愛物"、尾聯展現其憂
國之思。楊士奇在《杜律虞注序》中特意拈出此則曰:"觀其《題
桃樹》一篇,自前輩以謂不可解,而伯生發明其旨,瞭然仁民愛物
以及夫感嘆之意,非深得於杜乎?"②認爲"虞集"此論深得杜甫
之意,再聯繫楊士奇對杜詩"性情之正"的肯定,可見楊士奇之杜
詩接受多是從"有裨于世道"的實用角度展開③。

成化、弘治間文壇盟主李東陽亦對杜詩甚爲推崇,其《懷麓
堂詩話》共一百三十八則,其中七十餘則與杜甫或杜詩相關,此
外還有十餘篇詩文涉及杜詩。李東陽亦關注杜詩之内容:"漢魏

---

① 舊題虞集注《杜律虞注》卷下,明刻本。《題桃樹》原詩:"小徑升堂舊不斜,
五株桃樹亦從遮。高秋總餧貧人實,來歲還舒滿眼花。簾户每宜通乳燕,兒童莫信
打慈鴉。寡妻群盜非今日,天下車書正一家。"杜甫著,仇兆鰲注《杜詩詳注》,中華書
局,2009 年,第 1119 頁。
② 楊士奇《杜律虞注序》,《東里續集》卷十四,《景印文淵閣四庫全書》1238 册,
臺灣商務印書館,1986 年,第 542 頁。
③ 參見鄭利華師《明代前中期詩壇尊杜觀念的變遷及其文學取向》,《中正大
學中文學術年刊》2011 年第 2 期。

以前，詩格簡古，世間一切細事長語皆著不得，其勢必久而漸窮。賴杜詩一出，乃稍爲開擴，庶幾可盡天下之情事。"①與漢魏古詩相比，杜詩詩歌內容題材大爲開擴，這也是其推崇杜詩的原因之一。但李東陽對杜詩的論述闡釋，更多是從意境意象、節奏聲律、結構風格等文學角度論述，顯示出成化後杜詩接受的變化。

李東陽追求"淡而遠"之詩歌意境，故格外重視杜詩中含蓄蘊藉之美：

> 詩貴意，意貴遠不貴近，貴淡不貴濃。濃而近者易識，淡而遠者難知。如杜子美"鉤簾宿鷺起，丸藥流鶯囀"、"不通姓字麁豪甚，指點銀缾索酒嘗"、"銜泥點涴琴書內，更接飛蟲打著人"……皆淡而愈濃，近而愈遠，可與知者道，難與俗人言。②

李東陽論詩多受嚴羽《滄浪詩話》之影響，追求"言有盡而意無窮"的含蓄空虛之美，故推崇詩歌"淡而遠"的意境。其所舉杜甫三詩，均是含蓄蘊藉美之代表。"鉤簾"一句出自《水閣朝霽奉簡雲安嚴明府》，寫春雨朝霽的情形，鉤起簾子驚動了門外過宿的白鷺，是真實晨起之生活場景，而摶制丸藥時黃鶯鳴叫亦宛轉隨之，更是細膩心態的如實描寫。兩句雖是眼前之景，却含蓄無窮，表現出杜甫平和恬靜之心境。是詩作於大曆元年（766），安史之亂已平息三年，詩人故而有此心境并將之融于詩中。第二首《少年行》寫紈綺子弟的生活情狀，兩句詩通俗易懂却極爲形

---

① 李東陽著，李慶立校釋《懷麓堂詩話校釋》，人民文學出版社，2009 年，第205 頁。
② 同上書，第12 頁。

象生動，將其頤指氣使的神態刻畫得入木三分。清代仇兆鰲《杜詩詳注》解釋此句爲：“此摹少年意氣，色色逼真。下馬坐牀，指瓶索酒，有旁若無人之狀，其寫生之妙，尤在‘不通姓氏’一句。……此説少年意態神情，躍躍欲動。”[1]最後“銜泥”一句出自組詩《絶句漫興》之三，寫因茅齋低小，燕子飛來銜泥築巢，不僅污了琴書，更因撲飛蟲而撞到詩人。同爲描寫日常生活常見之景，但與第一首相比，詩人情緒顯然不同，絶無恬淡安逸之心境。《杜詩詳注》對此解釋云：“此章借燕子以寓其感慨，承首章鶯語。鶯去燕來，春已過半。污琴書，撲衣袂，即禽鳥亦若欺人者。《杜臆》：遠客孤居，一時遭遇，多有不可人意者，故兩章皆帶寓言。”[2]由此可知，杜甫之“漫興”實是表現自己“遠客孤居”時的愁索，看到燕子銜泥污書撲人，感覺似在欺負詩人一樣。三首詩寫景均樸實自然，隨意道出，不雕琢辭藻、堆砌典故，意象淺顯却有餘味，這便是李東陽所推崇杜詩“淡而遠”之意境。再如其論杜甫《登高》一詩曰：“‘無邊落木蕭蕭下，不盡長江滾滾來。萬里悲秋常作客，百年多病獨登臺。’景是何等景，事是何等事！”[3]選取《登高》之頷聯、頸聯，贊揚其寫景雄壯宏闊，寫事真實感人，不用典故但意藴無窮，回味悠長，能得自然高妙之旨。李東陽曾云梁代柳惲“亭皋木葉下”不如“無邊落木蕭蕭下”[4]，對比之下前者過於單薄，遠不如杜詩有含蓄回味之趣。再如李東陽論梅詩云：

天文，惟雪詩最多；花木，惟梅詩最多。雪詩自唐人佳者

---

① 杜甫著，仇兆鰲注《杜詩詳注》，中華書局，2009 年，第 884 頁。
② 同上書，第 789 頁。
③ 李東陽著，李慶立校釋《懷麓堂詩話校釋》，人民文學出版社，2009 年，第 252 頁。
④ 同上書，第259 頁。

已傳,不可縷數;梅詩尤多於雪,惟林君復"暗香"、"疎影"之
句爲絶倡,亦未見過之者,恨不使唐人專咏之耳。杜子美纔
出一聯曰:"幸不折來傷歲暮,若爲看去亂鄉愁。"格力便別。①

"幸不"一聯出自杜甫《和裴迪登蜀州東亭送客逢早梅相憶見
寄》,全詩如下:"東閣官梅動詩興,還如何遜在揚州。此時對雪
遙相憶,送客逢春可自由? 幸不折來傷歲暮,若爲看去亂鄉愁。
江邊一樹垂垂發,朝夕催人自白頭。"②李東陽對此詩頸聯大爲
贊賞,認爲是咏梅佳作。但與宋代咏梅絶唱"疏影橫斜水清淺,
暗香浮動月黃昏"以描摹梅之形態取勝不同,此聯只是抒發作者
的感情:幸虧友人沒有折下梅花寄來,否則在歲暮看見梅花,只
會更添加鄉愁。李東陽認爲此聯格調、氣勢不同於其他咏梅詩,
不見梅花,却有鄉愁,同樣是"淡而遠"的優美意境。

　　李東陽在推崇杜詩意境"淡而遠"的同時,亦注重對其音韵格律
的考察,這也迥異于前期臺閣文人之杜詩接受。《懷麓堂詩話》載:

　　　　長篇中須有節奏,有操有縱,有正有變。若平鋪穩布,
　　雖多無益。唐詩類有委曲可喜之處,惟杜子美頓挫起伏,變
　　化不測,可駭可愕。蓋其音響與格律正相稱,回視諸作,皆
　　在下風。③

李東陽注重詩歌的節奏,不喜節奏平緩穩固,認爲杜甫之節奏多

---

　　① 李東陽著,李慶立校釋《懷麓堂詩話校釋》,人民文學出版社,2009 年,第
228 頁。
　　② 杜甫著,仇兆鰲注《杜詩詳注》,中華書局,2009 年,第 781 頁。
　　③ 李東陽著,李慶立校釋《懷麓堂詩話校釋》,人民文學出版社,2009 年,第
60 頁。

有起伏頓挫之美,且音響與格律能相符合,故能遠超諸作。李東陽精通聲律,注意到杜甫之詩用韻不同于前人:"五七言古詩仄韻者,上句末字類用平聲,惟杜子美多用仄。如《玉華宮》、《哀江頭》諸作,概亦可見。其音調起伏頓挫,獨爲矯捷,以別出一格。回視純用平字者,便覺萎弱無生氣。"[1]李氏認爲杜甫《玉華宮》、《哀江頭》等詩,因上句末字多用仄聲,不同于普通的平聲,可以使"音調起伏頓挫",故能別出一格,有矯健之風,而無萎靡之氣。又舉杜詩多用仄字之例曰:

> 詩有純用平仄字而自相諧協者,如"輕裾隨風還"五字皆平,"桃花梨花參差開"七字皆平,"月出斷岸口"一章五字皆仄。惟杜子美好用仄字,如"有客有客字子美"七字皆仄,"中夜起坐萬感集"六字仄者尤多,"璧色立積鐵"、"業白出石壁"至五字皆入而不覺其滯。此等雖難學,亦不可不知也。[2]

詩歌平仄相間則音節和諧,但曹植、崔魯等詩純用平或仄,亦不乏佳作。杜甫更是詩中多用仄韻,或七字皆仄,或七字中六字仄,或五字皆仄的情況,李東陽皆有詩歌例證,足見其對杜詩音韻之關注。李東陽注重古詩與律詩之辨體,但指出"律猶可間出古意",杜甫"獨樹花發自分明"、"春渚日落夢相牽"便是"律間出古,要自不厭也"[3],即杜甫律詩并不嚴格按照律詩之用韻,而間有古詩之特徵。又云:"杜子美《漫興》諸絕句有古《竹枝》意,跌

---

① 李東陽著,李慶立校釋《懷麓堂詩話校釋》,人民文學出版社,2009年,第203頁。
② 同上書,第174—175頁。
③ 同上書,第6—7頁。

宕奇古,超出詩人蹊徑。"①《漫興》即《絶句漫興九首》,李東陽認爲此絶句有古樂府《竹枝》之意,主要還是從聲律角度論述。關於此點,前人已有闡發,如胡仔在《苕溪漁隱叢話》中批判張末之説曰:"古詩不拘聲律,自唐至今,詩人皆然。初不待破棄聲律,詩破棄聲律,老杜自有此體。如《絶句漫與》……皆不拘聲律,渾然成章,新奇可愛。"②即指其已破除律詩聲律之限制。李東陽繼承胡仔之説,認爲《絶句漫與》音韵抑揚頓挫類於古樂府,故能超出詩人之蹊徑,亦可謂"律間出古"之代表。

李東陽注重杜詩結構之闡釋,如評論唐人律詩之起承轉合云:"唐律多於聯上著工夫,如雍陶《白鷺》、鄭谷《鷓鴣》詩二聯,皆學究之高者,至于起結,即不成語矣。如杜子美《白鷹》起句,錢起《湘靈鼓瑟》結句,若奏金石以破蟋蟀之鳴,豈易得哉!"③認爲雍陶《白鷺》、鄭谷《鷓鴣》二詩頷聯、頸聯尚是"學究之高",但首聯和尾聯則已"不成語矣"。兹録二詩如下:

> 雙鷺應憐水滿池,風飄不動頂絲垂。立當青草人先見,行傍白蓮魚未知。一足獨拳寒雨裏,數聲相叫早秋時。林塘得爾須增價,况與詩家物色宜。④
> 暖戲烟蕪錦翼齊,品流應得近山雞。雨昏青草湖邊過,花落黃陵廟裏啼。遊子乍聞征袖濕,佳人纔唱翠眉低。相

---

① 李東陽著,李慶立校釋《懷麓堂詩話校釋》,人民文學出版社,2009 年,第 114 頁。
② 胡仔纂集,廖德明校點《苕溪漁隱叢話》前集卷四十七,人民文學出版社,1962 年,第 319 頁。
③ 李東陽著,李慶立校釋《懷麓堂詩話校釋》,人民文學出版社,2009 年,第 111 頁。
④ 雍陶《崔少卿池塘咏雙白鷺》,周嘯天、張效民注《雍陶詩注》,上海古籍出版社,1988 年,第 19 頁。

呼相喚湘江曲，苦竹叢深春日西。①

雖然二詩頷聯、頸聯咏物較佳，描寫白鷺、鵁鴣形象而生動，但首尾二聯均無含蓄蘊藉之味，甚至較爲淺俗，破壞了全詩的意境，且平鋪直敘，難以體現出詩歌轉折變化。相較而言，李東陽對杜甫的《白鷹》、錢起的《湘靈鼓瑟》則贊賞有加，引《白鷹》全詩如下："雲飛玉立盡清秋，不惜奇毛恣遠遊。在野只教心力破，千人何事網羅求。一生自獵知無敵，百中爭能恥下韝。鵬礙九天須却避，兔藏三穴莫深憂。"②首聯寫清秋之蕭殺，隻字不言白鷹却能盡顯其雄奇氣勢。然頷聯即轉向論事，寓壯志難酬之意。故李東陽稱其首聯與雍陶、鄭谷之詩相比"若奏金石，以破蟋蟀之鳴"。李東陽對杜詩結構之闡釋，不僅表現在詩歌全篇，對于一句中的結構亦多有論及，如其論杜詩中的倒字：

> 詩用倒字、倒句法，乃覺勁健。如杜詩"風簾自上鈎"、"風床展書卷"、"風鴛藏近渚"，"風"字皆倒用。至"風江颯颯亂帆秋"，尤爲警策。③

李氏認爲詩中詞語、詞組等採用倒置方法，詩歌會更具剛勁雄健

_____

① 鄭谷《鵁鴣》，嚴壽澂等箋注《鄭谷詩集箋注》，上海古籍出版社，2010年，第265頁。
② 杜甫《見王監兵馬使説，近山有白黑二鷹，羅者久取，竟未能得。王以爲毛骨有異他鷹，恐臘後春生，騫飛避暖，勁翮思秋之甚，眇不可見，請余賦詩二首》之一，《杜詩詳注》，中華書局，2009年，第1587頁。按，杜甫此詩共二首分咏白、黑二鷹，李東陽所云《白鷹》詩即其第一首。
③ 李東陽著，李慶立校釋《懷麓堂詩話校釋》，人民文學出版社，2009年，第272頁。

之風格,并專門列舉杜詩中"風"字的倒用,"風"字置前,畫面便鮮活起來,且能使詩歌更爲精煉扼要。

李東陽對杜詩風格的詳細考察,亦是其杜詩接受中的主要内容。李東陽序謝世懋詩集云:"其詩始規仿盛唐諸人,得婉轉流麗之妙,晚獨愛杜少陵,乃盡變其故格,益爲清激悲壯之調。"①謝世懋晚年學杜,僅得其清激悲壯之風格,但杜詩"集詩家之大成"而風格多變,李東陽曾對杜詩風格詳細區分:

> 杜詩清絶如"胡騎中宵堪北走,武陵一曲想南征",富貴如"旌旗日暖龍蛇動,宫殿風微燕雀高",高古如"伯仲之間見伊吕,指揮若定失蕭曹",華麗如"落花遊絲白日静,鳴鳩乳鷰青春深",斬絶如"返照入江翻石壁,歸雲擁樹失山村",奇怪如"石出倒聽楓葉下,櫓摇背指菊花開",瀏亮如"楚天不斷四時雨,巫峽長吹萬里風",委曲如"更爲後會知何地,忽漫相逢是别筵",俊逸如"短短桃花臨水岸,輕輕柳絮點人衣",温潤如"春水船如天上坐,老年花似霧中看",感慨如"王侯第宅皆新主,文武衣冠異昔時",激烈如"五更鼓角聲悲壯,三峽星河影動摇",蕭散如"信宿漁人還泛泛,清秋鷰子故飛飛",沉著如"艱難苦恨繁霜鬢,潦倒新停濁酒杯",精煉如"客子入門月皎皎,誰家搗練風凄凄",慘戚如"三年笛裏關山月,萬國兵前草木風",忠厚如"周宣漢武今王是,孝子忠臣後代看",神妙如"織女機絲虚夜月,石鯨鱗甲動秋風",雄壯如"扶持自是神明力,正直原因造化功",老辣如

---

① 李東陽《王城山人詩集序》,周寅賓校點《李東陽集》,岳麓書社,2008年,第396頁。

"安得仙人九節杖，拄到玉女洗頭盆"。執此以論，杜真可謂集詩家之大成者矣。①

前人多有論杜詩之風格者，如《苕溪漁隱叢話》載王安石之説："白之歌詩，豪放飄逸，人固莫及。然其格止於此而已，不知變也。至於甫，則悲懽窮泰，發斂抑揚，疾徐縱橫，無施不可。故其詩有平淡簡易者，有綿麗精確者，有嚴重威武若三軍之帥者，有奮迅馳驟若泛駕之馬者，有淡泊閑静若山谷隱士者，有風流醖藉若貴介公子者。"②王安石所列杜詩的數種風格較爲簡略，且無詩歌實例。稱杜甫爲集詩家之大成或源自蘇軾之説："子美之詩，退之之文，魯公之書，皆集大成者也。"③但并未言是杜詩之風格"集大成"。李東陽集二家之説，將杜詩劃分爲二十種風格并加以例證，稱其爲"集詩家之大成者"，體現出其對詩歌風格之重視。其中清絶、蕭散、高古、華麗等風格，或多是從意境角度引申；激烈、感慨、沉著、惨戚等風格，多因感情强弱之别；瀏亮、雄壯等風格，則或由聲音節奏之高下而異。對杜詩風格的細化，亦體現李東陽對杜詩意境、感情、音節上細微差别的敏感，顯示出成化後杜詩接受之嬗變。

第三節　唐宋詩之争

南宋張戒《歲寒堂詩話》云："自漢、魏以來，詩妙于子建，成

---

① 李東陽著，李慶立校釋《懷麓堂詩話校釋》，人民文學出版社，2009 年，第299—300 頁。

② 胡仔纂集，廖德明校點《苕溪漁隱叢話》前集卷六，人民文學出版社，1962年，第 37 頁。

③ 陳師道《後山詩話》，何文焕輯《歷代詩話》本，中華書局，2004 年，第 304 頁。

于李、杜,壞于蘇、黃。"①首啓唐宋詩之爭。嚴羽《滄浪詩話·詩評》云"唐人與宋人詩,未論工拙,直是氣象不同",從"氣象"角度論唐宋詩之別,並對宋代"以文字爲詩、以才學爲詩、以議論爲詩"②多加貶斥。後世論詩分唐界宋遂成風氣,且是唐非宋之聲逐漸佔據主流。元人開啓由宋返唐之途徑,無論是郝經、王惲等理學家從風雅正變角度宗唐,還是戴表元、袁桷等詩人從格調高古角度宗唐,多以崇唐抑宋爲主。明初詩壇最爲興盛的吳、浙、閩三地,亦多受元代"宗唐得古"之餘緒影響,如吳中董紀曰:"夫詩自《三百篇》後,變而爲五七言,盛於唐,壞於宋,不易之論也。"③山陰鎦績《霏雪録》稱:"唐人詩,一家自有一家聲調,高下疾徐,皆合律呂,吟而繹之,令人有聞韶忘味之意。宋人詩,譬則村鼓島笛,雜亂無倫。"又云:"唐人詩純,宋人詩駁;唐人詩活,宋人詩滯;唐詩自在,宋詩費力;唐詩渾成,宋詩餖飣;唐詩縝密,宋詩漏逗;唐詩温潤,宋詩枯燥;唐詩鏗鏘,宋詩散緩;唐人詩如貴介公子,舉止風流;宋人詩如三家村乍富人,盛服揖賓,辭容鄙俗。"④毫不留情地將宋詩批判殆盡。閩中以高棅、林鴻等爲代表的"閩中十才子"多是以學唐爲主,洪武間高棅編選《唐詩品彙》,即其宗唐觀之代表作⑤。可知明初詩壇的唐宋詩之爭,無論是優劣之爭還是取法宗尚,多以崇唐抑宋爲主。

---

① 張戒《歲寒堂詩話》卷上,丁福保輯《歷代詩話續編》本,中華書局,2006年,第455頁。

② 嚴羽著,張健校箋《滄浪詩話校箋》,上海古籍出版社,2012年,第515、173頁。

③ 董紀《題瞻山賴實父詩集後》,《西郊笑端集》,明成化十年刻本。

④ 鎦績《霏雪録》卷下,《景印文淵閣四庫全書》866册,臺灣商務印書館,1986年,第688—689頁。

⑤ 參見劉海燕《試論明初詩壇的崇唐抑宋傾向》,《文學遺產》2001年第2期。

明永樂至成化間臺閣文人亦多尊唐,如永樂九年(1411)林環《白雲樵唱集序》云:"(王恭)論五七言長歌律絕句,則一欲追唐開元、天寶、大曆諸君子。"[1]永樂十一年林誌爲趙景哲《鳴秋集》作序曰:"詩自《三百篇》而下,語古體則漢魏六朝而已,備諸體則唐而已。……膳部林君子羽始倡爲古詩於閩,于時和之爲最有聲者僅二三人,今鳴秋先生趙景哲其一也。自是學者知讀漢、魏、唐詩矣。"[2]林鴻在閩中倡言學漢魏唐詩,亦不言宋詩。永樂二十一年林誌爲高棅作墓誌銘又云:"蓋詩始漢魏,作者至唐,號爲極盛,宋失之理趣、元滯於學識,而不知由悟以入。"[3]認爲詩歌至唐代發展到頂峰,而宋詩不能以悟入故失之理趣。丘濬爲劉溥詩集作序亦曰:"秦漢以來之詩,變至於唐極矣。唐一代以詩取士,宜乎名世者爲多,然而著名者僅二人焉,而不出自科目。宋人取士,初亦沿唐制,其後專用經義,詩道幾絕。間有作者,非但無三代風,視唐人亦遠矣。"[4]指出宋人以經義取士造成詩道衰落,故宋詩較唐詩相差甚遠。可知永樂至成化間臺閣文人唐宋詩之爭,亦是沿襲元代至明初的主流觀點,以崇唐抑宋爲主。

明前期宗唐抑宋雖是詩學主流,但"宗宋"之音似乎從未間斷,對此有研究者指出:"有明一代,一些有識之士肯定宋詩、爲宋詩正名的努力從來就沒有停止過。……宋詩却在他們的肯定

---

① 林環《白雲樵唱集原序》,王恭《白雲樵唱集》卷首,《景印文淵閣四庫全書》1231冊,臺灣商務印書館,1986年,第84頁。

② 林誌《鳴秋集序》,趙迪《鳴秋集》卷首,《四庫全書存目叢書》影印清乾隆三年陳作楫刻本,齊魯書社,1997年,集部36冊,第275—276頁。

③ 林誌《漫士高先生墓銘》,《續刻蔀齋公文集》卷六,明萬曆間福州林氏活字印本。

④ 丘濬《劉草窗詩集序》,《重編瓊臺稿》卷九,《景印文淵閣四庫全書》1248冊,臺灣商務印書館,1986年,第180—181頁。

下形成一股潛流,在宗唐抑宋的浪潮下不絕如縷。"①甚至認爲
"前七子興起之前,在明初詩壇的宗唐宗宋之爭中,宗宋一派總
體呈强勢"②。永樂至成化間或有"宗唐抑宋"之反調,如推崇宋
詩、貶低唐詩以及對宋代"盛世"之贊譽,但均非文學意義上的推
崇或批判,如推崇宋詩實則僅是推崇宋儒之詩,貶低唐詩則更多
是理學家以唐詩不符合"理"爲依據,對宋代盛世贊譽無非是對
宋代理學興盛的發揮。換言之,儘管永、成間或有"揚宋抑唐"之
聲音,但並不存"宗宋"之"潛流",更從未出現過"强勢",文學意
義上"唐宋詩之爭",宗唐抑宋一直是主流意見。

一、對宋儒詩的推尚

臺閣文人在對宋詩不斷貶低的同時,對宋儒之詩却大加推
崇。周叙《詩學梯航》中崇唐抑宋態度最爲明確:"凡作五言古
詩,必以漢魏爲法。……律詩,必截然祖于唐人。……宜將宋人
之詩一切屏去,不令接於吾目,使不相漸染其惡,庶得以遂吾之
天。不然,一論於彼,雖竭大湖波,徒費前潑矣。"其對宋詩厭惡
之情溢於言表,但對朱熹之詩又推崇備至:"若宋朱子《感興》二
十首,非特跨越晋、唐,直欲凌躐漢、魏。"③周叙五古宗漢魏,律
詩宗唐,不僅不學宋詩,甚至認爲不能讀宋詩,將宋詩"一切屏
去,不令接於吾目",却又言朱熹之詩可直接跨越唐代,達到漢魏
古詩之高度,其中自相矛盾之處顯而易見。周叙之論代表了大
部分臺閣文人的意見,即貶低宋詩同時却大肆贊揚宋儒之詩。

---

① 李如冰《明代宗唐抑宋之風下的宋詩潛流》,《山東省農業管理干部學院學
報》2005 年第 6 期。

② 邱美瓊《論黄庭堅詩歌在明代的接受》,《集美大學學報》2008 年第 3 期。

③ 周叙《詩學梯航・述作中・專論五言古詩》,周維德集校《全明詩話》本,齊
魯書社,2005 年,第 100 頁。

以朱熹之詩爲例,陳敬宗云:

> 後宋晦庵朱先生以道統之學,上承先聖,下開後人,於訓釋經傳之餘,時時發諸咏歌,衆體悉備,而尤粹於五言。蓋出入漢魏、陶韋之間,而興致高遠,則或過之。蘊淡薄之味於大羹玄酒之中,揚淳古之音於朱絃疏越之外,誠曠代之稀聲也。至於《感興》之作,則又不徒以詩爲詩者焉。自夫天地陰陽之妙,性命道德之懿,古先聖賢開物成務、立則垂訓之要,歷世治亂興衰之迹,與夫仙釋之誕妄、教化之淪替,悉於此焉發之。所以正人心於不泯,遏邪説於復萌,其有關於世教、有功於學者大矣,豈特陶情適性而已哉![①]

陳氏認爲朱熹五言古詩出入漢魏之間,風格與陶淵明、韋應物之清淡高遠相類,還屬較爲客觀的文學意義之評論。但其所舉朱熹之代表作、褒獎最高的却是《齋居感興》之類的道學詩。吳訥亦曰:"觀其五言古體,沖遠古澹,實宗《風》《雅》而出入漢魏、陶韋之間。至其《齋居感興》之作,則又于韵語之中盡發天人之蘊以開示學者,是豈漢晉詩人之所可及哉!"[②]與陳敬宗觀點相類,指出朱熹之詩出入漢魏之間,但《齋居感興》之類詩歌更高,漢晉之人都難以企及。陳獻章在《認真子詩集序》中贊揚宋儒之詩云:

> 詩之工,詩之衰也。……南朝姑置勿論,自唐以下,幾

---

① 陳敬宗《晦庵先生五言詩鈔後序》,《澹然先生文集》卷四,《四庫全書存目叢書》影印清鈔本,齊魯書社,1997 年,集部 29 冊,第 347 頁。

② 吳訥《晦庵先生五言詩鈔序》,朱傑人等主編《朱子全書》第 27 冊,上海古籍出版社,2010 年,第 833 頁。

千年于兹，唐莫若李、杜，宋莫若黃、陳。其餘作者固多，率不是過。烏虖！工則工矣，其皆《三百篇》之遺意歟？率吾情盎然出之，不以贊毀歟？發乎天和，不求合於世歟？明三綱、達五常、徵存亡、辨得失，不爲河汾子所痛者，殆希矣。故曰：詩之工，詩之衰也。夫道以天爲至，言詣乎天曰至言，人詣乎天曰至人，必有至人能立至言。堯、舜、周、孔至矣，下此其顏、孟大儒歟？宋儒之大者，曰周、曰程、曰張、曰朱，其言具存，其發之而爲詩，亦多矣。世之能詩者，近則黃、陳，遠則李、杜，未聞舍彼而取此也。[①]

對於唐宋詩人之代表李白、杜甫、黃庭堅、陳師道，陳獻章認爲其詩雖工却不符合《詩經》之遺意，既不能明三綱五常，亦不能辨存亡得失，非詩之正道。其所贊揚的，是周敦頤、二程、張載、朱熹等理學家之詩。諸儒之詩"發乎天和"，不受詩歌法度之拘束，感情"盎然出之"，不受贊毀之影響，有闡道輔教之功用，符合《詩經》之遺意。

《齋居感興》共二十首，是朱熹"以詩論學"的代表作，主要闡釋理氣陰陽、心性道統、認識修養等內容。以其第一首爲例："昆侖大無外，旁薄下深廣。陰陽無停機，寒暑互來往。皇犧古神聖，妙契一俯仰。不待窺馬圖，人文已宣朗。渾然一理貫，昭晰非象罔。珍重無極翁，爲我重指掌。"[②]主要寫伏羲俯仰天地，畫八卦而作《易》，但多用典故，晦澀難懂，其餘十九首亦皆如此。方孝孺曾評價《感興》二十首曰："其於性命之理昭

---

① 陳獻章《認真子詩集序》，孫通海點校《陳獻章集》，中華書局，2008 年，第5 頁。

② 朱熹《齋居感興二十首》之一，朱傑人等主編《朱子全書》第 20 冊，上海古籍出版社，2010 年，第 360 頁。

矣,其於天地之道著矣,其於世教民彝有功者大矣。"①可知《感興》詩價值所在。但從文學審美角度而言,却難以與其在理學史上的地位相提並論。已有學者指出:"朱熹詩與陸游、楊萬里、范成大、劉克莊等大家相比,無論是思想内容還是藝術形式,都尚有一定距離。"②但臺閣文人多認爲《齋居感興》才是朱熹代表作,甚至是宋詩代表作,推崇不是因"沖遠古澹"之風格,而是"闡道説教"的道學功用。前者周叙言"宜將宋人之詩一切屏去"與對朱熹詩贊美的矛盾,由此也可以得到合理解釋。清代紀昀曾評朱熹《登定王臺》詩曰:"以大儒故有意推尊,論詩不當如此。詩法、道統,截然二事,不必援引,借以爲重。"又評其《次秀野咏雪韻三首》云:"三詩皆平平,不必曲爲之説。人各有能有不能,文公不必更以詩見也。"③此説甚爲合理。切不能因朱熹理學地位崇高,就拔高其文學成就。亦不能因臺閣文人對道學詩的贊譽,就認爲這是文學上的"宗宋"潮流。程朱理學成爲官方認定的統治思想後,宋儒身份已高於其他詩人,對其詩歌的評論自然也要置於非理學家詩人之上。

二、對唐詩的批評

早在明初,方孝孺就曾作詩五首對"舉世宗唐"之風提出批評:

> 舉世皆宗李杜詩,不知李杜更宗誰? 能探風雅無窮意,

---

① 方孝孺《讀朱子感興詩》,《遜志齋集》卷四,《四部叢刊》影印明本。
② 郭齊《論朱熹詩》,《四川大學學報》2000年第2期。
③ 紀昀著,吴曉峰點校《瀛奎律髓刊誤》,武漢出版社,2009年,第10、599頁。

始是乾坤絶妙詞。

　前宋文章配兩周，盛時詩律亦無儔。今人未識崑侖派，却笑黄河是濁流。

　發揮道德乃成文，枝葉何曾離本根。末俗競工繁縟體，千秋精意與誰論。

　天曆諸公製作新，力排舊習祖唐人。粗豪未脱風沙氣，難詆熙豐作後塵。

　萬古乾坤此道存，前無端緒後無垠。手操北斗調元氣，散作桑麻雨露恩。①

方氏認爲世人皆宗李杜，却不知李杜另有所本，學詩應上溯《詩經》之風雅傳統，不能局限於唐詩。兩宋道德文章堪與三代並肩，宋詩亦是無與倫比，其原因在於“道德成文”。學詩應以“道”爲主，而不能學唐詩以雕琢繁縟取勝，元代天曆諸公學唐抑宋，實則粗豪之氣未脱，更難以與宋詩相比肩。道統詩學觀多主張以《風》《雅》爲源頭，對局限於聲律對偶律之詩持批評態度，如陳獻章在《夕惕齋詩集後序》云：

　　受朴於天，弗鑿以人；稟和於生，弗淫以習。故七情之發，發而爲詩，雖匹夫匹婦，胸中自有全經，此《風》、《雅》之淵源也。而詩家者流，矜奇眩能，迷失本真，乃至句鍛月煉，以求知於世，尚可謂之詩乎？晉魏以降，古詩變爲近體，作者莫盛於唐。然已恨其拘聲律、工對偶，窮年卒歲，爲江山草木、雲煙魚鳥粉飾文貌，蓋亦無補於世焉。若李杜者，雄

----

① 方孝孺《談詩五首》，《遜志齋集》卷二十四，《四部叢刊》影印明本。

峙其間，號稱大家。然語其至，則未也。①

陳氏指出詩歌創作要從《詩經》風雅淵源學起，如民歌直抒胸臆，而非矜奇逞才，甚至雕琢鍛煉。而詩歌功用更是從政教論出發，要有補於政教民生，若唐律只是描摹自然景物而無關政教，即使是號稱大家的李白、杜甫之詩，因"無補於世"，亦不值一提。

胡居仁亦從詩教角度批評李杜之詩無用：

> 世之談詩者，皆宗李杜。李白之詩，清新飄逸，比古之詩溫柔敦厚、莊敬和雅、可以感人善心、正人性情、用之鄉人邦國、以風化天下者，殆猶香花嫩蕊，人雖愛之，無補生民之日用也。杜公之詩，有愛君憂國之意，論者以爲可及變風變雅，然學未及古，拘於聲律對偶。《淇澳》、《鳲鳩》、《板》、《蕩》諸篇，工夫詳密，義理精深，亦非杜公所能彷彿也。……邵康節言刪後無詩，其以此也。②

胡氏認爲李白之詩雖然清新飄逸，但遠不及《詩經》感人心、正性情、風化天下之功用；杜詩之忠君憂國出自變風變雅，卻因局限於聲律對偶，未能明于義理。作爲盛唐詩代表的李杜詩均遭到否定，胡居仁推崇的仍是邵雍"刪後無詩"說。值得注意的是，方孝孺、陳獻章、胡居仁均是著名理學家，其批評唐詩的觀點，理學因素遠超文學色彩。相比之下，永樂十一年（1413）黃容在《江雨軒詩序》中反擊劉崧（一作劉嵩）"宋無詩"之論，看似更多是從文

---

① 陳獻章《夕惕齋詩集後序》，孫通海點校《陳獻章集》，中華書局，2008 年，第11 頁。
② 胡居仁《流芳詩集後序》，《胡文敬集》卷二，《景印文淵閣四庫全書》1260 册，臺灣商務書館，1986 年，第 34 頁。

學角度論述宋詩勝過唐詩：

> 然世降末流之異，昔人之論虞夏之下、晋魏以上，氣格未相遠也；晋宋顔、謝至唐初，高下雖殊，古法未大變。律詩出後，至於大盛。參以全賀、郊島、元白之譎怪、寒瘦、鄙俚之風興，沿流鬥靡，勁晚唐之論，此何也？蓋諸子才氣豪放，窮思遠索，務求人所未道，以快其高，不知由其豪放窮思、遠索穿鑿之私，遂與古法平易遐矣。[①]

晋宋至唐初古詩尚未大變，而律詩發展至晚唐，風格趨向詭怪鄙俚，黄容認識到晚唐律詩之弊，以此來攻訐唐詩提高宋詩地位。但黄容此序的核心，還是以"理"論詩，如隨後言宋詩又以朱熹詩爲例：

> 至宋蘇文忠公與先文節公，獨宗少陵、謫仙，二家之妙，雖不拘拘其似，而其意遠義該，是有蘇、黄並李、杜之稱。當時如臨川、後山諸公，皆傑然無讓古者。至朱子則洞然諸家之短長，其《感興》等作，日光玉潔，未易論也。何者？一本於理爾。聖人一言以蔽之論，豈非所謂平易和正，足以形是理而已。任高任奇，能外是乎？[②]

黄容站在爲宋詩鼓吹的立場，將蘇軾、黄庭堅之詩提高到與李杜並列的位置，但最爲推崇的，還是朱熹的《感興》之作，因其"一本于理"，繼承了《詩經》和平易直之風。由此觀之，無論是對盛唐詩還是晚唐詩之批評，多以是否符合"理"爲依據，而非文學審美

---

①② 黄容《江雨軒詩序》，載葉盛《水東日記》卷二十六，中華書局，2007年，第256頁。

意義上的唐詩批評。

三、對宋代盛世的贊譽

臺閣文人推崇唐詩，主要原因之一是唐代盛世。楊士奇論唐詩云："國風雅頌，詩之源也。下此爲楚辭，爲漢、魏、晋，爲盛唐，如李、杜及高、岑、孟、韋諸家，皆詩正派，可以溯流而探源焉。"[1]又曰："詩自《三百篇》後，歷漢晋而下，有近體，蓋以盛唐爲至。"[2]均只言盛唐而不言中晚唐，這與盛唐政治隆盛有關。如前引楊士奇《玉雪齋詩集序》云：

> 漢以來代各有詩，嗟嘆咏歌之間，而安樂哀思之音，各因其時，蓋古今無異焉。若天下無事，生民乂安，以其和平易直之心，發而爲治世之音，則未有加于唐貞觀、開元之際也。杜少陵渾涵博厚，追蹤風雅，卓乎不可尚矣。一時高材逸韵，如李太白之天縱，與杜齊驅，王、孟、高、岑、韋應物諸君子，清粹典則，天趣自然。讀其詩者，有以見唐之治盛於此，而後之言詩道者，亦曰莫盛於此也。[3]

楊士奇推崇唐詩因其是盛世，尤以貞觀、開元間爲最。因爲盛世，故詩人才有和平易直之心，才能發出"治世之音"，只有這樣才能讓讀者見盛唐之治。臺閣文人以"潤飾鴻業、斧藻升平"爲

---

① 楊士奇《題東里詩集序》，《東里續集》卷十五，《景印文淵閣四庫全書》1238 册，臺灣商務印書館，1986 年，第 570 頁。

② 楊士奇《書張御史和唐詩後有序》，《東里續集》卷五十九，《景印文淵閣四庫全書》1239 册，臺灣商務印書館，1986 年，第 496 頁。

③ 楊士奇《玉雪齋詩集序》，劉伯涵、朱海點校《東里文集》卷五，中華書局，1998 年，第 63 頁。

己任,楊士奇此論,與其身份較爲符合。周叙《詩學梯航·叙詩》則更明確指出:"有唐之業,後世始有不可及也,以故詩家至今莫不宗之。"①味其意,"有唐之業"不僅是指唐詩是詩歌發展之頂峰,更指唐代盛世之無與倫比。唐宋兩代從盛世氣象比較,顯然唐代更勝一籌。臺閣文人多秉承楊士奇之説,故從政治興衰角度崇唐抑宋,亦可理解。

明朝建立以來,統治者崇儒重道,以程朱理學爲主導思想。臺閣文人對産生理學的宋代,亦目爲盛世。楊榮談及歷代儒士之培養曾云:"三代而下,莫盛于漢唐宋。"②將宋代與漢、唐盛世並稱,非因三代政治盛世相似,而是人才之盛相埒。永樂間楊胤序劉夏文集稱:"漢治雜霸,唐多慚德,以故禍亂相仍。天昌斯文,五星聚奎,皇宋聿興,藝文、道德、物理、性命之學,追軼往聖。"③則對漢唐盛世以末期戰亂頻繁爲由而加以否定,只突出宋代藝文、性命之學興盛。宣德二年(1427)滁州重建醉翁亭,楊士奇爲之作記,追憶宋仁宗統治下的盛世云:"三代而下,以仁厚爲治者,莫踰於宋。宋三百年,其民安於仁厚之治者,莫踰昭陵之世。當時君臣一德,若韓、范、富、歐,號稱人傑,皆以國家生民爲心,以太平爲己任。蓋至于今,天下士大夫想其時、論其功,景仰歆慕之無已也。"④認爲宋代是"以仁厚爲治"之最,而宋仁宗時期則又是宋代之典範。成化八年(1472)羅倫爲南宋蕭立之詩

① 周叙《詩學梯航·叙詩》,周維德集校《全明詩話》本,齊魯書社,2005年,第88頁。
② 楊榮《送翰林編修楊廷瑞歸松江序》,《文敏集》卷十三,《景印文淵閣四庫全書》1240冊,臺灣商務印書館,1986年,第188頁。
③ 楊胤《劉尚賓文集序》,劉夏《劉尚賓文集》卷首,明永樂間劉拙刻成化間劉衢增修本。
④ 楊士奇《滁州重建醉翁亭記》,劉伯涵、朱海點校《東里文集》卷二,中華書局,1998年,第18頁。

集作序亦曰:"宋氏有國三百餘年,治教之美,遠過漢唐,道德之懿,上承孔孟。"已不再將宋代與漢唐盛世並列,而直接將其上升到超越漢唐的位置。即使是偏安一隅的南宋,羅倫亦贊曰:"南渡以後,國土日蹙,文氣日卑,而道德忠義之士,接踵于東南。其間以詩詞鳴者,格律之工雖未及唐,而周規折矩,不越乎禮義之大閑,又非流連光景者可同日語也。"①羅倫察識出南宋的偏安衰微及詩歌格律不及唐代,但因宋詩關乎禮義大義,遠非流連光景之唐詩可比。其所云"不越乎禮義之大閑"的宋詩,即指宋儒之詩。宣德八年(1433)吳仲子爲南宋繆鑒《苕石效顰集》作序云:"蓋宋自南渡大江以來,中興于杭,和議既成,上下率以詩文藻飾治具,文教益隆。至寧宗、理宗朝,經史纂修,發先儒之所未言,至於今昭然如日星之麗乎上,彝倫之所以攸叙,人文之所以昭宣,深有賴焉。道統固根于人心,豈不因文而益著也?"②吳仲子對南宋詩文藻飾誇耀,並認爲宋室藝文隆盛之原因,是道統根固人心之結果,其所論仍着眼于"道統"。

宋代盛世如此,按其"音與政通"之思想,宋詩亦可稱之爲"盛世之音"。但楊士奇《滁州重建醉翁亭記》中對宋仁宗的贊譽,實更多是奉承帝王之意。醉翁亭因歐陽修之記而名聞天下,而明仁宗朱高熾爲太子時就頗喜歐陽修,以爲歐陽修之文"雍容醇厚,氣象近三代",且"愛其諫疏明白切直",並勉勵楊士奇:"爲文而不本正道,斯無用之文;爲臣而不能正言,斯不忠之臣。歐陽真無忝廬陵有君子。"③故楊士奇此文,實多阿諛奉承之意,誇

---

① 羅倫《蕭冰厓詩集序》,《一峰文集》卷二,《景印文淵閣四庫全書》1251 册,臺灣商務印書館,1986 年,第 662 頁。

② 吳仲子《苕石效顰集序》,繆鑒《苕石效顰集》卷首,《雲自在龕叢書》本。

③ 楊士奇《聖諭錄》卷中,劉伯涵、朱海點校《東里文集》,中華書局,1998 年,第394 頁。

耀宋仁宗實暗喻明仁宗，以宋代韓、范、富、歐等賢臣比會"三楊"爲首的臺閣重臣，希望也能達到宋代"君臣一德"、"皆以國家生民爲心，以太平爲己任"的君臣和諧狀態。靖康之變二宗被擄，趙構遷都臨安，偏安一隅，南宋實在算不上盛世。當朱學成爲官方統治思想後，後世唯以朱熹是尊，臺閣文人對宋代"藝文、道德、物理、性命"盛世的贊譽，實際只是對宋代理學興盛的贊譽，稱宋代"詩文藻飾治具，文教益隆"之類的誇耀，無非是對朱熹"宋德隆盛，治教休明"[①]的闡釋。

明前期文學意義上的唐宋詩之爭，瞿佑之論勉强算是。瞿佑對"舉世宗唐"有所不滿，故針對元好問所編選唐代七律《唐鼓吹》而作《鼓吹續音》，專選宋金元三朝律詩，并云：

> 世人但知宗唐，于宋則棄不取，衆口一辭，至有詩盛于唐、壞于宋之説。私獨不謂然，故於序文備舉前後二朝諸家所長，不減于唐者，附以己見，而請觀者參焉。仍自爲八句題其後云："騷選亡來雅道窮，尚於律體見遺風。半生莫售穿楊技，十載曾加刻楮功。此去未應無伯樂，後來當復有揚雄。吟窗玩味韋編絶，舉世宗唐恐未公。"[②]

瞿佑認爲宋元詩雖總體不如唐詩，但自有其優秀者，不能一概否定而盲目宗唐，這樣的評論較爲公平客觀。但瞿佑選取宋金元三朝律詩中"不減于唐者"編入《鼓吹續音》，只是對"舉世宗唐"現象表示不滿，並非就是"宗宋"傾向。

---

① 朱熹《四書章句集注》，中華書局，2008 年，第 2 頁。
② 瞿佑《歸田詩話》卷上，喬光輝校注《瞿佑全集校注》，浙江古籍出版社，2010年，第 425 頁。

儘管有如此衆多抬高宋詩之聲，但在臺閣體佔據主流文壇時，唐宋詩之爭中宋詩從未成爲潮流甚至佔據優勢，崇唐抑宋一直是主流。如曹安《讕言長語》云："漢之文，唐之詩，宋之性理，元之詞曲。試以漢之文言之，果有出於董、賈之策乎？以唐之詩言之，果有出於李、杜之什乎？以宋之性理言之，果有出於濂、洛、關、閩之論乎？以元之詞曲言之，果有出於《陽春白雪》之所載乎？"[①]從一代有一代藝文之角度論述，指出唐代興盛的是詩，而宋代興盛的是"性理"之學。前引林誌《鳴秋集序》曰："三代以降，秦漢猶爲近古，東京漸失之，至建安已萎蕭不振矣。開皇痛刮其習，而習與氣稍變。貞觀振以文治，而氣又變。於是詩至李杜而備，文至韓柳而備，後世雖有作者，蔑以加矣。宋以道學開明，文有歐、蘇、王、曾，而詩獨塊于古。故晦翁亟稱陶、柳、韋、孟，而西山《正宗》所列前代名家外，而本朝無取焉。"[②]已明確指出宋以道學顯，但"詩獨塊于古"。當今學者考察明前期唐宋詩之爭中所謂"崇宋"之現象，往往忽略了明人對"宋詩"概念的不同界定。臺閣文人對文學意義上的"宋詩"持"宋無詩"、"宋元以下不論也"之觀點，但一旦涉及到朱熹等理學家之詩，"宋詩"就是"跨越晋唐"、"凌列漢魏"，甚至可以直接追蹤《詩經》之風雅，遠非唐詩可比。兩種"宋詩"不在同一邏輯層面，今人以此作爲"唐宋詩之爭"論據，實有不妥。有研究者在考察明代宋詩選本時指出："它們一方面是對時人過度輕視宋詩的反駁，另一方面又沒有從根本上超越崇唐抑宋的時代風氣，而在選詩標準上多

---

① 曹安《讕言長語》，吳文治主編《明詩話全編》本，鳳凰出版社，2006 年，第1273 頁。

② 林誌《鳴秋集序》，趙迪《鳴秋集》卷首，《四庫全書存目叢書》影印清乾隆三年陳作楫刻本，齊魯書社，1997 年，集部 36 册，第 275—276 頁。

持以唐存宋的態度。"①前言瞿佑之觀點即是如此。因此可以說,明前期文學層面上的唐宋詩之爭,最多即是偶有個人對當時過度推崇唐詩、貶低宋詩之風氣提出反駁,臺閣文人在唐宋詩之爭問題上,崇唐抑宋一直是主流,而且並不存在所謂的"宗宋"之傾向或潛流。

---

① 申屠青松《明代宋詩選本論略》,《北京科技大學學報》2007 年第 3 期。

第四章　宋元詩歌之接受

　　隨着元朝的滅亡，元詩也進入了明人詩歌統緒視野之內，在唐宋詩之爭外如何評價元詩，唐、宋、元三朝詩關係如何，是明人宋元詩接受中的考察重點。與唐宋詩之爭相類，亦有宋元詩之爭。明前期，元詩優于宋詩爲主流意見，持宋詩過元論者主要有方孝孺、許伯旅、黃容等人，均是從理學角度故意抬高宋詩，以便與唐詩抗衡，同時順帶貶低"宗唐"之元詩。其中方孝孺、許伯旅是洪武、建文間人，黃容《江雨軒詩序》雖然作于永樂初，但黃氏名不見經傳，無從考察。典型臺閣文人多持元詩過宋論，其中原因，既有元詩"宗唐得古"説與其契合，又有元詩之代表虞集、楊載、范梈、揭傒斯"四大家"在仕宦經歷、詩歌創作乃至詩學思想多與臺閣文人相類。臺閣體逐漸退出主流文壇後的成化間，宋元詩之爭開始發生改變，宋詩過元論重新抬頭，學元詩之風氣遭到否定，學宋詩之風氣在臺閣與山林中同時展開。

　　宋詩接受情況在崇唐抑宋、元優宋劣的詩學思想下并不樂觀，本章以蘇軾、黃庭堅及江西詩派接受爲例，探察宋詩的接受情況。元末明初臺閣文人對蘇、黃之詩尚有贊譽之音，但永樂後對其評論甚少，且基本以否定爲主，書畫題跋中偶有正面評價，多是對蘇、黃人品氣節之推崇。這種情況直到天順後才略有變動，《蘇詩摘律》《東坡七集》《山谷詩注》等先後刊刻，成化、弘治間出現了學蘇、黃之詩的風氣,雖然宋詩仍處於被批判的地位。與詩歌接受不同,江西詩派之"奪胎換骨"、"活法"等詩學理論仍被臺閣文人李時勉等接受,而胡儼、林俊等人的詩歌創作,亦顯示出受江西詩派之影響。

　　本章以楊維楨之樂府詩接受作爲元詩接受個案加以探討。在元末被稱爲"文章鉅公"的楊維楨,至明初受到了嚴厲批判,無論是鐵門弟子還是其詩風追隨者,入明後一反元末之態度,轉而對楊維楨大肆批判,實爲新朝文人對勝國文壇盟主的進攻。永樂後臺閣文人對楊維楨批判較少,多是理學家批評其風格詭譎,不符合風雅遺意。正統後臺閣體詩學思想有所變動,晚年楊士奇一反衛道士之姿態,對楊維楨樂府大加贊賞,吳訥、周鼎亦有贊譽之詩。楊維楨詩集自天順後已有刊刻,成化間更是多次密集刊行,亦是楊維楨之接受開始發生改變的旁證。但從臺閣文人的樂府詩創作情況來看,并未能緊隨楊士奇之説而改變,其樂府創作多以頌世鳴盛爲主,並無楊維楨之艷情傾向,詩風也與楊維楨詭譎奇怪之風截然相反,直至成化間丘濬等人所作樂府才略有起色。

第一節　宋元詩之爭

　　明前期臺閣文人尊唐復古,宋元詩與唐詩相比處於劣勢,如解縉云:"漢魏質厚於文,六朝華浮於實,具文質之中,得華實之宜,惟唐人爲然。故後之論詩,以唐爲尚。宋人以議論爲詩,元人粗豪不脱北鄙殺伐之聲,雖欲追唐邁宋,去詩益遠矣。"①林誌

①　解縉《説詩三則》之一,《文毅集》卷十五,《景印文淵閣四庫全書》1236 册,臺灣商務印書館,1986 年,第 820 頁。

則曰："作者至唐號爲極盛，宋失之理趣、元滯於學識，而不知由悟以入。"①均是將宋元詩作爲唐詩的對立面加以否定，但宋元詩之間亦有優劣之分、宗尚之爭。

一、宋元詩優劣之争

明前期持宋詩過元論者較少，如前所舉方孝孺對舉世宗唐不滿而作詩云："天曆諸公製作新，力排舊習祖唐人。粗豪未脱風沙氣，難詆熙豐作後塵。"②天曆（1328—1330）爲元文宗圖帖睦爾第一個年號，此時元四家"虞、楊、范、揭"興起學唐之風，方孝孺對此並不排斥，只是反對他們詆諆宋詩，并由此批評元詩粗豪未脱風沙之氣，難與宋詩比肩，因此没有資格詆諆宋詩。方孝孺此詩或是針對貝瓊之論，貝瓊《隴上白雲詩稿序》曾云元代趙子昂、楊仲弘等人"務鏟宋之陳腐，以復於唐"，而相繼起於朝者虞集等人之詩是"金春玉應，駸駸然有李杜之氣骨，而熙寧、元豐諸家爲不足法矣"③。貝瓊之論，或代表了明初大部分詩人的觀點，故方孝孺對"舉世"不公作詩諷之。與方孝孺持相同觀點者有許伯旅，《静志居詩話》載林右述許氏之論：

> 人皆謂宋之文高於元，元之詩高於宋，殊不知宋之詩亦高於元也。論詞語工麗、音節瀏亮，宋或不及於元；至於説古今，道事理，輕重明白，豈元諸公所能及宋哉！④

---

① 林誌《漫士高先生墓銘》，《續刻韜齋公文集》卷六，明萬曆間福州林氏活字印本。
② 方孝孺《談詩五首》之四，《遜志齋集》卷二十四，《四部叢刊》影印明本。
③ 貝瓊《隴上白雲詩稿序》，《清江文集》卷二十九，《四部叢刊》影印清趙氏亦有生齋本。
④ 朱彝尊《静志居詩話》卷四"許伯旅"條，人民文學出版社，2007年，第95頁。

許伯旅字廷慎,洪武中官刑科給事中。其論宋詩"説古今,道事理"過元,當是指理學家之詩,宋儒作詩多是闡發哲理,而非抒情言志,觀邵雍《擊壤集》可知。至於詩歌之"詞語工麗、音節瀏亮",許伯旅也承認宋詩不如元詩。黃容《江雨軒詩序》是永樂間唐宋詩之爭重要材料,黃容在抬高宋詩的同時,批評元末明初詩風:"會稽楊維楨、吳中高季迪皆鳴於詩,其過高者凌厲險怪,痛快者巧中物情。"或可以視作是其宋詩過元之觀點。黃容之説,是針對劉崧"宋無詩"論反駁:"近世有劉崧者,以一言斷絶宋代,曰宋絶無詩。他姑置之,詩至《三百篇》至矣,何子夏、毛萇之倫,尚遺所昧,寥寥千五百餘年,至朱子而始明,寧無一見以及崧者?人不短則己不長,言不大則人不駭,欲眩區區之才,無忌憚若是,詬天吷月,固不足與辨。然關於類,至於賊道,不容己者。"①論爭之激烈已涉及人身攻擊,其實仍是從理學角度抬高宋詩,將朱熹直接置於《詩經》後之至高位置。三人較强針對性的論爭,或是從理學角度崇宋貶元,或是在刻意抬高宋詩使之與唐詩抗衡同時,順帶貶低元詩,並非完全就宋元詩優劣而論。

對於宋元詩優劣之爭,臺閣文人主流意見是元詩優於宋詩。與方孝孺同時代的練子寧推崇李白之詩云:"李太白,神仙之流也。……自唐及宋,罕有繼者。元初惟清江范德機清修之節,超卓之見,發而爲文,以鳴其一代之盛,亦往往有能蹈其軌轍者。"②認爲李白詩品之高,唐宋無人能及,唯有元四家之范梈能蹈其軌轍。其實這不僅范梈一人之詩似李白,清初宋犖序顧嗣

① 黃容《江雨軒詩序》,載葉盛《水東日記》卷二十六,中華書局,2007 年,第257 頁。
② 練子寧《黃體方詩序》,《金川玉屑集》卷三,明刻本。

立所編《元詩選》曾指出："宋詩多沉僿，近少陵；元詩多輕揚，近太白。"①可見元詩較宋詩而言，其整體輕揚風格亦似於李白。王洪曰："唐詩倡於陳子昂，遂有李、杜、韓、柳之盛，若宋諸大儒，其精深造詣，蓋亦可以求其本焉。元起於朔漠，文制疏略，至元天曆之間，若趙文敏公、虞文靖公、范文白公、揭文安公，亦各鳴一時之盛。及其衰也，學者以粗豪爲壯，以尖新爲奇，語言纖薄，音律愗懘，蓋自晚唐皆然，末世文弊，固其勢之然也。"②在論述唐宋元三朝詩時，對宋詩以"精深造詣，蓋亦可以求其本焉"一筆帶過，宋詩"精深造詣"實際即指宋儒之詩，非傳統意義上宋代名家之詩。而對元"天曆諸公制作新"則贊揚有加，一一提及姓名，并爲元末詩歌之粗豪尖新等弊端進行辯護，指出這是末世政治所致，唐末、宋末亦是如此，非元末之獨有。王洪雖未直言宋元詩之優劣，但從中可以看出其元詩優於宋詩的傾向。張宇初則稱："唐末風俗侈靡，宋之稱善者，蘇子瞻、梅聖俞、石延年、王介甫、歐、蘇、朱、楊而已，及元范、楊、虞、揭輩倡遺音於絕響之餘，直追盛唐，一時禁林之儒生，四方之士人，莫不宗師之。"③對元四家之"直追盛唐"贊譽有加，其元詩過宋之觀點較王洪已更明確。何喬新則曰："有元一代，俗灝政庬，無足言者。而其詩矯宋季之委靡，追盛唐之雅麗，則有可取者。"④指出元代政治雖然衰落，但元詩學唐而能矯宋末詩風之萎靡，亦寓元詩優于宋詩之意。最明確表述元詩過宋者如周叙，其《詩學梯航》歷數唐宋元

① 宋犖《序》，顧嗣立《元詩選》卷首，中華書局，1987年，第5頁。
② 王洪《胡祭酒詩集序》，《毅齋集》卷五，《景印文淵閣四庫全書》1237冊，臺灣商務印書館，1986年，第496頁。
③ 張宇初《雲溪詩集序》，《峴泉集》卷二，《景印文淵閣四庫全書》1236冊，臺灣商務印書館，1986年，第387—388頁。
④ 何喬新《重刊黃楊集序》，《椒邱文集》卷九，《景印文淵閣四庫全書》1249冊，臺灣商務印書館，1986年，第158頁。

詩史後云：

> 元興，趙子昂力欲攻革宿弊，唱爲音詩，深得唐人之風致。至天曆中，楊仲弘、范德機、虞伯生、揭曼碩相繼迭起，以唐自信，中外作者，更相仿效，遂成一代之詞，較之宋世，大有徑庭。[①]

元四大家相繼迭起，形成元詩鼎盛局面，和宋詩相比高下立判，宋詩劣于元詩之觀點明矣。周叙又云："元人律詩如趙子昂之新俊、楊仲弘之雄偉、范德機之平正、虞伯生之典雅，非不可喜，方唐之音，直是氣象不類，縱造其域，不過元詩。在宋人則尤有不可學者，又非元人類矣。"[②]看似是截然相反的宋詩過元論，有學者認爲這才是周叙之真實觀點[③]，實則不然。周叙指出元人學唐"氣象不類"之原因，與王洪辯解元末詩粗豪之原因相似，即由政治盛衰所造成，如周叙云："國朝隆興，正聲丕變，渾涵光芒，蔚然炳然，規模遠矣。……豈特追復有唐、儕休兩漢，得不騤騤于闖古乎？"只有明代這樣的盛世政治才有追復漢唐之資格，而元代異族統治下，絕非盛世。"宋人則尤有不可學者"則是專指宋代理學家之詩，從其《詩學梯航》中"宜將宋人之詩一切屏去，不令接於吾目"之鄙薄宋詩與"若宋朱子《感興》二十首，非特跨越晋、唐，直欲淩躐漢、魏"[④]之對朱熹詩推崇

---

① 周叙《詩學梯航・叙詩》，周維德集校《全明詩話》本，齊魯書社，2005 年，第 89 頁。

② 周叙《詩學梯航・述作下・專論唐律》，同上書，第 103 頁。

③ 馮小禄《明代詩文論爭研究》，雲南人民出版社，2006 年，第 123—124 頁。

④ 周叙《詩學梯航・述作中・專論五言古詩》，周維德集校《全明詩話》本，齊魯書社，2005 年，第 100 頁。

的矛盾可以明顯看出，前已有詳述，不再展開。故可知周叙之真實觀點亦是元詩優於宋詩。

二、貶宋崇元原因檢討

宋人"以文字爲詩、以才學爲詩、以議論爲詩"[①]，作詩"或尚理致，或負材力，或逞辨博"[②]之弊端，在宋代已飽受詬病。明人對宋詩之批評，亦多着眼于這幾個層面。嚴羽批評蘇軾、黃庭堅"以文字爲詩、以才學爲詩"，主要是指其創作中雕琢文字、遊戲音韵、多用典故乃至"點鐵成金"，如回文、集句、諧隱、神智之類詩歌。因過於人工雕琢，遠離自然性情，多勞心之直陳，少形容之妙，故明初鎦續云："唐人詩如貴介公子，舉止風流；宋人詩如三家村乍富人，盛服揖賓，辭容鄙俗。"[③]"以議論爲詩"即宋人詩歌中直接説理，發表議論，明人對此亦有非議，如黃子肅在《詩法》中稱："一詩之中，必先得意……然意之所忌者，最忌用俗，最忌議論。議論則成文字而非詩，用俗則淺近而非古。"[④]明確反對作詩以議論爲主。

臺閣文人崇唐抑宋，支持元詩過宋之論，更多與元人學唐詩有關。明人亦有一代有一代學術之説，如明初葉子奇云：

> 傳世之盛，漢以文，晋以字，唐以詩，宋以理學。元之可
> 傳，獨北樂府耳。宋朝文不如漢，字不如晋，詩不如唐，獨理

---

① 嚴羽著，張健校箋《滄浪詩話校箋》，上海古籍出版社，2012年，第515頁。
② 劉克莊《竹溪詩》，辛更儒校注《劉克莊集箋校》，中華書局，2011年，第3996頁。
③ 鎦續《霏雪錄》卷下，《景印文淵閣四庫全書》866冊，臺灣商務印書館，1986年，第689頁。
④ 黃子肅《詩法》，周維德集校《全明詩話》本，齊魯書社，2005年，第60頁。

學之明,上接三代。元朝文法漢,歐陽玄(玄功)、虞集(伯生)是也。字學晋,趙孟頫(子昂)、鮮于樞(伯機)是也。詩學唐,楊載(仲弘)、虞集是也。①

此説或是源自虞集之論:"一代之興,必有一代之絶藝足稱于後世者,漢之文章,唐之律詩,宋之道學,國朝之今樂府,亦開于氣數音律之盛。"②可見在元明人眼中,宋代只是以"道學"爲盛,詩歌并不能和唐代相提并論。虞集、葉子奇認爲元代藝文之盛爲北樂府而非詩,且葉子奇已指出元詩學唐之特徵——這是明人評價宋元詩優劣之重要依據。朱彝尊曾云:"宋人務離唐人以爲高,而元人求合唐人以爲法。"③元人由宋返唐,一掃宋詩之弊端,"宗唐"之文學理念貫穿有元一代。元代"宗唐得古"説由戴表元(1244—1310)提出,其《洪潜甫詩序》稱宋詩"絶無唐風",梅聖俞、黄庭堅等人領袖文壇風騷一時後,宋人只知學宋之單一風格而不知有唐,故發出"唐且不暇爲,尚安得古"④之感慨。鄧紹基先生指出:"元詩的發展以仁宗延祐年間爲界,可分作前後兩期,延祐以前宗唐得古詩風由興起到旺盛,延祐以後宗唐得古潮流繼續發展。"⑤可以説,有元一代詩歌就是"宗唐得古"之發展、成熟、演變之過程。"宗唐得古"既是詩歌創作傾向,指詩歌體裁、格律、風格等近于唐人;亦是詩學主張,即"古體宗漢魏兩晋,近體宗唐"。明代臺閣文人以潤飾鴻藻爲職業,渴望大明盛世可

---

① 葉子奇《談藪篇》,《草木子》卷四上,中華書局,2010 年,第 70 頁。
② 轉引自孔齊《虞邵庵論》,《静齋至正直記》卷三,《續修四庫全書》影印清毛氏鈔本,上海古籍出版社,2003 年,1166 册,第 363 頁。
③ 朱彝尊《南湖居士詩序》,《曝書亭集》卷三十九,《四部叢刊》影印清康熙本。
④ 戴表元《洪潜甫詩序》,《剡源集》卷九,《四部叢刊》影印明本。
⑤ 鄧紹基《元代文學史》,中國社會科學出版社,2007 年,第 279 頁。

以超越盛唐兩漢，直追上古三代，故以學兩漢唐詩爲階梯，上溯至《詩經》之風雅傳統，在這點上與元代"宗唐得古"推崇唐詩有相通之處。

臺閣文人論及元詩，多以"元詩四大家"虞集、楊載、范梈、揭傒斯爲代表，所謂"元詩稱大家，必曰虞、楊、范、揭"①。"四大家"在詩人身份、詩歌創作方面與其多有契合之處，或是臺閣文人對元詩認同的原因之一。"四大家"并稱在元代就已有之，元末戴良在《皇元風雅序》中云：

> 唐詩主性情，故於風雅爲猶近，宋詩主議論，則其去風雅遠矣。然能得夫風雅之正聲，以一掃宋人之積弊，其惟我朝乎？我朝輿地之廣曠，古所未有。學士大夫乘其雄渾之氣，以爲詩者，固未易一二數。然自姚、盧、劉、趙諸先達以來，若范公德機、虞公伯生、揭公曼碩、楊公仲弘，以及馬公伯庸、薩公天錫、余公廷心，皆其卓卓然者也。②

戴良認爲"四大家"上承姚燧、盧摯等元初詩人，下開同代薩都剌等西域詩人，凸顯其在元詩史中地位，并能學唐而一掃宋詩之弊端，亦包含"宗唐得古"之思想。"虞、楊、范、揭"詩風并不一致③，並稱"四大家"更多是因其共同代表了元代盛世之詩風，即

---

① 都穆《南濠詩話》，丁福保輯《歷代詩話續編》本，中華書局，2006 年，第 1344 頁。

② 戴良《皇元風雅序》，《九靈山房集》卷二十九，《四部叢刊》影印明正統刻本。

③ 如虞集評楊載之詩如"百戰健兒"，范梈之詩如"唐臨晋帖"，揭傒斯之詩如"美女簪花"，而己作如"漢庭老吏"。參見揭傒斯《范先生詩序》，李夢生標校《揭傒斯全集》，上海古籍出版社，2012 年，第 313 頁。

顧嗣立所云:"延祐、天曆之間,風氣日開,赫然鳴其治平之盛者,有虞、楊、范、揭,一以唐爲宗,而趨於雅,推一代之極盛。"①元代中期政局逐漸穩定,至大四年(1311)元武宗病逝後,仁宗即位,整頓弊政,崇儒學,行科舉。天曆二年(1329)元文宗設立奎章閣學士院,秩正三品,置大學士、侍讀學士、授經郎等人員,并于當年九月開修《經世大典》,當時諸多名儒均延入閣,即包括所謂的"四大家"。四人仕宦經歷與明初臺閣文人相類,如虞集(1274—1348)成宗時至大都,爲大都路儒學教授、國子助教。仁宗時爲集賢修撰,升翰林直學士兼國子祭酒。文宗時任奎章閣侍書學士,受命纂修《經世大典》。揭傒斯(1274—1344)在延祐初經程鉅夫等人舉薦,由布衣授翰林國史院編修,歷任應奉翰林文字同知制誥等職,開奎章閣後首擢爲授經郎,又擢爲奎章閣供奉學士,改翰林直學士,亦受命纂修《經世大典》。楊載(1271—1323)以布衣召爲翰林國史院編修官,與修《武宗實錄》。延祐初應科舉,進士及第,授饒州路同知浮梁州事,遷寧國路總管府推官。范梈(1271—1330)亦由布衣薦爲翰林院編修,秩滿出任海南海北道、江西湖東憲司、福建閩海道廉訪司經歷等職務。四人均由布衣詔入翰林或進士及第,永樂初臺閣文人亦多徵召入翰林,如王恭以儒士薦至京與修《大典》,擢翰林典籍;高棅以布衣詔入翰林,爲翰林待詔,王紱以善書徵入文淵閣,除中書舍人;楊士奇亦是建文初薦入翰林纂修《太祖實錄》,朱棣即位後擢翰林編修,不久即入閣預機務。故臺閣文人對"元四家"有更多身份認同感。更重要的是,元四家之詩作爲元代盛世的代表作,亦多鳴盛頌世,即顧嗣立所云"鳴其治平之盛",試各舉一例:

---

① 顧嗣立《寒廳詩話》,丁福保輯《清詩話》本,上海古籍出版社,1978 年,第83—84 頁。

秘閣沉沉便殿西，頻年立此聽春鸙。風搖翠岸新生柳，雨浥銅池舊產芝。玉几由來常咫尺，衡門此日遂栖遲。申生欲去柴車在，杜甫長冷雪鬖垂。墨沼游魚翻宿藻，畫檐飛燕骨晴絲。山中竹簟涼如水，應夢鈞天九奏時。①

披垣迢遞到城回，魏闕嵯峨此日開。赤帝會庭宵仗引，朱輪爭道曉鐘催。三泉忽報藏金甲，萬歲徒聞進玉杯。樂奏象簫從此畢，小臣思見鳳凰來。②

龍駕迴層霄，陰衝伏照光。聖人一萬歲，有道過虞唐。我與二三子，群珮爭翱翔。玉京陳義問，金匱發冥藏。春容麗藻繪，晨色泫孤芳。停思候物媚，沉思鬱難當。願及西北風，馳之通建章。③

聖主揮毫臨秘閣，親臣執法坐崇臺。祥雲五色從天下，彩鳳雙飛映日來。正欲清如林上雪，已聞聲奮地中雷。君臣千載明良會，咫尺微垣接上臺。④

詩中或描寫翰林院之生活，或贊頌朝廷之儀盛，或寫個人寵遇之感受，已無需再詳析，將其置于"三楊"所作臺閣體詩中，亦難分伯仲。已有學者指出："元代雜劇、散曲史的代表作家與元代詩文史的代表作家顯然是不屬於一個系統的。元代詩文的代表作家基本上是在政治上認同蒙元王朝的，他們多是朝廷的文學侍從之臣，有些還是朝中重臣，執掌當世文柄。他們

---

① 虞集《次韻杜德常博士萬歲山》，《道園學古錄》卷三，《四部叢刊》影印明景泰翻元小字本。
② 楊載《元日早朝次韻辛良史》，《楊仲弘集》卷七，《四部叢刊》影印明嘉靖本。
③ 范梈《感興》，《范德機詩集》卷二，《四部叢刊》影印元鈔本。
④ 揭傒斯《題御書雪林二字賜趙中丞應制》，李夢生標校《揭傒斯全集》，上海古籍出版社，2012 年，第 213 頁。

往往是官方意識形態的代言人。"①這或許也是臺閣文人在以非理學家代表的宋詩與元四家代表的元詩優劣之爭中，推元貶宋的原因之一。

三、成化後論争的轉變

臺閣體自正統後已開始衰落，至成化間逐漸退出主流文壇，宋元詩之爭也由此發生了某些轉變。這些轉變從時間上來說，或許已超出本書"永樂至成化間"所限定之範圍，但由此可以更加清楚認識永、成間宋元詩之爭的實質，故簡略論之。首先是宋詩過元說逐漸抬頭。成化十四年（1478）萬冀序《和唐詩正音》云："宋詩專於理性，而氣味渾然。元則巧麗悽惋，衰世之音也。"②將專于理性情作爲宋詩之優點，而批評元詩辭藻華麗與感情哀傷。都穆在《南濠詩話》中則更明確表示宋詩優于元詩：

> 昔人謂詩盛于唐，壞于宋，近亦有謂元詩過宋詩者，陋哉見也。劉後村云："宋詩豈惟不愧于唐，蓋過之矣。"予觀歐、梅、蘇、黃、二陳至石湖、放翁諸公，其詩視唐未可便謂之過，然真無愧色者也。元詩稱大家，必曰虞、楊、范、揭。以四子而視宋，特太山之卷石耳。③

都穆批評時人"元詩過宋詩"之説，指出歐陽修、梅堯臣等宋詩大家與唐詩相比毫無愧色，而元詩代表"四大家"之詩却遠不能與

---

① 張晶《元代正統文學思想與理學的因緣》，《文學遺産》1999 年第 6 期。

② 萬冀《和唐詩正音後序》，楊榮《和唐詩正音》卷末，明成化十四年吳汝哲刻本。

③ 都穆《南濠詩話》，丁福保輯《歷代詩話續編》本，中華書局，2006 年，第 1344 頁。

宋詩相比。

其次是宋元詩宗尚之轉變。臺閣文人雖云古體宗漢魏、近體學盛唐,但從其隻字片語中,仍可知有學元詩者存在。如周瑛(1430—1518)云:"古者之詩,大要以養性情爲本。自後世觀之,唐詩尚聲律,宋詩尚理趣,元詩則務爲綺麗以悦人。然而今之學詩者,喜自元入手,豈綺麗之語易於移人,而澹白之辭難以造意耶?"①認爲宋詩尚不失理趣,而元詩則無優點,徒追求"綺麗"以爲工,亦是與都穆同持宋詩過元説。周瑛此論主要反對"當今之學詩者"學元詩之綺麗,可知時人有學元詩者存在。李東陽《懷麓堂詩話》稱:"宋詩深,却去唐遠;元詩淺,去唐却近。顧元不可爲法,所謂取法乎中,僅得其下耳。"②雖認同元詩優於宋詩,但更值得注意的是最後強調"元不可爲法",雖然元詩較宋詩更近于唐,但不能學習元詩,因取法乎中,僅得其下。結合前者周瑛之説,亦知當時學元之風氣存在,即從元詩入手學習唐詩。但無論是周瑛還是李東陽,均是對學元進行批評——雖然二人在宋元詩優劣之爭上持不同觀點。

學元詩之風氣遭到批評否定的同時,學宋詩之風氣已在臺閣與山林之間展開,有研究者指出"在成化、弘治年間,翰林院館閣文學創作出現了宗宋的現象,在翻寫宋人詩文、學習宋人詩歌創作的多種體裁等各方面,都表現出強烈的追摩宋代館閣作家的意識"③。不僅是館閣作家,吳中以沈周爲代表的隱逸詩人在

---

① 周瑛《跋陳可軒詩集》,《翠渠摘稿》卷四,《景印文淵閣四庫全書》1254 册,臺灣商務印書館,1986 年,第 791 頁。

② 李東陽著,李慶立校釋《懷麓堂詩話校釋》,人民文學出版社,2009 年,第 33 頁。

③ 鄭禮炬《明代成化、弘治年間翰林院作家追隨宋代詩歌略論》,《廣西社會科學》2008 年第 4 期。

成化中期掀起了一股用宋詩韵作詩的風氣,沈周曾詳細閲讀江西詩派殿軍方回所編選的《瀛奎律髓》,并摘抄成詩話《吟窗小會》一書①,而其晚年"師眉山爲長句,已又爲放翁近律"并"卒老於宋"之詩學觀與創作實踐影響吳中後學甚多,已迥異于前期臺閣文人學唐之主流。吳寬、王鏊出仕至翰林後,開始將吳中詩風與臺閣詩風融合②。成化後學宋詩之風氣流行,以至於不得不進行反撥,吳寬《題陳起東詩稿後》云:"近時學詩者以唐人格卑氣弱,不屑模做,輒以蘇、黄自負者比比。卒之不能成,徒爲陽秋家一笑之資而已。"③可見學詩者甚至已公開鄙視唐詩,而轉學蘇軾、黄庭堅之詩。

第二節　蘇、黄與江西詩派接受

明人多將蘇軾、黄庭堅之詩視作宋詩的代表,如黄容云:"至宋蘇文忠公與先文節公(黄庭堅),獨宗少陵、謫仙二家之妙,雖不拘拘其似,而其意遠義該,是有蘇、黄並李、杜之稱。"④鄭鋼序李昌祺《運甓漫稿》稱:"自晋魏來,五七言盛行,然李、杜、蘇、黄之外,大家數有……"⑤均是將蘇、黄與唐之李、杜並稱。而以黄庭堅爲中心形成的江西詩派,規模宏大,在北宋後期及後世詩壇

---

①　參見拙作《沈周的晚年閲讀與詩論——以詩話〈吟窗小會〉爲例》,《蘇州大學學報》2011 年第 3 期;《沈周詩學思想初探》,《中國學研究》第 14 輯,濟南出版社,2011 年,第 59—63 頁。此處不再展開詳述。

②　參見鄭婷《宋詩與明代詩壇》第三章《卑宋時代下的宋詩之"舊"——以成、弘間蘇州詩壇的考察爲中心》,復旦大學博士學位論文,2012 年,第 95—128 頁。

③　吳寬《題陳起東詩稿後》,《匏翁家藏集》卷五十,《四部叢刊》影印明正德本。

④　黄容《江雨軒詩序》,載葉盛《水東日記》卷二十六,中華書局,2007 年,第 256 頁。

⑤　鄭鋼《運甓漫稿後序》,李昌祺《運甓漫稿》卷末,明正統間張瑄校刻本。

產生了深遠影響,故本書以蘇軾、黃庭堅及江西詩派爲中心,考察明前期臺閣文人之宋詩接受情況。

一、對蘇、黃詩歌的漠視與否定

元末明初詩壇對蘇、黃之詩間有贊譽之聲,如程以文序鄭潛文集曰:"宋之蘇、黃,猶唐之李、杜也。山谷祖少陵,東坡近太白,其格高,其律熟,其他作者紛然,不可勝數,豈盡出古人下哉?"①贊揚其"格高律熟",評價甚高。貝瓊則云:"宋詩推蘇、黃,去李、杜爲近,逮宋季而無詩矣。"②雖然宋末詩壇衰微,但蘇、黃之詩近于李、杜,不可否定。其《雙井堂記》又論及蘇、黃優劣曰:"初,山谷以詩鳴熙寧、元豐間,與蘇文忠公馳騁上下。文忠公極其天才所至,可喜可愕,至混涵停蓄如唐杜甫者,或未之及焉;惟公盡古今之變,深而不僻,奇而有法,在諸家爲第一。"③認爲黃庭堅之詩優于蘇軾,推爲宋詩第一家。王褘跋黃庭堅《贈元師詩》曰:"公此詩辭沖氣夷,尊君愛國之意,溢於言表,故前輩謂公黔州以後句法尤高。"④但其主要意圖是在強調黃庭堅"尊君愛國之意"。宋濂則稱:"元祐之間,蘇、黃挺出,雖曰共師李、杜,競以己意相高,而諸作又廢矣。自此以後,詩人迭起,或波瀾富而句律疏,或煅煉精而情性遠,大抵不出於二家。觀于蘇門四學士

---

① 程以文《樗庵類稿原序》,鄭潛《樗庵類稿》卷首,《景印文淵閣四庫全書》1232 册,臺灣商務印書館,1986 年,第 94 頁。
② 貝瓊《乾坤清氣序》,《清江貝先生文集》卷一,《四部叢刊》影印清趙氏亦有生齋本。
③ 貝瓊《雙井堂記》,《清江貝先生文集》卷二,《四部叢刊》影印清趙氏亦有生齋本。
④ 王褘《跋黃山谷贈元師詩》,《王忠文集》卷十七,《景印文淵閣四庫全書》1226 册,臺灣商務印書館,1986 年,第 350 頁。

及江西宗派諸詩，蓋可見矣。"①"波瀾富而句律疎"、"煅煉精而性情遠"二句源自劉克莊批評元祐後詩人之語②，宋濂引用此語，認爲宋詩風氣之壞由學蘇、黃始，蘇門四學士與江西詩派之詩，刻意于波瀾則疎于律法，用力于鍛煉則失之性情，對蘇、黃亦略有批評之意。宋濂在洪武間歷任翰林學士、編修、侍講學士、翰林學士承旨，其説或更多代表了洪武間臺閣文人之觀點。

與明前期對蘇、黃之詩或抑或揚不同，永樂後臺閣文人在尊唐貶宋風氣下，對蘇、黃之詩甚少提及，最具代表性的是景泰六年(1455)韓雍序《皇明西江詩選》：

> 或者曰："西江詩派有自來矣，昔吕居仁作《圖》，推黃山谷爲祖，列陳後山以下二十五人爲法嗣，今之所選，抑皆嗣其派否乎?"余曰："不然。先儒論山谷之詩，思多輕浮，後山之詩，疏於叙事，而所列其間，亦有選擇不精之辯。今斯集所載，固皆老師宿儒之作，兼盛唐諸家體製，而肩摩踵接於今者，視昔尤盛。蓋宗《三百篇》之派，而頡頏李、杜居多，豈拘拘山谷、後山而已耶?"③

《皇明西江詩選》是明初韓陽、李奎等所編江西文人之詩歌總集，收録明初至正統間共八十九人詩歌千餘首，多爲臺閣文人之作。作爲明代第一部江西地域詩集，自然讓人聯想到宋代盛行的江

---

① 宋濂《答章秀才論詩書》，黃宗羲《明文海》卷一百六十，中華書局，1987年，第1601頁。

② 劉克莊云："元祐後詩人迭起，一種則波瀾富而句律疏，一種則鍛煉精而情性遠，要之不出蘇、黃二體而已。"見《後村集》卷一百七十四。

③ 韓雍《皇明西江詩選序》，《皇明西江詩選》卷首，《豫章叢書》集部八，江西教育出版社，2007年，第399頁。

西詩派，且館閣文人多出自江西，如楊士奇云："四方出仕者之衆，莫盛江西，江西爲縣六十有九，莫盛吉水。"①錢謙益亦有"翰林多吉水，朝士半江西"之語②。韓雍特意爲"今之所選，抑皆嗣其派否"進行辯解，貶低黃庭堅、陳後山之詩"思多輕浮"、"疎於叙事"，并稱將黃、陳二人之詩放入《皇明西江詩選》亦不合格。雖是在誇耀當代江西詩人之盛，亦可見韓雍對江西詩派之批評態度。臺閣文人並非全部否定蘇、黃，對其書畫題跋評賞時多有贊譽，但這種贊譽往往與其經歷聯繫起來，或贊其人品之高，或頌其氣節之盛。如楊士奇跋《赤壁圖》云："蘇文忠公以誠意直道事君，而爲李定、舒亶之徒所毀，謫黃州。賢人君子之心，止大明白，何往不自得，矧公文章，譬諸景星慶雲，隨所著見，輝焕萬物。向使公不罹擯斥，區區齊安，山川風物，有此光氣流於宇宙間耶？"③蘇軾誠意事君，却被誣陷而遭貶謫，其忠君之心"正大明白"，故文章亦可輝煌傳世。王直《題赤壁圖後》亦曰："東坡先生謫黃州，以李定輩之譖也。《赤壁》二賦，其用意邃矣。當曹操欲東下時，視吳已若無有，而卒僨於赤壁。今江山猶在，而操已影滅迹絶，然則英雄如操者，果何足道，况李定輩邪？先生雖爲所困，然胸次悠然，無適而非樂，其清忠直節，自足以照映千古，不特文章之美也。"④先是批評李定等人詆譭蘇軾，并論述《赤壁賦》中寓批判曹操之意，以突出蘇軾之"清忠直節"，顯然與蘇詩

① 楊士奇《送徐崇威僉憲致仕還鄉序》，《東里續集》卷十，《景印文淵閣四庫全書》1238 册，臺灣商務印書館，1986 年，第 493 頁。

② 錢謙益《列朝詩集小傳》"周講學叙"條，上海古籍出版社，2008 年，第 172 頁。

③ 楊士奇《跋赤壁圖》，劉伯涵、朱海點校《東里文集》卷十一，中華書局，1998 年，第 154 頁。

④ 王直《題赤壁圖後》，《抑庵文集》卷十二，《景印文淵閣四庫全書》1241 册，臺灣商務印書館，1986 年，第 278 頁。

無關①。至於前舉鄭剛、丘濬等人將蘇、黄並稱作爲宋詩之代表，實出於"代有名家"之考慮因素，非專門評價蘇、黄之詩。而黄容所論前已多次引用説明，黄氏是站在對唐詩攻訐之立場，刻意貶低唐詩抬高宋詩。故可知明初對蘇、黄的褒貶意見不一，至永樂後在臺閣詩學思想中對蘇、黄之詩并無興趣，故評論甚少。

二、《蘇詩摘律》與天順後接受轉變

隨着臺閣體在正統後漸趨衰落，文壇對蘇、黄詩歌之接受亦漸有改變。如天順五年（1461）劉弘選取蘇軾七言律詩三百餘首，編纂成《蘇詩摘律》六卷刊刻②，自序之曰：

> 東坡蘇先生詩若干卷，乃龜齡王先生纂集，一以所咏之題分類，故五七言絶句、律詩與古選、長短歌詞雜收而並載焉。奈何後學者於其長篇不能成誦處輒生睡思，併其絶律束諸高閣，所以先生之詩湮没聲采，而未能振耀于世。予一日温習舊業，得龜齡先生纂集誦之，頗窺蘇律毫髮意趣。公退之暇，摘取若干首，類抄諸儒句解于其下，間亦僭竊妄補一二，皆閣以自别。集成，名曰《蘇詩摘律》，將貽諸家塾，以便自觀。……嗟夫！詩所以吟咏性情，貴乎自然流轉，不必摘剔新奇、搜羅怪異，與夫一字一句之來歷。然或自然有來歷，奇異復不失其性情之正，乃所以爲

---

① 楊士奇、王直等人題跋都對蘇軾《赤壁賦》等文評價甚高，然臺閣文人之宋文觀與宋詩觀存在錯位，馮小禄已指出："他們對宋儒宋文極盡褒揚，納入文統的重要位置；而對宋詩則或漠視，或否定，態度全然不同。"（參見氏著《論臺閣作家宋文觀和宋詩觀的錯位》，《中南大學學報》2005 年第 6 期）蘇詩與蘇文亦存在這種"錯位"。
② 《蘇詩摘律》現存明天順刻本及朝鮮翻刻本，《四庫全書存目叢書》影印國家圖書館所藏明刻本較爲普及，但該書部分殘缺。本書所據爲上海圖書館藏明天順五年劉弘、王璽刻本。

美，不可得而及，先生之詩，詎不謂如此乎？但其援據閎博，指趣深遠，將謂摘剔新奇、搜羅怪異也，殆不知先生吟咏之際，自然與性情俱出，隨筆融化耳。先儒謂如武庫乍開，干戈森然，豈虛美哉！學者苟於此，口誦而玩味焉，則先生全集之堂奧當自得之。①

劉弘(1418—1477)字超遠，號鶴叟，常州府無錫縣人，正統九年(1444)舉人，歷長垣知縣、順天推官、東平知州。是書爲劉弘在長垣知縣任上編刻而成，輯録類注本中趙次公、程縯、李厚等多家之注釋，再加以自己評語。從其自序中亦可看出，當時蘇軾之詩甚遭冷遇，多被"束諸高閣"，故劉弘發出"先生之詩湮没聲采而未能振耀于世"之感嘆。時人對蘇詩之批評，主要集中于"摘剔新奇、搜羅怪異"與"無一字一句無來歷"，劉序中認爲蘇詩雖然"有來歷"，但亦是性情自然流轉，"奇異復不失其性情之正"更爲難得，可見其對蘇詩態度已與主流臺閣詩學相左。

　　劉弘對蘇軾個人身世遭遇甚爲同情，因此在評點中注重對蘇詩"傷時悼世"之情的分析，如評《至濟南李公擇以詩相迎次其韵二首》云"意甚淒涼悲感，不得志之言也"，評《和子由木山引水二首》曰"先生傷己悼世之情，不自揜焉"，評《三月三日點燈會客》"其悼世之意，可得於言表"，評《和孫華老次韵》"詩謂以讒外補之，因情甚落落"，評《次韵柳子玉》之《地爐》云"淒涼感悼之意，托此而發"。對蘇詩風格亦有闡發，如評《送子由使契丹》"詩意灑落豪放"，評《次韵李端叔送保倅翟安常赴闕兼寄子由》"詩意渾雅"，評《病中遊祖塔院》"詩意切實自然"，皆切中肯綮。劉

---

① 劉弘《蘇詩摘律序》，《蘇詩摘律》卷首。明天順五年劉弘、王壓刻本。

弘亦將蘇詩之情感與風格聯繫起來論述，如評《次韵李邦直感舊》“詩意隱然自傷，而豪氣亦不除”，評《桄榔杖寄張文潛時初聞黃魯直遷黔南范淳父九疑也》“詩意悠然，而放逐之情不直露”，評《送杜介歸揚州》“詩意感嘆婉轉，而送介之情不失”，已涉及對蘇詩藝術特色的分析。《蘇詩摘律》中亦有對全詩之串講，如評《次韵李修孺留別二首》之一云：“‘十年流落’與魚鳥自知，先生言謫徙不一，而傷悼之也。首聯則謂今朝廷清明，皆取舊人匡政，所以得預，蓋喜慰耳。‘折縞’者，知李之賢欲裂其縞而留之，奈相位未能若緇衣好賢，爲其惜也。”[①] 再如評《壽星院寒碧軒》云：

> 此詩首言清風響動窗扉，以起第二句窗外有大竹之故。第三、四句承第二句，形容竹。第五句、六句以竹閣所見聞而言。末二句乃歸著院主說，甚是清快，誦之令人頓去俗慮。[②]

對詩歌起承轉合之結構乃至意旨風格，皆有恰當分析，且並非從“性情之正”的角度闡釋，可見蘇詩接受之變化。

至成化、弘治間，蘇、黃之詩接受已不再局限於優劣之評論，開始出現學蘇、黃詩之風氣，如陳一夔（1437—1497）“爲詩祖杜

① 蘇軾《次韵李修孺留別二首》之一全引如下：“十年流落敢言歸，魚鳥江湖只自知。豈意青天掃雲霧，盡呼黃髮寄安危。風流吾子真前輩，人物他年記一時。我欲折縞留此老，緇衣誰作好賢詩。”黃任軻、朱懷春校點《蘇軾詩集合注》，上海古籍出版社，2011年，第1381頁。
② 蘇軾《壽星院寒碧軒》全引如下：“清風肅肅搖窗扉，窗前修竹一尺圍。紛紛蒼雪落夏簟，冉冉綠霧沾人衣。日高山蟬抱葉響，人靜翠羽穿林飛。道人絕粒對寒碧，爲問鶴骨何緣肥。”黃任軻、朱懷春校點《蘇軾詩集合注》，上海古籍出版社，2011年，第1595頁。

子美，而宗黄山谷"①，杜枏（1489—1538）《刻孟有涯集序》稱：
"自弘治以來，二三君子思詣精微，力變蘇、黄，追初唐而上
之。"②"二三君子"自然是指李夢陽、何景明等復古派，杜枏稱他們
"力變蘇黄"，由此可見成化、弘治間學蘇、黄詩之盛，以至於前七
子要"力變"此風。這在蘇、黄詩集刊刻上亦有所體現，《蘇詩摘
律》刊刻六年以後，東坡詩集又一次大規模刊刻，成化四年（1468）
吉州知州程宗刊刻《東坡七集》，包括《東坡集》四十卷、《東坡後
集》二十卷、《奏議集》十五卷、《内制集》十卷、《外制集》三卷、《應
詔集》十卷、《東坡續集》十二卷。其中《東坡續集》系首次編訂，輯
録了大量蘇軾佚詩，據相關統計，《東坡續集》前三卷收詩 646 首，
所收之詩不見于《東坡集》與《東坡後集》，其補遺之功至爲顯然③。
弘治間陳沛刊刻《山谷詩注》，亦是蘇、黄之接受改觀之表現。

三、江西詩派理論接受與創作

李東陽《懷麓堂詩話》云："唐人不言詩法，詩法多出宋；而宋
人於詩無所得。所謂法者，不過一字一句對偶雕琢之工，而天真
興致，則未可與道。其高者失之捕風捉影，而卑者坐于粘皮帶
骨，至于江西詩派極矣。"④李東陽所云宋人"詩法"，即指"一字
一句對偶雕琢之工"的江西詩派理論而言。其高者虛幻無實，低
者拖沓拘謹，李氏此論更多是指向江西詩派創作中的缺陷。江
西詩派之詩學理論與黄庭堅"點鐵成金"、"奪胎換骨"之説有密

---

① 錢福《中順大夫黄州府知府陳公墓誌銘》，《錢太史鶴灘稿》卷五，明萬曆三
十六年沈思梅居刻本。
② 杜枏《刻孟有涯集序》，孟洋《孟有涯集》卷首，《四庫全書存目叢書》影印明
嘉靖十七年王廷相等刻本，齊魯書社，1997 年，集部 58 册，第 121 頁。
③ 參見王友勝《蘇詩研究史稿（修訂版）》，中華書局，2010 年，第 118 頁。
④ 李東陽著，李慶立校釋《懷麓堂詩話校釋》，人民文學出版社，2009 年，第
27 頁。

切關係,黃庭堅在《答洪駒父書》中云:"自作語最難,老杜作詩、退之作文,無一字無來處,蓋後人讀書少,故謂韓、杜自作此語耳。古之能爲文章者,真能陶冶萬物,雖取古人之陳言,入於翰墨,如靈丹一粒,點鐵成金也。"①《冷齋夜話》又載黃庭堅之説:"詩意無窮而人之才有限,以有限之才追無窮之意,雖淵明、少陵不得工也。然不易其意而造其語,謂之換骨法;窺入其意而形容之,謂之奪胎法。"②點鐵成金,是取古人之陳言而點化之,"奪胎"與"換骨"則意義一致,均是取古人詩意處理後形成自己新的詩意境界。臺閣文人雖鄙薄宋詩,但亦引黃氏之説論詩歌創作,如李時勉致曾棨書云:

　　　蒙示高作《巢睫集》讀之,長篇多春容演迤,短篇亦皆精嚴雅麗,信乎四方播誦,如南金美玉,足以垂世傳遠也,無疑矣!日昨會語間,言不及唐人有活法,自以爲歉。愚聞專祖蹈襲者,謂之死法;脫胎換骨者,謂活法。昔呂居仁序江西詩派言:靈君(筆者按:應爲"靈均")有自得之妙,忽然有入,然後惟意所得,萬變而不窮,是即真活法也。閣下之作,已皆曲盡其妙,蓋自活法中來,奚必屑於唐人之軌轍,而後謂之造詣也耶?但在優游厭飫,以培其本爾。如愚輩奚足以攀乎逸駕者耶?③

曾棨(1372—1432)字子棨,永樂二年(1404)狀元,授翰林修撰,

　　①　黃庭堅《答洪駒父書三首》,《豫章黃先生文集》卷十九,《四部叢刊》影印宋乾道刊本。
　　②　惠洪著,陳新點校《冷齋夜話》卷一,中華書局,1988年,第15頁。
　　③　李時勉《與同年曾學士書二》,《古廉文集》卷八,《景印文淵閣四庫全書》1242册,臺灣商務印書館,1986年,第806頁。

歷官至少詹事。李時勉(1374—1450)名懋,以字行,永樂二年進士,選庶吉士,改翰林院侍讀。二人同年進士,相交甚深。曾棨以其詩集《巢睫集》示李時勉,李致信中多贊譽之詞,并云曾棨之詩自"脱胎换骨"之活法中來,不必再追隨唐人之軌轍。李時勉引吕本中序江西詩派之語,當是認同江西詩派理論。吕本中爲《江西詩社宗派圖》所作序已亡佚,僅在胡仔《苕溪漁隱叢話》、趙彥衛《雲麓漫鈔》、王應麟《小學紺珠》、劉克莊《江西詩派小序》等著作中保留片斷記載,但文本有較大差異,李時勉所引吕本中之語未見于《苕溪漁隱叢話》等書,而見於南宋俞成《螢雪叢説》:

> 文章一技,要自有活法。若膠古人之陳迹,而不能點化其句語,此乃謂之死法。死法專祖蹈襲,則不能生於吾言之外;活法奪胎換骨,則不能斃於吾言之內。斃吾言者,故爲死法;生吾言者,故爲活法。……吕居仁嘗序江西宗派詩,若言:"靈均自得之,忽然有入,然後惟意所在,萬變不窮,是名活法。"楊萬里又從而序之,若曰:"學者屬文,當悟活法。所謂活法者,要當優游厭飫。"是皆有得於活法也如此。①

對比之下明顯可見李時勉是將《螢雪叢説》所載略加改編而已。吕本中曾作《江西宗派圖》,"江西詩派"即由此而得名,其"活法"説是對黄庭堅等人詩法的總結。要言之,即廣泛學習前人而又不落窠臼,既對前人經典有所遵循,亦能自成面目,講究"鍛煉而又歸於自然"②。

---

①　俞成《文章活法》,《螢雪叢説》卷二,《叢書集成初編》本,中華書局,1985年,第7—9頁。

②　劉熙載撰,袁津琥校注《藝概注稿》,中華書局,2009年,第329頁。

臺閣文人中有接受江西詩派詩學理論者,亦有詩風相近者,四庫館臣評胡儼詩曰:"其詩頗近江西一派,詞旨高邁,寄託深遠,與'三楊'之和平安雅者氣象稍殊。"①胡儼(1361—1443)字若思,號頤庵,江西南昌人。洪武間舉人,任華亭教諭。太宗即位,以翰林檢討直文淵閣,遷侍講。永樂二年(1404)拜國子監祭酒,任《太祖實錄》《永樂大典》總裁官,洪熙時進太子賓客,仍兼祭酒。胡儼是最早入閣七人之一,其詩亦多臺閣體之作。但其"詞旨高邁,寄託深遠",更與江西詩派風格相類,試舉兩首:

　　　　展席臨方池,垂楊散綠陰。清風颯然至,驕陽赫流金。竹光搖翠羽,荷氣薰葛襟。黃鳥何處來,交交弄好音。雖非采真遊,已無塵俗侵。平生厭喧囂,始得諧素心。②
　　　　夜度清口驛,寥寥犬吠幽。人家散墟落,舟楫倚汀洲。薄霧浮空起,長河帶月流。悲歌何處發,不覺動離愁。③

　　第一首古風寫夏日池邊納涼,垂楊下展席而坐,風光恬靜美好:綠葉在竹林光影中搖動,荷花香氣襲人,黃鳥樹間鳴唱,在此雖非學道求仙,但已擺脫俗務煩擾。第二首五律寫夜宿清口驛,半夜薄霧將起,月光映照在河水上,此時偶有犬吠之聲,更顯寂寥。兩首詩雖均以寫景取勝,但興寄深遠,含義幽微。第一首表達自己厭惡俗世紛擾之素願,第二首主旨則是人在旅途的思鄉與離愁。黃庭堅強調詩歌抒發"人之情性",其情性主要指個人情懷

　　① 紀昀等《欽定四庫全書總目》,中華書局,1997 年,第 2290 頁。
　　② 胡儼《池上納涼》,《頤庵文選》卷下,《景印文淵閣四庫全書》1237 冊,臺灣商務印書館,1986 年,第 625 頁。
　　③ 胡儼《清口驛》,《頤庵文選》卷下,《景印文淵閣四庫全書》1237 冊,臺灣商務印書館,1986 年,第 630 頁。

的閑適,追求"興寄高遠"之美學原則,這不僅是簡單地强調比興與寄託咏物,而是更多表現作者思想感情的幽微深遠和超曠高遠,不是粗率直接表露,而是多具曲喻、諧婉等效果①。

　　胡儼僅詩風與江西詩派相類,相比之下,林俊則是主動學習江西詩派。林俊(1452—1527)字待用,號見素,晚號雲莊,福建莆田人。成化十四年(1478)進士,除刑部主事,進員外郎,後官至刑部尚書,加太子太保致仕。四庫館臣評其詩文曰:"俊爲文體裁不一,大都奇崛博奧,不沿襲臺閣之派。其詩多學山谷、後山兩家,頗多隱澀之詞,而氣味頗能遠俗。"②林俊詩學江西詩派,雖多隱晦之詞,却也能異于俗流。試舉兩首:

　　　悠悠洞前雲,磊磊山上石。石幽雲亦閑,相與備行宅。無心隨舒卷,來去本何迹。所憂荒棘叢,數往不可索。昨我二三友,腰鎌事芟擇。仰觀景象新,俯入局面窄。稜層幻光怪,巨靈手親擘。其外萬松林,允矣人世隔。晦藏不厭深,雲我叨半席。嗟哉蓋壞間,群有均過客。③

　　　銀燭散青烟,椒花落綺筵。草堂應舊雨,客舍是新年。未帖宜春勝,猶傳守歲篇。西齋話涼月,剛後兩回圓。④

第一首極爲晦澀,頗有阮、嵇之風,或是寫歸隱與出仕之事。可與黃庭堅《徐孺子祠堂》一詩對照:"喬木幽人三畝宅,生芻一束

　　① 參見錢志熙《黃庭堅詩學體系研究》,北京大學出版社,2003 年,第 107—108 頁。
　　② 紀昀等《欽定四庫全書總目》,中華書局,1997 年,第 2305 頁。
　　③ 林俊《雲寄》,《見素續集》卷一,《景印文淵閣四庫全書》1257 册,臺灣商務印書館,1986 年,第 457—458 頁。
　　④ 林俊《元日書事》,同上書卷二,第 466 頁。

向誰論？藤蘿得意干雲日，簫鼓何心進酒樽。白屋可能無孺子，黃堂不是欠陳蕃。古人冷淡今人笑，湖水年年到舊痕。"①黃詩亦是寫徐孺子不仕之高風，但同樣晦澀，尤其尾聯上句"古人冷淡今人笑"，似可解似不可解。楊一清曾評林俊之詩曰："晚乃出入黃山谷、陳無己間。初視之若有隱澀語，久而咀嚼悠然，有餘味焉。"②林詩雖然難懂，但反覆咀嚼，猶橄欖般留有餘味，確似宋詩。陳田評其詩曰："尚書（林俊）詩晦澀者不必言，時遇疏豁者，如絕壑疏林，別有風景。"③第二首即其"疏豁"之代表，雖多用典但流暢清麗，不似前者艱澀。若說胡儼是臺閣體興盛期有意無意受地域之影響而有近似風格，林俊則是在成、弘間臺閣體衰落後主觀學宋詩并深得江西詩派三昧者，以此可略窺臺閣文人創作中江西詩派之接受情況。

第三節　楊維楨接受與樂府創作

楊維楨（1296—1370），一作楊維禎④，字廉夫，號鐵崖、鐵笛

---

① 黃庭堅《徐孺子祠堂》，黃寶華點校《山谷詩集注》，上海古籍出版社，2012年，第521頁。

② 見錢謙益《列朝詩集小傳》"林宮保俊"條，上海古籍出版社，2008年，第257頁。

③ 陳田《明詩紀事》丙籤卷七，清陳氏聽詩齋刻本。

④ "楨"或"禎"，學界多有爭論，如孫小力先生據楊氏別集之明初刻本、成化刻本等考證爲"禎"字（《楊維禎年譜》，復旦大學出版社，1997年），又據其存墨蹟署名，提出應當以鐵崖本人最爲經常使用的"楊維禎"作爲其標準姓名，其餘"維楨"、"禎"、"楨"等，則應視爲其別名或曾用名（《楊維禎名字及生年考辨——從其傳世最晚墨蹟論起》，《晋陽學刊》2014年第4期）；喬光輝認爲楊氏前半期用"禎"，後半期用"楨"（《楊維楨之"楨"字考》，《文教資料》1999年第1期）；李倩指出本作"楨"，楊氏自己有意混用（《楊廉夫名"楨""禎"二字考》，《西南科技大學學報》2007年第2期）；楚默據楊氏兄弟之名均系"木"字旁認爲作"楨"（《楊維楨研究》，上海三聯書店，2010年）。本書爲方便起見，統一作"楊維楨"。

道人、梅花道人、抱遺老人、東維子等，元紹興路諸暨州人。泰定四年(1327)以《春秋》擢進士第，授天台縣尹，以忤豪民免職。後任錢清鹽場司令等職，均官位甚卑。因兵亂先後避居富春山、錢塘，張士誠累招之不赴，後徙居松江之上，領袖東南文壇四十餘年，宋濂爲之作墓誌銘稱："吳越諸生多歸之，殆猶山之宗岱，河之走海，如是者四十餘年乃終。"[①]楊維楨詩歌以樂府成就最高，世稱"鐵崖樂府"，其現存一千四百餘首詩中，古樂府多達一千二百餘首。楊維楨領導了聲勢浩大的古樂府運動，自稱"吾鐵門稱能詩者，南北凡百餘人"[②]，形成了著名的"鐵崖詩派"。洪武二年(1369)詔修禮樂書，留京四月便白衣乞歸。次年卒，有《復古詩集》、《東維子文集》、《鐵崖先生古樂府》等書行世。楊維楨是元詩史上最有爭論的人物，歷來褒貶不一。其"出必從以歌童舞女，爲禮法士所疾"[③]，更以歌妓舞鞋傳遞酒杯，尤爲士林所詬病。除其種種驚世駭俗之舉外，楊維楨惹人非議之處更在於其不同于時的詩學理論與詩歌創作，恣意于香艷的"香奩體"與"竹枝詞"之改造，在傳統文人中引起很大震動。本書通過考察臺閣文人對楊維楨的評論變化，并結合其樂府創作，窺探明前期楊維楨詩歌的接受情況。

一、楊維楨接受的演變

　　明初詩壇多承楊維楨之餘緒，受其影響頗深，但與元代譽其

①　宋濂《元故奉訓大夫江西等處儒學提舉楊君墓誌銘有序》，《宋學士文集》卷十六，《四部叢刊》影印明正德本。
②　楊維楨《可傳集原序》，袁華《可傳集》卷首，《景印文淵閣四庫全書》1232冊，臺灣商務印書館，1986年，第362頁。
③　貝瓊《鐵崖先生傳》，《清江貝先生文集》卷二，《四部叢刊》影印清趙氏亦有生齋本。

爲"文章鉅公"相比,已多持批評態度①。如貝瓊在元末師從楊維楨,元至正二十五年(1365)爲《鐵崖先生大全集》作序云:"嘗病國朝承宋以來政厖文抏,而未有能振起之者,務鏟一代之陋,歸於潭厚雄健,故其所著,卓然成一家言。"②可謂評價甚高。而明初楊維楨去世後,作爲"鐵門弟子"的貝瓊爲其師所作傳記中,對楊維楨文學成就一筆帶過,只在傳末評曰:"元繼宋季之後,政厖文抏,鐵崖務鏟一代之陋,上追秦漢,雖詞涉誇大,自姚、虞而下,雄健而不窘者,一人而已。"③不難看出是沿襲元末序中之説,但《傳》中多了"詞涉誇大"一語,實寓批評之意。這或與貝瓊詩學思想轉變有關,朱彝尊曾云:"廷琚(貝瓊)從學於楊廉夫,其言曰:立言不在嶄絶刻峭,而平衍爲可觀;不在荒唐險怪,而豐腴爲可樂。蓋學於楊而不阿所好者也。"④可知其所推崇"平衍豐腴"之風格,與"鐵崖詩派"瑰麗險怪之風格已完全背離,這也不僅僅是朱彝尊所言不阿于其師所好,實際是爲適應明初正在急劇變化的文風而對鐵崖宗尚作了修正⑤。隨着明朝新政權的建立,詩壇風格自然也要隨之轉變以適應新政之需要。楊維楨詭譎險怪之風已不適合新朝盛大氣象,故貝瓊評論其師中加入了"詞涉誇大"之語,以表明自己的立場。

---

① 楊維楨去世以後,宋濂爲之作墓誌銘,對其詩文評價甚高。但需要注意到宋濂作此墓誌銘的背景,是楊維楨臨終前召集門人弟子:"知我文最深者,惟金華宋景濂氏。我即死,非景濂不足銘我,爾其識之。"卒後其弟子奉師之命來請,宋濂"既爲位哭",可知此墓誌銘更多出於知遇、友情所作,再則墓誌銘之類文體,難免會有諛辭,故對楊維楨評價甚高,亦屬常情。

② 貝瓊《鐵崖先生大全集序》,《清江貝先生文集》卷七,《四部叢刊》影印清趙氏亦有生齋本。

③ 貝瓊《鐵崖先生傳》,同上書,卷二。

④ 朱彝尊《静志居詩話》卷三"貝瓊"條,人民文學出版社,2007年,第56頁。

⑤ 參見黄仁生《楊維楨與元末明初文學思潮》,東方出版中心,2005年,第194頁。

貝瓊畢竟是"鐵門弟子"，評論師輩只能隱約其詞，批評楊維楨最爲嚴厲的當屬王彝，在明初作《文妖》攻擊楊氏：

> 　　天下之所謂妖者，狐而已矣。然而文有妖焉，又有過於狐者。夫狐也，俄而爲女婦，而世之男子有不幸而惑焉者，皆悞謂爲女婦，而相與以室家之道。則固見其黛綠朱白、柔曼傾衍之容，而所以妖者，無乎而不至，故謂之真女婦也。雖然，以爲人也，則非人；以爲女婦也，則非女婦，蓋室家之道之狡獪以幻化者也。此狐之所以妖也。文者，道之所在，抑曷爲而妖哉？浙之西有言文者，必曰楊先生。余觀楊之文，以淫辭怪語裂仁義、反名實，瀆亂先聖之道。顧乃柔曼傾衍，黛綠朱白，而狡獪幻化，奄焉以自媚，是狐而女婦，則宜乎世之男子者之惑之也。余故曰：會稽楊維楨之文，狐也，文妖也。噫！狐之妖，至於殺人之身，而文之妖，往往使後生小子群趨而競習焉，其足以爲斯文禍非淺小。文而可妖哉？然妖固非文也，世蓋有男子而弗惑者，何憂焉。①

《文妖》更像是一篇檄文，將楊維楨批評推上了高峰。在王氏看來，楊維楨之文如同蠱惑男子的狐妖，後生小子爭趨學習其"柔曼傾衍，黛綠朱白，而狡獪幻化，奄焉以自媚"之風格，爲害甚大。不僅如此，王彝隨後評楊維楨畫像曰："其爲人若秋潭老蛟，怪顙異顴，目光有棱。其狡獪變化，發諸胸中，則千奇萬詭，動成文

---

① 王彝《文妖》，《王常宗集》卷三，《景印文淵閣四庫全書》1229 册，臺灣商務印書館，1986 年，第 423 頁。此文學界多認爲作于明初，劉霞《王彝"文妖説"考論》認爲作於"元末至正二十七年春夏王彝被圍蘇州北郭時期"(《求是學刊》2013 年第 4 期)，但並無充分論據，故暫從明初之説。

章。孟容所寫，蓋得其混迹斯世，與時低昂，爲文場滑稽之雄。"①不僅對其"狡獪變化"、"千奇萬詭"的文風不滿，亦對其與世之高下的滑稽人格進行批評。王彝所言"文"，或多指楊維楨之詩。四庫館臣在楊維楨《東維子集》提要中指出："王彝嘗詆維楨爲'文妖'，今觀所傳諸集，詩歌、樂府出入于盧仝、李賀之間，奇奇怪怪，溢爲牛鬼蛇神者，誠所不免。至其文則文從字順，無所謂翦紅刻翠以爲塗飾，聱牙棘口以爲古奧者也。……其作《鹿皮子文集序》曰……觀其所論，則維楨之文不得概以妖目之矣。"②認爲楊維楨之文文從字順，反倒是詩與盧仝、李賀相類，稱爲"妖"更加契合。王彝雖非鐵門弟子，但詩風也與楊維楨相似，朱彝尊在《靜志居詩話》中評曰："其爲詩若《神絃四曲》、《露筋娘子》篇，尚沿鐵崖流派。"③《神絃四曲》即王彝分咏織女廟、西楚霸王廟、滬瀆龍王廟、伏虎神君廟四首《神絃曲》，其寫織女"紅蓮小朵金塘秋，水上弓鞋新月鉤"頗爲輕艷，與楊維楨"香奩體"相近，寫西楚霸王"黃屋龍顔死灰色，寶鼎嘈嘈人血碧。漢鬼入雲成辟歷，轟破當年霸王魄"④，又詭譎雄壯，確是鐵崖詩派之風。清代王士禎亦曰："（王彝）歌行擬李賀、溫庭筠，殊墮惡道，餘體亦不能佳，詎能與高、楊頡頏上下乎？"⑤指出王彝歌行與李賀、溫庭筠風格相似，亦驗證了朱彝尊所說其"沿襲鐵崖流派"。但王彝仍對楊維楨大肆批判，這

---

① 王彝《聚英圖序》，《王常宗集》卷二，《景印文淵閣四庫全書》1229 册，臺灣商務印書館，1986 年，第 408 頁。
② 紀昀等《欽定四庫全書總目》，中華書局，1997 年，第 2258、2259 頁。
③ 朱彝尊《靜志居詩話》卷二"王彝"條，人民文學出版社，2007 年，第 55 頁。
④ 王彝《神絃曲四首》，《王常宗集》卷四，《景印文淵閣四庫全書》1229 册，臺灣商務印書館，1986 年，第 427 頁。
⑤ 王士禎著，湛之點校《香祖筆記》卷四，上海古籍出版社，1982 年，第 81 頁。

不僅是其站在理學立場對楊維楨艷體文學的抨擊，更是作爲一個新朝文壇健將對勝國東南盟主的攻訐，以區分元明之異，凸顯明朝文學之典範①。

永樂至成化間，隨着明王朝統治漸趨穩固，對勝朝文壇之批評已不如洪武初那麼強烈，但對楊維楨詩之接受，仍以批評爲主。臺閣體以傳聖賢之道、頌世鳴盛爲主要內容，風格提倡雍容典雅、溫厚和平，與楊維楨詩歌內容風格截然對立。前引永樂十一年(1413)黃容反擊劉崧"宋無詩"之説，在批評劉崧的同時，順帶抨擊了楊維楨、高啓的險怪詩風：

> 崧之時，會稽楊維楨、吳中高季迪皆鳴於詩，其過高者凌厲險怪，痛快者巧中物情，讀之如入寶藏之中、綺羅之筵，駭目適口，視古作概淡如也，亦其邁逸豪放爾。後之膚學務異之徒，視其佶屈冶媚，激其險淫之心，咀得粕味之一二，廣誦長吟，以誇座客，直欲縣之以盡革古法，乃以嫫姆廢西施之頩，童稚攘馮婦之臂，句雕字鏤，叫噪聱牙，神頭鬼面，以爲新奇，良可嘆也。②

劉崧同時代最具代表性的詩人楊維楨、高啓，因詩風或險怪凌厲，或巧於世情，徒富麗耀眼，不類古作之雅正淡如而被黃容指責。正統十三年(1448)進士鄭文康《讀楊鐵崖集》云："鐵崖自許謫仙人，又説前生小李身。史冊鋒鋩明日月，文章光焰射星辰。江州總管誇同榜，南國諸公識舊臣。只恐遺編千載後，

---

① 參見侯榮川《王彝"文妖"説與明初文學批評》，《北方論叢》2011年第4期。
② 黃容《江雨軒詩序》，載葉盛《水東日記》卷二十六，中華書局，2007年，第257頁。

存亡不及宋頭巾。"①鄭文康雖認同楊維楨之史學與文學才能，但總體還是批評，原因或是楊維楨宗唐貶宋，故譏諷其詩後世不存，連宋詩都不如。成化五年(1469)進士周瑛《讀楊鐵崖古樂府》則曰：

> 　　樂府始於漢，惟二侯章其詞壯浪，餘皆意氣和平淵永，想當時被之管絃，必雍容和美，令人心醉。鐵崖生當叔世，才俊氣逸，外感内憤，漸入於戾，此詞可謂工矣，然施之樂府，不幾於北鄙之聲乎？鐵崖囿氣化中不自知也。當時顧亮、張憲、李費輩，皆在門下，使稍知風雅餘韻，必不更求崛奇以勝之矣。②

周瑛認爲漢代興起之樂府必然是感情平和，入樂演奏後雍容和美，而楊維楨因生于亂世下，"外感内憤"，俊逸之氣漸趨變於乖張暴戾，發于詩自然達不到雍容的效果，而其門人更是不知風雅，徒以奇崛取勝。

　　永、成間文壇對楊維楨並非全盤否定，逐漸有贊賞之音出現，最著名的便是正統元年(1436)楊士奇跋《鐵崖先生復古詩集》：

> 　　余在京知經筵事，時聞先生長者説楊鐵崖爲有道之士。後數年，始讀所爲文章，得見其道德之蘊，誠爲一代人表。我朝天下大定，奉詔修書，復命賦詩，稱旨，得完節歸全，卓哉制行之高也。余又見《復古詩集》，讀其《琴操》不讓退之，

---

①　鄭文康《讀楊鐵崖集》，《平橋藁》卷五，《景印文淵閣四庫全書》1246 册，臺灣商務印書館，1986 年，第 564 頁。

②　周瑛《讀楊鐵崖古樂府》，《翠渠摘稿》卷四，《景印文淵閣四庫全書》1254 册，臺灣商務印書館，1986 年，第 797—798 頁。

其《宮詞》不讓王建，其《古樂府》不讓二李，其《漫興》、《冶春》、《遊仙》等題，即景成韵，使老杜復生，不是過也。而《香奩》諸作，尤娟麗俊逸，真天仙語，讀此而其他所能概可見矣。竊恨生晚，不得撰杖履從後也。姑題數語於篇末，以志余景仰之深意云。①

楊士奇一反臺閣領袖衛道姿態，對楊維楨樂府贊譽甚高。元天曆間楊維楨唱和薩都剌《宮詞》二十章，多是描寫宮女生活的香艷之作，楊士奇將其與"宮詞之祖"王建相提並論；《漫興》七首是楊維楨學杜率性之作，楊氏自序曰："學杜者必先得其情性語言而後可。得其情性語言，必自此漫興始。錢塘諸子喜誦予唐風，取其去杜不遠也。故興《漫興》之作，將與學杜者言也。"②楊士奇謂之"即景成韵，使老杜復生，不是過也"，可謂評價甚高；尤其贊賞其《香奩》諸詩，愛其娟麗俊逸之風格，稱"真天仙語"。楊士奇此論，首先與當時政治環境鬆動有關，章培恒先生曾引楊士奇此語并指出："連臺閣體的代表人物楊士奇，在政治環境有所鬆動的正統元年(1436)，也對楊維楨唱出了這樣的頌歌。"③正統元年朱祁鎮即位時年僅八歲，主要由"三楊"輔佐，帝王對文學的干涉影響已相對減弱。是年楊士奇已七十二歲，晚年發此議論，或是對臺閣體頌世鳴盛籠罩下壓制真情的一種反撥傾向。楊士奇之外，吳訥亦作詩贊頌楊維楨："鐵崖山中鐵笛仙，落花滿身花底眠。兩龍攜來東西語，蟠桃一醉三千年。偷桃更有東方子，拍

---

① 楊士奇《跋復古詩集後》，鄒志方點校《楊維楨詩集》，浙江古籍出版社，2010年，第453頁。

② 楊維楨《漫興》，同上書，第124頁。

③ 章培恒、駱玉明主編《中國文學史新著(增訂本第二版)》下卷，復旦大學出版社，2011年，第10頁。

天一笑天門裏。眼中九點齊州煙,案上小兒不如蟻。歸來跳入
壺中天,鐵仙亦在蓬萊巔。回首樓船問瑤草,水弱雲深秋月
老。"[①]此詩更似刻意學楊維楨詩風來寫楊維楨,豪爽中不乏贊
譽之詞。再如周鼎(1401—1487)《讀鐵崖詩》云:"天馬行空不可
羈,匣中龍劍夜生輝。渭城衹解歌三疊,自是陽春和者稀。"[②]指
出楊維楨之詩天馬行空如陽春白雪,已不再是鄭文康"存亡不及
宋頭巾"的諷刺了。

明前期楊維楨接受的褒貶變化,從楊維楨詩集刊刻情況亦
可窺見一斑。元末楊維楨在世時就由門人吳復、章琬先後在至
正六年(1346)、至正二十四年(1364)編輯刊刻《鐵崖先生古樂
府》、《鐵崖先生復古詩集》兩種。入明以來至成化間,其詩集基
本靠鈔本流傳,未能翻刻或重新編輯刊刻。正統元年楊士奇贊
譽"真天仙語"的《復古詩集》,衛靖直文淵閣時見此稿謀求刊刻
而未果:"因喜其詞雄偉娟麗,讀之不忍釋手,乞歸錄之。屢欲鋟
梓而未遂,乃珍藏篋司,庶幾好古君子刊佈四方,俾有志者共之,
爲余之所深望也。"[③]葉盛亦對楊維楨遺稿散落多惋惜之情:"鐵
崖先生出會稽而寓于淞,卒老于淞。故其遺稿,聞亦多在
淞。……卷中有先生之言曰:'梓吾文可以惠百世。'嗟夫! 先生
之同游文人,別集模傳雖尚存而不足以示法後人者,亦有之矣。
先生之文,乃獨零落斷編殘楮中,豈不甚可惜哉!"[④]天順三年
(1459)和維重梓楊維楨主持唱和的《西湖竹枝詞》,雖非楊氏之

① 吳訥《鐵崖仙人歌爲楊廉夫先生作》,載程敏政《新安文獻志》卷五十,《景印
文淵閣四庫全書》1375 册,臺灣商務印書館,1986 年,第 648 頁。
② 周鼎《讀鐵崖詩》,《土苴集》卷下,《涵芬樓秘笈》本。
③ 衛靖《跋復古詩集後》,楊維楨《鐵崖先生古樂府》卷末,《四部叢刊》影印明
成化刻本。
④ 葉盛《書楊鐵崖先生詩文稿後》,《菉竹堂稿》卷七,《四庫全書存目叢書》影
印清初鈔本,齊魯書社,1997 年,集部 35 册,第 300—301 頁。

別集,但重梓之舉亦展示出對楊維楨接受鬆動之風氣。成化間楊維楨詩集刊刻比較密集,天順、成化之際,葉盛曾校正《鐵崖先生古樂府》後命沈琮刊行于廣州,四川重刻《東維子集》行世,成化五年海虞劉傚重刻《鐵崖先生古樂府》十卷、《鐵崖先生復古詩集》六卷,成化九年張瑄在福建刻《楊鐵崖咏史古樂府》。① 楊維楨詩自洪武以來沉寂近百年,至成化間出現如此密集的刊刻,不僅有出版業發展的外部因素,更是臺閣體退出主流文壇、文化高壓政策鬆動的結果,也是楊維楨開始被明人正面接受、重新評價之開端。

二、臺閣文人的樂府創作

永樂至成化間臺閣文人之樂府創作一直爲學界所忽視,如有學者在論述明代樂府詩史專著中對永、成間臺閣文人樂府詩創作隻字不提②,更有甚者斷言:"明代自永樂朝至宣德朝,經濟較爲繁榮,政局比較安定,臺閣體盛行天下。臺閣體追求雍容典雅、自然醇正,樂府詩在内容和形式上都不符合臺閣體的需要。……臺閣作家們在體裁上出現了專注近體的傾向,故臺閣體盛行時期,樂府詩的創作處於蕭條階段。例如楊士奇《東里詩集》沒有一首樂府詩……"③永樂至成化間臺閣體盛行,樂府詩創作不如明初興盛是事實,但亦非蕭條階段,楊士奇《東里詩集》更不是"沒有一首樂府詩",最爲學界所常用的文淵閣四庫全書

---

① 黄仁生《楊維楨與元末明初文學思潮》,東方出版中心,2005 年,第 331—332 頁。
② 王輝斌《唐後樂府詩史》第六章《明代樂府詩》,黄山書社,2010 年,第 269—312 頁。
③ 蔣鵬舉《明代前期、中期的樂府詩創作與世風詩運》,《南都學壇》2005 年第 2 期。

本《東里詩集》卷一就有《巫山高》、《蜀道難》、《秋夜長》、《楊白花》、《將進酒》、《君馬黃》、《紫騮馬》、《行路難》、《陌上桑》、《關山月》、《結客少年場行》、《從軍行》、《雨雪曲》、《上之回》、《芳樹曲》、《折楊柳》、《江南行》、《自君之出矣》等十八題二十餘首樂府詩①，《東里續集》有樂府《龍馬樂歌》等十餘首，不知"楊士奇《東里詩集》没有一首樂府詩"之説由何而出。不僅如此，楊士奇送別友人多作古樂府贈之，如送周秉昂"取古樂府分題咏以送之"②，《送蕭省身詩序》云："（蕭）將歸，素所交遊者重別離之意，相與擬古樂府爲歌詩贈之，而余尤重省身之別者也。"③《送李永定經歷序》又云"（李永定）嘗愛余作樂府古辭，遇有作，取酒觴余，向余歌相樂也"④，可見李永定也極爲重視楊士奇所作樂府。楊士奇曾爲元代左克明作編《古樂府》、楊士弘所作樂府題跋，并抄録過周巽亨所編《歷代樂府詩辭》⑤。李東陽曾評價楊士奇"《古樂府》諸篇，間有得魏、晋遺意者"⑥，可知楊士奇樂府創作水平甚高。至於其他臺閣文人的樂府詩創作更多，只是學界暫未深入研究。

永樂至成化間臺閣文人詩歌以頌世鳴盛爲主，樂府創作亦不例外，原來多叙閨情、刺時事的樂府詩也變爲歌功頌德之作。

---

① 見楊士奇《東里詩集》卷一，《景印文淵閣四庫全書》1238 册，臺灣商務印書館，1986 年，第 320—323 頁。

② 楊士奇《送周秉昂甫詩序》，《東里續集》卷十一，《景印文淵閣四庫全書》1238 册，臺灣商務印書館，1986 年，第 501—502 頁。

③ 楊士奇《送蕭省身詩序》，劉伯涵、朱海點校《東里文集》卷七，中華書局，1998 年，第 103 頁。

④ 楊士奇《送李永定經歷序》，同上書，第 65 頁。

⑤ 見楊士奇《古樂府》、《歷代樂府詩辭》、《録楊伯謙樂府》，均載於《東里續集》卷十九，《景印文淵閣四庫全書》1238 册，臺灣商務印書館，1986 年，第 613、617 頁。

⑥ 李東陽著，李慶立校釋《懷麓堂詩話校釋》，人民文學出版社，2009 年，第 198 頁。

如楊士奇《上之回》：

> 傳警甘泉外，揚鑾載道周。回中戒巡省，雲動赴遐陬。
> 春色承雕輦，山光影翠旈。吾皇億萬歲，歲歲總來遊。[①]

《上之回》原題爲漢武帝游幸回中宮[②]，較爲適合歌功頌德。開篇寫帝王出巡軍事警備之嚴，連雲都躲到了邊遠一隅。帝王之華輦翠旈與春光山色相映照，最後直接高呼口號"吾皇億萬歲"。再如宣德九年(1434)八月西北守臣獻龍馬，楊士奇作樂府《龍馬樂歌》九章，前有小序云："龍馬，仁馬也，應德而至，又云龍馬太平之應也。誠由皇上仁恩義澤敷洽天下，是以天降靈瑞，以彰皇上大德，以兆太平之慶，宜有咏歌，協諸樂府，以言揚鴻烈于悠久。臣士奇不才蕪陋，謹衍撰《龍馬樂歌》九章，繕寫上進。"錄其兩首：

> 龍馬出，自西極。應天駟，躍方澤。具龍儀，暾玉色。
> 巍山立，備純德。
> 龍馬出，神駿發。鏡夾瞳，玉噴沫。追迅風，凝皓雪。
> 靈瑞臻，耀天闕。[③]

---

①　楊士奇《上之回》，《東里詩集》卷二，《景印文淵閣四庫全書》1238 册，臺灣商務印書館，1986 年，第 322 頁。
②　郭茂倩《樂府詩集》卷十六："《漢書》曰：'孝文十四年，匈奴入朝那蕭關，遂至彭陽。使騎兵入燒回中宮，候騎至雍甘泉。'回中地在安定，其中有宮也。《武帝紀》曰：'元封四年冬十月，行幸雍，祠五畤。通回中道，遂北出蕭關。'吴兢《樂府解題》曰：'漢武通回中道，後數出遊幸焉。'沈建《廣題》曰：'漢曲皆美當時之事。'按，石關，宮闕名，近甘泉宮。相如《上林賦》云'歷石關，歷封巒'是也。"
③　楊士奇《龍馬樂歌有序》，《東里續集》卷五十七，《景印文淵閣四庫全書》1239 册，臺灣商務印書館，1986 年，第 455 頁。

祥瑞呈貢是臺閣體主要內容之一,龍馬是祥瑞中最爲常見之物,楊士奇序中稱讚龍馬是皇帝盛德之體現、天下太平之預兆,詩歌則是雕琢辭藻,將龍馬之各種儀態充分展示,以龍馬作爲盛世祥瑞,對帝王連篇累牘地歌頌。將樂府與頌世鳴盛結合最多的是王洪(1380—1420),其《毅齋集》卷二全爲古樂府,多有頌世色彩,如原寫哀悼陣亡士兵的《戰城南》,在其筆下變爲歌頌大明在邊塞戰爭中大獲全勝:"戎胡萬里恒威德,一身爲長城,四海永寧謐。下傳子孫,上寧邦國,聲施千秋永無極。"[①]原寫羅捕黃雀的《艾而張》變成:"成湯祝網,天下歸仁。除暴懷柔,永康我兆民。"[②]更有《大明鐃歌鼓吹曲》存十一首,細緻描寫朱元璋兼併群雄之事,錄其前三首:

> 龍之飛,自淮圻。元之昏,民曷依?紛猰貐,肆淫威。匪聖神,孰拯之?皇受命,奠群黎。握乾符,頓坤維。翼風雲,駕電雷。衆靈協,群英隨。斬梟獍,戮鯨鯢。定九州,綏四夷。澤之溥,遍九垓。煦以仁,慘者怡。聖化溥,皇風馳。一戎衣,四海歸。
>
> 皇基鞏,惟聖神。邁義威,揚皇靈。越天塹,波不驚。奠群黎,嶮者平。階天壤,家八紘。海之地,嶽乃成。萬邦式,四海寧。極無外,畢來庭。命允固,仁彌弘。校邃古,峻莫京。
>
> 番之水,彌太清,有孽者蛟獝不寧。污澤爲窟潦作城,狠噬虺毒干天刑。帝震怒,揮天兵,祝融助順神雷轟。灰彼

---

① 王洪《戰城南》,《毅齋集》卷二,《景印文淵閣四庫全書》1237 册,臺灣商務印書館,1986 年,第 440 頁。
② 王洪《艾而張》,同上書,第 439 頁。

骨,投玄冥。老尊死,子仍桀。鼠狐跳躑,尚守故穴。寸綆
繫之刃不血,疆宇誕寧四海悦。①

"鐃歌"在漢樂府中屬鼓吹曲,多用以激勵士氣。唐柳宗元貶謫
永州時創製《唐鐃歌鼓吹曲》,其自序是爲"紀高祖、太宗功能之
神奇,因以知取天下之勤勞,命將用師之艱難",以求"有益國
事"②,實際是以此歌高祖之神功、頌太宗之盛德,同時向帝王表
明忠心。明初臺閣文人多沿襲柳宗元之例製《大明鐃歌鼓吹
曲》,以宣揚朱元璋開國之功,如王紳有《擬大明鐃歌鼓吹曲》,分
《神龍躍》、《瘞奔鯨》、《闓洪基》、《平江漢》等十二章③。王洪《大
明鐃歌鼓吹曲》與之類似,第一首總寫朱元璋自淮河起兵,統一
全國。元末政治昏暗,各級官吏大肆淫威,百姓生活困苦。朱元
璋受天命拯救民衆,駕馭風雨雷電、指揮諸神靈剿滅叛亂,平定
四夷,定鼎九州。最後一句"一戎衣,四海歸"取周武王滅紂之典
故,《尚書·周書·武成》云:"一戎衣,天下大定。"孔穎達注曰:
"一著戎服而滅紂,言與衆同心,動有成功。"④王洪以此指代朱
元璋推翻元朝。第二首寫朱元璋收降方國珍之事。吳元年
(1367)朱元璋相繼攻克平江、台州、温州後,方國珍率部逃亡海
上。朱元璋命入海追擊,即王洪所云"越天塹,波不驚",方國珍
再敗投降,故"海之地,嶽乃成"。此詩較少戰爭描寫,多是贊揚
朱元璋以"仁德"招降納款。第三首寫朱元璋剿滅張士誠之事。

---

① 王洪《大明鐃歌鼓吹曲一十一首》之一、二、三,《毅齋集》卷二,《景印文淵閣
四庫全書》1237册,臺灣商務印書館,1986年,第441頁。
② 柳宗元《唐鐃歌鼓吹曲十二篇并序》,《柳河東集》卷一,上海古籍出版社,
2008年,第8頁。
③ 王紳《擬大明鐃歌鼓吹曲》,程敏政《明文衡》卷四,《四部叢刊》影印明本。
④ 孔安國傳、孔穎達疏《尚書正義》,影印阮元校刻《十三經注疏》本,中華書
局,1980年,第185頁。

朱元璋圍攻蘇州十個月不下，最後在火炮攻擊下張士誠才投降，王洪稱讚是"祝融助順神雷轟"。朱元璋極爲痛恨張士誠，據説張士誠投降後將其燒成灰，即"灰彼骨，投玄冥"。其餘朱元璋平定陳友諒、明玉珍等戰績亦一一有詩頌揚，繁瑣不引。總之，頌揚帝王之豐功偉績、誇耀新朝盛世政治是臺閣文人樂府詩之主要内容。

在臺閣體興盛的永樂、洪熙、宣德三朝，臺閣文人的樂府創作基本以歌功頌德爲主，故對楊維楨詩艷情之内容、詭譎之風格，均予以排斥。這種情況從正統後逐漸出現變化，楊士奇贊楊維楨樂府"真天仙語"即是例證。楊維楨樂府中以艷情詩最具特色，號稱"香奩體"，如《香奩八咏》寫金盆沐髮、月奩匀面、雲窗秋夢、繡床凝思等閨房生活、閨秀心情，又有《續奩集》二十首，自稱："余賦韓偓《續奩》，亦作娟麗語。"[1]有研究者指出："從明初到弘治、正德之間，翰林院作家的詩歌創作中有一個重要的傾向，即他們創作了或多或少的艷情詩歌，在體裁上多用樂府體。"[2]就筆者核查情況來看，臺閣文人的樂府創作中，確實有部分閨怨内容之作，但其數量甚少，算不上是"翰林院作家的詩歌創作中有一個重要的傾向"[3]。首先，閨怨是樂府詩中最爲常見之題材，臺閣文人的閨怨樂府詩創作，恐怕多是年輕時的習作而已，如徐有貞《武功集》卷一有《征婦詞》、《自君之出矣》等思夫之作，或是其未出仕前寓居吳中的作品，

---

① 楊維楨《續奩集》，鄒志方點校《楊維楨詩集》，浙江古籍出版社，2010年，第362頁。

② 鄭禮炬《明代翰林院作家詩歌創作的艷體傾向》，《徐州工程學院學報》2008年第1期。

③ 如曾棨《刻曾西墅先生集》卷八有《香閨十咏》，堪稱艷體詩，但是七言律詩，而非樂府。

其中不乏吳中地域色彩，如咏西施："姿窈窕兮步容與，吳宮之妃越溪女。涼臺水榭無纖暑，香風暗引絲簧語。白苧衣裳欲輕舉，垂手舞緩歌聲起。此時誰問夜如何？疏星漸沒天無河，回看明月墮江波。"①風格輕柔毫無臺閣氣息，但也絕不似楊維楨香奩體般艷麗。其次，閨怨詩並非只是寫怨女怨婦之相思，亦多含寓意，或寄託君王，或懷念朋友，如朱彝尊曾評價楊士奇、胡廣所作《楊白花》云：

> 楊東里《楊白花》云："楊白花，逐風起。含霜弄雪太輕盈，蕩日搖春無定止。樓中佳人雙翠翹，坐見紛紛渡江水。天長水闊花渺茫，一曲悲歌思千里。"胡光大《楊白花》云："楊白花，渡江竟不還。非汝故來急，恐落泥塗間。春光憔悴如花顏，相思不見空長嘆。浮雲流水何漫漫？安得隨風返高樹，仍結柔條莫飛去。"世傳袁景文賦此題，蓋緣讓皇遜國而作。然則兩公詩，亦不無故主之思矣。②

朱彝尊認爲這兩首閨怨詩實暗含故主之思，暫不論朱氏之説是否合理，此類閨怨之作，不僅是後世評論者"附會"，即使是作者也經常寓意有所指，與楊維楨樂府中的艷情之作，顯然不可同日而語。楊維楨自稱"宮辭，詩家之大香奩也"③，多用《宮辭》連章累牘寫宮女之生活，故稱"大香奩"。明前期以《宮詞》寫艷情者亦罕見，只有永樂四年(1406)周王撰《元宮詞》百餘首，永樂五年

---

① 徐有貞《白苧詞》，《武功集》卷一，《景印文淵閣四庫全書》1245 册，臺灣商務印書館，1986 年，第 27—28 頁。
② 朱彝尊《静志居詩話》卷六"胡廣"條，人民文學出版社，2007 年，第 148 頁。
③ 楊維楨《宮辭》，鄒志方點校《楊維楨詩集》，浙江古籍出版社，2010 年，第360 頁。

寧王朱權寫大明《宮詞》百餘首，均以咏史爲主，史學家多作爲史料徵引，涉及宮女艷情描寫較少。由此可以看出楊維楨之香奩體樂府在明初樂府創作中影響甚小。

楊維楨宗唐復古，强調"詩出性情"，而臺閣文人更注重"詩以理性情"，"理性情而歸諸正"，要求詩歌情感不偏激，與楊維楨之詩學理念存在一定的差異。永樂二年進士、曾任禮部尚書的王直，與友人送劉仲戬歸連江時"以樂府舊題各賦一章送之"，並指出樂府之功用：

> 予謂大夫君子之贈行也，賦詩則有之，而何取於樂府哉？於是而知諸公之意矣。古者立樂府官，采四方之詩以觀民風，取其可用者而絃歌之，此樂府之名所由始也。近世有編類樂府者，首之以《康衢》、《擊壤》之謠，而漢張堪、郭喬卿、皇甫嵩、岑熙、劉陶、祝良、殷褒之歌繼之，百世之下，有以見當時治效之盛，而起敬起慕焉。今諸公賦樂府以贈行，豈非有望于仲戬也哉？仲戬勉之，政成頌興，他日觀風者采之以獻於朝廷，而被之絃歌，則仲戬之美，將不與前五六君子者比乎？[①]

强調讓後世讀者"有以見當時治效之盛，而起敬起慕焉"，正是臺閣文人的職責。這與楊維楨"以性情爲詩"相悖，故表現在詩歌風格上，臺閣文人提倡溫柔敦厚之詩風，與楊維楨波瀾壯闊、鋒利詭譎的風格形成了鮮明對比。以楊維楨與胡廣所作《將進酒》對比：

---

① 王直《送劉君仲戬詩序》，《抑庵文後集》卷十六，《景印文淵閣四庫全書》1241 册，臺灣商務印書館，1986 年，第 704 頁。

將進酒，舞趙婦，歌吳娘。糟床嘈嘈落紅雨，鱠刀聶聶飛瓊霜。金頭雞，銀尾羊，主人舉案勸客嘗。盂公君卿坐滿堂，高談大辯洪鐘撞。金千重，玉千扛，不得收拾歸黃腸，勸君秉燭飲此觴。君不見，東家牙籌未脫手，夜半妻啼不起床，悔不日飲十千場。①

將進酒，酒中有酖君知否？伐德賊性非良友，一息不戒門生莠。有錢莫向酒家壚，彈劍擊築皆酒徒。黃金用盡意氣索，反目疾視如於菟。苑臺歌舞飲長夜，可憐竟死糟丘下。醉魂茫茫誰爲招，千古惟知獨醒者。君莫嗟，歲往鬢如絲，昔時曠達今何之？武公睿聖恒箴警，至今抑抑陳周詩。②

楊維楨詩中是一如既往的狂放形象，在趙婦吳女歌舞陪伴之下，縱情飲酒，嘉賓滿座，高談大辯聲如洪鐘，描繪出一幅狂歡享樂圖。而胡廣所作同題樂府正相反，變爲勸人不要飲酒之説教。楊詩寫糟床榨酒的嘈嘈雜亂之音，讓人想起白居易《琵琶行》中"大絃嘈嘈如急雨"、"嘈嘈切切錯雜彈"，刀切鱠魚白光閃閃卻又毫無聲息，與前句在色彩、聲音上形成鮮明對比，主客歡飲之際突然筆鋒一轉，算計金玉千萬，仍敵不過人生苦短，因此更要秉燭狂歡。宋濂評其作"神出鬼没"、"震盪淋灘"③，李祈評云"玉光劍氣，自不可掩"④，均切中肯綮。相形之下，胡廣之詩却是按

<hr />

① 楊維楨《將進酒》，鄒志方點校《楊維楨詩集》，浙江古籍出版社，2010年，第20頁。
② 胡廣《將進酒》，《胡文穆公文集》卷四，《四庫全書存目叢書》影印清乾隆十五年刻本，齊魯書社，1997年，集部28册，第548頁。
③ 宋濂《元故奉訓大夫江西等處儒學提舉楊君墓誌銘有序》，《宋學士文集》卷十六，《四部叢刊》影印明正德本。
④ 貝瓊《鐵崖先生傳》，《清江貝先生文集》卷二，《四部叢刊》影印清趙氏亦有生齋本。

部就班地勸誡説教,將酒比作"酖"——即"鴆"——并歷數飲酒之弊端,酒能伐德,酒徒意氣用事,飲酒者醉生夢死,實堪警醒。全詩更像是一篇議論文,平淡無味,毫無波瀾,倒也是臺閣體和平風格之體現。

成化間臺閣體逐漸退出主流文壇,樂府詩創作亦漸有起色,以楊維楨與丘濬所作《花游曲》、《花游篇》爲例:

> 三月十日春濛濛,滿江花雨濕東風。美人盈盈煙雨裏,唱徹湖煙與湖水。水天虹女忽當門,午光穿漏海霞裙。美人淩空蹕飛步,步上山頭小真墓。華陽老仙海上來,五湖吐納掌中杯。寶山枯禪開茗椀,木鯨吼罷催花板。老仙醉筆石欄西,一片飛花落粉題。蓬萊宮中花報使,花信明朝二十四。老仙更試蜀麻箋,寫盡春愁子夜篇。①

> 雲樓霧閣深濛濛,弱流萬丈號天風。姓名久注丹臺裏,浮槎直泛銀河水。淩空八翼飛天門,若木不冒蛟綃裙。天衢空闊舒禹步,俯瞰人寰惜丘墓。一聲鐵笛下天來,擬借重湖爲酒杯。珍珠落槽冰在椀,雪兒歌唇玉奴板。天邊一任烏輪西,拂塵掃石題復題。鸞儔鳳侶隨蝶使,爛漫芳遊日三四。醉揮彩筆掃雲箋,試寫神遊八極篇。②

楊維楨此詩是攜妓璚英遊覽石湖所作,江南三月煙雨迷蒙之中,璚英歌聲遍徹山水間,忽然仙女出現,飛上唐代歌妓真娘之墓,

---

① 楊維楨《花游曲》,鄒志方點校《楊維楨詩集》,浙江古籍出版社,2010年,第40頁。

② 丘濬《花游篇》,《重編瓊臺稿》卷二,《景印文淵閣四庫全書》1248冊,臺灣商務印書館,1986年,第19頁。

不知璚英、仙女、真娘孰幻孰真，實景與想像穿插交融，李日華等人評此詩曰"詞情美麗，實一時之盛"，"瑰詞綺思，總示幻化，以顯真常耳"①。丘濬《花遊篇》是唱和楊維楨《花游曲》之作，全篇天馬行空地想像，承接楊維楨後半篇塑造的飛仙形象，極力模擬楊氏，雖氣勢遜之，尚得楊維楨詩歌詭譎之風。丘濬是成化、弘治間館閣重臣，由此可窺臺閣體退出主流文壇後樂府創作之情形。

<hr>

① 李日華著，郁震宏、李保陽點校《六研齋筆記》卷四，鳳凰出版社，2010 年，第71、73 頁。

第五章　作家與創作論

　　中國古代文學批評注重對作家個性、天賦、修養等方面的考察，臺閣文人亦不例外。但臺閣詩學思想中往往忽略詩人的天賦人格對詩歌創作之影響，而重視後天的學識涵養。因爲在"性情之正"約束下，無論詩人何種個性，最終表現爲和平溫厚的治世之音。後天之學識涵養，並非指對偶格律等詩歌創作技巧的學習，而更多是以學識"理性情"，以盛世光嶽之氣涵養詩人性格，使之更易達到臺閣體"頌世鳴盛"之要求。臺閣詩學思想中同樣忽略詩人的窮達經歷對詩歌創作的影響，有詩"窮而工"與"達而工"兩種看似對立的觀點，但無論"窮"、"達"均能表現出盛世之音——"工"專指性情之正、溫厚和平之風格。

　　臺閣文人論創作，多標榜性情自然流露，反對文辭雕琢，追求"不求其工而天真呈露"之效果。但在實際創作中，或出於逞才競技追求"速而工"，或爲符合"性情之正"而加以修飾鍛煉。以文辭爲職事之作者身份、追求頌世鳴盛之創作旨歸，決定了臺閣體難以擺脫雕琢之弊。儘管臺閣文人詩學理論與實際創作存在較大差異，但追求自然、反對雕琢仍是大部分臺閣文人的共同主張，顯示出臺閣詩學觀念的一致性；而對創作過程中一揮而就、若有神助的"速而工"則多有不同看法，顯示出明前期詩學思想的複雜性。

臺閣文人強調"發乎情，止乎禮義"，對詩歌中"情"的內容與表達方式嚴格整飭，實際上是忽視詩中真情。其詩歌中雖有親情、友情之流露，但受頌世鳴盛主題的影響，真情實感已多被沖淡。與臺閣文人相比，理學家之"主情論"表達更爲明確，如薛瑄詩論中強調"以真情爲主"，注重詩中感情之真；陳獻章多言"率吾情盎然出之"，突出感情表露之自然。且薛瑄、陳獻章在詩歌創作中，亦能與其理論相結合，顯示出與典型臺閣文人詩學思想的不同。

第一節　詩人的涵養、
學識與經歷

孟子云："頌其詩，讀其書，不知其人，可乎？是以論其世也。是尚友也。"①其原意是要與古人爲友，以"頌其詩，讀其書"爲主要手段，亦要了解其時代。"知人論世"逐漸演變爲重要的文學批評方法，"不知古人之世，不可妄論古人文辭也。知其世矣，不知古人之身處，亦不可以遽論其文也"②。"知人"即要了解作者個人際遇，"論世"指考察作者所處時代背景。《文心雕龍·辨騷》曰："不有屈原，豈見《離騷》？"③亦顯示出對作者研究的重視。從作家天賦、修養、經歷入手解析其創作與批評之各環節，

---

① 孟軻著，趙岐注，孫奭疏《孟子注疏》卷十下《萬章章句下》，影印阮元校刻《十三經注疏》本，中華書局，1980年，第2746頁。

② 章學誠著，葉瑛校注《文史通義校注》，中華書局，2005年，第278—279頁。

③ 劉勰著，詹鍈義證《文心雕龍義證·辨騷》，上海古籍出版社，2008年，第168頁。

是傳統文學評論基本方法,本節即以此切入,探討臺閣文人的作家論。

一、先天才質與後天學養的軒輊

作家的天賦及個性氣質,制約着其情感表達方式,而情感表達之不同,又決定了創作過程中構思立意、意象結構乃至遣詞造句之不同,因此古代文論中極爲重視作家先天的稟賦氣質,如曹丕在《典論·論文》中提出:"文以氣爲主,氣之清濁有體,不可力强而致。"①"氣"就創作主體來講即指作者的氣質才性,其"清"、"濁"由自天生,故不可强致。劉勰《文心雕龍》之《體性》篇專門探討作家個性("性")與作品風格("體")之關係:"才有庸儁,氣有剛柔,學有淺深,習有雅鄭。並情性所鑠,陶染所凝,是以筆區雲譎,文苑波詭者矣。"②作者之才(才華)、氣(氣質)、學(學問)、習(習慣)各不相同,所以形成了文壇千變萬化、奇譎詭秘之風格。其中"才"、"氣"由作者之先天稟賦所致,"學"、"習"則是後天素養所成。劉勰重視先天之"才",在《事類》篇中進一步區分"才"與"學":

> 夫薑桂因地,辛在本性;文章由學,能在天資。才自内發,學以外成。有學飽而才餒,有才富而學貧。學貧者,迍邅於事義;才餒者,劬勞於辭情。此内外之殊分也。是以屬意立文,心與筆謀,才爲盟主,學爲輔佐,主佐合德,文采必霸。③

---

① 蕭統編,李善注《文選》卷五十二,上海古籍出版社,2010 年,第 2271 頁。
② 劉勰著,詹鍈義證《文心雕龍義證·體性》,上海古籍出版社,2008 年,第 1011 頁。
③ 同上書,第 1418—1421 頁。

劉勰以薑桂因地而生，辛辣不同爲喻，指出文章創作更多取决于作者的天資，"才爲盟主，學爲輔佐"，創作主體的才性在創作中起决定作用。又云"氣以實志，志以定言，吐納英華，莫非情性"[①]，培養氣質以充實個人情志，情志確定了文章語言表達方式，文章寫得是否精美，無不來自於個人性情。鍾嶸更是對詩文創作中炫耀學問提出批評："詞既失高，則宜加事義。雖謝天才，且表學問，亦一理乎？"[②]由於"天才"不夠，文辭難以高明，只有依靠"學問"來添加故實和前人所説的道理，可見鍾嶸對作者天才與學問的軒輊。唐人論述創作主體更是以"才"爲中心而不重"學"，如梁蕭云"文之高下視才之厚薄"[③]，詩論中多關注詩人的氣質才性，尤其是與"才"相關的靈感、想像等方面，創作中以"盡才"爲動力[④]。宋元之詩論亦多如此，如宋代魏了翁云："蓋辭根於氣，氣命於志，志立於學。氣之薄厚，志之小大，學之粹駁，則辭之險易正邪從之，如聲音之通政，如蓍蔡之受命，積中而形外，斷斷乎不可撝也。"[⑤]魏氏認爲，文辭之表現與氣、志、學三者之厚薄、大小、粹駁有關，但"氣"是根本，制約着後天的學識與志向，這是文學創作中不可移易的規律。元人傅若金亦曰："唐人以詩取士，故其詩莫盛於唐。然詩者，原於德性，發於才情，心聲不同，有如其面。故法度可學，而神氣不可學。是以太白自有太

---

① 劉勰著，詹鍈義證《文心雕龍義證·體性》，上海古籍出版社，2008年，第1022頁。

② 鍾嶸《詩品》，何文焕輯《歷代詩話》本，中華書局，2004年，第4頁。

③ 梁蕭《唐故常州刺史獨孤公毘陵集後序》，獨孤及《毘陵集》卷二十，《四部叢刊》影印清趙氏亦有生齋本。

④ 參見汪涌豪、謝群《尚"才"：唐代文學創作主體論述評》，《唐代文學研究》第11輯，廣西師範大學出版社，2006年，第98—108頁。

⑤ 魏了翁《攻媿樓宣獻公文集序》，《重校鶴山先生大全文集》卷五十六，《四部叢刊》影印宋本。

白之詩，子美自有子美之詩，昌黎自有昌黎之詩，其他如陳子昂、李長吉、白樂天、杜牧之、劉禹錫、王摩詰、司空曙、高、岑、賈、姚、鄭、張、孟之徒，亦皆自爲一體，不可强而同也。"①指出唐代詩人風格之不同，是由其才情不同而致，而不可强求其同。

與前人不同，明前期臺閣詩學中的創作主體論，却極爲注重詩人後天之學習涵養，而輕視先天之才質，"學"、"習"通常置於"才"、"氣"之前，如王直稱："夫言者心之聲，而詩則聲之成文者也，心所感有邪正，則言之發者有是非，非涵養之正、學問之充、才識之超卓，有未能易也。"②心有邪正，故言有是非，需涵養、學問、才識三者具備，方能言詩。李時勉亦曰："夫詩本情性，學問以實之，仁義以達之，篤敬以足之。學問，其力也；仁義，其氣也；篤敬，其誠也。學問不足則其力不固，仁義不至則其氣不充，篤敬或間則其神不清，三者不備，不可以言詩。"③學問爲詩歌創作之主力，仁義指個人道德修養，篤敬指詩歌創作態度，三者全備方可言詩，其中學問列爲第一，尤見其重要性。且三者皆是後天所成，而不言先天之才華氣質。臺閣文人評論古今人之詩，亦强調作者學識，且看以下三則材料：

夫古人之詩，不徒模狀物態，在寓意深遠，非深於學者未易工，非博物多識不能賦也。④

---

①　傅若金《詩法正論》，《中國詩話珍本叢書》影印明刻本，北京圖書館出版社，2004年，第234—235頁。
②　王直《蕭宗魯和三體詩序》，《抑庵文後集》卷十六，《景印文淵閣四庫全書》1241册，臺灣商務印書館，1986年，第714頁。
③　李時勉《李方伯詩集序》，《古廉文集》卷四，《景印文淵閣四庫全書》1242册，臺灣商務印書館，1986年，第733頁。
④　梁潛《詩意樓記》，《泊庵集》卷三，《景印文淵閣四庫全書》1237册，臺灣商務印書館，1986年，第222頁。

唐音所以和平,非徒作多,蓋由學博材鉅,拈得來便應
手耳。①

　　蓋先生學富而志篤,意廣而才高,一芥塵俗不得入其靈
臺丹府間,是以其詩之昌也。②

梁潛認爲古詩"寓意深遠",其成功之原因在於"深於學",在於博
物多識。周瑛論唐詩、楊士奇贊揚李伯葵之詩,均首言"博學"、
"學富",再言"材鉅"、"才高",對"學"與"才"之軒輊顯而易見。
再如林誌爲趙迪《鳴秋集》作序云:"夫是集若干篇,古詩要不下
魏晉,而諸作則醇乎唐矣,毋容一言贅也。若夫後生千百餘載,
與前人聲氣若出一口,雖氣運也,亦學力也,則進而《三百篇》可
馴致矣。"③認爲趙迪之詩可與魏晉詩比肩,雖然與明代盛世之
氣運相關,但亦是"學力"之助,若"學力"精進,則可以達到《詩
經》之高度,由此可見臺閣文人對後天學識之重視。

　　正是因"才有庸俊,氣有剛柔",加之後天學習差異,所以導
致詩歌風格自然多變,才形成了"筆區雲譎、文苑波詭"之局面。
但臺閣文人論詩,無論何種風格,均可將其歸因於"性情之正",
這也是其忽視詩人天賦個性的重要原因。如姚廣孝評論歷代詩
人云:

　　晋宋謝靈運之清新、鮑明遠之俊逸、陶靖節之曠達,唐

　　①　周瑛《讀陳節判繾詩集》,《翠渠摘稿》卷四,《景印文淵閣四庫全書》1254 册,
臺灣商務印書館,1986 年,第 800 頁。
　　②　楊士奇《廬陵李伯葵先生詩集序》,《東里續集》卷十四,《景印文淵閣四庫全
書》1238 册,臺灣商務印書館,1986 年,第 542—543 頁。
　　③　林誌《鳴秋集序》,趙迪《鳴秋集》卷首,《四庫全書存目叢書》影印清乾隆三
年陳作楫刻本,齊魯書社,1997 年,集部 36 册,第 275—276 頁。

杜子美之渾涵、李太白之豪放、韓退之之峻險、柳子厚之清潤、李長吉之怪奇、韋應物之閑淡、孟東野之窮窘、溫庭筠之纖麗，如此類者，雖才氣不同，志趣有異，至其樂于吟咏，皆出乎自然而得其性情之正者也，所以名于一時，流于千古，豈易得者哉！[①]

姚廣孝雖然注意到歷代大家才華氣質及個性之差異形成的不同風格，但他所強調的，是"出乎自然"的共同性，符合"性情之正"的要求，這才是其流傳千古之原因。而當代詩人天賦個性的形成，更是依靠盛世之涵養，如于謙在《趙尚書詩集序》中指出：

清明純粹之氣，瀰滿於天地間，騰而上者，昭布森列而為日月星辰；凝而下者，流峙發生而為山川草木；鍾於人者，表著呈露而為文章事業。其生也有所自，其出也有所為，其製作也有所關係，豈偶然邪？刑部尚書大梁趙公，以鴻才碩學，遭際盛時，揚歷華要，聲實著聞。其雍容廟堂之暇，旬宣方岳之餘，怡情適趣，發為辭章，長篇短什，操楮立就。有沉雄而典重者，有舒徐而優柔者，有平衍而冲淡者，有光彩焕發而豪宕放逸者，有清新流麗而慷慨凄惋者，變態縱橫，不一而足。如八音迭奏，而畢中其節；如百貨具陳，而各適於用；如五味相資，而各適諸口。豈區區拘泥聲律，而摹倣前人於萬一之可擬哉！是皆清明純粹之氣，自肺腑中流出，有莫知其所以然而然者。嗟夫！公一代偉人也，才與位稱，出與時會，功在朝廷，澤被生民，而辭章特餘事耳。固未足以盡

① 姚廣孝《韓山人詩集序》，韓奕《韓山人詩集》卷首，《四庫全書存目叢書》影印清鈔本，齊魯書社，1997年，集部23冊，第360頁。

公，然欲知公之出處，與其人品才器者，亦可於此而概見，且以知天地之氣所以鍾於公者，固不偶然也。於是乎書。①

"氣"發于天、地、人三才，鍾于人者呈露爲文章，"氣"或指作者之天賦個性。"趙尚書"即趙羾（1365—1436），于謙雖指出其詩風格多變，但認爲這並非由作者之天賦個性所致，更多是因爲"遭際盛時，揚歷華要"、"才與位稱，出與時會"，故得以"清明純粹之氣，自肺腑中流出"，這才是其詩歌風格形成的主要原因。臺閣文人忽略詩歌創作主體的個性差異，強調其性情之正的一致性，與儒家思想中約束個人性情，使性情達到"中庸"境界的觀念有關。《禮記•中庸》云："喜怒哀樂之未發，謂之中；發而皆中節，謂之和。中也者，天下之大本也；和也者，天下之達道也。"②"中和"即"溫柔敦厚"之詩教傳統，在"中庸"思想約束下，詩人性情天賦雖然不一，但詩中均能實現符合"性情之正"的和平溫厚之風，而非豪放險峻之格。

臺閣詩學思想強調後天之學問涵養，並非是指學習文學創作的技巧，而是學習溫柔敦厚的"理性情"。如張宇初針對"刪後無詩"指出："後之學者苟不操源遡流，發乎性静之正、資養之實，務趨於模測雕飾，窺古人之餘膏剩馥，惟將和鉛吮墨，剽獵纖辭，騁駕於蘭苔月露之頃，以誇時自足，是豈足與言詩也哉？"③由於《詩經》以後之詩已不能體現"先王之澤"，後之學

---

① 于謙《趙尚書詩集序》，魏得良點校《于謙集》，浙江古籍出版社，2013 年，第 626 頁。

② 鄭玄注、孔穎達疏《禮記正義》卷五十一，影印阮元校刻《十三經注疏》本，中華書局，1980 年，第 1625 頁。

③ 張宇初《雲溪詩集序》，《峴泉集》卷二，《景印文淵閣四庫全書》1236 册，臺灣商務印書館，1986 年，第 388 頁。

者在本乎性情之正外，還需要有"資養之實"，即後天之學問涵養，這是詩歌創作的必要條件。李賢在《行稿序》中指出：

> 詩爲儒者末事，先儒嘗有是言矣。然非詩無以吟咏性情、發揮興趣，詩於儒者，似又不可無也。而學之者用功甚難，必專心致志，於數十年之後，庶幾有成。其成也，亦不過對偶親切，聲律穩熟而已。若夫辭意俱到，句法渾成，造夫平易自然之地，則又係乎人之才焉。嗚呼，詩豈易言哉！①

詩人若只是學習對偶聲律等文學創作技巧，並無大用，要達到"自然平易"之境界，還是在于先天之才。李賢之説看似與臺閣文人着重點不同，實則不然。先天之才性，不僅要靠"學問"資助，更要靠盛世政治"涵養"才能形成"性情之正"。如王璲云："士生幸遇光嶽之氣全，則其發於言者，敦實渾龐，得性情之正。"②詩歌得"性情之正"，更多是因詩人遭遇運隆祚永之朝，受"光嶽之氣"——即天地之氣涵養的結果。關於"涵養"，黄溥在其《詩學權輿》中解釋爲："吟咏性情，如印印泥。止乎禮義，貴涵養也。思有窒礙，語有蹇澀，涵養未至也，當益以學。"③詩能發乎情，止乎禮義，正是依靠涵養之深。曾棨爲陳璉《琴軒集》作序稱："廷器（陳璉）志專而學克，氣鋭而才贍，以其所蓄發而爲言，

---

① 李賢《行稿序》，《古穰集》卷七，《景印文淵閣四庫全書》1244 册，臺灣商務印書館，1986 年，第 554 頁。

② 王璲《虛舟集原序》，王偁《虛舟集》卷首，《景印文淵閣四庫全書》1237 册，臺灣商務印書館，1986 年，第 3 頁。

③ 黄溥《詩學權輿》卷九，《四庫全書存目叢書》影印明天啓五年黄氏復禮堂刻本，齊魯書社，1997 年，集部 292 册，第 90 頁。

宜其辨博閎大，窈乎其不可窺，邃乎其不可窮也，又何其至哉？然此實由聖朝景運之隆，治化之盛，而廷器之出，適際其時，宜其見於此者，鏗訇震耀，有非尋常之所可及，然後益信夫昔之人盛衰高下之論爲有徵，弗誣矣。"①曾棨認爲陳璉不僅於個人之志、學、氣、才具備，更重要的是"適際其時"地遭逢盛世，故詩能"成功"。可見臺閣文人所重視的後天之學問、涵養，是以學識理性情、以盛世氣象涵養性情，目的多是爲實現温柔敦厚之詩教傳統，表現和平盛世之音。

二、"窮而工"與"達而工"的統一

唐代韓愈在《送孟東野序》中提出"不平則鳴"，至宋代歐陽修將其闡發成"詩窮而後工"之説：

> 予聞世謂詩人少達而多窮，夫豈然哉？蓋世所傳詩者，多出於古窮人之辭也。凡士之蘊其所有而不得施於世者，多喜自放於山巔水涯。外見蟲魚草木、風雲鳥獸之狀類，往往探其奇怪。內有憂思感憤之鬱積，其興於怨刺，以道羈臣寡婦之所嘆，而寫人情之難言，蓋愈窮則愈工。然則非詩之能窮人，殆窮者而後工也。②

歐陽修指出詩人仕途不順、經歷過厄運的磨難，詩歌中感情可以更加充沛真實，更易打動讀者而成爲傳世佳作。歐陽修之説在宋代多有贊同者，如王安石詩云："高位紛紛誰得志，窮塗往往始

---

① 曾棨《重刻琴軒集序》，陳璉《重刻琴軒集》卷首，清康熙六十年陳氏刻本。

② 歐陽修《梅聖俞詩集序》，洪本健校箋《歐陽修詩文集校箋》，上海古籍出版社，2010 年，第 1092—1093 頁。

能文。"①蘇軾詩曰："非詩能窮人,窮者詩乃工。此語信不妄,吾聞諸醉翁。"②但亦有反對者,如南宋周必大即以宋祁爲例指出:"柳子厚作司馬、刺史,詞章殆極其妙,後世益信窮人詩乃工之説。常山景文公(宋祁)出藩入從,終身榮路,而述懷感事之作,徑逼子厚。《贈楊憑》等詩,自非機杼既殊,經緯又至,安能底此?殆未可以窮論也。"③柳宗元被貶謫後詩益工,符合"詩窮而工"之説,但宋祁終生榮耀,未遭貶謫,其詩却直逼柳宗元,周必大由此認爲"詩窮而工"之説不妥。可見詩人窮達遭遇與詩歌創作之"工"否在宋代就已有爭議,"詩窮而工"亦成爲後世"知人論世"的考察重點。明代臺閣文人對此有"窮而工"與"達而工"兩種看似截然相反之觀點,但無論窮達,均要求詩歌符合性情之正,實則是忽視生活經歷對詩歌創作的影響。

臺閣文人中主張"達而工"者,以柯潛、林環爲代表。成化三年(1467)柯潛序瞿佑《歸田詩話》曰:

> 公生長多賢之里,山川奇詭秀麗之州,而又嗜好問學,取諸外以充於内者多矣。既壯而仕,歷仁和、臨安、宜陽三庠訓導,陞國子助教、親藩長史,皆清秩也。因得以温燖舊學,其所造詣尤深,時時發爲詩歌,寄興高遠,世謂"詩必窮而後工",豈信然哉?④

① 王安石《次韵子履遠寄之作》,高克勤校點《王荆文公詩箋注》,上海古籍出版社,2010年,第453頁。
② 蘇軾《僧惠勤初罷僧職》,黃任軻、朱懷春校點《蘇軾詩集合注》,上海古籍出版社,2011年,第550頁。
③ 周必大《跋宋景文公墨蹟》,《文忠集》卷十六,《景印文淵閣四庫全書》1147册,臺灣商務印書館,1986年,第148頁。
④ 柯潛《歸田詩話序》,喬光輝校注《瞿佑全集校注》,浙江古籍出版社,2010年,第402—403頁。

瞿佑之詩寄興高遠，但皆在"清秩"時所作，並非因窮困潦倒而發，柯潛明確反對"詩窮而後工"之説。其《題李太僕咏梅詩卷》又云："梅峰李公朝退之暇，咏梅花律詩百首，用馮學士韵；絕詩百首，用馮學士題。發乎情，根極乎理，駸駸乎風雅門堂，蓋達而工，非窮也。"[1]以李公咏梅詩爲例，提出"達而工"之説。再如林環爲王恭《白雲樵唱集》作序稱："予喜曰：'朝陽之鳴，待先生久矣。'無何，果以詩名徹宸聽，得翰林典籍。余益信天之所以昌先生之詩者有在，而又信詩果不能窮人也。"[2]王恭隱居林下，後詔入任翰林典籍並"以詩名徹宸聽"，也是詩達而工之代表，故林環認爲"詩果不能窮人"。柯潛、林環二人均指出詩人仕途順利、處於"達"時詩歌創作更易"工"。

臺閣文人中亦有反對林環之説者，如金實《送山東參議孫君赴任序》云：

> 世謂詩能窮人，豈其然乎？詩果能窮人，人孰肯有爲詩者？然則非詩窮人，人窮詩乃工爾。吾於吾友子良孫君信之矣。子良昔從太學，登第爲名進士，出入館閣十餘年，拜兵部郎中，履道坦坦，未嘗齟齬，當時居行輩中，詩名猶未軼出也。後以非謫交阯十年，抑鬱無聊、暌離憤激一發於詩，而後詩始工。及召還，拜參佐之命，履長途，冒驚險，進退龍蛇，三二年間所爲詩，視謫居時，憂益深，詞益工。既而群疑，忘介抱釋，宜若安於無事矣。而又奉使河南，徵逋租數十百萬，披星月，櫛風露，自通都至於下邑，無不遍歷。上畏

---

① 柯潛《題李太僕咏梅詩卷》，《竹巖集》卷十八，《續修四庫全書》影印清雍正十一年柯潮刻本，上海古籍出版社，2003年，1329册，第369頁。

② 林環《白雲樵唱集原序》，王恭《白雲樵唱集》卷首，《景印文淵閣四庫全書》1231册，臺灣商務印書館，1986年，第84頁。

232

王程,下恤民隱,其間登臨弔古,觸目興懷,記物感遇,無不形於諷咏,憂而不傷,勞而不怨,讀之令人瞿然起敬。然則子良之詩之工,信乎由於窮也。夫窮而通,天地自然之理。[①]

孫子良進士及第後出入館閣十餘年,仕途坦蕩未遇挫折却詩歌平平。後因謫居交趾,抑鬱激憤之情發於詩,金實認爲孫氏即"人窮詩乃工"之代表。但值得注意的是,金實所贊揚的詩"工",並非抑鬱激憤之詩,而是"憂而不傷,勞而不怨"之作,符合性情之正方謂之工。其後繼曰:"今往山東,居承流宣化之地,而朝廷清明,四方無事,上有方伯之表,下有守令之屬,而君從容參贊於其間,無沉困憂勞之懷,得和平沖澹之趣。休沐之暇,與僚吏燕集□咏,必有汪洋渾厚之音,可以宣政化而媲風雅者,如是則子良之詩,不獨工於窮,於達亦工耳。隨所遇而得夫性情之正,詩之大成也。"[②]孫子良赴任山東參議後,必將得性情之正的渾厚和平之音,則是"達而工"了,可見金實並非完全否定"窮而工"之説。

强調"窮而工"者以黄淮、金幼孜爲代表。黄淮自序其《省愆集》曰:

先儒論詩,以爲窮而後工,近古以來,若李白、杜甫、柳子厚、劉禹錫諸名公,其述作皆盛於困頓鬱抑之餘,至今膾炙人口。淮也才不逮古人,處困日久,而囹圄禁且嚴,目不

① 金實《送山東參議孫君赴任序》,《覺非齋文集》卷十三,《續修四庫全書》影印明成化元年唐瑜刻本,上海古籍出版社,2003 年,1327 册,第 104 頁。
② 同上。

覩編簡，手不親筆札，口不接賓客之談，舊學日益耗落，氣愈昏而趣愈卑，志愈窮而辭愈拙，深可愧也。然而篇什所載，或追想平昔見聞，以鋪張朝廷盛美；或懷恩戀闕，以致願報之私；或顧望咨嗟，以興庭闈之念。至於逢時遇景、遣興怡神，一皆出於至情，蓋亦不可廢也。是用藏之巾笥，以貽子孫，俾覽者知予處困之大略，工拙云乎哉？①

認爲李白、杜甫等人之詩是窮而工之代表，而自己處窮困之時所作詩歌"志愈窮而辭愈拙"，未能做到窮而工，並爲此感到慚愧。黃淮此說，實屬自謙，其獄中諸作多佳，稱爲"窮而工"可當之無愧。正如金幼孜序其《省愆集》所云：

> 予嘗讀歐陽永叔序梅聖俞詩，謂詩必窮而後工，蓋嘗疑焉。及讀今少保戶部尚書兼武英殿大學士黃公宗豫《省愆集》，而後知永叔之言爲然。夫詩者，所以宣人言、咏情性，豈待窮而後工乎？然其所以工者，必窮居索處，羈愁感憤之情鬱於中而不能暢，故其發也，憂深思遠，慷慨激切，有非平時得意者之可比也。……是集蓋公居幽時之作，凡愛君念親、感時書事、憂鬱自適之懷，悉於是發之，其言正而無邪，哀而不傷，咏嘆而自懲，紆徐委備，卒本於忠厚惻怛，其情藹如也，殆窮而後工者歟！雖然，聖俞在當時，低佪小官，志不得奮見於事業，徒於詩有稱耳。若公以宏才碩學，遭遇聖明垂三十年，聲光著於海內，其見於此者，特以一時寓於羈寒岑寂之中而發之，視聖俞之終身屈抑以窮而老者，可同日語耶？②

---

① 黃淮《省愆集序》,《省愆集》卷首,民國《敬鄉樓叢書本》。
② 金幼孜《省愆集序》,同上書,卷首。

金幼孜亦贊同歐陽修"詩必窮而後工"之觀點，并認爲黃淮《省愆集》即"窮而工"之代表。因爲"窮居索處"，故憂憤愁思發於詩中，感情激昂，不同于安樂之作。臺閣文人之"工"與"不工"的標準在於是否符合性情之正，如錢溥云："夫古之沉抑山林、奔走下僚而爲詩，雖曰'待窮而工'，然皆非鳴其盛者。得鳴其盛，則又鮮不雜乎憂讒畏譏、遷謫無聊之思以發乎詩。"①這與古人所言"詩窮而工"的含義並不一致，臺閣文人之"工"，是指鳴盛中不雜有"憂讒畏譏"之詞，黃淮"正而無邪，哀而不傷"的忠厚惻怛之作，才符合性情之正要求。再如楊榮序《省愆集》亦云："君子之於詩，貴適性情之正而已。蓋人生穹壤間，喜愉憂鬱、安佚困窮，其事非一也，凡有感於其中往往於詩焉發之，苟非出於性情之正，其得謂之善於詩者哉！"②明確指出黃淮在獄中之詩符合性情之正，堪稱是臺閣體之樣本。

臺閣文人强調性情不因個人窮達遭遇而改變，如楊溥爲楊士奇詩集作序云："今少師廬陵東里楊公，以頓敏宏遠之器，充之以明正之學，行之以和易，不爲窮達貴賤之所移易。"③並以楊士奇早年與晚年之詩對比，指出多是和平之詩。李奎序陳繼文集稱："及入翰林爲博士，爲檢討，日接縉紳巨儒緒論，大暢厥辭，而其文益工且雄，渾然天成，不事雕琢。挹之蒼然而有光，扣之鏗然而有聲，讀而咀之，淵然雋永而有味。以見其德備于中，言撲諸道，而無老少窮達之間，信爲一代之傑作，傳之於不朽也。"④陳繼之詩文亦未因年齡、窮達之不同而改變，始終保持性情之

① 錢溥《育齋先生詩集序》，高毅《育齋先生詩集》卷首，明弘治四年李綬刻本。
② 楊榮《省愆集序》，《文敏集》卷十一，《景印文淵閣四庫全書》1240冊，臺灣商務印書館，1986年，第169頁。
③ 楊溥《東里詩集序》，楊士奇《東里詩集》卷首，明嘉靖間刻本。
④ 李奎《怡庵集原序》，陳繼《怡庵集》卷首，明刻本。

正。個人窮達遭遇發洩于詩，往往產生亂世之音與盛世之音的區別。有學者在論述宋代詩學中的"窮而後工"時指出："宋人意識到，詩人的成就不僅是個人遭遇的產物，而且與整個社會大環境相關。'窮'的含義不只是個人性的，更是時代性的，具有社會的普遍意義。"①臺閣文人所論"窮而工"，亦有此意。

前者言臺閣文人強調詩人之後天涵養學問，即要"理性情"。其功用在於當詩人經歷不順處於"窮"時，若能資以學問涵養，疏理不平憤慨之氣，使詩歌達到溫厚和平之效果，則"窮而工"與"達而工"均能實現。如于謙序洪春詩集云："大凡士之未得志者，其氣未免於不平，而言亦隨之。今遂初（洪春）於未達之時，而所作溫粹和平如此，是尤不可及也。非深於理而適於趣者能之乎？"②洪春窮困之時詩尚能溫粹和平，其"窮而工"之原因在于"深於理而適於趣"，與個人道德涵養有關。柯暹亦曰："詩言志也，發於志之初矣，疑浩蕩而不羈；發於志之有得，宜平和而閑雅；發於志之所不遂，則或激烈而不平，或委靡而不振，吾見多矣。其或不遂而發於聲，詩有和平忠厚之意，則實由乎德性所存，學力所至。得喪榮辱交於前，而不動於中，故其氣和平，而言自忠厚，夫豈勉強所能爲哉？"③志之不遂時感情激烈不平，只有志之有得時詩歌方能和平閑雅，但志之不遂時發於詩却能做到和平忠厚，是因其"德性"與"學力"所致，達到"得喪榮辱交於前而不動於中"之境界，方能實現和平忠厚的風格。

---

① 周裕鍇《宋代詩學通論》，上海古籍出版社，2007年，第119頁。
② 于謙《玉岑詩集序》，魏得良點校《于謙集》，浙江古籍出版社，2013年，第627—628頁。
③ 柯暹《友雲詩集序》，《東岡集》卷三，《四庫全書存目叢書》影印明柯株林等刻本，齊魯書社，1997年，集部30冊，第525頁。

第二節　創作中的“不求其工”
與“速而工”

　　劉勰《文心雕龍》云“人之稟才，遲速異分”，又云“才分不同，思緒各異，或製首以通尾，或尺接以寸附”①，均是指作家才華各異，創作過程中自然遲速不同。臺閣文人并不在意詩人先天才華之差異，以文辭爲職事的身份及逞才競技的心態下，更多追求“速而工”的創作狀態。

一、“不求其工”與“天真呈露”

　　推崇自然、反對雕琢是臺閣詩學思想中較爲鮮明一致的觀點，胡儼寄曾棨詩云：“險怪雕鏤固駭人，何如平淡見天真？”②姚夔贈友人詩亦曰：“讀書要再涵泳之，作文那在雕琢爲？”③指出讀書貴在涵泳沉浸，創作要不事雕琢。楊士奇評論杜甫以後詩曰：“厥後作者代出，雕鏤鍛煉，力愈勤而格愈卑，志愈篤而氣愈弱，蓋局於法律之累也。不然，則叫呼叱咤以爲豪，皆無復性情之正矣。”④吳寬論唐詩之盛亦稱：“抑唐人何以能此？由其蓄于胸中者有高趣，故寫之筆下，往往出於自然，無雕琢之病。”⑤無

---

　　① 劉勰著，詹鍈義證《文心雕龍義證》之《神思》、《附會》，上海古籍出版社，2008 年，第 989、1604 頁。
　　② 胡儼《閩古作寄簡子啓八首》之四，《頤庵文選》卷下，《景印文淵閣四庫全書》1237 册，臺灣商務印書館，1986 年，第 678 頁。
　　③ 姚夔《勉思行贈吳春秀才》，《姚文敏公遺稿》卷二，《四庫全書存目叢書》影印明弘治姚璽刻本，齊魯書社，1997 年，集部 34 册，第 487 頁。
　　④ 楊士奇《杜律虞注序》，《東里續集》卷十四，《景印文淵閣四庫全書》1238 册，臺灣商務印書館，1986 年，第 541—542 頁。
　　⑤ 吳寬《完庵詩集序》，《匏翁家藏集》卷四十四，《四部叢刊》影印明正德刻本。

論是楊士奇所云後人"局於法律之累",還是吳寬所稱唐人"胸中有高趣",均指向性情之自然流露,反對詩歌雕琢鍛煉。這不僅是臺閣詩論中詩歌優劣評價之標準,也是重要的詩歌創作原則。臺閣文人評價同代作者之詩文,多贊揚其"不事雕琢",如萬安序姚夔文集稱:"公之於文也,以理勝爲主,而耻事雕琢。"①章綸序周旋文集言:"適情遣興,如行雲流水,不假雕琢。"②《明實錄》載李賢"作爲文章,援筆立就,不事雕琢"③,三者評語如出一轍,可見當時之宗尚與創作傾向。反對雕琢刻鏤,追求自然平淡之創作觀,實質是爲符合"性情之正"的要求。如劉弘序王翰《弊帚集》云:"予固不足以究先生之底蘊,然見其若詩若文,根乎實理,妙乎春趣,無杜撰矯激之態,無雕琢靡肆之非,清而和,約而達,深而則,誠一壇屋之老將,豈生輩所敢窺測哉!"④王翰詩文中無杜撰雕琢之習,無詭逆激切之不足,實因"根乎實理"。陳璉序周述詩集則曰:"所作詩歌,衆體兼備,其辭醇而雅,其聲和而平,蓋由情性之正,出於自然,有非刻意雕琢以爲奇者比,可不謂善鳴者與?"⑤明確指出周述作詩出於自然而無雕琢,是由於"性情之正"的緣故。

雕琢鍛煉以求詩之工,是詩人刻意之爲,與性情自然流露截然相反,故臺閣詩論中多不求詩歌之工,重在求其性情之正。如金幼孜稱:"大抵詩發乎情,止乎禮義。古之人於吟咏,必皆本於

---

① 萬安《少保姚文敏公集序》,姚夔《姚文敏公遺稿》卷首,《四庫全書存目叢書》影印明弘治姚璽刻本,齊魯書社,1997年,集部34册,第461頁。
② 章綸《畏庵周先生文集序》,周幹、陳仲光點校《畏庵集》,黄山書社,2012年,第2頁。
③ 劉吉等《明憲宗實録》卷三七,臺灣中研院歷史語言研究所校勘本,1962年,第738頁。
④ 劉弘《弊帚集序》,王翰《弊帚集》卷首,明天順間刻本。
⑤ 陳璉《東墅詩集序》,周述《東墅詩集》卷首,明景泰二年刻本。

性情之正，沛然出乎肺腑，故其哀樂悲憤之形於辭者，不求其工，而自然天真呈露，意趣深到，雖千載而下，猶能使人感發而興起，何其至哉！後世之爲詩者，皆率雕鏤藻繪以求其華，洗磨漱滌以求其清，粉飾塗抹以求其艷，激昂奮發以求其雄，由是失於詩人之意，而有愧於古作者多矣。"①臺閣文人作詩亦多不求工巧，如羅亨信稱陳璉："習作文章，唯詞順理到，而不求其工巧。"②楊溥在《東里詩集序》中更進一步闡釋爲：

> 詩之所本，肇于經，尚矣。古人所采，無擇於里巷歌謠，後世所錄，皆出於一時能言之士，而世之所重，有攸在焉。得非采於里巷者，本乎真情；出於能言之士者，求之工巧乎？況其體制音響，不能不隨時而降，得非囿於習尚者乎？囿於習尚愈趨而愈下，求之工巧，或失其性情。《三百篇》繇聖人刪定于經，下迄漢唐，若李杜名家，世有定論。吁！拘於籠絡者無善步，滋以薑桂者非真味，脫略乎是者，不亦難乎？今少師廬陵東里楊公，以頓敏宏遠之器，充之以明正之學，行之以和易，不爲窮達貴賤之所移易。……又至於觸物起興，亦莫不各極其趣，未嘗規規於事爲之末，而其體制音響，雖不能不隨時高下，然能發乎性情，固非求之工巧、囿於習尚者比也。③

楊溥認爲古詩與後世之詩的區別在於"本乎真情"與"求之工

---

① 金幼孜《吟室記》，《金文靖集》卷八，《景印文淵閣四庫全書》1240 册，臺灣商務印書館，1986 年，第 775 頁。

② 羅亨信《同邑禮部侍郎陳琴軒公行狀》，香權根整理《羅亨信集》卷五，上海古籍出版社，2011 年，第 204 頁。

③ 楊溥《東里詩集序》，楊士奇《東里詩集》卷首，明嘉靖間刻本。

巧”,後世之詩“愈趨而愈下”的原因,就在於“求之工巧,或失其性情”,并以“拘於籠絡者無善步,滋以薑桂者非真味”的比喻形象説明求之工巧並非詩歌創作正路,不能達到性情之正的境界,而楊士奇之詩則是發乎情性而不求工巧的代表作。文洪甚至指出詩歌只要性情之正即可,而不必求工與不工:“古人於詩,以發情止義爲主,故不必工不必不工。工則泥於雕琢,不工則流於鄙近。”①刻意追求工與不工,均會影響性情之自然流露,故詩要發乎情,止乎禮——即符合性情之正即可。

臺閣文人反對雕琢之工,或從風格而言,或從功用而論。如金實從詩歌風格角度反對之:“詩之綺麗易工,而平淡難到。纖巧不足貴,而渾厚典雅可喜。此古人論詩之至言也。然詩爲心聲,心得其所養則發而成聲者,出乎性静之正,所謂有德者必有言也。”②綺麗纖巧之“工”,有悖于其平淡典雅之風格,不符合“性情之正”的詩學要求。張寧則從詩歌功用角度批評之:

　　風雅義湮,漢魏日遠,近世爲詩者,沿襲於風土好尚,又各因其氣質、學問以相高下,而所見無全詩矣。然與其留連模仿,矯而爲工,又不若出於性情自然者,可以考見是非得失,不失先王聲教之意。古人謂禮失求野,真有謂矣。③

　　① 文洪《文淶水詩序》,《文淶水詩》卷首,《四庫全書存目叢書》影印明萬曆十六年文肇祉輯刻文氏家藏詩集本,齊魯書社,1997年,集部39册,第197頁。
　　② 金實《蘭圃遺稿叙》,《覺非齋文集》卷十四,《續修四庫全書》影印明成化元年唐瑜刻本,上海古籍出版社,2003年,1327册,第117頁。
　　③ 張寧《沈稽勳先生詩序》,《方洲集》卷十六,《景印文淵閣四庫全書》1247册,臺灣商務印書館,1986年,第404頁。

詩之功用爲考見政治是非得失，即要區分盛世、亂世之音，臺閣體要表現出盛世政治，故只有出於性情之正，才能體現出"先王聲教之意"，而刻意模仿爲之工，則有害性情之正。胡儼曾作詩寄曾棨云："句戀清奇體益卑，辭工靡麗氣還萎。"①指出追求詞句的清奇靡麗以求"工"，會導致"體卑氣萎"之弊病。

性情之正下的"工"與"不工"往往與詩人遭遇、世運衰變聯繫在一起，如陳敬宗云："昔韓子有言'歡娛之詞難工'，意謂歡娛之人，溺於逸樂富貴，故其言發之於荒墮之中，出之於淫蕩之際，則其難工也，誠宜。"②詩人處於富貴逸樂之中、荒墮淫蕩之際所爲詩歌，已不符合詩教傳統，故不工。臺閣文人更多將性情道德之工歸于時代興盛、政治清明，如天順五年（1461）柯潛爲懷悅所編《士林詩選》作序云：

> 竊惟天地氣運有盛衰，而詩之工拙繫之。我朝奄有六合，氣運之盛，自秦漢以來，所未有者。列聖繼作，以仁厚之澤，涵育萬物，而鴻生儁老，出於其間，作爲歌詩，以彰太平之治。其言醇正，其音和平，前世萎靡乖陋之風，於是乎丕變矣。先儒謂三光五嶽之氣分，大音不完，必混一而後大振，其信然哉！③

懷悅字用和，號鐵松，嘉興人，永樂中以納粟官通判，《士林詩選》是其所編同代友朋唱和之作。柯潛序中強調氣運盛衰與詩之工

---

① 胡儼《閱古作寄簡子啓八首》之八，《頤庵文選》卷下，《景印文淵閣四庫全書》1237 册，臺灣商務印書館，1986 年，第 679 頁。

② 陳敬宗《符臺外集序》，袁忠徹《符臺外集》卷首，《四明叢書》本。

③ 柯潛《士林詩選序》，懷悅《士林詩選》卷首，《四庫全書存目叢書》影印明天順五年懷氏自刻本，齊魯書社，2002 年，補編 11 册，第 395—396 頁。

拙有關，"盛世"是詩"工"之主要原因，大明盛世自秦漢以來無之，故詩有和平淳正之音而"工"。萬冀序楊榮《和唐詩正音》亦云："蓋時秀（楊榮）幸際聖明熙洽之化，又踐履乎道德，出入乎經史，胸次瑩然，是以發之聲響不思索而自工。所謂隨形而應，匪物刻雕琢之也。"①楊榮和唐詩不假思索而工之成因，首先在于"幸際聖明熙洽之化"，然後才是其自身之道德、學問涵養。

二、"速而工"與雕琢鍛煉

在追求性情自然流露的創作原則下，臺閣文人在構思寫作中強調一揮而就，若有神助。如周叙序翰林修撰彭璉詩集云："士之求文者踵至，先生恒不具草，索筆一揮，雖竭精苦思者不能及。"②楊士奇跋釋來復文集曰："見心學博而才敏，於詩援筆立成，未嘗苦思，日雖十數篇，如源泉混混無難者。"③蕭鎡爲王直文集作序稱："其爲文章浩乎沛然，不必勞心苦思，而千數百言，下筆立就，其汗漫演迤，若大河長川，沿洄曲折，頃刻之間，輸寫萬狀，略無凝滯之意。"④"援筆立成"、"下筆立就"云云，均是指詩人才思敏捷，而非殫精竭慮，苦思宿構。臺閣文人對同輩"吐辭運思捷若神助"之評論，或有誇耀美譽的成份，其詩歌創作中實際情形如何，梁潛《西垣對雪詩序》記之甚詳：

① 萬冀《和唐詩正音後序》，楊榮《和唐詩正音》卷末，明成化十四年吳汝哲刻本。
② 周叙《彭修撰先生詩集序》，《石溪周先生文集》卷六，《四庫全書存目叢書》影印明萬曆二十三年周承超等刻本，齊魯書社，1997年，集部31冊，第661頁。
③ 楊士奇《題蒲庵詩集》，《東里續集》卷二十三，《景印文淵閣四庫全書》1238冊，臺灣商務印書館，1986年，第683頁。
④ 蕭鎡《抑庵先生文集序》，王直《抑庵文集》卷首，明景泰五年應天府丞陳宜刻本。

古之人賦詩，或旬月煆煉，深思而巧搆；或造次頃刻，忽然得之。而意趣要妙，有不可及者。要之不在遲速，但欲其工耳。速而工，又難能也。……是年冬雨雪，曾君夜飲於修撰彭君之家，預在席者七人。修撰余君某以"長安雪後見春歸"分爲韵賦詩，即坐上刻燭，期不過半寸，詩皆成。詩不成者罰，且不得運意默搆，即運意默搆者又罰。於是觴酌如飛，談論不輟，且以古詩索句中字，首尾以相頂綴，繞坐上斯須不停，蓋以是苦之，使不暇思也。俄視燭至刻處，即具紙立書。書成，又令不得一字改竄，僅僅能成章。罷去，則皆欣然若有喜色。明日曾君、余君同入直秘閣，念此事，兩人相視忽大笑。予問何爲也？曾君告予以其故，予笑曰："何自深相苦至此。"然深自苦者，乃深以爲樂也。……余意其一時之作，必不能工，及取而讀之，皆極工緻，有非思慮所可及者，信所謂速而工者，亦奇矣哉！夫古之君子雖戲謔不苟，七人者亦庶乎善謔者也。衛武公《抑》戒之詩，以善謔見之咏歌，則七人者之事，有足尚者，又安知後之人不有傳之以爲雅事？①

分韵賦詩本是文人休閑遊戲之作，但在專以文辭爲職事的翰林文人看來，更傾向于逞才鬥氣，誇耀技能，從梁潛序中可見一斑。首先有時間限制，"刻燭期不過半寸"；其次中間不得思考，飛觴談論，以古詩索句；最後時間至則立即書寫，寫成不得更改，可見其成之速，此亦是臺閣文人之"競技"方式。創作過程如此迅速却"皆極工緻"、"非思慮所可及者"，"速而工"才是梁潛等人所追

---

① 梁潛《西垣對雪詩序》，《泊庵集》卷七，《景印文淵閣四庫全書》1237 册，臺灣商務印書館，1986 年，第 339—340 頁。

求的效果，而非臺閣詩論中强調的"不求其工"。

臺閣文人雖反對雕琢，追求"自然"，但其實際創作中同樣難以擺脱雕琢堆砌之弊。試以楊士奇、姚廣孝所作《騶虞詩》爲例：

> 維天至仁，涵育萬類。維我皇明，一德作配。穆穆太祖，奄有八埏。仁覆其人，大哉如天。……聲教漸被，孰有内外。邇悦遠來，極地所載。雕題漆齒，椎結辮髮。梯航重譯，俯伏北闕。至和孚洽，協于天人。無遠弗庭，百祥萃臻。嘉禾瑞麥，甘露芝草。白雉黄犀，皇不爲寶。維鈞有山，在彼周疆。乃産異獸，皓質緇章。茵耳修尾，身虎而馴。食不生物，性麟之仁。維周親王，往鈞于田。迫之弗驚，擾之以還。曰斯騶虞，皇仁之符。不遠千里，獻于皇都。王拜稽首，皇帝仁聖。維仁動天，靈祥協應。帝曰匪予，予弟仁孝。發祥周邦，維王之召。王曰匪臣，萬邦帝治。帝德致祥，臣敢冒之。群臣百工，觀視嗟嘆。自昔有聞，於今實見。歡欣拜舞，帝仁所來。帝曰予仁，曾曷下施。予懷忠賢，爲國之禎。菽粟布帛，民資以生。時無不獲，予治斯德。嘉祥異物，豈予攸巫。群臣拜手，皇帝聖德。大禹不伐，商宗恭默。皇心一揆，皇壽萬歲。維天降祥，如川方至。臣職載記，獲睹休異。敬陳歌詩，永告來世。①

> 騶虞不易出，自古獸中珍。應世爲奇兆，彰君有至仁。昔賢曾記異，曠代不逢真。間出還因地，潛藏亦有辰。貴聞名在德，强致力非人。剛克威無猛，柔居性本純。唼餐

---

① 楊士奇《騶虞詩并序》，《東里續集》卷五十四，《景印文淵閣四庫全書》1239冊，臺灣商務印書館，1986年，第389—390頁。

寧食活，行履不萌新。猊首應欺豸，貓聲亦怖麕。玄文光異墨，素質色如銀。不使倀爲導，還憑虎住鄰。圖形勝白贊，獻尾贖姬身。貞觀曾無見，熙寧豈有臻。聖朝宏至化，星象應秋旻。皇弟因蒐獲，明庭用獻陳。侁侁來洛下，燁燁起河濱。瑞氣低丹鳳，祥奇勝白麟。雕龍芳靈羃，玉砌紫雲屯。天降歡多士，時逢樂庶民。寵觀新遇主，榮示遠來賓。天苑繁華盛，仙鄉拳養廛。四靈端可配，六擾豈同馴。氣象新黃屋，祥光壯紫宸。日臨敷異彩，風動布香塵。莫謂行無侶，須知護有神。兒桃寧作駥，人侮靡生嗔。毛介沾濡厚，賢良拔用頻。邦家當愛育，山野起沈淪。宜有良具漢，奚容尹在莘。德崇歸聖上，詩咏屬微臣。鑄鼎藏宗廟，名流億萬春。①

永樂二年(1404)周王朱橚在河南獲騶虞，獻於朝以表忠心，二詩即爲頌揚此騶虞祥瑞而作。楊士奇所作四言古詩長達百餘言，繁不全引。但詩中描寫騶虞僅僅是"皓質緇章"、"酋耳修尾，身虎而馴"等寥寥數語，其詩之雕琢繁複，主要表現在對帝王聖德的描寫，開篇大談朱元璋之豐功偉績，仁愛臣民，以致出現騶虞等瑞兆。其次寫朱棣、朱橚兄弟互相謙讓的友愛之情，最後則寫朱棣認爲關係民生的"菽粟布帛"才是瑞兆，而不重視騶虞，着意刻畫朱棣謙遜愛民之形象。楊士奇詩題雖是"騶虞詩"，但通篇是在贊揚朱元璋與朱棣，言不離乎"聖德"、"萬歲"。第二首姚廣孝之詩與前者恰相反，其鋪叙雕琢的重點在於"騶虞"本身，開篇寫騶虞出現之罕見，曠世難逢，不僅需要天時地利之和，更要

① 姚廣孝《騶虞詩并序》，《逃虛子詩集》卷六，《四庫全書存目叢書》影印清鈔本，齊魯書社，1997年，集部28册，第48頁。

有至仁至德之君王，非强求可得。次寫騶虞之形貌特徵，獅首貓聲，玄文素質，雖然外表剛强威猛，却本性純柔，不食非自死之物，不踐生草，不履生蟲。最後寫騶虞之預兆祥瑞盛世，對偶工整，色彩强烈，如"芳靄"、"紫雲"、"黄屋"、"紫宸"等，雍容華貴的氣息撲面而來，極盡辭藻之靡麗。歌頌此次進呈騶虞的遠不止楊士奇、姚廣孝二人，僅現存别集中就有鄭賜、高棅、黄淮、高得暘、王紱、梁潛、陳璉、金實、李昌祺、唐文鳳、王偁等十餘人之作，詩、賦、頌、歌各體具備，多長篇古風或排律，篇幅冗繁，均以雕琢辭藻見長。以文辭爲職事之作者身份、追求頌世鳴盛之創作旨歸决定了臺閣體難以擺脱雕琢之弊，祥瑞進呈、節日朝賀、扈從遊幸、外邦入貢等臺閣體典型題材均無一幸免，且發展至後期雕琢繁縟有愈演愈烈之趨勢，造成了文壇喔緩、膚廓之風流行。

三、關於"速而工"的論争

儘管臺閣文人詩學觀與實際創作存在較大差異，但追求自然、反對雕琢仍是大部分臺閣文人的共同主張，顯示出臺閣詩學觀念的一致性；而明前期對創作過程中一揮而就、若有神助的"速而工"則多有不同看法，顯示出詩學觀念的複雜性。如黄淮論詩云："共説五車誇業盛，誰云七步擅才優。"其後自注曰："貴學不貴捷。"[①]指出學詩貴在學富五車之知識儲備，而非曹植七步成詩之逞才求速。李東陽在《懷麓堂詩話》中亦有相關論述：

太白天才絶出，真所謂"秋水出芙蓉，天然去雕飾"。今

① 黄淮《與節庵論唐人詩法因賦長律三十五韵》，《省愆集》卷下，《景印文淵閣四庫全書》1240 册，臺灣商務印書館，1986 年，第 466—467 頁。

所傳石刻"處世若大夢"一詩，序稱："大醉中作，賀生爲我讀之。"此等詩，皆信手縱筆而就，他可知已。前代傳子美"桃花細逐楊花落"手稿，有改定字。而二公齊名並價，莫可軒輊。稍有異議者，退之輒有"世間群兒愚，安用故謗傷"之句。然則詩豈必以遲速論哉？[①]

李白以其天縱之才醉中揮筆而就，而杜甫手稿中多有修訂之處，兩人作詩雖遲速不同，但並無優劣之分。李東陽此論並非否定"速而工"，但是明確提出詩之工拙不能以創作的遲速來評判。與臺閣文人不同，明初鎦績專引前人作詩多有修改之例，批評近人求速：

> 詩文不厭改。少陵、六一二公，皆一代偉人，制作未嘗不改。如少陵"桃花細逐楊花落，黃鳥時兼白鳥飛"，有得其手稿，初作"桃花欲共楊花語"，後乃更定如此。公嘗有詩云："新詩改罷自長吟。"此類是也。又有得歐公《醉翁亭記》稿，初云"滁州四面有山……"累數十字，後只作"環滁皆山也"五字，而文意自足。蓋公平日作文畢，粘之牆壁，坐臥觀之，改正盡善，方出示人。二公以詩文雄視海內，所作不能無改定，今之淺淺者，往往伸紙濡毫，一揮而就，自以爲快，其妄作如此。又從而稱道之，大可發笑。有人得白傅詩草數紙，點竄塗抹，及其成篇，殆與初作不侔也。[②]

---

① 李東陽著，李慶立校釋《懷麓堂詩話校釋》，人民文學出版社，2009 年，第 263 頁。

② 鎦績《霏雪錄》卷下，《景印文淵閣四庫全書》866 册，臺灣商務印書館，1986 年，第 687 頁。

鎦績以詩文大家杜甫、歐陽修、白居易等頻繁修改其手稿與近人
"伸紙濡毫,一揮而就"且自以爲工對比,批評"援筆立成"、"下筆
立就"乃至"速而工"之論。王綋甚至有《煅詩爐》一詩,專門描寫
詩歌創作中的鍛煉推敲:"物情爲炭趣爲銅,始信經營意匠工。
光熠騰衝天上下,詞鋒淬就劍雌雄。推敲句法從精鍊,陶冶心雲
入混融。雅頌百篇存古製,定將槀篇鼓淳風。"①肯定推敲句法
之功用。理學家陳獻章亦主張詩文多作修改,教導弟子作詩云:
"莊定山所以不可及者,用句、用字、用律極費工夫。"②即注重字
句之修改錘煉。其《送張方伯詩跋》又云:

> 某嘗謂:"作詩非難,斟酌下字輕重爲難耳。"如此詩第
> 五句"清"字,既研於心,又參諸友,左挨右度,終不可易,而
> 非公九載之守不渝,某亦豈敢孟浪。蓋一字之下,其難如
> 此,詩其易言哉!③

指出作詩之難在於斟酌下字,并以《送張方伯詩》爲例,分析其中
"清"字之別,可見其對鍛煉的重視。陳獻章在與胡僉憲之書信
中又明確指出"文字不厭改":

> 大凡文字不厭改,患改之不多耳,惟改方能到妙處,
> 而發之易者,恒不能多改。比見閣下於此詩略不經意,以
> 爲當終置之,不復改。此詩雖不改,亦無害,但不知其於

---

① 王綋《煅詩爐》,《王舍人詩集》卷四,《景印文淵閣四庫全書》1237 册,臺灣商
務印書館,1986 年,第 143 頁。
② 陳獻章《批答張廷實詩箋》,孫通海點校《陳獻章集》,中華書局,2008 年,第
75 頁。
③ 陳獻章《送張方伯詩跋》,同上書,第73 頁。

他文如何，深以不及對面一扣爲恨。後得此紙，然後知閣下非吝於改，而改之益善，日令兒輩誦此二句以爲喜。昔者嘗聞歐公作一小簡，反復改之，有改至八九次者。歐公期於言者也，其不苟有如此，宜其傳之遠也。吾人大抵以不專之學，方其爲之也，鹵莽潦略而不自知，又何怪夫古人之不可及也。[①]

陳氏開始認爲胡僉憲之詩是不經意道出未作修改，後見其原稿方知修改後更佳。他同樣舉歐陽修小簡修改八九次爲例，指出文章要多加修飾、錘鍊，方能傳之後世。而當今之人學識不足，作爲詩文又"鹵莽潦略"，故遠不及古人。可見陳獻章注重詩文推敲修改，反對"揮筆而就"之創作方法。

臺閣文人所求"速而工"，雖自云在大明盛世之下性情能自然流露，從而達到性情之正的"工"，但實際并不理想，其創作中的修改情況亦屢見不鮮，如解縉爲廖自勤文集作序云："間嘗得其近稿觀之，多所改定，蓋微近於荒唐輒改之，微近於慘刻、縱橫、駁雜輒改之，所謂沛乎其不可禦，粹然而出於正者，其幾矣。"[②]廖自勤，江西吉水人，翰林檢討廖欽之子，永樂元年（1403）任蜀府紀善。廖自勤與解縉爲世交，少年時又是同學，故解縉對其知之頗詳。其詩文稍微近於荒誕放蕩、凶狠刻毒、肆意橫行乃至混雜繁擾之傾向都要修飾，以求符合性情之正、道德之工，這顯然不是臺閣文人所追求的"速而工"。概言之，臺閣文人之實際創作與其詩學理論尚存在一定差距。

---

① 陳獻章《與胡僉憲提學》之四，孫通海點校《陳獻章集》，中華書局，2008 年，第 153 頁。
② 解縉《廖自勤文集序》，《文毅集》卷七，《景印文淵閣四庫全書》1236 册，臺灣商務印書館，1986 年，第 679 頁。

第三節　主情論及創作

臺閣體興起鼎盛的永樂至宣德間,詩歌創作在"報君恩"與"鳴己盛"心態影響下,感情并不真實動人;受臺閣詩學"性情之正"的約束,感情表達亦不強烈。本書以薛瑄、陳獻章等爲代表的理學家與臺閣文人對比論述,亦可窺其詩學思想中的差異性。

一、臺閣文人的主情論及創作

臺閣文人論詩雖亦言"情",如梁潛從詩之發生本源指出:"情之所適,不得不於詩焉發之。"①黄溥稱:"詩出於情,情動而有聲,聲協而有詩。"②但其所强調之"情",從内容上講更多是"忠君愛國之情",而非個人私情之抒發;從表達方式上來説,多要求性情之平和中正,若詩中憂思喜樂之感情過於激烈,便不符合儒家"止乎禮義"、"一本於性情之正"的要求。如王英所説:"詩本於性情,發爲聲音……憂思之至,則噍殺憤怨;喜樂之至,則放逸滛辟,於風何助焉?"③臺閣文人以"性情"取代了"情",實質是約束感情,而非宣揚感情,對此前文已多有論及,不再詳述。

佔據主流文壇的臺閣體儘管詩中感情以忠君愛國爲主,表達方式以温柔敦厚爲宗,但臺閣文人私人之親情、友情仍會在詩

---

① 梁潛《春闈倡和詩序》,《泊庵集》卷七,《景印文淵閣四庫全書》1237 册,臺灣商務印書館,1986 年,第 340 頁。
② 黄溥《詩學權輿序》,《詩學權輿》卷首,《四庫全書存目叢書》影印明天啓五年黄氏復禮堂刻本,齊魯書社,1997 年,集部 292 册,第 5—6 頁。
③ 王英《涂先生遺詩序》,《王文安公文集》卷二,《續修四庫全書》影印清樸學齋鈔本,上海古籍出版社,2003 年,1327 册,第 312 頁。

中流露。永樂間臺閣體興起,在頌世鳴盛的主題下,詩中感情或多被沖淡。以永樂七年(1409)胡廣懷念母親所作《寫懷三首》爲例:

> 老母今年七十六,別來十載淚沾巾。無由爲祝身長健,夜夜焚香禮北辰。
>
> 過庭詩禮早傷悲,教訓辛勤賴母慈。今日飽沾天上禄,寸心何以報恩私。
>
> 君恩母德總難酬,耿耿中懷負百憂。惟有此身圖兩報,忠心孝念各悠悠。[1]

胡廣(1370—1418)字光大,號晃庵,建文二年(1400)狀元,授翰林修撰。太宗即位後,歷任侍講、侍讀翰林學士兼左春坊大學士、文淵閣大學士等職。該詩首寫與母親分別十年而不能奉養,只能夜夜焚香祈禱母親長壽;其次回憶父親早逝,靠母親教育成人,如今已得高官厚禄,却不能報答母親養育之恩;最後表達內心爲忠孝不能兩全而憂愁;希望自己能一身兩報,忠君愛親兩不誤。詩歌主題是思念母親,但不能報答親恩就是因"君恩難酬"。此詩雖已和通篇頌世鳴盛之臺閣體有所不同,但在總體上感情過於平淡,很難引起讀者共鳴。同年十一月,梁蘭病中得子書,喜而賦詩兩首:

> 瀟然卧病室南隅,賴有諸孫問起居。原自閭閻蹤迹少,轉於朋舊笑談疎。餘年止飲瓢應棄,近日粗安藥未除。底

---

① 胡廣《寫懷三首》,《胡文穆公文集》卷八,《四庫全書存目叢書》影印清乾隆十五年刻本,齊魯書社,1997年,集部28册,第594頁。

事老懷能慰藉，叩門人送北京書。

　　書來萬里報平安，抱病胸懷取次寬。首報遠方俱入貢，中期老父倍加餐。新分馬乳偏能飲，舊賜貂裘不怕寒。兼說冷官多述作，賦成早晚寄來看。①

梁蘭字廷秀，別字不移，梁潛、梁混之父。時梁潛任翰林修撰兼右春坊右贊善，奉命至北京。梁蘭寓居南京，念子遠在千里，病中百無聊賴，思念甚苦。收到梁潛書信暫得慰藉，即作此二詩寄梁潛。梁潛得書後"悲不獲晨夕以養，而莫克宣其思也，示諸同僚之士和之"，一時館閣文人紛紛唱和，如鄒緝、曾棨、王英、沈度、林環、李時勉、余鼎、朱紘、許翰、王洪等均有和詩，彙而成帙將以復梁蘭，然梁蘭已離世未能獲睹。此次酬唱或是永樂間臺閣文人集體唱和中最能體現親情之作，但親情在"止乎禮義"約束下并未能充分表達，如王洪爲之作詩序云："畦樂先生嘉其子遭逢聖明，列職禁近，當聖天子巡守方岳，綏撫萬國，躬遇扈從之榮，因人北來，遺之詩二章，以慰其思。"將梁蘭念子之深情變成炫耀寵遇。王洪此說並非誇張，從梁蘭詩中可以看出，梁潛問候父親書信中多言異邦入貢、國力昌盛以及自己翰林生活情景，"首報遠方俱入貢"已使讀者嗅到其中臺閣氣息，"新分馬乳偏能飲，舊賜貂裘不怕寒"則確實是梁潛自己在炫耀恩寵了。臺閣文人之和詩亦多表現出此類傾向，如曾棨和詩："令子玉堂懷覲省，南京傳得寄書來。"王洪和詩："令子聲華動海隅，若爲千里嘆離居。"余鼎和詩："遙憶賢郎扈仙蹕，塞鴻千里忽傳書。"朱紘和詩："晚來退直金門下，晨起趨朝玉殿除。却憶林泉多逸興，雙魚忽

_____

① 梁蘭《病中得長兒潛書至自北京，喜而賦此，因便書示潛》，《畦樂先生詩集》卷末附錄，清鈔本。本書所引其他和詩及詩序均出自此，不再注明。

報數行書。"梁潛詩中尚有收到書信之欣喜,館閣文人和詩則將其變爲誇耀鳴盛。其實梁潛父子之間實有思念之情,胡儼《書畦樂先生示子詩後》曰:"嘉其骨肉天性之真,藹然于睽離之表,喜之至而樂之深也。"然和詩中玉堂、扈蹕、金門、玉殿等詞充斥其間,思念親人之情已多被沖淡。

再如洪熙元年(1425)三月,胡儼以太子賓客致仕歸家,楊溥、楊榮等作詩送之,從中可窺其友情:

> 春風桃李舊門庭,冠蓋趨陪白髮生。金匱有書傳太史,辟雍多士仰司成。九重優詔龍光絢,千載斯文晝錦榮。柳外扁舟湖水曉,酒杯不盡別離情。①

> 昔在太宗時,賢俊方彙征。與君初識面,遂結金石盟。一見得披豁,聯袂登蓬瀛。儤直居館閣,顧問趨承明。君獨負才學,胄監遂榮陞。……祖帳出都門,執手難爲情。西山鬱嵯峨,南浦春濤驚。桑梓日在眼,東風拂行旌。嗟我今獨留,念別心怦怦。矯首萬里天,鴻飛正冥冥。②

楊溥詩誇耀胡儼功勳之卓著、帝王寵遇之盛,僅最後一句"酒杯不盡別離情"寫分別,却毫無別離傷感之意。楊榮之詩更是用大量篇幅來寫胡儼內閣生活,繁不全引。自"祖帳出都門,執手難爲情"始寫送別之場景,但自漢代以來,"祖帳"、"執手"等意象詞彙已成爲送別詩中的模式化套語,難以體現作者之真情,同爲臺閣文人的金實曾言及送別詩云:"河梁執手,肇於蘇、李,魏晋以

---

① 楊溥《送胡祭酒先生致仕》,《楊文定公詩集》卷五,《續修四庫全書》影印明鈔本,上海古籍出版社,2003 年,1326 册,第 498 頁。
② 楊榮《送胡祭酒致政還鄉》,《文敏集》卷二,《景印文淵閣四庫全書》1240 册,臺灣商務印書館,1986 年,第 39 頁。

降,作者寖廣,至唐而盛矣。"①"西山鬱嵯峨,南浦春濤驚"一聯
亦是沿用唐宋送別詩中"西山南浦"之傳統意象而已②,並非實
寫,因此難以打動讀者。或曰楊溥是榮耀致仕歸家,故詩中難有
感情之波瀾,但寫親友離世感情亦不深,如楊士奇感懷友人凋零
作詩云:"東風又放玉堂春,麗色清香滿意新。有酒相歡莫虛負,
今年頓減去年人。"其下自注曰:"金少保、曾學士、宣郎中不數月
皆没,愴然有感。"③玉堂賞花賦詩,原是臺閣文人最爲風雅的場
景之一,如今看到花開而金幼孜、曾棨等友人皆已去世,無人一
起賞花飲酒,因此愴然傷感。楊士奇此詩與其説悼念朋友,不如
説是感傷自己暮年——即使感傷自己的感情亦不夠真實強烈。
再如宣德四年(1429)楊溥丁母憂途中作詩曰:"人生骨肉最相
親,一別俄驚二十春。風雨滿篷歸去日,江頭愁見送行人。"④相
別二十餘年,因母親去世才得以歸家,詩人心情可想而知,此詩
倒無臺閣雍容氣象,但亦無淋漓盡致的傷感之情。位高職重之
臺閣文人丁憂,常有"奪情"起復乃至升遷之慣例⑤,楊溥亦或因

---

① 金實《送鄭公雍齊還四明詩序》,《覺非齋文集》卷十四,《續修四庫全書》影
印明成化元年唐瑜刻本,上海古籍出版社,2003年,1327册,第111頁。
② 參見伍德林、董春林《西山南浦:意象之外的意義——兼論宋代文人情感
構造的視點》,《湖南師範大學社會科學學報》,2012年第1期。
③ 楊士奇《文淵閣前芍藥盛開對酒偶成》,《東里詩集》卷三,《景印文淵閣四庫
全書》1238册,臺灣商務印書館,1986年,第366頁。
④ 楊溥《途中有感 宣德己酉回丁憂題》,《楊文定公詩集》卷七,《續修四庫全
書》影印明鈔本,上海古籍出版社,2003年,1326册,第524頁。
⑤ 與明初不同,永樂後"奪情"尤多,黃佐《翰林記》載:"國初隆重儒臣,惟以孝
德,故學士宋濂、待制王褘皆當丁憂,未嘗奪情起復。其起復者,扣算年月以補行之,
蓋又以詔臣之移孝爲忠也。惟永樂中,始有制中起復之事。六年夏,學士黃榮居
父喪,給傳歸,既葬,遂命起復。是年冬,復居母憂,奏歸守制,時已下詔巡北京,不
許。九年春,奉命始奔喪,遣中使護送。榮還時,洗馬楊溥侍春宮,丁父憂,詔奪情起
復侍讀。二十二年,大學士黃淮丁母憂,乞守制,不許,特命乘傳奔喪,起復内閣視
事。洪熙元年,大學士金幼孜亦丁母憂,宣宗召修兩朝實録,起爲總裁官。"洪武時宋
濂、王褘等重臣皆丁憂,而永樂後館閣文人之丁憂往往"奪情"而升遷。

期待"起復"而沖淡了喪母之傷痛。事實亦是如此,史載:"內閣學士楊溥丁母憂,尋起復,直弘文閣。"①

正統後臺閣體漸趨衰落,詩中之真情也開始顯現。正統十二年(1447),高穀夢到亡友沈用維,作詩記之:"……夢我休文友,從容步軒墀。兒童道姓名,舉手誠若伊。褐衣仙客流,白帽隱者儀。靦然顧我笑,似說平生為。使我情感傷,淚落更漣洏。吞聲不容默,驚愕成悲歡。吾兒忽喚醒,午日花前移。因思四海內,誰不為心知?奈何獨夢君,自與理相隨。……高張但迷路,李杜勞形詩。未由話疇昔,往會還可期。揮毫寫情素,千里慰相思。"②高穀(1391—1460)字世用,揚州興化人。永樂十三年(1415)年進士,授庶吉士,歷任中書舍人、侍講、侍讀學士、工部尚書兼謹身殿大學士。高穀午睡中夢見亡友"著褐布衣,戴管寧白帽,傍于花藥欄而立",童子告知是沈用維,初甚疑惑,但看到舉手投足之間非常相似,方得以確認。因相與訴說平生,談及往事,淚落如雨,初見時的驚愕變為對往事訴說的悲歡。直至被兒子喚醒,方知是夢。因念四海之內友朋甚多,沈用維才是真正思念的知己,而且表示夢中未能言及的往事,以後夢中還有機會再談。高穀詩中友情真實感人,夢中與亡友談及往事,"不覺失聲,覺來淚痕斑斑尚在枕"。雖是長篇古詩(共二十四韻),但并未涉及頌世鳴盛之內容。臺閣文人描寫私人生活的詩中歌功頌德之內容減少,詩中之真情亦開始逐漸得以恢復。

---

① 雷禮《皇明大政紀》卷十,明萬曆刻本。
② 高穀《丁卯閏月二十日巳午間,予服藥就睡,忽夢舊友沈君用維,著褐布衣,戴管寧白帽,傍予花藥欄而立。童子遞稱君字,予視之,果君也,因與道舊,不覺失聲,覺來淚痕斑斑尚在枕。而拈筆走書二十四韻,以寓情感之至,且以寄君,兼記歲月云》,《育齋先生詩集》卷二,明弘治四年李綬刻本。

二、理學家的主情論及創作

與臺閣文人雖言"情"却加以約束不同,明前期理學家的主情論多強調感情之真實強烈,與創作結合也更密切,如薛瑄云:

> 凡詩文出於真情則工,昔人所謂出於肺腑者是也。如《三百篇》、《楚詞》、武侯《出師表》、李令伯《陳情表》、陶靖節詩、韓文公《祭兄子老成文》、歐陽公《瀧岡阡表》,皆所謂出於肺腑者也,故皆不求工而自工。故凡作詩文,皆以真情爲主。①

薛瑄(1392—1464)字德温,號敬軒,河津人。永樂十九年(1421)進士,英宗復辟後任禮部右侍郎兼翰林學士,入閣預機密,卒謚文清,"河東學派"創始人。薛瑄認爲詩文要"出於真情"——即"出於肺腑者"——才工,明顯不同于主流臺閣詩學思想。薛瑄舉《詩經》、《楚辭》、《出師表》、《陳情表》等爲例,認爲這才是古人出於真情之作,或悲天憫人,或怨憤不平,或親情至深,均充斥強烈感情,能打動讀者,故"不求工而自工",其最根本原因即以真情爲主。

薛瑄現存詩中雖亦多臺閣體及道學詩,但也不乏真情之作,如宣德元年(1426)讀許衡《思親詩》有感而和之,自序云:"洪熙元年冬十二月,余扶先人柩至覃懷。宣德元年春正月,啓先母窆,合祔於汾陽先塋。既卒事,因檢《元音》,讀至

---

① 薛瑄《薛文清公讀書録》,孫玄常等點校《薛瑄全集》,山西人民出版社,1990年,第1190頁。

魯齋先生《七月望日思親詩》，乃悽然有感，潸然淚下。遂次其韵，得詩三首。因書先生詩於前，以見先賢誠孝之心，溢於言表，雖百載之下，讀之猶足使人興起，復書余詩於後，以見余不仁不孝，不能竭力於始終，視前賢大節有愧云。"次韵三首，全錄如下：

　　觸目家山總是思，思親况遇早春時。日長每聽詩書訓，風暖頻隨杖履嬉。百載韶華成荏苒，終天涕淚感暌離。自緣孤子無誠孝，不是人生有盛衰。
　　風光滿目動哀思，春草春花似舊時。堂斧巳成終古恨，斑斕不復往時嬉。中宵祇解追前夢，隔歲猶如在遠離。却憶高堂覽明鏡，曾將華髮嘆年衰。
　　彷彿音容彷彿思，衣冠出入憶當時。成人未返林烏哺，稚子曾騎竹馬嬉。椿老暮庭風槭槭，草荒春塚雨離離。固知罔極恩難報，只恐終天孝易衰。[①]

魯齋先生即元代著名理學家許衡，薛瑄詩序後附許氏《七月望日思親詩》："思却千思與萬思，音容無復見當時。草窗夜静燈前教，蔬圃春深膝下嬉。將謂百年供色養，豈期一日便生離。泰山爲礪終磨滅，此恨綿綿未易衰。"薛瑄葬父之後，又讀到此詩，自然觸動傷心之情，即次韵三首，并抄錄許衡之詩附于前，以表達對自己"不孝"之悔恨。詩中反覆回憶幼年情景，庭前訓讀、竹馬嬉戲猶在眼前，但人生無常，終不能挽回父親去世的事實，欲效"斑衣戲彩"而親已不待。薛瑄思親之情並非一時興起，宣德四

---

　　① 薛瑄《讀許魯齋思親詩》，孫玄常等點校《薛瑄全集》，山西人民出版社，1990年，第422—423頁。

年祭日又作詩曰:"風木摧心已四年,沅州春日苦暄妍。無邊雨露滋群物,大地陽和浹九泉。懲忿敢忘當日訓,守身期佩昔人弦。光榮不及酬親願,俯仰終天涕泫然。"①每逢春日即會想起去世之親人,父母之恩如陽光雨露,然自己再也不能報答父母之恩,每念及此,不禁潸然淚下。宣德間正是臺閣體之鼎盛期,前已引同年楊溥所作丁母憂之詩,與薛瑄詩中之"情"相比可謂有天壤之別。

成化間理學家論詩主情者代表人物爲陳獻章。陳獻章(1428—1500)字公甫,號石齋,廣東新會人,學者稱白沙先生,"江門學派"創始人。正統十二年(1447)舉鄉試,再上禮部不就,聽選監生入國子監讀書。後奔赴江西臨川,投吳與弼門下問學,靜習十載,回鄉授徒講學。成化十八年(1482)再度應詔赴京,次年授翰林院檢討放歸。陳獻章論詩主情,亦不同於臺閣文人之"理性情",更強調個人喜怒哀樂之感情,如前引《夕惕齋詩集後序》云:"受朴於天,弗鑿以人;稟和於生,弗淫以習。故七情之發,發而爲詩,雖匹夫匹婦,胸中自有全經,此風雅之淵源也。而詩家者流,矜奇眩能,迷失本真,乃至旬鍛月煉,以求知於世,尚可謂之詩乎?"②"七情"即人之喜怒哀樂,感情外化而爲詩,乃是詩之"本真",平民百姓之感情自然外漏,即《詩經》之風雅傳統,而詩人矜奇眩能刻意雕鏤,則失去詩歌之本真,其強調的同樣是感情不加雕琢之"真"。陳獻章認爲論詩首先論情,其《與汪提舉》云:"大抵論詩當論性情,論性情先論風韻,無風韻則無詩

---

① 薛瑄《沅州三月一日思親先人忌日》,孫玄常等點校《薛瑄全集》,山西人民出版社,1990年,第492頁。

② 陳獻章《夕惕齋詩集後序》,孫通海點校《陳獻章集》,中華書局,2008年,第11頁。

矣。……情性好，風韵自好，情性不真，亦難强説。"①陳氏將"性情"與"情性"等同混用，并認爲汪提舉近作"足見盛年英邁之情"，可知其"性情"、"情性"均指詩歌中的個人感情，而非"性情之正"。

注重感情之"真"以外，陳獻章更注重詩歌情感之自然，其《認真子詩集序》云：

> 詩之工，詩之衰也。言，心之聲也，形交乎物，動乎中，喜怒生焉，於是乎形之聲，或疾或徐，或洪或微，或爲雲飛，或爲川馳，聲之不一，情之變也，率吾情盎然出之，無適不可。有意乎人之贊毁，則《子虚》、《長楊》，飾巧夸富，媚人耳目，若俳優然，非詩之教也。②

言爲心之聲，情變則聲變，創作關鍵在於"率吾情盎然出之"。與臺閣文人相比，陳獻章對詩中之情並無過多約束，"詩之發，率情爲之，是亦不可苟也已，不可偏也已"③。"情"不是無病呻吟，也非虚假造作，而是肆意直率發出。與薛瑄注重感情强烈真實不同，陳獻章更多注重"率吾情"自然抒發，試舉其懷念友人詩三首：

> 仙鶴去不歸，黄鸝向人語。空館忽相思，雲山杳何許？出門望東海，默默空延佇。月出潮復來，鳴橈下滄渚。④
>
> 不分賓主共林塘，脱下朝衫作道裝。酒爲老夫開甕盎，

---

① 陳獻章《與汪提舉》，孫通海點校《陳獻章集》，中華書局，2008 年，第 203 頁。
② 陳獻章《認真子詩集序》，同上書，第 5 頁。
③ 陳獻章《澹齋先生挽詩序》，同上書，第 10 頁。
④ 陳獻章《有懷世卿四首》之一，同上書，第 301 頁。

茗和春露摘旗鎗。津頭水滿鴛鴦下，牆背風來枳殼香。何
處與君挑坐久，萬株花裏小藜床。①

　　官府治簿書，倥傯多苦辛。文士弄筆硯，著述勞心神。
而我獨無事，隱几忘昏晨。南山轉蒼翠，可望亦可親。歲暮
如勿往，枉是最閒人。近來飲酒者，惟我與子真。能移柳間
舫，同泛江門津。②

第一首爲懷念友人李世卿之作，館舍中突然思念友人，却不知李
世卿此時身在何處？只能默默佇立在海邊，直至夜晚月出潮起。
第二首是詩人南歸途中所作，詩中想像歸家之後與友人相聚的
生活場景，脱下朝服，一起開甕喝酒，和露採茶。全篇皆是想像
場景，但詩人的閒適快樂和友情自然充溢其中。第三首寫友人
馬玄真公務繁忙，勞神費心，而詩人閒來無事，便拉其同去看山
賞景，詩歌敘述自然而感情真摯，其中既有友情之真，又是作者
自我感情的表露。已有學者指出："陳獻章對傳統儒家所謂'性
情'的理解有了一個明顯的轉折，即從道德意味濃厚的倫理方面
轉向了對自我情感的重視，正是這個轉向，通過後來的陽明心學
匯爲晚明重自我、重個性展現的文學思潮。"③再如成化五年
(1469)進士周瑛論友人陳縉之詩云：

　　予嘗謂詩有景、有情、有事，景真、情真、事真，便爲佳

---

　　①　陳獻章《南歸途中先寄諸鄉友二首》之二，孫通海點校《陳獻章集》，中華書
局，2008 年，第 418—419 頁。
　　②　陳獻章《拉馬玄真看山》，同上書，第 291 頁。
　　③　雍繁星《從性氣到性情——陳獻章與明代主情文學思想》，《首都師範大學
學報》2007 年第 1 期。亦可參見其《從理學到文學——明代理學與文學内在關係的
一種考察》第二章，南開大學博士論文，2002 年，第 30—60 頁。

作。如集中《送鍾太守東行》詩云:"洞庭秋色晴看雁,揚子江聲夜聽潮。"此景真也。《中秋與徐判簿酌別》詩云:"月色無如今夜好,人情誰似故鄉親。"此情真也。《中秋後一夕彭郎載酒來訪》詩云:"昨夜中秋翫月時,此心暗與故人期。故人今夜能相訪,月色還來照酒卮。"此事真也。如此之類皆是佳作。唐音和平,佳作大略似之。①

周瑛(1430—1518)字梁石,初號蒙中子,別號翠渠。成化六年進士,歷官廣德知州,南京禮部郎中,撫州、鎮遠知府,四川右布政使等。《明儒學案》有傳。周氏認爲只有景真、情真、事真之詩,才能更好表達作者真情,而不是靠"理性情"。其說或源自元代陳繹曾《詩譜》:"《古詩十九首》情真、景真、事真、意真,澄至清,發至情。……(陶淵明)心存忠義,心處閒逸,情真、景真、事真、意真,幾於《十九首》矣。"②強調《古詩十九首》、陶淵明詩之"真"。周瑛所舉陳繅三詩,即分別代表景真、情真、事真。如"洞庭秋色晴看雁,揚子江聲夜聽潮"一句對仗工整,雖是想像之景,但意境切合,並非簡單起興。同樣的送別詩,對比前舉楊榮"西山鬱嵯峨,南浦春濤驚",兩者之景孰"真"孰"假",自見分曉。"月色無如今夜好,人情誰似故鄉親"是感情之真,以中秋月色之美寫思鄉之情,毫無矯揉造作,更易打動讀者。《中秋後一夕彭郎載酒來訪詩》一詩寫中秋賞月時思念友人,次日即友人來訪,月色亦來助興。雖是日常生活中的小事却能描寫細緻,叙述真實,是謂"事真"。

---

① 周瑛《讀陳節判繅詩集》,《翠渠摘稿》卷四,《景印文淵閣四庫全書》1254 册,臺灣商務印書館,1986 年,第 800 頁。

② 陳繹曾《詩譜》,丁福保輯《歷代詩話續編》本,中華書局,2006 年,第 627、630 頁。

薛瑄、陳獻章、周瑛等人論詩之主情，與臺閣詩論形成鮮明對比，或與其理學家身份意識有關。臺閣文人限於"以文辭爲職事"的御用文人身份，無論是創作還是詩學觀念，詩中"情"之表達多受約束，萬曆間何宗彥序王錫爵文集時指出："夫館閣，文章之府也，其職顯，故其體裁辨；其制嚴，故不敢自放于規矩繩墨之外，以炫其奇。"①而陳獻章從窮理到適性，開啓了從理學到心學的轉變，出現注重感情、表現自我之詩學思想亦是情理之中。與陳獻章同出於吳與弼之門的胡居仁云："詩有所自乎？本於天，根於性，發於情也。蓋天生萬物，惟人最靈，故有以全乎天之理，而萬事萬物莫不該焉。當其未發，而天地萬物之理，森然具於其中，而無朕兆之可見者，性也，心之體也。"②理學家對"人"重新界定，突出人之感情，引發詩學思想領域的轉變，這也是導致臺閣體衰落的一個重要原因。

---

　　①　何宗彥《王文肅公文草序》，王錫爵《王文肅公文集》卷首，《四庫禁燬書叢刊》影印明萬曆間王時敏刻本，北京出版社，1999 年，集部 7 册，第 6 頁。
　　②　胡居仁《流芳詩集後序》，《胡文敬集》卷二，《景印文淵閣四庫全書》1260 册，臺灣商務印書館，1986 年，第 33 頁。

第六章　作品與風格論

　　本章分别究討臺閣文人之詩歌本體論、功用論、風格論。

　　臺閣文人論詩之本體，延續《詩大序》與《文賦》的闡釋，有"詩言志"、"詩緣情"兩種基本觀點。"詩言志"之"志"或有兩種含義，指"志向抱負"時以儒家倫理道德爲主，指"情志"時更多指向關涉自己的盛世遭遇，且兩者往往結合在一起。臺閣文人亦言"吟咏性情"，但强調"性情之正"、"發乎情，止乎禮義"，而非感情無節制地抒發，並突出"性情之正"要"自然"地抒發，體現盛世之音。在其功用主義詩學理念主導下，"詩言志"與"詩緣情"逐漸趨向統一，尤其是"志"作感情之意時，自然而然地回歸到"性情之正"的範圍。

　　臺閣文人論詩之功用，首先强調疏導作者不平之氣，使之發于詩溫厚和平，以體現盛世之音；其次便是讓讀者觀詩以知盛世氣象，這均與其身份職責密不可分。而對於《詩大序》中"經夫婦，成孝敬，厚人倫，美教化，移風俗"等儒家禮教的教化功用，臺閣文人亦有所提及，但並非其論述重點。至於"怨刺上政"之"怨"，因受皇權威懾而在臺閣詩論中消泯，使得臺閣體變爲只是歌功頌德的鳴盛之作。對於詩歌非功利性的文學審美價值，作爲深受宋儒影響的臺閣文人，更是關注其少。

　　通過梳理臺閣文人對前代及當代詩歌之風格評價，可知其推崇宗尚"和平沖澹"、"春容典雅"詩風；在實際創作中，亦能與其理想詩風相照應，這種風格不僅表現在頌世鳴盛的臺閣體中，亦表現在臺閣文人的生活詩中。臺閣體泛衍以後，和平雍容成爲詩壇主流風格，并逐漸演變爲膚廓冗沓、嘽緩靡麗之風，本書以周叙與商輅之詩爲例，探討其風格演變的原因。臺閣文人對詩風成因的詮釋，注重凸顯盛世遭逢之時代特徵，再加之"以文辭爲職事"的身份特徵，從而忽視詩人特有的個性情感。

第一節　詩歌本質論

詩歌本質是詩學思想的核心問題。何謂詩？自詩學濫觴之先秦就已開始探討此問題，《尚書》之"詩言志"與陸機之"詩緣情"分別代表了古人對詩歌本質的不同認識，并隱然有"言志"與"緣情"的分流。臺閣文人亦言"詩言志"與"詩緣情"，但兩者在功用主義詩學理念下漸趨統一。

一、詩言志

"詩言志"是古人對詩歌本質最早的界定。《尚書·虞書·舜典》云"詩言志，歌永言"，鄭玄注曰："詩所以言人之志意也。"①《詩大序》延伸《尚書》之說："詩者，志之所之也。在心爲志，發言爲詩。"②"詩言志"之"志"作何解釋，歷來學者論爭不斷。現代學者中聞一多與朱自清對"志"之解釋影響較大，聞一多《歌與詩》云："志……本義是停止在心上。停在心上亦可說是

---

①　鄭玄《詩譜序》，影印阮元校刻《十三經注疏》本，中華書局，1980年，第262頁。

②　毛亨傳，鄭玄箋，孔穎達疏《毛詩正義》卷一，影印阮元校刻《十三經注疏》本，中華書局，1980年，第269頁。

藏在心裏。……志與詩原來是一個字，志有三個意義：一記憶，二記録，三懷抱，這三個意義正代表詩的發展途徑上三個主要階段。"①朱自清《詩言志辨》引聞一多之説却省略了最後一句話，並强調："到了'詩言志'和'詩以言志'這兩句話，'志'已經指懷抱了。"②可見他只認可"懷抱"是詩"志"的確切涵義，却將記憶、記録等含義放到"詩言志"命題之外。其實自先秦至漢代，"詩言志"之内涵與意義已不斷發生變化，陳伯海先生指出："'詩言志'中的'志'，孕育於上古歌謡、樂舞及宗教、巫術等一體化活動中的祝咒意向，並經禮樂文明的範鑄、改造、轉型、確立爲與古代社會政教及人生規範相關聯的懷抱，大體上是可以肯定的。這一懷抱的具體内涵，又由早期詩人的用諷、頌以'明乎得失之迹'，發展、演變爲後世作者的重在抒寫'一己窮通出處'和'情寄八方之表'，其間分别打上了詩、騷、莊的不同思想烙印，從而使'詩言志'的命題變得更富於彈性，乃能適應後世人們豐富、複雜的生活感受的表達需要。"③清晰闡釋出"詩言志"由當初的祭祀天地鬼神到政教禮樂再到個人"賦詩言志"的發展脈絡。"詩言志"説隨着漢代儒學發展到頂峰，鄭玄箋注毛詩獨盛于世，而《詩大序》中對"詩言志"的闡釋影響至今，使"詩言志"當之無愧地成爲中國詩學的"開山綱領"。

　　臺閣文人所云"詩言志"，"志"至少有兩種含義。其一，"志"即抱負、志向。最具代表性的例子是，朱高熾尚是皇太子時，詢問帝王之詩高下優劣如何判斷，楊士奇答曰：

　　①　聞一多《歌與詩》，《聞一多全集》第一集，生活·讀書·新知三聯書店，1982年，第 185 頁。

　　②　朱自清《詩言志辨》，廣西師範大學出版社，2004 年，第 2 頁。

　　③　陳伯海《釋"詩言志"——兼論中國詩學的"開山綱領"》，《文學遺産》2005 年第 3 期。

詩以言志，"明良"、"喜起"之歌，"南薰"之詩，是唐、虞之君之志，最爲尚矣。後來如漢高《大風歌》、唐太宗"雪耻酬百王，除凶報千古"之作，則所尚者霸力，皆非王道。漢武帝《秋風辭》，氣志已衰。如隋煬帝、陳後主所爲，則萬世之鑒戒也。①

楊士奇所云"詩以言志"顯然指帝王之詩要抒負志向，上古時代舜與皋陶唱和"明良"、"喜起"，體現君臣互相勉勵敬重；而舜所造《南風》之詩，表現其心繫民苦，是君王政治志向的典範。漢高祖劉邦、唐太宗李世民之詩崇尚霸治，已非先王之道。《秋風辭》是漢武帝劉徹與群臣宴飲時樂極生哀所作，借悲秋感嘆人生易老，故楊士奇稱之爲"氣志已衰"。至於隋煬帝、陳後主等亡國之君所作靡靡之音，更是萬世警戒的反面例子，帝王詩歌之優劣，取決於其抱負志向如何。不僅帝王之詩要"言志"，臣子作詩亦要"言志"，楊士奇在《黎氏倡和詩序》中稱："夫詩以言志也，即其所言，知其所存，即其所存，知其所立，於是可以知黎氏兄弟之立矣。"據楊序可知，黎氏兄弟詩中之志是"立身行道，孝親忠君之大端"②。再如楊士奇與友人張從善等遊東山，作《東山燕遊詩序》云："夫詩以言志也，士君子立身行道，俯仰無所怍，隨時隨處，固無非可樂者，然所以重乎士者，固謂其能以民之憂樂爲己之憂樂。"③其中的志向，是遊覽之餘亦要心繫民之憂樂。可見臺閣文人"詩言志"中的志向抱負，都要與治世有關，體現了

①　楊士奇《聖諭録》卷中，劉伯涵、朱海點校《東里文集》，中華書局，1998 年，第394 頁。
②　楊士奇《黎氏倡和詩序》，同上書，第 115 頁。
③　楊士奇《東山燕遊詩序》，《東里續集》卷十五，《景印文淵閣四庫全書》1238册，臺灣商務印書館，1986 年，第 560 頁。

儒家倫理道德。

其二，"詩言志"之"志"指向情志時，更多是關涉臺閣文人之盛世遭遇，如金實《贈鄧先生宗經歸潛山詩叙》云：

> 詩所以言志也，《風》《雅》以降，莫盛於唐。……宗經往年謫滇陽，有詩數十篇紀其行役，解公所謂得少陵之肝脾者，豈謂是邪？今而退休於全盛之日，以遂其煙霞泉石之性，時和歲豐，與田夫野老相忘於場圃間，舉瓦盆引滿，醉而發爲歌謠，必有追《康衢》而和《擊壤》者，所謂得少陵之肝脾者，蓋又不足多矣。①

金實(1371—1439)字用誠，浙江開化人。朱棣即位，金實以布衣詣闕上書，得入翰林修書，歷任翰林典籍、東宮講官、左春坊司直等職。鄧宗經，會稽人，早年謫居滇陽，後爲廬陵、永新、潛山三縣學官。其言"志"之詩，有"往年謫滇陽"時"紀其行役"之作，有"退休於全盛之日"時"追《康衢》而和《擊壤》者"之作。金實所言之"志"，顯然是指鄧宗經之遭遇，尤其是指其在"全盛之日"的遭遇——相比之下，謫居時"得少陵之肝脾"的詩作已不值得稱贊。再如王直論春秋時士人"賦詩言志"稱："昔周之時，詩人之形於言也多矣，所謂風者，里巷之詞；頌者，宗廟之樂；其大、小雅則燕享朝會之詩。歡忻和樂以盡情，齊莊恭敬以發德，非偶然也。及春秋時，諸侯卿大夫相見，率賦詩以言志，皆取是詩而歌之，非必己作也。然因是以知其政治之盛衰、人事之得失，豈虛語哉！"②

---

① 金實《贈鄧先生宗經歸潛山詩叙》，《覺非齋文集》卷十四，《續修四庫全書》影印明成化元年唐瑜刻本，上海古籍出版社，2003 年，1327 册，第 115 頁。

② 王直《跋文會録後》，《抑庵文集》卷十三，《景印文淵閣四庫全書》1241 册，臺灣商務印書館，1986 年，第 294 頁。

春秋時士人不必自己作詩,賦《詩經》雅頌之詩便可"言志",其"志"即以表現當時政治遭遇之盛。接着論述"今諸公之詩,皆可以繼二《雅》之盛,後千百年,有以知聖明德化之隆洽,賢才之衆多,必於是詩見也"。當代諸公作詩亦能繼二雅之盛,其"志"自然也是體現當代盛世。

臺閣文人之"詩言志",或將志向抱負與盛世遭遇結合起來,如天順四年(1460)韓雍將巡撫大同、宣府,明英宗朱祁鎮親自召見並賜酒飯,韓雍"賦此書感,且以言志",詩云:"淺薄深慚祿久叨,忽承嘉命敢辭勞。璽書付託兼強鎮,天語丁寧特寵褒。宴賞頻煩真異數,風雲慶會幸相遭。感恩欲問何由報,誓使豺狼遠遁逃。"①這是一首典型的臺閣體,描寫帝王委以重託之厚愛,宴賞特寵之榮耀。韓雍詩中欲感恩報德之"志",是將自己掃除虜寇"誓使豺狼遠遁逃"的志向與遭際盛世之寵遇完整結合起來。再如成化十三年(1477)三月,天順庚辰(1460)科進士宴集賦詩,狀元謝一夔作《杏園重會詩序》云:

　　《書》曰:"詩言志。"歷觀諸君子之詩,皆渢渢乎治世之音,而忠君愛國之心、友朋規勉之誼,藹然溢於言表。繼今以往,尚期各隨所任,而夙夜匪懈,以弼成聖天子億萬年雍熙之化,使職業之修、功烈之著,炳炳烺烺,光映簡册,斯上不負天子,下不負所學,而無忝今日之會。②

　　①　韓雍《天順庚辰十一月十八日,承巡撫大同、宣府之命。閏月七日陛辭,蒙恩賜敕賜酒飯,既退朝,蒙召至文華殿,天顏咫尺,褒諭再四,復蒙賜諭中官賜酒飯,賜寶鈔三千貫,皆前此所無。歸而戒行,賦此書感,且以言志》,《韓襄毅公家藏文集》卷五,明蔚溪草堂刻本。

　　②　謝一夔《杏園重會詩序》,《謝文莊公集》卷三,明嘉靖四十一年謝廷傑刻本。

"杏園"泛指新科進士遊宴處,是年庚辰科進士仕於朝者三十餘人宴集,故謝一夔稱之爲"杏園重會"。序中指出因"朝廷肅清,夷狄賓服,而百司庶士亦用簡鮮",故縉紳大夫得以悠閑雅集,賦詩言志。其"志"在叙述自己遭逢盛世之同時,不忘表達"忠君愛國"之志向抱負:"繼今以往,尚期各隨所任,而夙夜匪懈,以弼成聖天子億萬年雍熙之化。"

二、詩緣情

"詩緣情",或曰"詩言性情",是繼"詩言志"後又一重要"詩學本體論"①。《詩大序》中雖提到"情動於中而形於言"、"吟咏性情,以風其上",但在"發乎情,止乎禮義"約束下,"詩言志"一直佔據主導地位。直至六朝陸機在《詩大序》基礎上提出"詩緣情而綺靡",才有"言志"與"緣情"分流之趨勢。朱自清先生追溯"緣情"理論發展史後指出:"'緣情'這詞組將'吟咏情性'一語簡單化,普遍化,並騾栝了《韓詩》和《班志》的話。"②雖然"詩緣情"即"吟咏性情"之概括,但與注重表達政治干預與教化意識的"吟咏性情"相比,"詩緣情"更重視個體感情的抒發。"性情"在不同時期亦有不同解釋,降至宋儒,更多是從哲學、倫理學角度論性情,如有學者指出,程頤的"吟咏性情"是"將聖人的德性、氣度、胸襟、情懷通過詩歌,表現爲一種氣象",朱熹之性情表露是指"志趣、情趣、意趣、感受、感悟以及在對天性義理等學問的探討中的體悟"③,可知宋儒"吟咏性情"之詩學觀,更多是從"天性義

---

① 參見王濟民《中國詩學本體論:詩言"性情"——兼及幾個同類詩學命題》,《華中師範大學學報》1994 年第 4 期。
② 朱自清《詩言志辨》,廣西師範大學出版社,2004 年,第 28 頁。
③ 查洪德《理學背景下的元代文論與詩文》,中華書局,2005 年,第 121—122 頁。

理”等哲學角度出發。明代臺閣文人論詩亦言“性情”或“情性”①，多指作者的感情，但更注重“發乎情，止乎禮義”，其“性情”是符合禮教要求的“性情之正”。如楊榮云：“意之所適，言之不足而咏歌之，皆發乎性情之正，足以使後之人識盛世之氣象者，顧不在是歟?”②直接把“發乎性情”變爲“發乎性情之正”，將“性情”等同於“性情之正”。臺閣文人論“吟咏性情”，多加“止乎禮義”以約束，試舉黃溥《詩學權輿序》、姚廣孝《韓山人詩集序》、楊士奇《恒軒集序》三例：

　　　　自是既降，變而爲騷、爲賦、爲歌行、爲古選、爲近律、爲絕句，雖其體裁音響不能不隨時以降，然要其歸趣，亦未有不發乎情性，而求止乎禮義者也。③

　　　　詩乃吟咏性情，其言止乎禮義，不讀經書，昧于義理，必不合乎其作也。《三百篇》之詩，其中有婦人女子之作，孔子亦取焉，婦人女子雖不能盡讀經書，其言禮義與經書合，蓋得其性情之正者也。④

　　　　先生(韓經)生平吟咏甚富，五七言律、長短歌行，字字

<hr>

　　① 查洪德先生論述元代詩學性情論時指出：“元代的講學家多使用‘性情’一語，而詩論家都使用‘情性’一詞。兩種表述雖然大體含義一致，但還是有差別的：使用‘性情’偏重於對‘性’的強調，使用‘情性’則較多關注‘情’。”參見氏著《理學背景下的元代文論與詩文》，中華書局，2005 年，第 113—114 頁。此說在元代尚爲合理，但在明代臺閣詩學中“性情”與“情性”內容基本一致，可以互換使用，因此本書不作區分。

　　② 楊榮《重游東郭草亭詩序》，《文敏集》卷十一，《景印文淵閣四庫全書》1240 冊，臺灣商務印書館，1986 年，第 159 頁。

　　③ 黃溥《詩學權輿序》，《詩學權輿》卷首，《四庫全書存目叢書》影印明天啓五年黃氏復禮堂刻本，齊魯書社，1997 年，集部 292 冊，第 5—6 頁。

　　④ 姚廣孝《韓山人詩集序》，韓奕《韓山人詩集》卷首，《四庫全書存目叢書》影印清鈔本，齊魯書社，1997 年，集部 23 冊，第 360 頁。

句句悉中矩矱,緣情序事,溫厚清邃,所謂發乎性情、止乎禮義之作也歟?[1]

黃溥自序其詩話《詩學權輿》,歷數詩體之變,指出雖然詩歌體裁音響隨時以降而衰,但其指歸仍是"發乎情止乎禮義"。姚廣孝則論述詩歌如何才能做到"發乎情止乎禮義":作者要熟讀經書,諳于義理,方能合作。成周盛世下的婦人女子雖不能盡讀經書,但因其在"先王之澤"影響下符合"性情之正",故其詩亦能選入《詩經》。楊士奇則以韓經之詩爲例,闡述"發乎情,止乎禮義"的表現:字句合乎法度,感情溫厚清邃。由此可見臺閣文人論詩,無論是"吟咏性情"還是"發乎性情",均要受"禮義"(或"義理")之約束。《詩大序》云:"故變風發乎情,止乎禮義。發乎情,民之性也;止乎禮義,先王之澤也。"[2]盛世衰落後出現變風變雅,詩人不平之感情會發洩於詩中,但受"先王之澤"影響,仍能"止乎禮義"。臺閣文人之身份與職責限定了其詩歌要以頌世鳴盛爲主,隨時表現治世之音,故作詩"吟咏性情"自然也是"止乎禮義",以體現盛世之治。不僅作詩要發乎情性止乎禮義,選詩亦是以此爲標準。永樂間高棅在《唐詩品彙》基礎上删選成《唐詩正聲》一書,周忱爲之作序曰:"然則廷禮(高棅)之所選,必也有風雅之遺、騷些之變,發乎性情,止乎禮義,關乎世教,斯其所以謂之正聲矣乎?"[3]只有"發乎性情,止乎禮義"之作才能入選,方可稱之爲"正聲"。韓雍序《皇明西江詩選》云:"若是編之選,

---

① 楊士奇《恒軒集序》,韓經《恒軒遺稿》卷首,明正統間刻本。
② 毛亨傳、鄭玄箋,孔穎達疏《毛詩正義》卷一,影印阮元校刻《十三經注疏》本,中華書局,1980年,第272頁。
③ 周忱《唐詩正聲序》,《雙崖文集》卷二,《四庫未收書輯刊》影印清光緒四年周氏山前崇恩堂刻本,北京出版社,2000年,第6輯30册,第315頁。

其所以吟咏性情、紀述事物、頌歌太平，雖體制不同，而皆溫厚和平，渢渢乎治世之音，有以見風俗之美，教化之隆，與夫列聖功德之盛，皆非近世所能及。"①編選之内容或吟咏性情，或紀述事物，或頌歌太平，雖内容體制不同，但溫厚和平、體現"治世之音"的主旨則大體相似。可見臺閣文人"吟咏性情"的詩學觀注重突出皇權之威盛，政治之興隆，與詩歌功用有密切關係。

三、言志與緣情的統一

"詩言志"與"詩緣情"兩種詩學本體論對中國古代詩歌産生了重大影響，但兩者相通還是相異，歷來研究者各執一詞，論争不斷。如朱自清先生認爲："'言志'跟'緣情'到底兩樣，是不能混爲一談的。"②"言志"主要是涉及政教内容、人生志向等理性方面，而"緣情"主要涉及個人的感情，包括哀怨及愛情等。楊明先生則指出："'志'、'情'兩字，意義大體相同；用'言志'、'緣情'兩語，意思也基本相同，都是指出詩歌抒發内心的特點。"③前代"詩言志"與"詩緣情"之關係並非本書討論重點，僅從明前期臺閣詩論來看，其更多是將"詩言志"與"詩緣情"統一起來。

"詩言志"之"志"本來就可解釋爲抒發感情。《詩大序》云："詩者，志之所之也，在心爲志，發言爲詩。情動於中而形於言，言之不足，故嗟嘆之，嗟嘆之不足，故永歌之，永歌之不足，不知手之舞之，足之蹈之也。"④已將"情"與"志"聯繫起來論述。聞

---

① 韓雍《皇明西江詩選序》，《皇明西江詩選》卷首，《豫章叢書》集部八，江西教育出版社，2007年，第399頁。
② 朱自清《詩言志辨》，廣西師範大學出版社，2004年，第23頁。
③ 楊明《言志與緣情辨》，《上海師範大學學報》2007年第1期。
④ 毛亨傳，鄭玄箋，孔穎達疏《毛詩正義》卷一，影印阮元校刻《十三經注疏》本，中華書局，1980年，第269—270頁。

一多先生認爲志作"懷抱"意時泛指詩人内心蘊藏之各種情意，"言志"即等同於言情。臺閣文人之"詩言志"亦多可作"情"來論述，如宣德七年(1432)朱權序胡儼文集曰："《詩》，六藝之一也，詩言乎志，有諸中而形諸外，則知其人矣。故詩所以道性情、該物理、叙風化者，志之所發也。"①"志之所發"第一種就是"道性情"。吴寬《公餘韵語序》言："夫詩以言志，志之所至，必形于言。古人于此，未有棄之者。故雖衰周之人，從役於外，而詩猶可誦，況生於今之盛世者乎？蓋退食自公，宣其抑鬱，寫其勤苦，達其志之所至，亦人情之所必然者。"②所言"詩言志"首先是宣其抑鬱之情。天順間陳循謫戍鐵嶺時有《東行百咏集句》，自序云："是編雖爲以自吟咏而作，然賦、比、興一皆發乎性情，實非有他，第恨疏淺不能多識前言，雖識，而老瀕於遺忘，或有誤差，窮荒之地，無從質正，不足以盡言志之興，爲可愧耳。"③雖是集句詩，但亦是言志之作，陳循自言是"發乎性情"而"盡言志之興"，可見兩者實爲一體。再如張肯序謝晋詩集，更是將"詩言志"與"性情之正"明確聯繫起來：

> 《書》云"詩言志"，心之所之之謂志。詩者，言其心之所之者也。在心爲志，發言爲詩，有諸内而形諸外也。心之所之之不同，而其詩亦有憂抑、感傷、憤怨、悲戚、喜樂、和悦之異，觀其詩，則知其所志矣。故窮夫出婦、逐臣逆旅，必多憂抑傷感、憤怨悲戚之言；騷人勝士、富翁貴客，必多和悦喜樂之語，非才之優劣而詩之不同，觀其志則知其人矣。雖然，

---

① 朱權《頤庵文選原序》，胡儼《頤庵文選》卷首，《景印文淵閣四庫全書》1237册，臺灣商務印書館，1986年，第551頁。
② 吴寬《公餘韵語序》，《匏翁家藏集》卷四十二，《四部叢刊》影印明正德刻本。
③ 陳循《東行百咏集句引》，《東行百咏集句》卷首，明刻本。

世道有升降，風氣有盛衰，而其詩亦然。因而隨之者有矣，其言之喜樂和悦者，大抵多盛世之音也；其不然者，則其人有大過人而不繫于時者也，又豈可一於心之所之而然乎？嗚呼！詩之言志，有不同如是邪？詩之言志雖不一，然其同者，則同得其性情之正也。詩而不得其性情之正，則不足以言詩矣。①

張肯字繼孟，一字寄夢，號夢庵。少從宋濂遊學，宣德間以古文與陳繼齊名。張肯雖非臺閣文人，但其詩學思想却與臺閣文人相近，認爲詩言"志"即抒發憂抑、感傷、喜樂、和悦等感情，且與世道升降聯繫在一起，故盛世之詩，其感情雖然憂樂不盡相同，但均出於"性情之正"，能體現治世之音。楊士奇亦云："古之善詩者，粹然一出於正。故用之鄉閭邦國，皆有裨于世道。夫詩，志之所發也，三代公卿大夫，下至閨門女子，皆有作以言其志，而其言皆有可傳。三百十一篇，吾夫子所録是已。"②上古三代上至公卿下至閨秀均能作詩言志，且"粹然一出於正"。由此可見在臺閣詩學中，"詩言志"與"詩緣情"已多統一混融。

第二節　詩歌功用論

中國古代詩學一顯著特徵，即對詩歌政教功用之重視。《論語·陽貨》載："子曰：小子何莫學夫詩？詩可以興，可以觀，可

---

　　① 張肯《謝孔昭詩集序》，載錢穀《吳都文粹續集》卷五十六，《景印文淵閣四庫全書》1386 册，臺灣商務印書館，1986 年，第 667 頁。
　　② 楊士奇《題東里詩集序》，《東里續集》卷十五，《景印文淵閣四庫全書》1238 册，臺灣商務印書館，1986 年，第 570 頁。

以群,可以怨。邇之事父,遠之事君,多識於鳥獸草木之名。"①
"興觀群怨"即孔子對詩之社會功用的總結。"興"朱熹解釋爲
"感發志意"②,即感動與啓發作者之情志。明代臺閣文人並不
注重詩歌之"感發"功用,而是强調要"疏導"作者不平之氣,使之
發於詩則温厚和平,以體現治世之音。"觀"即"觀風俗之盛衰",
周代有采詩觀風制度,《詩經》亦有"采詩"成書之説。臺閣文人
最注重詩之觀盛世功用,這與其身份職責密不可分。

一、詩以理性情

"吟咏性情"不僅是詩主情之本體論,亦是以詩抒發作者感
情之功用論。《詩大序》云:"詩者,志之所之也,在心爲志,發言
爲詩。情動於中而形於言,言之不足故嗟嘆之,嗟嘆之不足故永
歌之,永歌之不足,不知手之舞之、足之蹈也。"③人之感情通
過嗟嘆、咏歌乃至手舞足蹈而表現發洩出來。《管子·内業》曰:
"止怒莫若詩,去憂莫若樂。"④亦是强調詩歌之宣洩功能。但直
至南朝鍾嶸方明確從詩學角度指出詩歌宣洩感情之功用,其《詩
品序》稱:

> 若乃春風春鳥,秋月秋蟬,夏雲暑雨,冬月祁寒,斯四候
> 之感諸詩者也。嘉會寄詩以親,離群託詩以怨。至於楚臣
> 去境,漢妾辭宫,或骨橫朔野,或魂逐飛蓬。或負戈外戍,殺

---

① 劉寶楠《論語正義》卷二十《陽貨第十七》,《諸子集成》本,上海書店出版社,
1986 年,第 374 頁。
② 朱熹《四書章句集注》,中華書局,2008 年,第 178 頁。
③ 毛亨傳、鄭玄箋,孔穎達疏《毛詩正義》卷一,影印阮元校刻《十三經注疏》
本,中華書局,1980 年,第 269—270 頁。
④ 戴望《管子校正》卷十六《内業第四十九》,《諸子集成》本,上海書店出版社,
1986 年,第 272 頁。

氣雄邊；塞客衣單，孀閨淚盡。或士有解佩出朝，一去忘反；女有揚蛾入寵，再盼傾國。凡斯種種，感蕩心靈，非陳詩何以展其義？非長歌何以騁其情？①

"詩可以怨"、"不平則鳴"，詩中發洩的往往是怨憤不平之氣。鍾嶸指出作詩可以排解愁緒憂思，或曰詩歌陶冶詩人性情。其後持此説者不乏其人，如宋代石介云："詩之作，與人生偕者也。人函愉樂悲鬱之氣，必舒於言。能者述之，傳於律，故其流行無窮，可以播而交鬼神也。"②鍾嶸所論只是排解悲愁，而石介言"愉樂悲鬱"，將感情範圍擴大，認爲憂樂情感均需要通過詩歌發洩。明代臺閣文人亦多重視詩歌之疏導功用，如周叙曰："詩者，導人之情而發諸言者也。"③倪謙則云："昔柳宗元、蘇子瞻之謫嶺海也，率放浪山水間，賦咏不輟。蓋儒者他無所能，惟藉文辭以宣煩而導滯耳。"④指出柳宗元、蘇軾將貶謫之苦發之於詩，以"宣煩導滯"。臺閣文人所謂"理性情"，是將詩人激烈、高亢的怨憤不平之情借助於詩發洩變爲温厚和平之風，如洪熙元年（1425）王進序王紱詩集時指出：

　　余聞詩以理性情，貴乎温厚和平，固不以葩藻富麗爲尚

---

　　① 鍾嶸《詩品》，何文焕輯《歷代詩話》本，中華書局，2004 年，第 3 頁。
　　② 石介《石曼卿詩集序》，陳植鄂點校《徂徠石先生文集》，中華書局，1984 年，第 212 頁。按，此序亦見于蘇舜欽《蘇學士集》卷十三，故學界多誤爲蘇舜欽之作，可參見陳植鄂《〈石曼卿詩集序〉的作者問題》，《文史》第 27 輯，中華書局，1986 年，第 333—337 頁；莫道才《石介與蘇舜欽：誰是〈石曼卿詩集序〉之作者》，《文學遺産》2002 年第 4 期。
　　③ 周叙《張生挽詩序》，《石溪周先生文集》卷六，《四庫全書存目叢書》影印明萬曆二十三年周承超等刻本，齊魯書社，1997 年，集部 31 册，第 676—677 頁。
　　④ 倪謙《北園謙集詩序》，《倪文僖集》卷二十一，《景印文淵閣四庫全書》1245册，臺灣商務印書館，1986 年，第 438 頁。

也。今觀集中長篇短章，舂容爾雅，無斧鑿痕，而理趣兼至。蓋其心志坦夷，故詞語渾成，而不假於琱琢也。①

"舂容爾雅"是臺閣文人推崇之詩風，"温厚和平"是作者感情經詩歌疏導後之表現，只有這樣的感情發於詩，才能達到理想詩風，這也是詩歌"理性情"之主要功用。需要指出的是，臺閣文人雖延續鍾嶸、石介之詩歌宣洩感情論，但"理性情"與宣洩感情具有本質區別：以詩歌宣洩個人感情是非功利性的，而"理性情"則是爲表現治世之音以頌揚盛世，具有明顯的社會功利性。

宋代理學家提倡"吟咏性情"，其功用往往變爲"明道"、"見性"，因而理學家多把詩歌看成是涵養道德之工具，如程頤云："興於詩者，吟咏性情、涵暢道德之中而歆動，有'吾與點'之氣象。"②明前期理學家論詩之"理性情"亦有此意，如楊自懲贈理學家淩宗政之詩曰："吟咏詩范理性情，研覃禮樂消查滓。"③但臺閣文人提倡"理性情"之目的，與理學家並不一致。自《詩大序》提出"治世之音安以樂，其政和；亂世之音怨以怒，其政乖；亡國之音哀以思，其民困"後，"詩與政通"、"樂與政通"之説多爲士人所接受，如何舒緩作者之情並表現於詩以體現"治世之音安以樂"，才是臺閣文人提倡"理性情"之最終目的。前引周啓《王楚林先生詩序》言："詩以理性情者也，治世之音安以樂，亂世之音怨以怒，是孰使之然哉？情發於聲故也。詩之爲音，《三百篇》不可尚矣。漢魏而降，有唐爲盛。李翰林當開元之盛，故其辭多供

---

① 王進《友石先生詩集序》，王紱《友石先生詩集》卷首，清鈔本。
② 程頤《二程外書》卷三，《景印文淵閣四庫全書》698 册，臺灣商務印書館，1986 年，第 295 頁。
③ 楊自懲《贈淩先生宗政》，《梅讀先生詩存稿》卷五，明弘治十八年鄞縣楊守阯刻本。

奉；杜少陵屬天寶之亂，故其辭多羈旅。"①拈出治世、亂世之音的區別在於"情"之不同，如李白與杜甫詩中之情不同，表現出開元盛世與安史之亂的不同局面氣象。周瑛在《夢草集序》中亦曰：

> 蓋詩所以歌詠乎性情者也，性情理則詩無不理矣。昔成周盛時，上而公卿大夫，下而士庶女婦，皆沐浴文武清化，而一時肺腑洗滌殆淨，故其見於詩者，或溫厚和平，或端莊嚴肅，藹乎治世之音也。三代以還，不足以語此矣。②

臺閣文人推崇上古三代盛世政治，其間性情或"溫厚和平"，或"端莊嚴肅"，這是由於政治清明、性情得到通順之故，表現于詩中即爲治世之音。詩人憤慨不平之情，自然多是遭逢亂世的結果了。臺閣體要體現盛世之音，其感情不能過於激烈。前引楊士奇《玉雪齋詩集序》云："詩以理性情而約諸正，而推之可以考見王政之得失，治道之盛衰。三百十一篇，自公卿大夫下至匹夫匹婦，皆有作。小而《兔罝》、《羔羊》之咏，大而《行葦》、《既醉》之賦，皆足以見王道之極盛，至於《葛藟》、《碩鼠》之興，則有可爲世道慨者矣。漢以來代各有詩，嗟嘆咏歌之間，而安樂哀思之音，各因其時，蓋古今無異焉。"③拈出詩歌梳理作者性情，就是爲"考見王政之得失，治道之盛衰"服務，如《詩經》中展現文王德化之《兔罝》、《羔羊》，描寫父兄宴樂之《行葦》、《既醉》，就能體現"王道之極盛"，而寫人民流離困頓

---

① 周啓《王楚林先生詩序》，《溪園集》卷四，明景泰四年周源刻本。
② 周瑛《夢草集序》，《翠渠摘稿》卷一，《景印文淵閣四庫全書》1254 冊，臺灣商務印書館，1986 年，第 742 頁。
③ 楊士奇《玉雪齋詩集序》，劉伯涵、朱海點校《東里文集》卷五，中華書局，1998 年，第 63 頁。

之《葛藟》、諷刺重賦貪殘之《碩鼠》,則多是"王政之失"、"治道之衰"的體現。這就引出臺閣詩論中第二個詩歌功用——讓讀者觀詩以知盛世。

二、詩以觀盛世

臺閣文人之"詩言志",其"志"多以指涉作者的盛世遭遇,功用在於鳴國家之盛,以體現治世之音。筆者在第二章中已指出,臺閣體興起的一个重要動因,是翰林文人"鳴己之盛",以詩歌記録自己之盛世遭遇,叙述寵遇榮耀。如金幼孜扈從明太宗出征,"隨其所見,輒記而録之,且又時時作爲歌詩,以述其所懷。雖音韵鄙陋,不足以擬諸古作,然因其言以即其事,亦足以見當時儒臣遭遇之盛者矣"①。隨時記述北征途中之所見,以展現自己跟隨帝王親征之榮耀。"鳴己之盛"外,詩歌還有更重要的功用"鳴國家之盛"。王洪序國子祭酒胡儼詩集追溯"鳴盛"之歷史淵源云:"堯、舜之盛,《尚書》載之;商、周之興,詩人頌焉。文章有關於世道尚矣。"②文章關乎世道,世道亦要靠文章得以彰顯,堯舜盛世有《尚書》爲之鳴盛,商周之興則有《詩經》之《頌》,王洪此序意在表示,當代盛世亦需要相應的詩文製作彰顯。梁潛《中秋宴集詩序》則稱:"然而樂之於心者,無因見也,必有暢其志氣,發其歡欣,形之咏歌,使當時讀之者皆爲之擊節羡慕。傳之來世,思見其盛,而有後時不及之嘆。"③宴集歡樂之情,若只在心中未能

---

① 金幼孜《灤京百咏集序》,《金文靖集》卷七,《景印文淵閣四庫全書》1240 册,臺灣商務印書館,1986 年,第 721 頁。
② 王洪《胡祭酒詩集序》,《毅齋集》卷五,《景印文淵閣四庫全書》1237 册,臺灣商務印書館,1986 年,第 496 頁。
③ 梁潛《中秋宴集詩序》,《泊庵集》卷七,《景印文淵閣四庫全書》1237 册,臺灣商務印書館,1986 年,第 338—339 頁。

發出，讀者便無由得見；只有通過詩歌記錄，才能使當代讀者讀之羨慕歡宴之盛，後世讀者觀之感嘆未能身逢盛世。

臺閣文人認爲當代之盛世難逢，對於未能遭逢盛世者，只能報以惋惜，如晏璧爲陳謨詩集作序曰：“惜先生遭時偬擾，其製作弗及黼黻皇猷，以鳴國家之盛，而題曰《海桑集》云。”①陳謨卒于明初，未能遭逢永樂盛世，故晏璧感嘆其詩歌未能“黼黻皇猷”，不能向後世讀者展示盛世氣象。再如王紱，永樂元年（1403）以善書薦供文淵閣，至永樂十四年病卒於京，官至中書舍人，期間不乏鳴盛之作。卒後曾棨爲其詩集作序云：“君之生也，幸際國家無事泰平之時，以得有官於朝，假之以年，則其惕厲奮發于和平之音，以鳴當世之盛者，宜何如其至耶？惜其僅止於此也。”②王紱已“黼黻皇猷”十餘年，曾棨仍惜其早逝未能盡鳴當世之盛。臺閣文人視鳴國家之盛爲詩人本職所在，如王恭未仕時，遊樂於山水之間，林環曾爲其《皆山樵者詩集》作序曰：“如先生者，天固將使之鳴國家之盛，豈終窮餓其身，使自鳴于山巔水涯，與樵歌牧謳相唱和而已哉？”③果然永樂四年九月王恭以儒士被薦至京，預修書于文淵閣。入閣後王恭便嫌“皆山樵者”之號過野，以求改號④，自覺適用盛世政治，其詩歌創作自然也多體現“國家之盛”了。

臺閣文人注重詩歌鳴盛之功用，與其身份職責密切相關。

---

① 晏璧《海桑集序》，陳謨《海桑集》卷首，《景印文淵閣四庫全書》1232 册，臺灣商務印書館，1986 年，第 526 頁。

② 曾棨《王舍人詩集序》，王紱《友石先生詩集》卷首，清鈔本。

③ 林環《皆山樵者詩集序》，《絧齋集》序之卷三，明成化十三年林俟刻本。

④ 王偁《皆山樵者傳》載：“閩有高士王皆山氏……壯年落魄不羈，未爲世用。自治城來樵于長樂之籌嶺、董岩、太常、六平諸峰，凡丹崖翠壁，靡不登歷，無有定所，故自號曰‘皆山樵者’。……今季秋，皆山亦以儒士被薦來京，預修書于文淵閣。暇日過橋門，執予手曰：‘子故人，知我者也。曩爲貧故，不得不業於樵，以救溝壑之饑，與買臣輩爲伍。兹幸忝登名薦書，齒諸逢掖士子於朝，以仰望聖天子之光明，視向時樵者號野矣。將更之若何？’”載王恭《白雲樵唱集》卷末，清鈔本。

建文四年(1402)九月,朱棣登基不久即簡拔解縉等七人入值文淵閣,又命解縉等從新科進士中選拔"文學優等"者爲庶吉士入翰林院就讀,翰林制度是臺閣體産生的重要因素。吳寬曾言:

> 國初右武事,上民功,士之出爲世用者,不限於科第。至於永樂紀元,民庶且富,文教大興。龍飛初科,取士倍蓰於前。一時績學館閣、試政方州者多其人,至今言進士科者首稱之。……延及宣德、正統間,士益嚮風,争相磨濯,攘袂以起。[①]

永樂至正統間,正是臺閣體之興盛期。翰林官員作爲文學侍從讀書中秘,專以文辭爲職事,凡外邦入貢、地方獻瑞、扈從遊幸等多有頌詞。以當時瑞應爲例,蕭儀《聖德瑞應詩集序》云:

> 在昔氐、羌來享,詩人咏以誇有商之盛矣,而諸國又遠於氐、羌焉。越裳以天無烈風靈雨,海不陽波,意中國必有聖人,而以白雉之祥來獻,史臣嘗紀之,以誇成周之盛矣。若今日之盛,蓋有不勝其紀者。然弗紀則不能以詔於後,敢拜首稽首,述叙其事,俾朝之操觚翰者,皆播諸歌詩,笙簧盛美,俟採擇以列諸樂官云。[②]

蕭儀追述商、周時期祥瑞進呈都有詩文記載以誇耀其盛世,爲當代頌美提供了歷史依據。永樂間祥瑞進呈確實已到了"不勝其紀"之地步,但若不記録就不能詔告後人,因此要將各種顯示聖

---

① 吳寬《吳縣儒學進士題名記》,《匏翁家藏集》卷三十二,《四部叢刊》影印明正德刻本。

② 蕭儀《聖德瑞應詩集序》,《重刻襪線集》卷六,《四庫全書存目叢書》影印清乾隆五年重刻本,齊魯書社,1997 年,集部 31 册,第 436 頁。

德之瑞應——記録,以俟朝廷史官、樂官採擇,置於詩樂之中,以展現當代之"盛美"。臺閣文人的身份職責限定了其詩歌内容,同樣限定了其詩歌的主要功用爲鳴國家之盛,展治世之音,讓讀者——無論是當代讀者還是後世讀者——通過詩歌,了解大明王朝之盛世。

三、忽視的功用

臺閣文人强調詩之"理性情"、"觀盛世"功用,但對"施教化"功用並不重視,詩歌之"美刺"功用只剩下"美"而缺失"刺",更缺乏對詩歌審美功用的關注,顯示出臺閣詩學的局限性。

《詩經》發展至漢代,多强調其政治教化功用,"教化"一詞即源於《詩大序》:"風,風也,教也;風以動之,教以化之。"[①]"上以風化下,下以風諷上",故"教化"也稱之爲"風化"、"風教"。其教化之内容,即"經夫婦,成孝敬,厚人倫"等儒家倡導之禮教。臺閣文人雖或言及詩之教化功用,但與"理性情"、"觀盛世"相比,"施教化"並非其論述重點,或語焉不詳,或泛泛而談。如周是修序朱有燉《和梅花百咏》云:

> 詩道之關於世教,尚矣。其美刺足以正人心,其咏歌足以移風俗,又推其極,至於動天地,感鬼神,亦固莫詩若也。是以有書契以來,上自天子王公貴人,以及庶民小子,莫不代有作者,其作而協乎音律、合乎體制、該乎物理而有補治化者,莫不傳於世也。[②]

---

① 毛亨傳,鄭玄箋,孔穎達疏《毛詩正義》卷一,影印阮元校刻《十三經注疏》本,中華書局,1980 年,第 269 頁。

② 周是修《郡王和本中峰梅花百咏詩後序》,《芻蕘集》卷五,《景印文淵閣四庫全書》1236 册,臺灣商務印書館,1986 年,第 68 頁。

周是修(1354—1402)初名德,以字行,江西泰和人。洪武中舉明經,授霍邱訓導,遷周府紀善,建文間入直翰林。周氏此論基本是沿襲《詩大序》之説,看似是强調朱有燉《和梅花百咏》之世教功用,但實際上此詩只是咏物之作,且連和百章,堆砌辭藻而已,談不上有多少"寓美刺、移風俗"的"教化"意義。但周是修認爲:"殿下妙齡若此,以穎悟之姿,篤純明之學,咨詢稽古,惟日孜孜,是宜其夙有成,而大異於衆也。由兹而往,必將窮神知化以全其體,開物成務以達其用。和順積中,英華發外,播而爲黄鐘大雅之音,鏗然鳴國家之盛,繼美乎《周》、《召》,追迹乎隆平,以有光於皇祖之明訓。則百篇之咏,其'日新'之權輿乎?"①歸根結底,仍是强調朱有燉之詩能"鏗然鳴國家之盛",還是屬於"觀盛世"之功用,可見周是修開篇大談"詩道之關於世教",並非其論述重點。再如葉盛在《壽少卿陳先生七十詩序》中指出:"古今人不同,古今詩則無不同,詩不同而理同。詩之作,所以厚人倫、美風俗、成治化,其所系概如此,而豈偶然哉!"②"少卿陳先生"即陳贄,字惟成,餘姚人。曾任翰林待詔、五經博士,以薦升廣東布政司左參議,在廣東頗有政績。當地士人爲其七十壽誕作賀詩,葉盛此序開篇將賀壽之詩比作《詩經》中的《甘棠》、《緇衣》、《四牡》、《皇華》、《南山有臺》等篇,并强調"古今之詩同","古今之理同",實際即指詩歌"厚人倫、美風俗、成治化"之世教功用自古至今相同。但所舉《詩經》篇章多是"成治化"之功用,如《甘棠》是美召伯之政績,《緇衣》是言鄭桓公、武公父子相繼爲周司徒善於其職,《四牡》、《皇皇者華》均是贊頌使臣之教化,葉盛以此比附

---

① 周是修《郡王和本中峰梅花百咏詩後序》,《芻蕘集》卷五,《景印文淵閣四庫全書》1236 册,臺灣商務印書館,1986 年,第 68 頁。

② 葉盛《壽少卿陳先生七十詩序》,《葉文莊公全集》卷五,清康熙間葉氏賜書樓刻乾隆間印本。

陳贊在廣東的政績。由此可知葉盛所謂的世教功用，僅僅是突出治理國家、教化人民的單一內容。

臺閣文人不重詩歌之教化功用，或與其身份有關。"教化"是從上而下，即所謂"上以風化下"，統治者利用詩歌對臣民進行道德思想教育，教化施用對象是下層臣民。而臺閣文人爲皇權服務，詩歌以鳴盛爲己任，"從上而下"的教化並非其關心對象，故只是泛泛而談。再則詩之教化功用在漢代較爲凸顯，隨着文學發展詩歌更多向抒情轉變，如前文提及鍾嶸《詩品序》，即已從"政教功用"轉向"娛悅審美"。自此以後詩歌之"教化"功用雖從未中斷，但均已不如漢代受重視，尤其是唐宋以後，文學教化民眾之功用更多從詩歌轉向戲曲小説。王英在《涂先生遺詩序》中論"成孝敬"之功用云：

> 詩本於性情，發爲聲音，而形於咨嗟嘆咏焉。有美惡邪正，以示勸戒、敦彝倫、興孝敬、厚風俗，莫先乎詩。是故孝子之於親也，《南陔》、《白華》其辭雖亡，而《蓼莪》、《屺岵》之章，猶可諷咏，言約而明、肆而深、悲而不怨，可以觀感興起，詩之謂乎？後世不然，亡風雅之音，失性情之正，肆靡麗之辭，憂思之至則噍殺憤怨，喜樂之至則放逸滛辟，於風何助焉？①

《詩經》之後詩已無風雅遺意，缺少性情之正，其教化功用自然也隨之減少甚至消失，王英贊揚涂欽之詩曰："先生蓋異于此也。出於文明盛大之朝，以明經登高第，躋顯庸，是詩雖一時之作，然

---

① 王英《涂先生遺詩序》，《王文安公文集》卷二，《續修四庫全書》影印清樸學齋鈔本，上海古籍出版社，2003 年，1327 册，第 312 頁。

辭直而婉，喜而不矜，思而不憂，殷勤期望忠君愛親之意，讀之藹然，使人知所孝敬，盛世之音如是哉!"其詩中"忠君愛親"之意，對讀者有"成孝敬"之教化功用，但根源還是因涂欽生逢盛世而能得性情之正，詩爲"盛世之音"。

與"施教化"功用被忽視相比，詩之"美刺"功用則只剩"美"而缺失"刺"。《詩大序》云："頌者，美盛德之形容，以其成功告於神明者也。""頌"即歌頌帝王的政績成功，並以此告知神明，這就是"美"。"上以風化下，下以風刺上，主文而譎諫……國史明乎得失之迹，傷人倫之廢，哀刑政之苛，吟咏情性，以風其上，達於事變而懷其舊俗者也。"[1]詩人有感于"人倫之廢"、"刑政之苛"，對統治者進行諷諫，這就是"刺"。雖然"美刺"並稱，但在臺閣詩學思想中，詩歌功用論大多指向片面的"美"，臺閣體尤其是應制進呈之作多頌世鳴盛，內容上並無對帝王的諷諫，從前面論述其"觀盛世"之功用亦可看出。"刺"之功用缺失，與君權威懾有關，本書第一章對此已有論述，此處不再展開。

無論是理性情、觀盛世還是施教化、寓美刺，多具有政治功利性，而詩歌功用並不能全部用社會政治之功利標準來衡量，詩歌有其自身的非功利性審美價值，正如賀拉斯稱藝術是"甜美"而"有用"[2]，"甜美"即非功利性的文學審美價值，對於作者來説，是在詩歌創作中求得自我愉悦，如陶淵明自傳云："常著文章自娱，頗示己志，忘懷得失，以此自終。"[3]而從讀者身份來説，閲

---

① 毛亨傳，鄭玄箋，孔穎達疏《毛詩正義》卷一，影印阮元校刻《十三經注疏》本，中華書局，1980 年，第 271—272 頁。

② 賀拉斯《詩藝》，郝久新譯《詩學·詩藝》，中國社會科學出版社，2009 年，第 83 頁。

③ 陶淵明《五柳先生傳》，袁行霈箋注《陶淵明集箋注》，中華書局，2003 年，第 502 頁。

讀詩歌亦會産生審美感受,古人多以"味"形容對文學作品審美之感受。如劉勰《文心雕龍》中《宗經》、《辨騷》、《明詩》等篇提及"味"者有二十餘處,更從讀者角度提出"玩味"説,《隱秀》篇云:"始正而末奇,内明而外潤,使玩之者無窮,味之者不厭矣。"①是指對含蓄(即"隱秀")之作品可以玩味無窮,百讀不厭。鍾嶸在前人基礎上提出"滋味説",其《詩品序》云:

> 五言居文詞之要,是衆作之有滋味者也,故云會於流俗。豈不以指事造形,窮情寫物,最爲詳切者邪? 故詩有三義焉,一曰興,二曰比,三曰賦。文已盡而意有餘,興也;因物喻志,比也;直書其事寓言寫物,賦也。宏斯三義,酌而用之,幹之以風力,潤之以丹彩,使味之者無極,聞之者動心,是詩之至也。②

鍾嶸推崇五言詩,而"滋味"是五言詩歌重要審美特徵,"滋味"的形成,主要與詩歌中造形寫物的形象性、賦比興的創作方法與文辭風骨、辭藻之修飾有關,讀者對詩之"滋味"體會,也即從創作技巧、詩歌内容與形式等方面入手。唐代以後,論"味"者漸多,如司空圖《與李生論詩書》曰:"愚以爲辨於味,而後可言詩也。"③將是否能辨别詩"味"視作懂詩與作詩之前提。宋代楊萬里《誠齋詩話》亦言:"五言古詩,句雅淡而味深長者,陶淵明、柳

---

① 劉勰著,詹鍈義證《文心雕龍義證·隱秀》,上海古籍出版社,2008 年,第 1492 頁。
② 鍾嶸《詩品》,何文焕輯《歷代詩話》本,中華書局,2004 年,第 3 頁。
③ 司空圖《與李生論詩書》,《司空表聖文集》卷二,《四部叢刊》影印《唐音統籤》本。

子厚也。"①以味來形容陶淵明、柳宗元之詩。臺閣文人秉承功用主義價值觀,亦不重視讀者接受角度的文學審美功用,閱讀評論詩雖或言"味",但其"味"多是"太羹玄酒",如朱權序胡儼文集稱:"味而咀之,若玄酒之與太羹。"②胡儼《友桐軒詩序》曰:"於大雅則黃鐘一鈞,始終條理,有太羹玄酒之味。"③陳敬宗序《唐詩正聲》云:"體之高古,有商敦周彝之制,而其淡薄也,則又有太羹玄酒之味焉。"④朱逢吉跋袁忠徹詩集曰:"其古淡者,猶大羹玄酒,而非其醇醲芳馨之味。"⑤太羹即大羹,指不和五味的肉汁,玄酒即祭祀所用清水。《禮記·樂記》載:"清廟之瑟,朱弦而疏越,壹倡而三嘆,有遺音者矣;大饗之禮,尚玄酒而俎腥魚,大羹不和,有遺味者矣。"⑥"太羹玄酒"之味看似與楊萬里所云"雅淡而味深長"相似,但"太羹玄酒"已不能稱爲平淡之味,而是"無味之味"。臺閣文人所言詩"太羹玄酒"之味並非讀詩之審美感受,而是强調詩歌符合情性之正,風格雅淡平和。即便詩歌"無味",亦要突出其功利性價值,如吳與弼詩曰:"東風紅紫競芳菲,萬葉千葩恐後時。誰道太羹玄酒味,却能醫得兆民彝。"⑦百花爭放,鮮明艷麗,却無功用,不如太羹玄酒可以關乎民彝。天順

　①　楊萬里《誠齋詩話》,丁福保輯《歷代詩話續編》本,中華書局,2006 年,第142 頁。
　②　朱權《頤庵文選原序》,胡儼《頤庵文選》卷首,《景印文淵閣四庫全書》1237冊,臺灣商務印書館,1986 年,第 547 頁。
　③　胡儼《友桐軒詩序》,《頤庵文選》卷上,《景印文淵閣四庫全書》1237 冊,臺灣商務印書館,1986 年,第 574 頁。
　④　陳敬宗《唐詩正聲序》,《澹然先生文集》卷四,《四庫全書存目叢書》影印清鈔本,齊魯書社,1997 年,集部 29 冊,第 350 頁。
　⑤　朱逢吉《題鳳池吟稿後》,袁忠徹《鳳池吟稿》卷末,明永樂間刻本。
　⑥　鄭玄注、孔穎達疏《禮記正義》,影印阮元校刻《十三經注疏》本,中華書局,1980 年,第 1528 頁。
　⑦　吳與弼《題淡然卷子》,《康齋集》卷五,《景印文淵閣四庫全書》1251 冊,臺灣商務印書館,1986 年,第 455 頁。

間"寰中散人"爲王士琛詩集作序亦曰:"讀者初不免有太羹玄酒之棄,爲味始弗甘脮,已而既飽既醉,方屬飫而不能置,其視纖靡浮淺無益於實用者,何啻霄壤哉?"①認爲王士琛之詩如太羹玄酒,初覺淺淡無味,但資養深厚,與"無益於實用"之詩形成鮮明對比。可知臺閣文人大羹玄酒之"味"仍是突出體現其"實"價值,而非功利的審美價值多被忽略。

第三節　詩歌風格論

嚴羽《滄浪詩話・詩體》云:"以時而論,則有建安體、黄初體、正始體、太康體……晚唐體、本朝體、元佑體、江西宗派體。以人而論,則有蘇李體、曹劉體、陶體、謝體、徐庾體、沈宋體……王荆公體、邵康節體、陳簡齋體、楊誠齋體。"②嚴羽所言"詩體",主要由詩歌風格不同所形成,或是時代風格,或是流派風格,更多則是詩人個體風格。當前學界對"臺閣體"的界定,亦多從其"風格"入手,如《辭海》"臺閣體"條:"臺閣體,明初館閣文臣賦詩作文時所形成的一種正統文風,流行於永樂、正統年間……"③袁行霈先生主編《中國文學史》云:"臺閣體則是指以當時館閣文臣楊士奇、楊榮、楊溥等爲代表的一種文學創作風格。"④可見風格是辨別臺閣體的重要特徵。本書考察臺閣文人的理想詩風,并結合其創作實踐,探查其風格演變的成因。

---

① 寰中散人《順成文集序》,王士琛《順成集稿》卷首,明天順五年徐節刻本。
② 嚴羽著,張健校箋《滄浪詩話校箋》,上海古籍出版社,2012年,第203—244頁。
③ 夏徵農主編《辭海》,上海辭書出版社,2009年,第2192頁。
④ 袁行霈主編《中國文學史(第二版)》第四卷,高等教育出版社,2005年,第60頁。

一、臺閣文人的理想詩風

臺閣文人論及前代及當代詩人之風格，多用"和平"、"淳正"、"平淡"、"沖澹"、"紆徐"、"春容"、"典雅"、"雍容"、"委婉"等詞語，這也是他們追求的理想詩風。用詞雖不一，然實質類似，總言之，即溫和自然、高雅雍容、舒緩而不迫、曲折而宛轉等風格，臺閣文人之創作成功實踐了其理想詩風，"和平沖澹"、"春容典雅"也成爲永樂至成化間詩壇的主流風格。

"和平"是臺閣文人最常用的批評術語，既可以指詩中之感情，亦可以指詩歌之聲音節奏。以評論《詩經》爲例，楊士奇云："古詩《三百篇》，皆出乎情，而和平微婉，可歌可咏，以感發人心。"[①]"和平"指感情的溫和不激烈，"微婉"則指感情宛轉不直接，楊士奇此論多是從《詩經》之"情"出發。莫士安則言："河南程夫子嘗云：'古詩《三百篇》，皆古人之歌曲，所以有被之絃歌，而奏之郊廟、房中、賓筵者矣。'然其可奏者，必聲之純正而和平者也。"[②]從《詩經》"被之管絃"角度，強調其聲音的平順不激亢。夏塤序《詩學權輿》曰："詩雖肇蹟於《擊壤》、《康衢》諸歌與夫《書》之《賡歌》，而備極名義，以垂教萬世，則吾夫子所刪之《三百篇》爾。繫之性情、倫理，關之風俗、政治，其本之所重者如此。而溫厚和平、優柔微婉以極乎體制、音響、節奏之妙，則末亦不可廢焉。"[③]"體制"不僅指詩歌體裁，亦可包括詩歌之情志、事義、

---

① 楊士奇《杜律虞注序》，《東里續集》卷十四，《景印文淵閣四庫全書》1238 册，臺灣商務印書館，1986 年，第 541 頁。

② 莫士安《陶情稿序》，易恒《陶情稿》卷首，《四庫未收書輯刊》影印清鈔本，北京出版社，2000 年，第 5 輯 17 册，第 50 頁。

③ 夏塤《詩學權輿序》，黃溥《詩學權輿》卷首，《四庫全書存目叢書》影印明天啓五年黃氏復禮堂刻本，齊魯書社，1997 年，集部 292 册，第 1 頁。按，夏塤(1421—1479)字宗成，浙江天台縣人，景泰二年(1451)進士，官至都察院右副都御史。

辭采、宮商等方面①，"音響"、"節奏"則是專從聲音角度論述。概言之，《詩經》作爲公認之詩歌典範，其體制、音響無不合乎"和平委婉"、"溫厚寬和"之特徵，這也是其風格所在。臺閣文人稱讚當代詩歌亦多用"和平"，如前引永樂七年（1409）梁潛《春闈倡和詩序》云："爲詩凡三百餘首，藹乎歡悦之情，發于樽俎笑談之末，而冲乎和平溫厚之氣，動于典則儀度之中。"②指出春闈唱和之作符合禮儀法度，有溫厚和平之風格。但臺閣文人所言"和平"更多與盛世聯繫在一起，如同年九月，曾棨、王希範、梁潛等七人宴集，分韵賦詩。梁潛作詩序曰："由是七人之作，益宏大演迤，得盛時和平之音，蓋所謂關乎風化者，信可觀矣。"③因"治世之音安以樂"，故"和平"、"溫厚"之風格最能適應當今之盛世。

　　"春容典雅"是臺閣體另一風格特徵。"春容"原意是形容聲音悠揚洪亮，作爲審美風格則有舒緩、從容不迫之意，亦作"雍容"。"典雅"多指言辭有典據，不淺俗。劉勰《文心雕龍·體性》中歸納了八種風格，"典雅"居首："典雅者，鎔式經誥，方軌儒門。"④即取法儒家經典（經誥），要求文辭莊重。"典雅"風格特徵有三：創作主體情感溫柔敦厚，寄託高尚；語詞雅訓，叙述節奏從容不迫；美感特徵是儒家的"和"⑤。四庫館臣評價臺閣體風格多用"春容"，有學者據此指出，明代臺閣體之"春容"不再是

①　參見詹鍈《文心雕龍義證》之《附會》篇釋"體制"，上海古籍出版社，2008年，第1593頁。
②　梁潛《春闈倡和詩序》，《泊庵集》卷七，《景印文淵閣四庫全書》1237册，臺灣商務印書館，1986年，第340頁。
③　梁潛《九日讌集詩序》，同上書，第341頁。
④　劉勰著，詹鍈義證《文心雕龍義證·體性》，上海古籍出版社，2008年，第1014頁。
⑤　參見溫玉林《"典雅"風格探析》，《語文學刊》2012年第6期。

指宏大響亮、鏗鏘有力以及磅礴大氣的一種美，而是指溫文有度、優遊嫻雅的另一種風格，概言之，即是優美而不是壯美①。此説或可商榷。後人論臺閣體之"春容"風格，確實有"溫文有度、優遊嫻雅"之意，如錢謙益評價楊士奇之詩歌："今所傳東里詩集，大都詞氣安閑，首尾停穩，不尚藻辭，不矜麗句，太平宰相之風度，可以想見。"②即是此意。但明人論"春容"，并不排斥"宏大響亮、鏗鏘有力"之風格特徵，如胡粹中爲元末管時敏《蚓竅集》作序稱："出示所自作詩一編，古製近體通若干首，春容乎其意度，鏗鏘乎其節奏……"③曾棨爲袁忠徹《鳳池吟稿》作序曰："然而有若袁氏父子之間，更唱迭和，春容乎風雅之中，鏗鏗乎廟堂之上。"④均是強調其節奏鏗鏘有力。李時勉爲李昌祺詩集作序稱："有典則溫厚如正士立朝，有流利動快如明珠走盤，有春容浩瀚如長河大海，滔滔不息。"⑤"春容"則是形容其宏大浩瀚之意。臺閣文人多以"春容"形容長篇大章，如陳敬宗言袁忠徹"大篇之春容，短章之精潔"⑥，吳琛稱曾棨"大篇春容，短章蘊藉"⑦，四庫館臣論臺閣體之"春容"風格，亦含有"宏大"之意，而並非完全是溫文有度。和平沖澹、雍容典雅是臺閣體總體風格，但後者多指文章而言，如楊士奇序胡儼文集指出："至

① 何宗美、劉敬《明代文學還原研究——以〈四庫總目〉明人別集提要爲中心》，人民出版社，2014 年，第 192—193 頁。
② 錢謙益《列朝詩集小傳》"楊少師士奇"條，上海古籍出版社，2008 年，第 162 頁。
③ 胡粹中《蚓竅集序》，管時敏《蚓竅集》卷首，《四部叢刊》影印明永樂元年楚藩刻本。
④ 曾棨《鳳池吟稿序》，袁忠徹《鳳池吟稿》卷首，明永樂間刻本。
⑤ 李時勉《李方伯詩集序》，《古廉文集》卷四，《景印文淵閣四庫全書》1242 册，臺灣商務印書館，1986 年，第 733 頁。
⑥ 陳敬宗《符臺外集序》，袁忠徹《符臺外集》卷首，《四明叢書》本。
⑦ 吳琛《巢睫集序》，曾棨《巢睫集》卷首，明成化七年張綱刻本。

爲文章，嚴於榘矱而雍容温裕，詞潔義正，於經旨必融會衆説而推明之，弗極弗已。"①朱權序胡儼文集則言："今先生之文，其辭雍容而其氣洋溢，藹然蔚然之意，見乎言義之表。故其文幽深混涵，人莫可測。"②兩人均是評論胡儼之文，可知雍容典雅是其文章的主要風格。再如王紳序張宇初《峴泉集》曰："其詩之沖邃而幽遠，文之敷腴而典雅。"③陳璉爲王達《天游文集》作序稱："其文典雅而温潤，詩則清麗而工緻。"④這與帝王偏好歐陽修雍容文風有關。楊士奇《滁州重建醉翁亭記》載：

> 我仁宗皇帝在東宫，覽公奏議，愛重不已，有生不同時之嘆。嘗舉公所以事君者勉群臣，又曰："三代以下之文，惟歐陽文忠有雍容醇厚氣象。"既盡取公文集，命儒臣校定刻之。⑤

帝王對歐陽修雍容文風的偏愛，促使自楊士奇以下臺閣文人對歐陽修之推崇與宗尚，《翰林記》載"自士奇以來，皆宗歐陽體也"⑥，董其昌論復古派崛起之前的文壇亦云："自楊文貞（士奇）

①　楊士奇《頤庵文選序》，胡儼《頤庵文選》卷首，《景印文淵閣四庫全書》1237 册，臺灣商務印書館，1986 年，第 551 頁。
②　朱權《頤庵文選原序》，同上書，第 546—547 頁。
③　王紳《峴泉集序》，張宇初《峴泉集》卷首，《景印文淵閣四庫全書》1236 册，臺灣商務印書館，1986 年，第 339 頁。
④　陳璉《天游文集序》，王達《天游文集》卷首，明正統五安定胡氏刻本。
⑤　楊士奇《滁州重建醉翁亭記》，劉伯涵、朱海點校《東里文集》卷二，中華書局，1998 年，第 18—19 頁。
⑥　黄佐《評論詩文》，《翰林記》卷十一，傅璇琮、施純德編《翰學三書》本，遼寧教育出版社，2003 年，第 140 頁。

而下,皆以歐、曾爲範,所謂治世之文、正始之音也。"①可見宗尚歐陽修已不僅是翰林文人的專屬,而是整個文壇之風氣。臺閣文人以文辭爲職事,故在詔誥奏議等"經世之文"、碑傳序跋等"應世之文"上學習歐陽修之雍容風格。

與"和平"、"雍容"相對立之風格,臺閣文人則多持批評態度。如周孟簡云:"凡詩賦諸體,渢渢乎有治世和平之音,可謂正而不易,奇而不艱,淺而不近,深而不晦,非枉非萎非俚而非靡者也。"②周孟簡(1378—1430),江西吉水人。永樂二年探花,授翰林編修,選庶吉士。周孟簡認爲詩歌風格和平自然,才能體現"治世之音",其所論述之"和平",更多體現爲"中和"之美,詩歌要合乎法度又不簡單輕易,多變而又不至于艱難,淺顯而不流於平庸,深入而不近於晦澀。能在正奇、淺近、深晦中尋求平衡,而非迂曲、萎靡、俚俗、靡麗之風。倪謙爲李實詩集作序指出:"予觀先生之詩,冲逸而不窘迫,典則而不奇詭,有和平自然之音,無模擬馳騁之態。"③李實(1413—1485)字孟誠,號虛庵,重慶府合州人,正統七年(1442)進士,授禮科給事中,官至禮部侍郎。其詩淡泊超俗而典雅有則,因窘迫奇詭不屬於性情之正,模擬馳騁已非自然之音。景泰元年(1450)白珂爲陸顒文集作序曰:

竊惟有德者必有言,文與詩尤言之精者也,此古之君子

---

① 董其昌《重刻王文莊公集序》,《容臺文集》卷一,明崇禎刻本。
② 周孟簡《劉尚賓文集序》,劉夏《劉尚賓文集》卷首,明永樂間劉拙刻成化間劉衢增修本。按,劉夏(1314—1370)字迪簡,號商卿,吳王朱元璋元年(1367)曾任南京尚賓館副使,後出使交趾,卒於廣西。
③ 倪謙《盤泉詩集序》,《倪文僖集》卷十九,《景印文淵閣四庫全書》1245冊,臺灣商務印書館,1986年,第421頁。

修辭以著其事業,必本諸道德以成章。故其言溫厚和平、簡淡沉實,大而無所不包,小而無所不備,遠而播諸四方、垂後世而不泯,此有德者之言也。……彼世之爲文與詩,好於奇者,語或滯於險澀;好於古者,言或出於怪癖。或隱晦其意自以爲深,或突兀其體自以爲高。不知簡淡之味、和平之音、正直之旨、微婉之辭,乃詩家之格律、文章之正宗也,其視頤光之集爲何如哉!①

白珂推崇古詩溫厚和平、簡淡沉實之風格,并將其成因歸於"本諸道德",批評後世詩人因追求奇、古、深、高,往往流于險澀、怪癖、隱晦之弊端,其理想風格是簡淡和平、正直微婉,與臺閣文人所推崇的理想風格相類。

二、創作實踐與風格演變

臺閣文人的創作基本能實踐其"雍容典雅"的理想詩風,這在早期臺閣體中體現尤爲明顯。試以胡廣《陪祀南郊》、《營中早朝》兩詩爲例:

聖主升中禮玉皇,碧霄雲淨月蒼蒼。星河晃漾搖雙炬,煙霧空濛散好香。玉珮上公趨執事,朱衣宿衛列成行。小臣侍從天壇下,聽徹《簫韶》頌《我將》。②

日華初映袞龍裝,雲罕高懸十二旟。侍衛千官環彩仗,嫖姚萬騎擁青虬。香飄帳疑爐煙上,山繞天營御氣浮。不

---

① 白珂《頤光先生詩集後序》,陸顒《新編頤光先生集》卷末,明景泰元年大冶縣刻本。

② 胡廣《陪祀南郊》,《皇明西江詩選》卷二,《豫章叢書》集部八,江西教育出版社,2007 年,第 501 頁。

美陳琳能草檄,只歌《大武》頌成周。①

第一首詩寫陪同帝王祭祀天地,首句"升中"即是祭天之意,典出《禮記‧禮器》:"是故因天事天,因地事地,因名山升中于天。"②後即以"升中"指代南郊祭天。末句中"簫韶"典出《尚書‧益稷》:"《簫韶》九成,鳳皇來儀。"③據說《韶》爲舜帝所作,因此"簫韶"更多象徵着上古三代的盛世昇平。《我將》是《詩經‧周頌》中祭祀文王之篇章,言其操勞國事,并贊頌其典章制度之盛。胡廣用此典故甚爲妥帖,既寓意大明盛世堪比三代,又將當今帝王比作文王,贊頌其治理朝政之辛勞。第二首爲胡廣扈從朱棣之北京,途中早朝所作,詩中亦頗多典故。如"雲罕高懸十二斿"或化用張衡《東京賦》"雲罕九斿,闒戟轇輵"④,雲罕即旌旗之別名。頷聯寫軍威之盛,頸聯寫行帳中的早朝不亞於宮中,舊時宮殿前丹墀設焚香爐,故"爐煙"多指代宮廷。"天營"即紫微垣,古人多指代天子。瑞香飄浮讓人將行帳誤疑爲宮廷,群山環繞中更襯托出帝王之氣象。最後寫自己不需羨慕陳琳能寫檄文,只需歌《大武》——表現武王克商豐功偉業的周代樂舞——就可以了。胡廣兩詩多用典故歌功頌德,展現盛世局面,用詞文雅有據,不淺俗。而詩中感情平和,并未因扈從寵幸表現出激亢興奮之情,故多紆徐春容之風。

需要指出的是,臺閣文人所追求之雍容和平風格,并不僅僅

---

① 胡廣《營中早朝》,《胡文穆公文集》卷二十,《四庫全書存目叢書》影印清乾隆十五年刻本,齊魯書社,1997 年,集部 29 册,第 180 頁。

② 鄭玄注,孔穎達疏《禮記正義》,影印阮元校刻《十三經注疏》本,中華書局,1980 年,第 1440 頁。

③ 孔安國傳,孔穎達疏《尚書正義》,影印阮元校刻《十三經注疏》本,中華書局,1980 年,第 144 頁。

④ 蕭統編,李善注《文選》卷三,上海古籍出版社,2010 年,第 113 頁。

表現在應制進呈的臺閣體中，其日常生活中所作之詩亦多此類風格。試舉楊士奇、金幼孜兩首五律爲例：

> 河上皆民舍，波光暎葦扉。青裙沽酒過，白髮載鮮歸。
> 倉廩豐年積，絃歌古俗稀。征颿未可住，還逐暮雲飛。①
> 閑居慕恬曠，雅趣在南園。山水留遺韵，烟霞隔世喧。
> 幽蘭宜獨操，大雅共誰論。我亦知音者，何時一過門。②

第一首是楊士奇途經武城縣時所作，首聯描寫民居沿河而建，蘆葦所編的門扉映照在河中。婦女沽酒，老人打漁，一派平静祥和之景象。倉廩豐實，古俗猶存，本想暫住，但帆船未能停留，只能將這如畫風景記在詩中。第二首是金幼孜寫閑居生活，表達自己心懷淡泊曠達之志，在南園中彈琴，彷佛脱離了塵世的喧囂。兩詩描寫日常生活均是波瀾不驚，但平淡中不乏雍容氣度，第一首用禮樂教化之"絃歌"典故寓意太平盛世，第二首則用知音典故，顯示自己的高尚情操。不用華麗辭藻堆砌，別有淡泊之韵味。

　　隨着臺閣體泛衍成爲文壇主流，模仿者甚多，臺閣體"和平沖澹"、"雍容典雅"之風格逐漸變爲"膚廓冗沓"、"嘽緩靡麗"之音，籠罩文壇，流弊甚廣。對此批評最多的當屬四庫館臣：

> （高）啓詩才富健，工於摹古，爲一代巨擘，而古文則不甚著名。然生於元末，距宋未遠，猶有前輩軌度，非洪、宣以後漸流爲膚廓冗沓、號臺閣體者所及。（高啓《鳧藻集》提要）

---

① 楊士奇《過武城縣》，《東里詩集》卷二，《景印文淵閣四庫全書》1238 册，臺灣商務印書館，1986 年，第 325 頁。
② 金幼孜《題南園琴趣》，《金文靖集》卷三，《景印文淵閣四庫全書》1240 册，臺灣商務印書館，1986 年，第 617 頁。

柄國既久,晚進者遞相摹擬。城中高髻,四方一尺,餘波所衍,漸流爲膚廓冗長,千篇一律。(楊榮《楊文敏集》提要)

今觀所作,雖有春容宏敞之氣,而不免失之膚廓,蓋臺閣一派至是漸成矣。(周叙《石溪文集》提要)

"三楊"臺閣之體,至弘、正之間而極弊,冗闒膚廓,幾於萬喙一音。(倪謙《倪文僖集》提要)

正統、成化以後,臺閣之體漸成嘽緩之音。(岳正《類博稿》提要)

成化以後,安享太平,多臺閣雍容之制作。愈久愈弊,陳陳相因,遂至嘽緩冗沓,千篇一律。(李夢陽《空同集》提要)

是編……凡文九卷,詩一卷,多館閣應酬之作,不出當時嘽緩之體。(商輅《商文毅公集》提要)①

"膚廓"即膚淺廓落,多指文辭空泛,大而無當,不切實際。"嘽緩"指聲音柔和舒緩,但在明清文學批評中並非褒義,如胡廣所編《性理大全書》引前人之説云:"歌亦不可以太高,亦不可以太下。太高則入於噍殺,太下則入於嘽緩。"②"歌"即《尚書》中"詩言志,歌永言"之"歌","嘽緩"是"歌之太下"的表現,非出於性情之正。"膚廓"、"嘽緩"多與"冗沓"相聯,指臺閣體泛衍後期亦步亦趨模仿下之風格。四庫館臣的上述評論,《凫藻集》、《空同集》提要只是論及臺閣體之流弊,不關涉作者本人;而《楊文敏集》、《倪文僖集》提要更是爲證明其風格迥異于臺閣體流弊;只有《石

---

① 紀昀等《欽定四庫全書總目》,中華書局,1997 年,第 2273、2290—2291、2392、2295、2296、2309、2396 頁。

② 胡廣《性理大全書》卷六十六,《景印文淵閣四庫全書》711 册,臺灣商務印書館,1986 年,第 444 頁。

溪文集》、《商文毅公集》提要是批評其"膚廓"、"噂緩",故以周叙、商輅二人爲例,探討其膚廓、噂緩之風格。

周叙(1392—1452)字公叙,江西吉水人。永樂十六年(1418)進士,選庶吉士。歷官編修、侍讀、經筵講官、南京侍講學士等。有《石溪集》十一卷、《石溪周先生文集》八卷存世。四庫館臣所見即後者,因其"編次無法"、"殊乖體例"而列入"存目"之中,并稱其"失之膚廓"。以《春日扈御駕祗謁列聖山陵十首》爲例,録其前三首:

> 上日謁園陵,祗嚴竭聖情。直廬千幛列,馳道萬人迎。
> 御□含春色,山花絢曉晴。微臣叨扈蹕,幸沐渥恩榮。
> 御幄千旗拱,屯營萬騎環。祥煙隨鳳蹕,瑞日映龍顔。
> 金鼓轅門樂,衣冠綵仗班。嵩呼來父老,聲動五雲間。
> 朣朧神皋迥,鑾輿曉駐時。天連雙鳳闕,地近九龍池。
> 日月開黃道,雲霞翊畫旍。恩隨陽德布,春滿萬年枝。①

扈從謁陵亦是臺閣體常見題材,但周叙之詩,更喜歡用"千"、"萬"這樣的字眼來誇張歌頌,如"直廬千幛列,馳道萬人應"、"御幄千旗擁,屯營萬騎環","澤隨陽德布,春滿萬年枝"以及其後幾首詩中的"三陵丹壑繞,萬乘翠華臨"、"小臣懷祝頌,寶曆萬年長"等,與胡廣之詩對比,"典雅"特徵已弱化,而多空泛之辭,即有"膚廓"之嫌。周叙作詩喜長篇大章及組詩,如其《石溪周先生文集》三卷詩歌中應制進呈詩有《元夕賜觀燈》十首、《春日扈御

---

① 周叙《春日扈御駕祗謁列聖山陵十首》之一、二、三,《石溪周先生文集》卷一,《四庫全書存目叢書》影印明萬曆二十三年周承超等刻本,齊魯書社,1997 年,集部 31 冊,第 548—549 頁。

駕祇謁列聖山陵》十首、《賜遊萬歲山》四首,而描寫個人生活的詩歌亦是如此,如《送復姪南歸六十韵》、《送祖姪仁本赴内黄縣令四十韵》、《寓愁》六首、《積雨金川舟中寫懷》十首、《示群從子弟》八首、《湘川雜咏》八首,甚至挽詩也是連篇累牘,如《挽太師楊文敏公》五首、《哭涣姪》十首、《挽曾光薦》五首、《挽胡祭酒先生》四首、《哭幼子孚孫》四首等。内容有限而又連篇累牘,或是周叙詩歌"膚廓"之重要原因。

商輅(1414—1486)字弘載,號素庵,浙江淳安人,正統十年(1445)會試、殿試皆第一,除修撰,進講經筵,升侍讀,景泰間官至兵部尚書。英宗復辟,貶斥爲民。成化初復入閣,官至吏部尚書兼謹身殿大學士。有《商文毅公集》十卷、《商文毅公全集》三十卷、《蔗山筆麈》等著作傳世。四庫館臣所見爲前者,言其詩"喧緩"確有一定道理①,明末徐湯殷亦稱:"其詩文多爲館閣時

────────────

① 何宗美先生認爲四庫館臣對商輅之詩評價不準確,指出:"至於商輅之詩,更不像《總目》所言。其集中存詩近 500 首,從其題材來説已明顯擺脱了一般臺閣大臣之作以應制應酬爲主的局限,《總目》一句所謂'多館閣應酬之作'的話,作論太簡單,甚不符合事實。例如,商輅詩歌對時令、節候的描寫較爲多見,咏物、寫景和個人生活細節的抒寫也是重要内容之一。這些作品的風格也并不像《總目》所説的'不出當時喧緩之體'。……我們可以斷言,《總目》對商輅的評價是在并未細讀商輅作品的前提下作出的,也未廣泛參照和認真對待此前其他評論者的相關看法,而是受其對臺閣體總體上的觀念先入爲主地套用到了商輅這個對象上,從而貼上了一個並不太適應商輅身份的臺閣體標籤。"參見何宗美、劉敬所著《明代文學還原研究——以〈四庫總目〉明人別集提要爲中心》,人民出版社,2014 年,第 217—218 頁。因此説涉及本書立論,故爲之一辯。四庫館臣評論商輅之詩"喧緩"是據其所見十卷本《商文毅公集》,而何宗美先生立論所據今人孫福軒編校本《商輅集》(浙江古籍出版社,2012 年),兩書完全不同。《商文毅公集》僅收詩一卷百餘首,其中確是"多館閣應酬之作",而今人輯校的《商輅集》廣採各種版本收詩近 500 首,何宗美先生以《商輅集》所收之詩來證明四庫館臣之誤,實有偷樑換柱之嫌。如爲論證商輅詩歌並非"喧緩"之音所舉詩歌四首,其中兩首并不見於《商文毅公集》,其論點難以成立。商輅詩風或有不同於臺閣體之處,但《商文毅公集》所載確多屬喧緩之音,四庫館臣之評價尚屬準確。

之作,不出當時嘽緩之體。"①以其《甘露》詩爲例:

　　　　達人明至理,佳城預卜築。彼美東甌隅,山青水仍緑。
松柏種滿林,翠色連岡麓。挺特干雲霄,中有鸞鳳宿。和氣
能致祥,甘露凝珠玉。累累綴枝葉,縱觀悦衆目。醖釀由造
化,非比賜飴屬。達人忠孝士,報國心逾篤。公餘無外慕,
詩書時展讀。仰懷北闕尊,萬歲頻遙祝。休徵天報喜,式兆
邦家福。②

　　永樂後各地祥瑞進呈成風,"甘露"亦成爲天降祥瑞之徵兆,故臺
閣文人多有詩賦頌之,商輅亦不例外。其詩寫甘露降於松柏之
上,開篇却用了四聯八句描述"達人"之居住環境,山青水緑,翠色
遍野,鋪叙過多,影響了主題。中間三句寫甘露,却又過於簡單,
只是强調和氣致祥、造化醖釀,然後又轉寫"達人"之忠孝,對帝王
的忠心,以甘露作爲國家昌盛的吉兆遙祝帝王。詩歌倒是符合和
平沖澹之風格,但似乎索然無味。我們可以對比永樂十年(1412)
楊榮所寫《甘露詩》:"……四郊自此樂年豐,上天降祥福聖躬。瀼
瀼甘露凝柏松,飴甘肪白醴酪釀。珠璣駢聯綴芳蕷,粲粲不受呆
日烘。靈氛煜煜氣沖融,呈祥現瑞何所鍾。袞衣垂拱蓬萊宫,梯
航玉帛俱來同。小臣叨禄愧才庸,但願萬歲歌時雍。"③是時朱
棣獵于武崗,而甘露降于方山,故其詩開篇用大量篇幅描寫朱棣
狩獵之情景,省略不引。商輅寫甘露只用"甘露凝珠玉"一句,以

　　① 徐溥殷《題識》,商輅《商文毅公集》卷首,《四庫全書存目叢書》影印明萬曆
三十年劉體元刻本,齊魯書社,1997 年,集部 35 册,第 1—2 頁。
　　② 商輅《甘露》,《商文毅公集》卷十,同上書,第 116 頁。
　　③ 楊榮《甘露詩》,《文敏集》卷一,《景印文淵閣四庫全書》1240 册,臺灣商務印
書館,1986 年,第 7 頁。

珠玉比喻甘露，雖然形象但不生動。楊榮“飴甘肪白醴酪釀”一句，稱其味甜于飴糖，色白于脂肪，如醴酪般濃厚，色香味俱全，甘露的形象鮮活起來。商輅用“累累綴枝葉”形容甘露點綴在樹上的情景，與前者形容甘露是“珠璣駢聯”，其鮮明燦爛不受日照之影響，兩詩對比，高下立判。

臺閣體風格趨向膚廓嘽緩，首先在於應制進呈的臺閣體題材有限，而經過數十年之久連篇累牘地鳴盛與歌頌，結果只能是堆砌辭藻、剽竊模擬而已。而永樂間的大國氣象、洪熙宣德間的盛世太平在正統後漸趨衰落，早期臺閣文人感恩酬德、鳴己之盛、競技逞才的心態至此多已消失，臺閣體之創作只是延續前朝慣性而已，故流于膚廓、嘽緩之風格。

三、對風格成因的詮釋

對於詩歌不同風格之成因，前人亦多有探討，或言人格之不同，或重時代之差異，或論地域之區分，或辨身份之影響。臺閣文人論述詩歌風格之成因，并不注重詩人個性、時代地域之差異，而強調其盛世遭逢及館閣身份。考察臺閣文人對詩風成因的詮釋，對於了解臺閣體風格的形成原因亦有幫助。

作家之個性差異是形成詩文不同風格的重要因素。最早注重個性與風格關係的，或是《周易·繫辭》：“將叛者其辭慚，中心疑者其辭枝。吉人之辭寡，躁人之辭多，誣善之人其辭游，失其守者其辭屈。”[①]指出個性品格不同之人在言辭表達上會呈現不同風格。劉勰在《文心雕龍·體性》中歸納出典雅、遠奧、精約、顯附、繁縟、壯麗、新奇、輕靡等八種風格後，並進一步指出其不

---

① 王弼、韓康伯注，孔穎達疏《周易正義》，影印阮元校刻《十三經注疏》本，中華書局，1980 年，第 91 頁。

同風格之成因：

> 若夫八體屢遷，功以學成。才力居中，肇自血氣。氣以實志，志以定言，吐納英華，莫非情性。是以賈生俊發，故文潔而體清；長卿傲誕，故理侈而辭溢；子雲沉寂，故志隱而味深；子政簡易，故趣昭而事博；孟堅雅懿，故裁密而思靡；平子淹通，故慮周而藻密；仲宣躁競，故穎出而才果；公幹氣褊，故言壯而情駭；嗣宗俶儻，故響逸而調遠；叔夜儁俠，故興高而采烈；安仁輕敏，故鋒發而韻流；士衡矜重，故情繁而辭隱。觸類以推，表裏必符，豈非自然之恆資，才氣之大略哉！①

劉勰認爲詩文風格之不同更多是受個人學識、才華、氣質、性情之綜合影響，個性不同造成了風格之千變萬化，如賈誼俊才英發故文辭簡潔而清新，司馬相如性格狂放故辭藻過多誇張等，均可以此類推。劉勰之説後人多有贊同，如唐代儲咏云："性情褊隘者其詞躁，寬裕者其詞平，端靖者其詞雅，疏曠者其詞逸，雄偉者其詞壯，蘊藉者其詞婉。"②同樣高度概括了詩人性情與風格之關係。明初宋濂亦指出："詩，心之聲也。聲因於氣，皆隨其人而著形焉。是故凝重之人，其詩典以則；俊逸之人，其詩藻而麗；躁易之人，其詩浮以靡；苛刻之人，其詩峭厲而不平；嚴莊温雅之人，其詩自然從容而超乎事物之表。如斯者，蓋不能

---

① 劉勰著，詹鍈義證《文心雕龍義證·體性》，上海古籍出版社，2008年，第1022—1025頁。
② 轉引自范德機《木天禁語·氣象》，何文煥輯《歷代詩話》本，中華書局，2004年，第751頁。

盡數之也。"①詩人性格有凝重、俊逸、躁易、苛刻、嚴莊温雅之不同，詩風亦因此多有差異。永、成間臺閣文人亦注意到個人性情之不同，如李時勉在《戴古愚詩集序》中指出：

> 夫詩本乎人情，關乎世運，未易言也。雄渾清麗、雅澹俊逸、放曠綺靡、刻苦怪險之作，隨其人才性之所得，高下厚薄，有以爲之也。若夫其温淳敦厚、乖戾蹙迫、安樂怨怒、長短緩急之音，則因其時世之所遭，盛衰治忽之不同，有以致然也。夫以其人才性之高，而遭夫時世之會，得以鳴國家之盛者，蓋千載而一遇，豈非其幸也耶？②

李時勉將詩風成因分爲兩類，"雄渾清麗"、"雅澹俊逸"等風格由個人之才華性情不同所致，而"温淳敦厚"、"乖戾蹙迫"等風格則更多受時代盛衰之不同影響。李時勉理想之風格，自然是個人才性高、學養厚再加以遭逢盛世所形成的温柔敦厚、和平沖澹之臺閣體風格。

風格又因時代而異，劉勰《文心雕龍·通變》中亦有論及："黃唐淳而質，虞夏質而辨，商周麗而雅，楚漢侈而艷，魏晉淺而綺，宋初訛而新。"③簡略概括了每一時代之文學風格特色。臺閣詩論强調的時代特色，在相當程度上並無政治上朝代更替之區分，只有禮教中"治世"與"亂世"的差別。如彭時云："詩自《三百篇》而下，其體屢變，其音節高下，世異而人不同。然其和平雅

---

　　① 宋濂《林伯恭詩集序》，《宋學士文集》卷三十三，《四部叢刊》影印明正德本。
　　② 李時勉《戴古愚詩集序》，《古廉文集》卷四，《景印文淵閣四庫全書》1242 册，臺灣商務印書館，1986 年，第 734 頁。
　　③ 劉勰著，詹鍈義證《文心雕龍義證·通變》，上海古籍出版社，2008 年，第 1089 頁。

正、無雕刻險怪之弊者，大抵皆盛世之音也。觀漢魏六朝以及隋唐宋元諸家篇什，概可見矣。"①無論何時何代，只要和平雅正之風格者，大都是盛世，漢魏至宋元詩之和平者可以證明。而臺閣詩歌和平易直之風格，正是"治世"所形成。胡儼序楊榮《兩京類稿》曰：

> 蓋嘗見公製作之暇，應四方之求，執筆就書，若不經意，及其成也，江河演迤，平鋪漫流；言辭爾雅，不事雕琢；氣象雍容，自然光彩。譬之春日園林，群英競秀，清風潤谷，幽蘭獨芳。及余休致而歸，間得見公所作，筆力愈健，波瀾老蒼，尤深起敬。此誠公遭遇列聖太平雍熙之運、聲明文物之時，故得攄其所蘊，以鳴國家之盛，足以傳世示後矣。②

胡儼認爲楊榮"雍容爾雅"、"自然光彩"之風格，是遭逢盛世"故得攄其所蘊"的結果。曾棨亦曾指出："國家混一，海內文治誕興，淳厖渾厚之氣，悉復于古。於是四方髦俊之士，得以優柔涵養，濯磨淬礪於其間，以其所蓄發而爲詩，所以咏歌朝廷功德之盛、風化之美者，蓋莫非治世和平之音也，何其至哉！"③詩歌和平之音出現，是因政治興盛，詩人得以"優柔涵養，濯磨淬礪於其間"，故能以其所蓄發之於詩，有和平之音，與胡儼觀點相近。

臺閣文人亦重視作者身份職責對詩風的影響。作者身份

---

① 彭時《楊文定公詩集序》，楊溥《楊文定公詩集》卷首，《續修四庫全書》影印明鈔本，上海古籍出版社，2003 年，1326 冊，第 463 頁。

② 胡儼《太師楊文敏公兩京類稿序》，楊榮《兩京類稿》卷首，明正統十三年建安楊氏家刊本。

③ 曾棨《玉雪齋集序》，虞謙《玉雪齋詩集》卷首，明宣德間刻本。

與詩風之關係,"前七子"之一的徐禎卿曾有較爲詳細的論述:

> 詩之辭氣雖由政教,然支分條布,略有逕庭。良由人士品殊,藝隨遷易,故宗工鉅匠,辭淳氣平;豪賢碩俠,辭雄氣武;遷臣孽子,辭屬氣促;逸民遺老,辭玄氣沉;賢良文學,辭雅氣俊;輔臣弼士,辭尊氣嚴;閨僮壺女,辭弱氣柔;媚夫倖士,辭靡氣蕩;荒才嬌麗,辭淫氣傷。①

徐禎卿首云詩風由政教決定,但個人身份的不同,造成詩風之"略有逕庭",并列舉不同身份下形成的不同風格。臺閣文人作爲"輔臣弼士",其風格多"辭尊氣嚴",又與"宗工鉅匠"之"辭淳氣平"相類似。臺閣文人多身居高位,彭時云:"所處者高位,所際者盛時,心和而志樂,氣充而才贍,宜其發於言者,溫厚疏暢而不雕刻,平易正大而不險怪,雍雍乎足以鳴國家之盛。"②因心和志樂,故有溫厚平易之詩風。值得注意的是,臺閣文人並非一直都是"輔臣弼士",遭遇貶謫外遷者不乏其人,如楊榮爲黃福文集作序指出:"或謂公之言皆公志所發也,而有激切、和平之不同者,何哉?蓋其出鎮南交,則銳意于撫綏;及既還朝,居守南京,則存心于經綸,故其所發,自然有異也。其他隨寓興懷,即物賦形,而魁特超邁之氣,見于其間者,無不可喜可愛。"③黃福(1363—1440)字如錫,山東昌邑人,洪武十一年(1378)舉人。曾貶謫交趾十九年,後任南京兵部尚書。楊榮認爲其詩歌有激切、和平兩種不同風格,即因其貶謫期間與詔還後心態不同,發於詩

---

① 徐禎卿《談藝録》,明《夷門廣牘》本。

② 彭時《楊文定公詩集序》,楊溥《楊文定公詩集》卷首,《續修四庫全書》影印明鈔本,上海古籍出版社,2003 年,1326 册,第 463 頁。

③ 楊榮《黃忠宣公文集序》,黃福《黃忠宣公文集》卷首,明嘉靖間馮時雍刻本。

則形成不同風格。但大部分臺閣體風格并未因作者身份改變而改變，如前舉黄淮下獄十年所作詩歌，仍是“和而平，温而厚，怨而不傷，而得夫性情之正者也”①。黄淮并未因身份變成“遷臣孽子”而詩風變爲“辭厲氣促”，和平温厚之風格在獄中仍一以貫之。如其《陶情》一詩：“慮淡心無競，神怡物自忘。鳶魚關俯仰，宇宙信行藏。草色年年緑，川流脉脉長。陶然有餘樂，擊壤頌羲皇。”②鳶飛魚躍，物我兩忘，完全是隱士情懷，看不出絲毫哀怨之情。再如永樂十八年(1420)正旦獄中作詩云：“寒盡愁難盡，春歸客未歸。鳥聲喧曙色，柳眼弄晴暉。叢棘棲身久，繁華入夢稀。遥思諸閣老，環珮集彤闈。”③時黄淮已入獄六年，雖然首句即表達其愁怨難盡，但並不强烈。想像獄外已是初春景象，而自己只能回憶當年内閣的繁華生活。或有些許憂愁，却不哀傷，符合詩教中“樂而不淫、哀而不傷”之傳統，全詩總體風格平淡雅則。再如景泰五年(1454)章綸因言事下獄三年，獄中詩歌集成《困志集》一卷，成化間倪謙爲之作序，對其下獄過程及詩歌風格叙述甚詳：

> 樂清章公大經，予同年進士也。平生性鯁介，負氣節，景泰中爲禮部儀制郎中，上言時政缺失十四事，皆關國家之大計，格君心之大猷。不意批逆鱗，觸忌諱，詔下錦衣衛獄。三木囊頭，五百殘膚，備嘗楚毒。頌繫三年，人皆爲公危，幸

① 楊榮《省愆集序》，《文敏集》卷十一，《景印文淵閣四庫全書》1240 册，臺灣商務印書館，1986 年，第 169 頁。

② 黄淮《陶情》，《省愆集》卷上，《景印文淵閣四庫全書》1240 册，臺灣商務印書館，1986 年，第 447 頁。

③ 黄淮《庚子正旦二首》之二，《省愆集》卷上，《景印文淵閣四庫全書》1240 册，臺灣商務印書館，1986 年，第 449 頁。

而不死。公茹荼如飴，無所怨悔，惟形諸賦咏以自適，積久
成帙，題曰《困志集》。……予捧誦之，則見其發諸肺腑、協
諸聲音者，皆和平怡懌。凡以寓夫愛君憂國之誠，思親懷舊
之感，而絕無怨悱抑鬱之態焉。故曰"在心爲志，發言爲
詩"，觀公是詩，忠孝之志可知矣。[①]

章綸在獄中備受苦楚，但"茹荼如飴，無所怨悔"，詩歌多是忠君
憂國之作，風格仍是和平易直，"絕無怨悱抑鬱之態"。臺閣詩風
并不因作者身份轉變而改變，無論是位居館閣還是貶謫放逐，臺
閣體始終能保持和平雅正、雍容典雅之風格，這也是臺閣詩學思
想的一個顯著特徵。

　　① 倪謙《困志集序》，《倪文僖集》卷二十二，《景印文淵閣四庫全書》1245 册，臺
灣商務印書館，1986 年，第 450 頁。

餘論　李東陽對臺閣詩學思想的繼承與變革

　　成化、弘治間李東陽繼楊士奇之後以臺閣重臣身份領袖文壇，王世貞云："臺閣之體，東里闢源，長沙導流。"①《明史》亦稱："自明興以來，宰臣以文章領袖縉紳者，楊士奇後，東陽而已。"②均是將楊士奇、李東陽視作臺閣體之前後盟主。李東陽對臺閣體不僅有繼承，亦有變革，所謂："永樂以還，崇尚臺閣，迄化、治之間，茶陵李東陽出而振之，俗尚一變。"③"永樂以後詩，茶陵起而振之，如老鶴一鳴，喧啾俱廢"④。可見臺閣體發展至李東陽時期爲之一變，亦是不爭的事實。李東陽歷仕四朝，身居宰輔之位長達十九年，操持文柄數十年，以其爲首形成了茶陵派，"一時學者翕然宗之"⑤。李東陽與前期臺閣文人詩學觀之差異，前已多有涉及，以下再從其詩歌創作與詩論兩方面入手，探究其對臺閣詩學思想的繼承與變革。

---

① 王世貞《答王貢士文禄》,《弇州山人四部稿》卷一二七,明萬曆刻本。
② 張廷玉等《明史》卷一八一,中華書局,2007 年,第 2824—2825 頁。
③ 魯九皋《詩學源流考》,郭紹虞編選、富壽蓀校點《清詩話續編》本,上海古籍出版社,1983 年,第 1358 頁。
④ 沈德潛、周準《明詩別裁集》卷三,上海古籍出版社,1979 年,第 75 頁。
⑤ 謝鐸《讀懷麓堂稿》,《桃溪净稿》卷三十,明正德刻本。

一、詩歌創作的繼承與變革

李東陽十八歲舉進士,是同年二百四十餘名進士中最年輕的一位,隨即入翰林爲庶吉士。陸釴《瓊林醉歸圖》云"行過玉河三百騎,少年爭説李東陽"①,可以想見其當年春風得意之狀。李東陽與楊士奇等人一樣,詩中充滿了對帝王的感恩之情,如"適遭明良運,感激惟寸忠","乾飲滿斟皆聖語,共將涓滴報吾皇","正是君臣修省日,感恩無地答皇猷",乃至于感激涕零:"歸領君恩薦家廟,不禁清淚滿衣裳。"②這類感恩詩作幾乎完全延續了典型臺閣體頌世鳴盛之內容與和平雅正之風格,再舉兩首:

> 殿庭開宴引千官,拜舞親承萬歲歡。坐擁日葦看漸近,猶傳天語飲教乾。(自注:每宴必傳旨云:"滿斟酒。"又云:"官人每飲乾。")青雲舊侶班相望,白雪非才和豈難。十五年來無寸補,一心惟有向時丹。

> 日葦初滿殿東臺,天路遙瞻步輦來。夜賜鶴袍階二品(自注:前日賜同尚書),晝頒龍饌日三回(自注:是日茶飯外有特賜三)。鸂鶒地煖和雲宿,虎豹關嚴待月開。扈從兩朝今最近,報恩何力盡凡才。③

---

① 陸釴《瓊林醉歸圖》,錢謙益《列朝詩集》丙集卷二,清順治九年毛氏汲古閣刻本。

② 李東陽《和沈地官時賜遊城西朝天宮韻》、《慶成宴次焦少宰韻二首》之一、《慶成宴初預典坐》、《賜枇杷》,周寅賓校點《李東陽集》,岳麓書社,2008 年,第119、881、294、323 頁。

③ 李東陽《慶成宴有述》、《候駕畢,宿神樂觀》,周寅賓校點《李東陽集》,岳麓書社,2008 年,第 237、848 頁。繫年據錢振民《李東陽年譜》,復旦大學出版社,1995年版,以下不再注明。

第一首寫明憲宗開慶成宴之盛況,千官跪拜,如此近距離親瞻龍顏,心情可想而知。帝王賜酒且親切問候在詩中不能詳盡描寫,則加"自注",如實記錄當時的情形,以顯示帝王之恩寵,自身之榮幸。第二首寫明孝宗郊祀之盛景,李東陽等人在神樂觀等候駕陛,想像明天遙遠瞻望帝王乘步輦前來之場景,而自己已兩度扈從,感慨以自身"平庸之才"如何才能報答君王。這些詩中不僅包含着感激報恩的心理,當然亦不乏"鳴己之盛"的動機。如"再拜文華門外地,講筵恩重若爲榮","侍臣獨立瞻華蓋,長記分班黼座前","因思二十年前事,長躡仙班侍九重"①等句,亦是直接炫耀自己。永樂至宣德間翰林文人"感恩酬德"、"鳴己之盛"的心態是臺閣體興盛的重要原因,李東陽的科舉仕宦經歷及臺閣重臣身份使其繼承延續了這種心態,故其臺閣體創作與"三楊"相比毫不遜色。

但臺閣體至李東陽"俗尚一變"亦是事實,這種變化在其臺閣體題材詩歌中已有顯露,如《中元謁陵遇雨》一詩:

> 諫議新祠在,詞林舊館開。清風隨客至,飛雨隔峰來。弔古懷唐策,登高羨楚才。同遊不共宿,吟望轉悠哉。②

"謁陵"是典型臺閣體題材,首聯之起興亦不例外,但隨後并未進一步展開歌功頌德,頷聯轉向敘事,風雨中有客人來訪,"清風"、"飛雨"意象使詩風爲之一變。頸聯轉而抒發登高懷古之情,尾聯則又回應頷聯而轉寫與友人雖同遊但不能同宿,悠然思念之

---

① 李東陽《賜楊梅》、《元日早朝》、《大行皇帝輓歌辭》,周寅賓校點《李東陽集》,岳麓書社,2008年,第323、260、300頁。
② 李東陽《中元謁陵遇雨二十首》之七,周寅賓校點《李東陽集》,岳麓書社,2008年,第198頁。

情略顯，詩至此戛然而止但餘意無窮。"謁陵"之頌盛在李東陽筆下變成了懷念友人之情，這可以説是臺閣體之内部變化，將隱逸恬淡的"山林"風氣融合到了臺閣體中。

李東陽雖少年得志，但仕途並非一帆風順。成化十四年(1478)李東陽參與禮部會試之校試作詩云："省闈分職重持衡，十載趨陪兩度行。滿地奎光天咫尺，隔簾人語夜分明。空中萬馬神俱驟，海底遺珠夢亦驚。科甲少年今老大，耻將名姓託群英。"[1]全詩頌盛氣息自不待言，但尾聯實含有對自己升遷遲緩的不滿情緒。自舉進士至今已十餘年仍是六品侍講，對比當年"少年争説李東陽"之景自然耿耿於懷，頌世鳴盛中已寓一己之不滿。當仕途屢次受挫，李東陽之不滿逐漸轉變成憤懑，如弘治初所作《苦熱行》：

炎天火熾金初伏，赤日南行到南陸。誰將橐籥鼓洪爐，熇氣長噓滿川谷。高雲當空屹不動，大者如山小如屋。渴虹下飲溪無泉，野雉成蛟入藏薦。重波煮海石欲爛，鬼斧赭樹山應禿。玉堂去天纔一蹶，不見罡風起鴻鵠。人間路蹋駷驖愁，萬蚋千蚕競喧逐。極知寥廓是仙遊，始信祝融真吏酷。我時擲筆出史局，十步天墀九回蹰。暫辭書簿日紛紛，豈免冠屨相縛束。騎行扇擁且莫當，道有頹肩隨赤足。歸來岸幘高林下，旋及清泉漱寒玉。煩心展轉不得眠，中夜起坐呼僮僕。安得天瓢水一掬，頓洗歊塵三萬斛。[2]

---

① 李東陽《春闈校文有作，呈諸同考》，周寅賓校點《李東陽集》，岳麓書社，2008年，第238頁。

② 李東陽《苦熱行》，同上書，第184頁。

這首詩表面寫夏季的苦熱，實則抒發自己官場不得志的憤懣壓抑之情。李東陽"遷侍講學士數年，始與經筵"，"資望既積，而當道殊不意慊，每沮抑之。士論譁然不平"①。因不爲當道者所喜，李東陽雖負文名，然一直未能得與講筵。史載其"不以爲意"、"公裕如也"，但從此詩來看，李東陽并未能做到和順自如。其中"玉堂去天纔一蹴，不見罡風起鴻鵠"，顯然是寫自己在翰林院多年不得升遷，雖有鴻鵠之志，却未有"罡風"的幫助。路途險阻，騏驥不行，而蚋蝱肆意喧囂，其中指代亦較爲明顯，當局者被其比會爲祝融，直接呼爲"酷吏"。憤懣之下作者想像自己擲筆而出史館，仙游天庭，辭去繁忙的公務，不再爲世俗所束縛，尋找人生的清涼。最後一句一語雙關，"頓洗歊塵"不僅是指洗去炎熱塵埃，更多是指洗去"萬蚋千蝱"之類的小人。李東陽僅僅因仕途不順，詩歌中就發出如此強烈感慨，這在前期臺閣體中是較爲少見的。對比黃淮因遭誣陷繫獄所作之詩可清楚察識其中異同，如其《釋悶》："木枯或載榮，水濁良可澄。災祥互倚伏，聖訓明有徵。伊予秉微尚，與物多所攖。職業未遑著，悔吝坐相仍。皇仁既深廣，天鑒亦孔明。保此固窮節，勿爲兒女情。"②黃淮含冤繫獄，不是憤懣難平，而是反思己過，相信朱棣總會英明察識冤情，更以福禍相依來自我安慰，勸慰自己要保持君子固窮之心態。李東陽詩中強調人格獨立，而黃淮更多是消泯個人之情，其詩歌中的"自我"形象較爲少見。李東陽此類詩歌在內容上與臺閣體已有所不同，從而形成風格上的顯著差異，全

---

① 參見焦竑《國朝獻徵錄》卷十四《特進光祿大夫左柱國少師兼太子太師吏部尚書華蓋殿大學士李東陽傳》、《特進光祿大夫左柱國少師兼太子太師吏部尚書華蓋殿大學士贈太師謚文正李公東陽墓誌銘》，明萬曆四十四年徐象橒曼山館刻本。

② 黃淮《釋悶》，《省愆集》卷上，《景印文淵閣四庫全書》1240 冊，臺灣商務印書館，1986 年，第 437 頁。

詩氣勢雄渾,想像豐富,頗有李白之風。

前期臺閣體多是對政治的贊頌,有"美"而無"刺"之特徵較為突出。李東陽之詩雖多鳴盛頌世之"美",但亦不乏鍼砭時政之"刺"。如以下兩首:

> 揚州久枯旱,河水縮不流。千夫力未強,曳纜用巨牛。漕州百萬斛,擁塞如山丘。將軍令不行,軍士癭額愁。躋攀不可上,安能問歸舟。民船及賈舶,瑣瑣不足籌。誰為水車計,轉汲春江頭。微涓注巨壑,豈足裨洪流。須知此天意,亦得叅人謀。坐視固非策,煩驅轉為仇。亢陽必終復,理數亦可求。庶幾沛甘雨,洗我蒼生憂。
>
> 南京馬船大如屋,一舸能容三百斛。高帆得勢疾若風,咫尺波濤萬牛足。官家貨少私貨多,南來載穀北載醝。憑官附勢如火熱,邏人津吏不敢詰。爭狙鬭捷轉防欺,倏去忽來誰復知。乘時射利習成俗,背面却笑他人癡。他人雖癡病亦樂,明朝犯令爾輩縛。官家號令時復傳,津吏如今更索錢。[①]

第一首寫揚子灣因枯旱而漕運不得行,拖拉貨船人力已不夠,需要用牛來拉纜繩,軍船民運均不能通行,愁苦萬分。然詩人自己亦苦無對策,只能寄希望天降甘霖,緩解河道旱情。胸懷天下蒼生之憂的詩人形象由此得到凸顯。前首詩是寫天災帶給民眾的痛苦,後首則是寫人為的政治弊端,南京所行官船多夾帶私貨以中飽私囊,津吏明知而不敢查,官府雖云嚴查但從未實行。這類

---

① 李東陽《揚子灣》、《馬船行》,周寅賓校點《李東陽集》,岳麓書社,2008 年,第 1348、1346 頁。

直接指責時弊的詩歌在“三楊”詩中亦較爲少見，試舉楊士奇二
首對比之：

> 水旱農艱食，茲鄉實可嗟。掃田紛拾稗，爲飯雜蒸沙。
> 歲賦徵仍急，秋成望苦賒。吾徒何補益，肉食老京華。
> 百里近皇都，蕭條邑井孤。夏霖頻汎濫，秋穀竟虛無。
> 官府猶徵役，朝廷已罷租。緬懷劉諫議，千載愧吾徒。①

二詩均寫水旱災害下民衆生活之艱辛，而官府仍在催徵收租。
第二首特別指明“朝廷已罷租”，凸顯批評的對象是地方官府，而
非朝廷。楊士奇二詩最後均表示出“慚愧”自責的心態，與李東
陽之心繫天下蒼生之意向差距較大。“三楊”之臺閣體頌世鳴盛
的對象是君王，其職責是直接爲君王服務，李東陽雖在館閣，却
能關心下層民生，清代陳僅指出：“西涯樂府有直刺時事者，自是
不可磨滅之作。”②

　　對仕宦生涯的不滿，也使李東陽萌發了歸隱之心。弘治八
年(1495)被簡入閣參預機務，李東陽上疏相辭，自此以後接連上
疏求歸，僅據其現存文集統計，自弘治八年開始求退、辭謝恩命
之疏就有 56 篇③，并在詩中多次表達歸隱之意，“安得謝簪纓，
悠悠送年華”，“君恩若放山林去，始是雲霄得意時”④，其早期感

---

① 楊士奇《次韵黃少保過田家有感》、《望昌平》，《東里詩集》卷二，《景印文淵
閣四庫全書》1238 册，臺灣商務印書館，1986 年，第 327、331 頁。
② 陳僅《竹林答問》，《四庫未收書輯刊》影印清鏡濱草堂鈔本，北京出版社，
2000 年，第 9 輯 30 册，第 756 頁。
③ 參見薛泉《李東陽研究——以政治心態、文學思想爲核心》，湖南人民出版
社，2007 年，第 15 頁。
④ 李東陽《習隱二十首》之四、《春興八首》之八，周寅賓校點《李東陽集》，岳麓
書社，2008 年，第 807、864 頁。

念帝王恩德之心亦多少爲之淡化,若是能放歸山林,則是最大的"君恩"。李東陽甚至規劃好了致仕後的歸宿:"吾憐功名遂,非慕萬户封。不然赴林壑,此興頗亦濃。買田種桑稻,躬耕課奴僮。緬思太行愿,斂退真吾宗。"①田園生活如此美好,遁入隱居之生活,才是詩人真實的人生意願。李東陽曾作《習隱》二十首并題後曰:"久居仕籍,年過無聞。謬登禁垣,曠職思咎。瞻慕林壑,邈焉興懷。撫事觸景,因詩言志。"②久居館閣而心生丘壑之想,故寫詩抒發自己擺脱仕宦生涯、歸隱山林之"志",兹録其第一首:

卜築城西廬,寒暑十五更。西軒闢新圃,遠若居荆衡。疏林見秋色,爽籟聞空庭。園蕪緑復遍,屐印旋已平。習隱漸成癖,誰當戀冠纓。静言念疇昔,鬢髪白幾莖。素志豈不高,隨時且功名。退公得委蛇,聊以娱我情。③

全詩描寫秋季的自然風景,清淡閑適。詩中追慕陶淵明、韋應物等前代詩人,想象休致後居家雍容自得、自娱自樂之場景。持以隱居之心,居住在城市中亦類山林。"習隱漸成癖,誰當戀冠纓"可以視作李東陽的歸隱宣言,亦可謂是二十首詩主旨所在。同樣是期望致仕歸居田園,宣德八年(1433)楊士奇作《歸田趣》并自序云:

士奇竊禄于朝三十有三年,祗事三聖,皆在翰林春坊,論

---

① 李東陽《和沈地官時暘遊城西朝天宫韻》,周寅賓校點《李東陽集》,岳麓書社,2008年,第119頁。
② 李東陽《習隱詩卷前後題》,錢振民校點《李東陽集(續集)》,岳麓書社,2008年,第288頁。
③ 李東陽《習隱二十首》之一,周寅賓校點《李東陽集》,岳麓書社,2008年,第807頁。

思贊輔之地。顧學術迂陋，才智卑淺，不能效分寸禆益。仰荷三聖天地之仁，包容保全，不加譴斥，而屢有升進。然內竊自省，慚愧兢惕，惟日不足。蓋位高祿厚，而能薄才鮮……朝廷有七十致事之典，士奇犬馬之齒，來歲實維其期，聖恩必垂憫而曲成之，則其鄉之山水原田，可稼可漁，可樵可牧……因暇豫作《滿江紅》詞四首，俟承恩歸休，與漁翁田叟歌之，以樂太平，以榮上之厚賜，以優遊其餘年，間出示素所厚者。①

序中稱歷仕三朝三十三年，皆居翰林春坊等要職，言語中不乏炫耀之意，對三朝帝王之感激溢於言表，甚至致仕亦是靠"聖恩"垂憫而成，歸家後要與漁翁田叟繼續歌咏太平，展示皇上之厚恩。其所作詩詞中亦不乏"霜鬢蕭蕭，皇恩重、賜歸田里"，"詔歸田里，長散誕，天恩深厚"②之類，致仕之作亦充斥着濃厚的臺閣氣息，與李東陽之詩有顯著不同。

李東陽位居臺閣數十年，成爲繼楊士奇之後臺閣體領袖人物，但其詩中又不乏山林清淡之氣。其《懷麓堂詩話》云："朝廷典則之詩，謂之臺閣氣；隱逸恬澹之詩，謂之山林氣。此二氣者，必有其一，却不可少。"又稱："作山林詩易，作臺閣詩難。山林詩或失之野，臺閣詩或失之俗。野可犯，俗不可犯也。蓋惟李、杜能兼二者之妙。若賈浪仙之山林，則野矣，白樂天之臺閣，則近乎俗矣，況其下者乎？"③不僅強調"臺閣氣"與"山林氣"兩者必

① 楊士奇《歸田趣序》，《東里續集》卷十五，《景印文淵閣四庫全書》1238 冊，臺灣商務印書館，1986 年，第 563—564 頁。
② 楊士奇《歸田趣滿江紅四首》之一、二，《東里續集》卷六十二，《景印文淵閣四庫全書》1239 冊，臺灣商務印書館，1986 年，第 576 頁。
③ 李東陽著，李慶立校釋《懷麓堂詩話校釋》，人民文學出版社，2009 年，第 185、225 頁。

有其一，而且指出臺閣詩較山林詩之創作更難，因爲山林詩可以失之野，臺閣詩却不能失之俗。臺閣體成爲文壇主流繁衍以後，"數十年間，惟相沿臺閣之體，漸就庸膚"①，失之俗遠矣。李東陽以館閣重臣身份操持文柄，將隱逸恬澹之山林詩引入詩壇，其詩文創作二者兼具，做到了臺閣氣與山林氣較好的融合②，故詩壇俗尚爲之一變。

二、臺閣詩學的繼承與變革

李東陽對臺閣詩學思想的變革，不僅表現在詩歌創作上，也反映在詩學觀念中。清人朱庭珍云："七子以前，李茶陵《懷麓堂集》詩，已變當時臺閣風氣，宗少陵、法盛唐，格調高爽，首開先派。"③《懷麓堂詩話》被視爲茶陵派詩學綱領，四庫館臣評之曰："李、何未出已前，東陽實以臺閣耆宿主持文柄。其論詩主於法度音調，而極論剽竊摹擬之非，當時奉以爲宗。"④李東陽以臺閣重臣身份操持文柄，天下士人"翕然宗之"的不僅是其詩文創作，亦有不同於前期臺閣文人的詩學主張。其詩論中既有限於身份而對詩歌功用論的承接，亦有不同於前期臺閣詩學中的"詩文辨體"及注重"比興"、"音律"等詩歌本身的審美特徵。本章以前期臺閣文人與李東陽所持"詩爲餘事"論之異同爲例，探究臺閣詩學思想之變化與轉折。

李東陽作爲臺閣領袖，對楊士奇等人多有身份認同感，如同

---

① 紀昀等《欽定四庫全書總目》，中華書局，1997 年，第 2295 頁。

② 參見阮國華《李東陽融合臺閣與山林的文學思想》，《文學遺産》1993 年第 4 期；郭瑞林《臺閣與山林的交融——李東陽詩歌的審美趣尚》，《中國韵文學刊》2005 年第 1 期。

③ 朱庭珍《筱園詩話》卷二，郭紹虞編選、富壽蓀校點《清詩話續編》本，上海古籍出版社，1983 年，第 2361 頁。

④ 紀昀等《欽定四庫全書總目》，中華書局，1997 年，第 2756 頁。

年會作詩云:"開圖見諸老,云是先朝遺。三楊二王輩,風采猶當時。我初歟容立,已乃再拜之。感今復懷舊,歡樂無易茲。"①"三楊二王"即臺閣體代表人物楊士奇、楊榮、楊溥、王英、王直,李東陽想像其當年風采,充滿"懷舊"之情。對臺閣體鼎盛時期的臺閣雅集亦多表現出追慕態度,如正統二年(1437)楊士奇、楊溥等人在楊榮杏園雅集賦詩,謝環作《杏園雅集圖》以記之。成化十三年(1477)十二月,李東陽召集同年雅集,以效前朝故事,"客有出《杏園雅集圖》于座以觀者,衆因嘆仰三楊二王諸先達之高致邈不可及,而今猶可想見其彷彿。"②李東陽對此流露出追憶與羨慕之情:"莫向蘭亭羨二王,杏園前輩憶三楊。"③對三楊時代的追慕加之自身館閣身份限制,其詩學觀與三楊多有相似之處,如其《京東十景詩序》云:

惟帝王建國立都,必有山川關輔之勝,宮闕城郭之麗,車書文軌民物之盛,以觀天下。而鴻儒碩士,必有文章歌咏,寫之琬琰,播之金石,以示後世,不可闕也。……古稱文章與氣運相升降,則贊揚歌咏,以昭鴻運、垂休光者,無惑乎其盛如此也。若夫聖君賢相,盛德大業,所以植國家、庇民物,著之典謨,勒之金石,軼漢唐宋,以擬三代之盛,尤有不可闕者,某將於今日之詩卜之也。④

① 李東陽《曰川會諸同年,用韓昌黎"園林窮勝事,鐘鼓樂清時"二句分韵,得"時"字,因效韓體》,周寅賓校點《李東陽集》,岳麓書社,2008 年,第 114 頁。
② 倪岳《翰林同年會圖》,《清谿漫稿》卷一六,《景印文淵閣四庫全書》1251 冊,臺灣商務印書館,1986 年,第 204 頁。
③ 李東陽《用韵與喬希人郎中》,周寅賓校點《李東陽集》,岳麓書社,2008 年,第 854 頁。
④ 李東陽《京東十景詩序》,同上書,第 391—392 頁。

餘論 李東陽對臺閣詩學
思想的繼承與變革

李東陽亦持"音與政通"之觀點,文章與氣運緊密相關聯,文章之盛體現政治之盛,故臺閣體之繁榮可以體現大明盛世超越漢唐而直追三代。李東陽多次強調詩之政教功用,云:"詩者,言之成聲,而未播之樂者也。其爲教本人情,該物理,足以考政治、驗風俗。人能學詩,則事理通達,心氣和平而能言。"①詩歌不僅與政治風俗有關,亦能梳理作者之性情,使人心平氣和。其評價蘇軾之詩曰:"皆足以寓彝倫、繫風化,爲天下重,豈徒爲耳目之快、情欲之樂而已哉。"②指出詩之功用在于關乎彝倫風化,而不是僅僅表達作者之私人感情,逞一己耳目之快。由此可見李東陽在詩歌功用論等方面與三楊多持相近意見。

李東陽與前期臺閣文人詩學思想之不同,本書第二章第二節"中古詩歌辯體與宗尚"、第三章第二節"杜甫詩歌接受"中已有論及,現再以"詩爲餘事"論爲例略加探討。前期臺閣文人多言"詩爲餘事",原因有二:首先是沿襲宋儒詩學觀,從理學角度將詩歌定義爲"道德之餘"。有學者歸納宋儒否定作詩之理由:"其一,作詩無益。因爲詩中涉及的自然現象和人生感受,尤其是所謂'風花雪月'、'麗辭藻繪',有很多與理學家追求的'修身、齊家、治國、平天下'的道德功用無直接的關係,所以可概稱爲無足輕重的'閑言語'。其二,作詩妨道。既然詩是文之精,比文尤難,必須講求藝術技巧,那麼,作詩就得'用功'、'窮思極致',費精力,花時間,這就耽誤了道德修養的實踐工夫。"③明代臺閣詩學中的"詩爲餘事"觀,其理由亦不出此兩端。如楊溥爲南宋王柏《魯齋集》作序言:"金華王文憲公天資高爽,學力精至,以其實

---

① 李東陽《孔氏四子字説》,周寅賓校點《李東陽集》,岳麓書社,2008 年,第1088 頁。
② 李東陽《送伍廣州詩序》,同上書,第 468 頁。
③ 周裕鍇《宋代詩學通論》,上海古籍出版社,2007 年,第 25 頁。

見發爲文章,足以明道德,使其見用,足以建事功,而卒老於丘園,惜哉!若其詩歌,又其餘事也。"①再如前引楊士奇勸太子朱高熾作詩言帝王之志後,又云:

> (楊士奇曰):"如殿下於明道玩經之餘,欲娛意於文事,則兩漢詔令亦可觀,非獨文詞高簡近古,其間亦有可裨益治道。如詩人無益之詞,不足爲也。"殿下曰:"太祖高皇帝有詩集甚多,何謂詩不足爲?"對曰:"帝王之學,所重者不在作詩。太祖皇帝聖學之大者,在《尚書注》諸書,作詩特其餘事。於今殿下之學,當致力於重且大者,其餘事可姑緩。"殿下又曰:"世之儒者,亦作詩否?"對曰:"儒者鮮不作詩,然儒之品有高下,高者道德之儒;若記誦詞章,前輩君子謂之俗儒。爲人主尤當致辨於此。"②

楊士奇認爲帝王重心應是"明道玩經"——即注重道德之學、經濟之術的學習,在此之餘,則可看兩漢詔令,亦有助於政事,而詩是"無益之詞,不足爲也"。並對"世之儒者"作出高下評判:高者爲"道德之儒",僅僅記誦詞章則是"俗儒"③。亦是繼承宋儒

---

① 楊溥《原序》,王柏《魯齋集》卷首,《景印文淵閣四庫全書》1186 冊,臺灣商務印書館,1986 年,第 2 頁。

② 楊士奇《聖諭錄》卷中,劉伯涵、朱海點校《東里文集》,中華書局,1998 年,第 394 頁。

③ 宋濂《七儒解》云:"儒者非一也,世之人不察也。有游俠之儒,有文史之儒,有曠達之儒,有智數之儒,有章句之儒,有事功之儒,有道德之儒。……業擅專門,伐異黨同,以言求句,以句求章,以章求意,無高而弗穹,無遠而弗即,無微而弗探,無滯而弗宣,無幽而弗燭,夫是之謂章句之儒。……備陰陽之和而不知其純焉,涵鬼神之秘而不知其深焉,達萬物之理而不知其遠焉,言足以爲世法,行足以爲世表,而人莫得而名焉,夫是之謂道德之儒。"(《潛溪前集》卷六)宋濂關於"道德之儒"與"章句之儒"的界定,可與楊士奇之説互相參照。

"崇性理而抑藝文"之思想,將詩定義爲"餘事",因爲在宋儒看來,詩歌的政治教化功用,遠不能與明經治道相比。

其次,從臺閣文人的身份職責來講,詩歌是詔誥奏疏等行政應用文體"之餘"。如黃淮序楊士奇文集云:"凡大議論、大製作,出公居多。肆其餘力,旁及應世之文,率皆關乎世教,吐辭賦咏,沖澹和平,渢渢乎大雅之音,其可謂雄傑俊偉者矣。"①詔告奏議等"經世之文"的創作才是臺閣文人本職工作,"應世之文"只是"肆其餘力"爲之,詩歌更是如此。錢習禮序楊榮文集亦曰:"至爲文章,見於詔誥、命令。訓飭臣工,誓戒軍旅,撫諭四夷,播告萬姓,莫不嚴正詳雅,曲當人心。出其緒餘,作爲碑銘、誌記、序述、贊頌,以應中外人士之求。"②亦指出楊榮"碑銘"、"誌記"之類是詔誥命令之類公文的"緒餘",而詩更在"應世之文"之後。

李東陽亦多言詩文爲餘事,如侯方自刑部員外郎出僉湖廣憲事郎中,李東陽勸其"握符建節,有民人社稷之寄,得以施號令,樹勳業",并指出"若遠遊之文、登高之賦,皆公餘事"③。邑人陳德修建南山草亭,有歸隱之意,李東陽告誡其"出而當右文崇教、求賢如不及之世,是方輸志效力之不暇,又何謾罵之避,而矰繳之逃乎?⋯⋯若退之'贊酤'之詩、摩詰看雲之興,固暮年餘事,未足爲茲亭重也。"④太常少卿喬希大奉始代祀于山西,李東陽云:"若懷古而思,登高而賦,文章歌咏,足以發其心志而播之

①　黃淮《少師東里楊公文集序》,劉伯涵、朱海點校《東里文集》卷首,中華書局,1998 年,第 1 頁。
②　錢習禮《太師楊文敏公集序》,楊榮《兩京類稿》卷首,明正統十三年建安楊氏家刻本。
③　李東陽《南巡圖記》,周寅賓校點《李東陽集》,岳麓書社,2008 年,第 517 頁。
④　李東陽《南山草亭記》,同上書,第519 頁。

鄉國者,又其餘事,奚必爲希大道哉!"①李東陽指出侯方、喬希大遠遊懷古之詩文是其政務之餘而作,勸告陳德修歸隱作詩是晚年之"餘事",要及時效力朝廷。由此可見,其所謂詩文爲餘事,是强調詩文是政務之餘,已與宋儒的"道德之餘"、前期臺閣文人的經世之文"餘緒"有所不同。尤其值得注意的是,李東陽或限於朝廷重臣之身份言及詩文爲政務之餘事,却多次表示喜歡作詩,如"吾詩亦何解,似獨有深喜","愛畫耽詩是我私,傍人休笑虎頭癡"②,并身體力行地創作,病中亦不得清閑,"枕邊莫道無餘事,猶有詩成字未安",自嘲曰:"平生抱詩癖,雖病不能止。還同嗜酒客,枕藉糟丘裹。"③可見其作詩用力之勤,詩歌並非其"餘事"。

前期臺閣文人之詩爲餘事觀,多是從詩歌關乎治道隆替政治功用出發,並不注重詩歌的文學審美,這與成化後李東陽之詩論形成鮮明對比。李東陽在《鏡川先生詩集序》中論述詩與諸經之不同云:"詩與諸經同名而體異。蓋兼比興,協音律,言志屬俗,乃其所尚。後之文皆出諸經。而所謂詩者,其名固未改也,但限於聲韵,例以格式,名雖同而體尚亦各異。"④"言志屬俗"即强調詩歌的教化功用,而"兼比興、協音律"則多傾向于詩歌的文學性,已開始轉向對文學審美的重視。對於"六藝"之比興前人

---

① 李東陽《使難 贈喬太常希大》,周寅賓校點《李東陽集》,岳麓書社,2008 年,第 1092 頁。

② 李東陽《入春絕不作詩,清明後三日,與鳴治、師召遊大德觀,爲二公所督甚苦,得聯句四首。已而悔之,因用止詩韵以自咎。先是,諸同年皆有和章,爲説不一。鳴治獨持兩可之説,至是竟爲所沮云》《寄顧天錫二首,用致仕後所寄韵》之二,同上書,第 113、856 頁。

③ 李東陽《病中言懷八首》之三、《予病中頗愛作詩,舜咨以詩來戒者,再未應也。偶誦陶淵明止酒詩,自笑與此癖相近,因追和其韵,斷自今日爲始。成化丁酉春正月十日》,同上書,第 879—880、112 頁。

④ 李東陽《鏡川先生詩集序》,同上書,第 483 頁。

詮釋頗多,如漢儒從詩歌美刺之功用來解釋比興,鄭玄解釋"比"爲"見今之失,不敢斥言,取比類以言之","興"則是"見今之美,嫌於媚諛,取善事以喻勸之"①,多是論述其政教上的意義。鍾嶸《詩品》解釋爲"文已盡而意有餘,興也;因物喻志,比也"②,已跳出經學之藩籬,將比興視作詩歌不同于諸經的表現手法。至朱熹闡釋爲"比者,以彼狀此","興者,托物興詞",文學解釋已更爲明了,或受鍾嶸之影響。李東陽強調比興,亦是看重其"託物寓情"的表現手法:

> 詩有三義,賦止居一,而比興居其二。所謂比與興者,皆託物寓情而爲之者也。蓋正言直述,則易於窮盡,而難於感發。惟有所寓託,形容摹寫,反復諷咏,以俟人之自得。言有盡而意無窮,則神爽飛動,手舞足蹈,而不自覺。此詩之所以貴情思而輕事實也。③

《詩經》"賦比興"三義,李東陽刻意忽略"賦",因其"正言直述,則易于窮盡,而難於感發",難以體現含蓄之美。而比興之"託物寓情",更容易達到"言有盡而意無窮"的效果。李東陽對比興等創作手法的重視,實質是突出其"重情思而輕事實"的審美傾向。

"協音律"是突出詩歌的音樂性,《懷麓堂詩話》開篇即曰:"《詩》在六經中,別是一教,蓋六藝中之樂也。樂始於詩,終於律,人聲和則樂聲和。又取其聲之和者,以陶寫情性,感發志意,

① 鄭玄注,賈公彥疏《周禮注疏》卷二三,影印阮元校刻《十三經注疏》本,中華書局,1980 年,第 796 頁。
② 鍾嶸《詩品》,何文煥輯《歷代詩話》本,中華書局,2004 年,第 3 頁。
③ 李東陽著,李慶立校釋《懷麓堂詩話校釋》,人民文學出版社,2009 年,第 80 頁。

動盪血脉，流通精神，有至於手舞足蹈而不自覺者。後世詩與樂判而爲二，雖有格律，而無音韵，是不過爲排偶之文而已。使徒以文而已也，則古之教何必以詩律爲哉。"①指出詩之原始屬性即詩樂合一，而後世詩樂分離，聲樂的屬性消失，詩也就淪爲"排偶之文"。"協音律"在詩中主要表現爲格律之平仄，即"所謂律者，非獨字數之同，而凡聲之平仄，亦無不同也"②。如其評價杜甫之詩曰："惟杜子美頓挫起伏，變化不測，可駭可愕，蓋其音響與格律正相稱，回視諸作，皆在下風。"③李東陽精通聲律，其對杜詩之聲律節奏的闡釋，本書第三章第三節已有涉及，此處不再展開。李東陽重視詩歌之平仄格律，故辨詩不僅要"有具眼"，亦要"有具耳"，"眼主格，耳主聲"，憑聽覺之律動以辨析詩歌。其評論詩歌，往往是將"兼比興"與"協音律"二者結合起來：

> "雞聲茅店月，人迹板橋霜"，人但知其能道羈愁野况於言意之表，不知二句中不用一二閒字，止提掇出緊關物色字樣，而音韵鏗鏘，意象具足，始爲難得。若强排硬疊，不論其字面之清濁、音韵之諧舛，而云我能寫景用事，豈可哉？④

李東陽分析温庭筠名句"雞聲茅店月，人迹板橋霜"，即是從"兼比興、協音律"角度進行闡釋。僅僅十字就能道盡詩人羈愁旅思之意，正是因爲其不直接陳述愁思，而是借用相關景物"託物寓情"，兩句便將晨霜、茅店、月色、人迹、板橋等多種意象融合在一

---

① 李東陽著，李慶立校釋《懷麓堂詩話校釋》，人民文學出版社，2009 年，第 1—2 頁。

② 同上書，第 134 頁。

③ 同上書，第 60 頁。

④ 同上書，第 53 頁。

起,這便是"提掇出緊關物色字樣",兩句未言主人公之情景,却能道盡離人之孤寂、遊子之思鄉,正是李東陽所追求的"淡而遠"的意象。此外兩句雖短却"音韵鏗鏘",亦符合"協音律"之特徵。李東陽論詩多次强調詩歌的創作技巧與審美傾向,這在三楊功用主義詩學理念中是較爲少見的,也是他對臺閣詩學趨向的重要變革。

本書所論臺閣詩學思想,以永樂初臺閣體興起爲開端,至成化末以李東陽爲首的茶陵派崛起、詩學思想有較大轉變爲止。論述以臺閣文人爲主體,亦兼及其他作者,對永樂至成化間八十餘年主流文壇之臺閣詩學思想進行探討。臺閣體"敷闡洪猷,藻飾治具,以鳴太平之盛"[①],詩壇較爲沉悶,而詩學觀念亦多趨一致。現對這一時期臺閣詩學思想基本特徵作一簡單歸納:

第一,歌功頌德的臺閣體面向帝王,故臺閣詩學思想之演化與帝王態度密切相關,本書對臺閣詩學思想之發展變化分期即以帝王之態度爲主要依據。臺閣體的興起亦與内閣、翰林制度有着密切聯係,以"三楊"爲首内閣重臣操持文柄,而從新科進士中選拔的翰林文人成爲創作主體,臺閣詩學思想中無不顯示作者"文學侍從"身份之特徵,如"潤飾鴻業"之功用論、"和平雅淡"之風格論等。

第二,朱元璋建立明王朝後以程朱理學作爲官方統治思想,臺閣文人之詩學思想多受理學影響,"性情"在内容與表達方式上受"禮義之正"束縛,"性情之正"取代了"性情",成爲臺閣詩學思想之核心内容。其對歷代詩歌之接受,多是以"性情

---

① 沈德潛、周准《明詩别裁集》卷三,上海古籍出版社,1979年,第59頁。

明永樂至成化間臺閣
詩學思想研究

326

之正"作爲評價標準,而其創作、風格特徵亦多由"性情之正"
所申發。

　　第三,雖然"性情之正"是臺閣詩學思想中一以貫之的線索,
也是臺閣文人之間相同或相近的詩學主張,但不同臺閣文人之
宗尚、接受乃至創作中的差異性亦間或存在。如《詩經》接受中,
主流思想以"性情之正"作解讀之宗旨,而永樂間周忱、成化間丘
濬等則多從"天趣自然"角度來予以闡釋;對於中古詩歌之辨體,
吳訥、周叙從實用角度辨體,而成化後黃溥、李東陽則多從審美
角度辨體,顯示出辨體思想的發展變化之態勢。再如宋代江西
詩派,李東陽對其創作與理論全面否定,而李時勉却認同其"活
法"理論,胡儼之詩風則類似江西詩派。再如臺閣文人對唐宋詩
之爭、宋元詩之爭等詩學論爭的延續,更顯示出臺閣詩學思想的
複雜性。

　　第四,詩學理論與詩歌創作並不完全同步,滯後或差異的
情況亦間或存在。如臺閣詩學中"主情説"自成化後才開始逐
漸顯現,而在臺閣體創作中,詩歌中展現真情在正統間就漸開
風氣,顯示出理論滯後于創作。再如臺閣文人强調詩歌創作
"不求其工",但實際創作中炫耀"速而工",追求不假思索一揮
而就,多呈現修飭與鍛煉的情形,顯示出理論與創作的差異。

參考文獻

一、古典著述之部

經　　部

周易傳義大全二十四卷	明胡廣撰	景印文淵閣四庫全書本
讀易錄一卷	明薛瑄撰	清張伯行訂正誼堂全書本
易經圖釋十二卷	明劉定之撰	清咸豐三年刻本
玩易意見二卷	明王恕撰	明正德刻本
周易説旨四卷	明羅倫撰 明陳禹謨輯	明萬曆十九年何懋官刻本
易象鈔十八卷	明胡居仁撰	景印文淵閣四庫全書本
書經大全十卷圖説一卷	明胡廣撰	景印文淵閣四庫全書本
書説綱領一卷	明胡廣等輯	明内府刻本
書經直指六卷	明徐善述撰	明成化刻本
詩傳大全二十卷綱領一卷朱子詩序辨説一卷	明胡廣撰	景印文淵閣四庫全書本
新編詩義集説四卷	明孫鼎撰	續修四庫全書影印明鈔本

刻精選詩經度針不分卷	明錢福等撰	明萬曆間晉陵唐氏刻本
周禮集注七卷	明何喬新撰	明弘治九年刻本
周禮明解十二卷	明何喬新撰	明刻本
儀禮明解十八卷	明何喬新撰	明刻本
文公家禮儀節八卷	明丘濬輯	明正德十三年常州府刻本
禮記大全三十卷	明胡廣撰	景印文淵閣四庫全書本
禮記集說辨疑一卷	明戴冠撰	明嘉靖間華察刻本
春秋大全三十七卷	明胡廣撰	景印文淵閣四庫全書本
四書大全校注	明胡廣等修 周群等校注	武漢大學出版社 2009 年

史　　部

明史	清張廷玉等撰	中華書局 2007 年
明太祖實錄	明胡廣等撰	臺灣中研院歷史語言研究所校勘本 1962 年
明太宗實錄	明楊士奇等撰	臺灣中研院歷史語言研究所校勘本 1962 年
明仁宗實錄	明楊士奇等撰	臺灣中研院歷史語言研究所校勘本 1962 年
明宣宗實錄	明楊士奇等撰	臺灣中研院歷史語言研究所校勘本 1962 年
明英宗實錄	明陳文等撰	臺灣中研院歷史語言研究所校勘本 1962 年
明憲宗實錄	明劉吉等撰	臺灣中研院歷史語言研究所校勘本 1962 年

明孝宗實録	明 李 東 陽 等撰	臺灣中研院歷史語言研究所校勘本 1962 年
皇明通紀	明陳建撰 錢茂偉點校	中華書局 2008 年
國榷	清談遷撰 張宗祥點校	上海古籍出版社 2008 年
明通鑒	清夏燮撰 沈仲九標點	中華書局 2009 年
世史正綱三十一卷	明丘濬撰	四庫全書存目叢書影印明嘉靖四十二年孫應鰲刻本
皇明大政紀二十五卷	明雷禮撰	明萬曆刻本
明史紀事本末八十卷	清谷應泰撰	中華書局 1977 年
鴻猷録	明高岱撰 孫正容等點校	上海古籍出版社 1992 年
皇明書四十五卷	明鄧元錫撰	明萬曆三十四年刻本
皇明帝后紀略一卷附藩封一卷	明鄭汝璧撰	明萬曆四十七年刻本
明書一百七十一卷	清傅維鱗撰	清康熙三十四年誠堂刻本
石匱書二百二十一卷	清張岱撰	上海古籍出版社 2008 年影印張岱稿本
明史四百十六卷	清萬斯同撰	上海古籍出版社 2008 年影印清鈔本

金文靖公前北征録一卷後北征録一卷	明金幼孜撰	明嘉靖十二年刻明良集本
北征録三卷	明金幼孜撰	四庫禁燬書叢刊補編影印明萬曆四十六年金鏜刻本
北征記一卷	明楊榮撰	續修四庫全書影印明嘉靖十二年刻明良集本
正統臨戎録一卷	明楊銘撰	明萬曆四十五年陳于廷刻紀録彙編本
北征事蹟一卷	明袁彬撰	明嘉靖間袁氏嘉趣堂刻金聲玉振集本
天順日録一卷	明李賢撰	明嘉靖十二年刻明良集本
否泰録一卷	明劉定之撰	明鈔國朝典故本
朝鮮紀事一卷	明倪謙撰	續修四庫全書影印明鈔本
南征録一卷	明張瑄撰	明鈔藝海匯函本
李侍郎北使録	明李實撰	北京大學圖書館藏明鈔本
復辟録一卷	明楊瑄撰	明刻廣百川學海本
虛庵李公奉使録一卷附録一卷	明李實撰	明嘉靖間刻本
皇明政要二十卷	明婁性撰	續修四庫全書影印明嘉靖五年戴金刻本
名山藏一百九卷	明何喬遠撰	續修四庫影印明崇禎間刻本
弇山堂別集	明王世貞撰魏連科點校	中華書局 1985 年
典故紀聞	明余繼登撰顧思點校	中華書局 1981 年

歷代名臣奏議三百五十卷	明楊士奇等編	景印文淵閣四庫全書本
葉文莊公奏議四十卷	明葉盛撰	續修四庫全書影印明崇禎四年葉氏賜書樓刻本
古今列女傳三卷	明解縉編	景印文淵閣四庫全書本
殿閣詞林記二十二卷	明廖道南撰	景印文淵閣四庫全書本
皇明名臣言行錄前集十二卷後集十二卷續集八卷	明徐咸輯	續修四庫全書影印明嘉靖二十八年施漸刻本明嘉靖三十九年侯東萊何思刻本
皇明名臣琬琰錄三十二卷	明王世貞輯	四庫禁燬書叢刊補編影印明鈔本
明儒學案	清黃宗羲撰沈芝盈點校	中華書局 2008 年
國朝列卿紀一百六十五卷	明雷禮輯	四庫全書存目叢書影印明萬曆徐鑒刻本
本朝分省人物考一百十五卷	明過庭訓撰	續修四庫全書影印明天啓間刻本
獻徵錄一百二十卷	明焦竑撰	明萬曆四十四年徐象橒曼山館刻本
解學士年譜二卷	明解桐編	解學士全集本
太史楊文敏公年譜四卷	明楊肇編	明嘉靖間刻本
兩浙澹然先生年譜二卷	明陳其柱編	陳文定公遺集本
周文襄公年譜二卷	明周仁俊等編	清光緒十五年木活字本

龔安節先生年譜	明王綏編	民國九年刻本
況太守年譜	清況廷秀編	清道光二十九年刻本
芳洲先生年譜一卷附錄一卷	明王翔編	清同治光緒間刻本
明薛文清公年譜一卷	清楊希閔撰	五朝先賢十九家年譜本
吳聘君年譜一卷	清楊希閔撰	五朝先賢十九家年譜本
杜東原先生年譜	明沈周撰	清光緒間刻本
呆齋公年譜	清劉作樑撰	清刻本
章恭毅公年譜	明章玄應撰	民國間鉛印本
明三元太傅商文毅公年譜	明商振倫撰	明萬曆四十六年刻本
翰林記	明黃佐撰 傅璇琮等編	遼寧教育出版社 2003 年
南雍志二十四卷	明黃佐撰	明嘉靖間刻隆慶萬曆天啓間增修本
詞林典故一卷	明張位、于慎行撰	四庫全書存目叢書影印明萬曆十四年張位刻本
館閣漫錄十卷	明張元抃撰	四庫全書存目叢書影印明不二齋刻本
皇明太學志十二卷	明王材等纂修	明嘉靖三十六年國子監刻隆慶萬歷遞修本
國子監通志十卷	明邢讓撰	明成化三年刻本
欽定國子監志	清文慶等撰 郭亞南等校點	北京古籍出版社 2000 年
御製官箴一卷	明朱瞻基撰	明鈔國朝典故本

大明會典二百二十八卷	明李東陽等撰	新文豐出版公司 1976 年影印明萬曆十五年刊本
皇明貢舉考九卷附貢舉紀略一卷	明張朝瑞輯	四庫全書存目叢書影印明萬曆間刻本
續文獻通考二百五十四卷	明王圻撰	續修四庫全書影印明萬曆三十年松江府刻本
文淵閣書目四卷	明楊士奇編	景印文淵閣四庫全書本
秘閣書目不分卷	明錢溥撰	四庫全書存目叢書影印清鈔本
菉竹堂書目不分卷	明葉盛撰	四庫全書存目叢書影印清初鈔本
欽定四庫全書總目	清紀昀等撰	四庫全書研究所整理 中華書局 1997 年

子　部

性理大全書七十卷	明胡廣等撰	景印文淵閣四庫全書本
聖學心法四卷	明朱棣撰	四庫全書存目叢書影印明永樂七年內府刻本
五倫書六十二卷	明朱瞻基撰	續修四庫全書影印明正統十二年內府刻本
學的二卷	明丘濬輯	續修四庫全書影印明正德刻本
謇齋瑣綴錄八卷	明尹直撰	叢書集成初編本
孤樹裒談十卷	明李默撰	續修四庫全書影明刻本

水東日記	明葉盛撰 魏中平校點	中華書局 1980 年
雙槐歲鈔	明黃瑜撰 魏連科點校	中華書局 1999 年
震澤先生別集	明王鏊等撰 樓志偉等點校	中華書局 2014 年
客座贅語	明顧起元撰 陳稼禾點校	中華書局 1987 年
草木子	明葉子奇撰 吳東昆等校點	中華書局 2012 年
霏雪録二卷	明鎦績撰	景印文淵閣四庫全書本
大明仁孝皇后勸善書 二十卷	明仁孝文皇 后撰	四庫全書存目叢書影印明 永樂五年内府刻本
胡文穆雜著一卷	明胡廣撰	景印文淵閣四庫全書本
歷代臣鑒三十七卷	明朱瞻基撰	明宣德元年内府刻本
懸笥瑣談一卷	明劉昌撰	説郛續本
蕈精雋十六卷	明徐伯齡撰	景印文淵閣四庫全書本
讕言長語一卷	明曹安撰	景印文淵閣四庫全書本
海涵萬象録四卷	明黃潤玉撰	明正德十六年陳槐刻本

集　　部

宋濂全集	明宋濂撰 黃靈庚編校	人民文學出版社 2014 年
西隱文藁十卷	明宋訥撰	明萬曆六年滑縣知縣劉師 魯刻本

劉尚賓文集五卷續集四卷	明劉夏撰	明永樂間劉拙刻成化間劉衢增修本
春草齋詩集五卷文集六卷	明烏斯道撰	明崇禎二年蕭基浙江刻本
耕學齋詩集十二卷	明袁華撰	景印文淵閣四庫全書本
恒軒遺稿存前三卷	明韓經撰	明正統間刻本
始豐藁十四卷	明徐一夔撰	明初刻本
永嘉集十二卷	明張著撰	國家圖書館藏清鈔本
蘇平仲文集十六卷	明蘇伯衡撰	明正統七年黎諒刻本
劉伯温集	明劉基撰 林家驪點校	浙江古籍出版社 2011 年
劉槎翁先生詩選十二卷	明劉崧撰	明萬曆二十五年涇上張應泰刻本
陶情稿六卷	明易恒撰	四庫未收書輯刊影印清鈔本
光庵集一卷吳中古蹟詩一卷	明王賓撰	四庫全書存目叢書影印清鈔本
拙庵集十卷	明杜敩撰	明成化間刻嘉靖四年印本
先世遺芳集十卷	明劉昭年撰	國家圖書館藏清鈔本
錦樹集八卷	明錢仲益撰	景印文淵閣四庫全書本
範軒集十二卷	明林大同撰	上海圖書館藏清鈔本
弊帚集五卷	明王翰撰	明天順間刻本
西郊笑端集一卷	明董紀撰	明成化十年松江周庠刻本
韓山人詩集九卷續集八卷	明韓奕撰	四庫全書存目叢書影印清鈔本
斗南先生詩集六卷	明胡奎撰	明永樂間寧藩刻本

姚廣孝集	明姚廣孝撰 欒貴明編	商務印書館 2016 年
巽隱程先生文集四卷	明程本立撰	明嘉靖間吳昂刻本
三畏齋集二卷	明朱吉撰	四庫全書存目叢書影印清鈔本
翰林學士耐軒王先生天游雜藳十卷	明王達撰	四庫全書存目叢書影印明正統六年胡濱刻本
重刻天游集十卷碎金一卷	明王達撰	清光緒間木活字印本
和中峰和尚梅花百咏詩一卷	明王達撰	明萬曆三十六年梁溪九松居士尊生齋刻百花鼓吹本
畦樂先生詩集一卷	明梁蘭撰	清初刻本
梁園寓稿九卷	明王翰撰	景印文淵閣四庫全書本
三山王養靜先生集十卷	明王褒撰	續修四庫全書影印明成化十年謝光刻本
閩王典籍詩集五卷	明王恭撰	明萬曆三年刻本
白雲樵唱集四卷	明王恭撰	南京圖書館藏清鈔本
瞿佑全集校注	明瞿佑撰 喬光輝校注	浙江古籍出版社 2010 年
青城山人詩集八卷	明王璲撰	明正統十二年至景泰四年華靖刻本
高漫士嘯臺集二十卷	明高棅撰	明成化十九年黃鎬南京刻本
高漫士木天清氣集十四卷	明高棅撰	四庫全書存目叢書影印清金氏文瑞樓鈔本
鳴秋集一卷	明趙迪撰	四庫全書存目叢書影印清乾隆三年陳作楫刻本

夢墨稿十卷	明時季照撰	明弘治五年魏士軍吳昌期刻本
龍溪陳先生文集五卷	明陳旺撰	明正統間顧言刻本
新編頤光先生集七卷外集二卷	明陸顒撰	明景泰元年大冶縣刻本
觀樂生詩集五卷	明許繼撰	明初四明茅仲清刻本
節庵集八卷續稿一卷	明高得暘撰	四庫全書存目叢書影印清鈔本
天台林公輔先生文集不分卷	明林右撰	復旦大學圖書館藏清康熙間查慎行家鈔本
沈通理集一卷	明沈度撰	上海圖書館藏清兼山堂鈔本
溪園集七卷附三卷	明周啓撰	明景泰四年周源刻本
繼志齋集十二卷	明王紳撰	影印文淵閣四庫全書本
大明太宗皇帝御製集四卷	明朱棣撰	故宮珍本叢刊影印明内府寫本
耆山無爲天師峴泉集六卷	明張宇初撰	明崇禎間刻本
峴泉集十二卷	明張宇初撰	上海圖書館藏明鈔本
胡祭酒集十四卷	明胡儼撰	明刻本
胡祭酒頤庵集十二卷	明胡儼撰	明萬曆元年徐杺刻本
友石先生詩集五卷	明王紱撰	明弘治元年榮華刻本
聞一齋詩藁不分卷	明鄭賜撰	明崇禎六年閩縣徐氏鈔本
黃忠宣公文集十三卷	明黃福撰	明嘉靖間馮時雍刻本
古崖先生詩集八卷	明吳溥撰	明刻黑口本
職方周先生詩文集二卷	明周鳴撰	明正統間刻本

淇園編四卷	明陳道潛撰	清康熙九年陳氏家刻本
慎獨齋詩集十六卷	明趙文撰	浙江圖書館藏清鈔本
張修撰遺集八卷	明張洪撰	國家圖書館藏清播琴山館鈔本
貞白先生遺稿十卷	明程通撰	明天啓間刻本
陳竹山先生文集内篇二卷外篇二卷	明陳誠撰	四庫全書存目叢書影印清雍正七年刻本
東里詩集三卷文集二十五卷續編六十二卷別集五卷	明楊士奇撰	明嘉靖間刻本
東里文集	明楊士奇撰 劉伯涵、朱海點校	中華書局 1998 年
泊庵文集十六卷	明梁潛撰	明正統九年刻本
夏忠靖公集六卷	明夏原吉撰	明弘治十三年袁經刻本
玉雪齋詩集三卷	明虞謙撰	明宣德間刻本
黃文簡公介庵集十一卷補遺一卷	明黃淮撰	四庫全書存目叢書影印敬鄉樓叢書第三輯本
環庵遺稿十卷	明虞原璩撰	溫州市圖書館藏民國間鈔本
金文靖公集十卷	明金幼孜撰	明成化間金昭伯刻弘治六年盧淵重修本
曹端集	明曹端撰 王秉倫點校	中華書局 2003 年
蔀齋先生文集十二卷存卷五至八	明林誌撰	上海圖書館藏明范氏天一閣鈔本
續刻蔀齋公文集十五卷	明林誌撰	明萬曆間福州林氏活字印本

解學士先生文集三十一卷	明解縉撰	明天順元年黃諫刻本
皇明大學士解春雨先生詩集不分卷	明解縉撰	明刻本
解文毅公集十六卷後集六卷	明解縉撰	清乾隆三十二年解氏敦仁堂刻本
尹訥庵先生遺稿十卷	明尹昌隆撰	四庫全書存目叢書影印明萬曆間刻本
畏庵周先生集十卷	明周旋撰	明成化十九年劉遜永嘉刻本
補拙集六卷	明楊應春撰	明正統六年長壽楊氏家刻本
胡文穆公文集二十卷	明胡廣撰	四庫全書存目叢書影印清乾隆十五年胡張書刻本
虛舟集五卷	明王偁撰	明弘治六年王俊刻嘉靖元年陳墀、鄭銘重修本
琴軒集三十卷	明陳璉撰	香港大會堂圖書館藏清康熙六十年陳氏刻本
陳檢討文集二十卷	明陳繼撰	上海圖書館藏清鈔本
坦庵先生文集八卷	明梁混撰	清初刻本
獻園睿制集十七卷	明獻朱椿撰	明成化三年刻本
楊文敏公集二十五卷	明楊榮撰	明正德十年建安楊氏刻本
覺非齋文集二十八卷	明金實撰	明成化元年唐瑜刻本
北軒集十八卷	明余學夔撰	四庫未收書輯刊影印清乾隆三十四年余沛章等刻本
思庵先生文粹十一卷	明吳訥撰	明嘉靖二十七年范來賢刻本

楊文定公詩集七卷	明楊溥撰	續修四庫全書影印明鈔本
巢睫集五卷	明曾棨撰	明成化七年張綱刻本
刻曾西墅先生集十卷	明曾棨撰	四庫全書存目叢書影印明萬曆十九年吳期炤刻本
東墅詩集二卷	明周述撰	明景泰二年周錞刻本
南齋先生魏文靖公摘稿十卷	明魏驥撰	四庫全書存目叢書影印明弘治十一年洪鐘刻本
溪山集五卷	明陳航撰	明崇禎刻本
古廉李先生詩集十一卷	明李時勉撰	明景泰七年姚堂刻本
謚忠文古廉文集十二卷	明李時勉撰	明成化間李氏世忠堂刻本
王文安公詩文集十一卷	明王英撰	續修四庫全書影印清樸學齋鈔本
運甓漫稿七卷	明李昌祺撰	明正統間張瑄校刻本
退庵鄧先生遺稿七卷	明鄧林撰	四庫全書存目叢書影印清鈔本
退翁文集六卷	明王瀹撰	明嘉靖二十四年王朝賢刻本
明永樂甲申會魁禮部左侍郎會稽質庵章公文集不分卷	明章敞撰	四庫全書存目叢書影印清鈔本
絅齋先生集二十二卷	明林環撰	明成化十三年林伋序刻本
符臺外集二卷	明袁忠徹撰	四明叢書本
鳳池吟稿一卷	明袁忠徹撰	日本尊經閣文庫藏明永樂間刻本
澹然居士文集十卷	明陳敬宗撰	明嘉靖十四年陳文譽、來汝賢刻本

澹然先生文集六卷	明陳敬宗撰	四庫全書存目叢書影印清鈔本
羅亨信集	明羅亨信撰香權根整理	上海古籍出版社 2011 年
御製詩集二卷	明朱高熾撰	明洪熙間内府刻本
充然子詩文集一卷	明顧懋撰	浙江圖書館藏清初鈔本
素軒集十二卷	明沐昂撰	續修四庫全書影印明刻本
誠齋録四卷誠齋新録一卷	明朱有燉撰	續修四庫全書影印明嘉靖十二年周藩刻本
抑庵文集十三卷	明王直撰	明景泰五年應天府丞陳宜刻本
重編王文端公文集四十卷首一卷	明王直撰	明隆慶二年王有霖刻本
毅齋王先生文集八卷	明王洪撰	明成化十一年刻本
雙崖文集四卷詩集六卷	明周忱撰	清光緒四年周氏山前崇恩堂刻本
野古集五卷	明龔詡撰	清康熙十八年崑山龔氏刻本
砥庵集五卷	明邵廉撰	明正統十一年邵祥刻本
重刻襪線集二十卷	明蕭儀撰	四庫全書存目叢書影印清乾隆五年重刻本
東行百咏集句十卷	明陳循撰	四庫全書存目叢書影印明刻本
芳洲文集十卷附再和東行百咏集句一卷	明陳循撰	明萬曆二十一年陳以躍刻本
默庵詩集五卷	明曹義撰	明成化四年句容曹氏家刻本

道山集六卷	明鄭棠撰	四庫全書存目叢書影印清活字本
可閑先生逸稿一卷	明姚麟撰	明嘉靖三十六年姚垍刻姚氏世刻後印本
雞肋集一卷	明鄭珞撰	明嘉靖十六年刻本
鴻泥堂小稿八卷續稿十卷附錄一卷	明薛章憲撰	明嘉靖間刻本
静齋詩集六卷	明黃約仲撰	明嘉靖十七年莆田黃獻可刻本
尋樂習先生文集二十卷	明習經撰	四庫全書存目叢書補編影印明成化間黃仲昭刻本
歲寒集二卷	明孫瑀撰	四庫全書存目叢書影印明嘉靖七年孫㫎刻本
薛瑄全集	明薛瑄撰 孫玄常等點校	山西人民出版社 1990 年
東岡文集十卷	明柯暹撰	四庫全書存目叢書影印明柯株林等刻本
淡軒稿十二卷補遺一卷	明林文撰	四庫全書存目叢書影印明嘉靖間刻民國間重修本
育齋先生詩集十七卷歸田集三卷拾遺集一卷	明高穀撰	明弘治四年李絨刻本
康齋先生文集十三卷	明吳與弼撰	明弘治間吳泰刻本
兩谿文集二十四卷	明劉球撰	明成化六年安成劉氏家刻本
兩谿先生詩集四卷	明劉球撰	明成化十六年劉鉞等刻本

石溪周先生文集八卷	明周叙撰	四庫全書存目叢書影印明萬曆二十三年周承超等刻本
壽梅集二卷	明朱元振撰	首都圖書館藏明嘉靖間刻本
雪厓集一卷	明蕭㫪撰	清康熙十二年蕭伯升刻蕭氏世集本
尚約文鈔十二卷附錄一卷	明蕭鎡撰	清光緒三十一年蕭氏趣園刻本
東安李都憲先生文集五卷	明李侃撰	明弘治六年李德仁刻本
劉文恭公詩集六卷	明劉鉉撰	明嘉靖二十八年長洲劉氏家刻本
澹軒文集校注	明馬愉撰 馬慶洲校注	山東人民出版社2015年
勤有詩集一卷文集一卷	明朱孟烷撰	明正統六年楚藩朱季㙫刻本
王氏綠野堂遺編二卷	明王來撰	明萬曆間王福徵刻本
東原集七卷	明杜瓊撰	四庫全書存目叢書影印明張習鈔本
吳竹坡先生文集五卷詩集二十八卷	明吳節撰	清雍正三年吳琦刻本
草窗集二卷	明劉溥撰	四庫全書存目叢書影印明成化十六年劉氏刻本
大明宣宗皇帝御製集四十四卷	明朱瞻基撰	四庫全書存目叢書影印明內府鈔本
于謙集	明于謙撰 魏得良點校	浙江古籍出版社2013年

李卓吾評于節闇集八卷	明于謙撰	四庫全書存目叢書補編影印明刻三異人文集本
蘭庭集不分卷	明謝晉撰	上海圖書館藏清葉氏五百經幢館鈔本
蒲東崔張珠玉詩集二卷	明張楷撰	日本正德三年浪速書林醉墨齋刻本
和杜詩三卷	明張楷撰	明景泰間刻本
張文僖集一卷	明張益撰	乾坤正氣集本
土苴集二卷	明周鼎撰	涵芬樓秘笈本
友梅集不分卷	明季篪撰	國家圖書館藏清鈔本
東軒集選一卷補遺三卷	明聶大年撰	武林往哲遺著本
拙庵集四卷	明李紹撰	江西省圖書館藏明刻本
武功集五卷	明徐有貞撰	影印文淵閣四庫全書本
宮詹遺稿三卷外編三卷	明李齡撰	四庫未收書輯刊影印明萬曆二十七年李一軒刻本
古穰文集三十卷	明李賢撰	明成化十年李璋刻本
呆齋前稿十六卷存稿十卷續稿五卷	明劉定之撰	四庫全書存目叢書影印明萬曆間刻本
襪線集五卷	明史傑撰	明弘治四年史誠刻本
修敬詩集四卷	明秦旭撰	明嘉靖四十年序刻本
重刻完庵劉先生詩集二卷	明劉珏撰	四庫全書存目叢書影印明萬曆二十二年重刻本
沈蘭軒集五卷	明沈彬撰	明刻本
陳剩夫先生集四卷	明陳真晟撰	清康熙四十八年張伯行正誼堂刻本
章綸集	明章綸撰 沈不沉編注	線裝書局 2009 年

平橋藁十八卷	明鄭文康撰	清康熙三十九年刻鄭氏六名家集本
姚文敏公遺稿十卷	明姚夔撰	四庫全書存目叢書影印明弘治間姚璽刻本
商文毅公集十卷	明商輅撰	四庫全書存目叢書影印明萬曆三十年劉體元刻本
倪文僖公集三十二卷	明倪謙撰	明弘治六年上元倪氏家刻本
楊宜閒詩集六卷文集十三卷	明楊璿撰	明寶勑堂刻本
端毅公文集九卷	明王恕撰	四庫全書存目叢書影印明嘉靖三十一年喬世寧刻本
彭文憲公集八卷	明彭時撰	明成化十八年彭頤刻本
彭文憲公文集四卷附錄一卷殿試策一卷	明彭時撰	清康熙五年彭志禎重刻彭氏二文合集本
梅讀先生存稿十卷	明楊自懲撰	明弘治十八年鄞縣楊守阯刻本
冰蘗先生詩集四卷	明潘亨撰	清經術堂刻本
逸志堂净稿十九卷	明謝省撰	明刻本
和杜律一卷	明郁文博撰	明成化十三年刻本
認真子集三卷	明朱英撰	清乾隆十六年朱奕刻本
吕文懿公全集十二卷	明吕原撰	明嘉靖四十三年吕科等刻本
逸窩詩集二卷	明彭孔堅撰	明弘治十年龍泉彭氏原刻本
類博稿十卷	明岳正撰	明嘉靖八年任慶雲刻本
卞郎中詩集七卷	明卞榮撰	明成化十六年吳緵刻本

定園睿制集十卷	明朱友垓撰	明成化五年蜀王刻本
竹巖集十八卷補遺一卷續補遺一卷附錄一卷	明柯潛撰	清雍正十一年柯潮刻本
瓊臺詩文會稿重編二十四卷	明丘濬撰	明天啓間丘爾穀等刻本
葉文莊公全集三十卷	明葉盛撰	清康熙間葉氏賜書樓刻乾隆間印本
雪崖雜集不分卷	明陳喆撰	上海圖書館藏明鈔本
南坡詩稿十五卷	明趙輔撰	國家圖書館藏明刻本
項襄毅公遺稿一卷	明項忠撰	明萬曆間項皋謨刻本
韓襄毅公家藏文集十五卷	明韓雍撰	明人文集叢刊影印明莳溪草堂刻本
畏齋存藁十卷	明林鶚撰	明嘉靖間刻本
穀庵集選十卷	明姚綬撰	明嘉靖三十六年嘉興姚楷刻姚氏世刻後印本
禮庭吟三卷	明孔承慶撰	四庫全書存目叢書影印明景泰六年刻本
戴氏集十二卷	明戴冠撰	四庫全書存目叢書影印明嘉靖二十七年張魯刻本
王越集	明王越撰 趙長海校注	中州古籍出版社 2009 年
石田清嘯集十四卷	明朱翰撰	上海圖書館藏清鈔本
黎文僖公集十七卷	明黎淳撰	續修四庫全書影印明嘉靖三十五年陳甘雨刻本
王文肅公集十二卷	明王鏊撰	四庫全書存目叢書影印明正德間王氏刻本

恥庵先生遺稿不分卷	明胡超撰	上海圖書館藏清康熙間胡俊生鈔本
清風亭稿七卷	明童軒撰	明天順間刻本
張東海先生詩集四卷文集五卷	明張弼撰	四庫全書存目叢書影印明正德十三年福建刻本
方洲先生集二十六卷	明張寧撰	明萬曆間錢世垚等刻本
馬端肅公詩集	明馬文升撰武宇林整理	上海古籍出版社 2008 年
古直先生文集十六卷	明劉珝撰	四庫全書存目叢書影印明嘉靖三年劉銃刻本
文淶水詩一卷遺文一卷	明文洪撰	四庫全書存目叢書影印明萬曆間刻文氏家藏詩集本
改軒詩集存八卷	明車份撰	明弘治間刻本
沈周集	明沈周撰湯志波點校	浙江人民美術出版社 2013 年
椒邱文集三十四卷外集一卷	明何喬新撰	明人文集叢刊影印明嘉靖元年余嶜刻本
陳獻章集	明陳獻章撰孫通海點校	中華書局 1987 年
徐文靖公謙齋文錄四卷	明徐溥撰	明人文集叢刊影印明嘉靖間宜興徐氏家刻本
楊文懿公文集三十卷	明楊守陳撰	四庫未收書輯刊影印明弘治十二年楊茂仁刻本
彭惠安集八卷	明彭韶撰	明嘉靖十八年劉勳刻本
林文安公集詩八卷文九卷	明林瀚撰	明嘉靖十六年序刊本

翠渠摘稿八卷	明周瑛撰	明嘉靖七年林近龍刻清雍正十三年周成續刻本
林初文詩文全集十九卷	明林章撰	明天啓四年刻本
一峰先生文集十一卷	明羅倫撰	明正德十一年羅幹刻本
一峰先生文集十四卷	明羅倫撰	明嘉靖二十八年張言刻本
彭文思公文集十卷	明彭華撰	明人別集叢刊影印明弘治十六年安福彭氏刻本
彭文思公文集六卷	明彭華撰	四庫全書存目叢書影印清康熙五年彭志禎重刻本
五峰遺稿二十四卷	明秦夔撰	續修四庫全書影印明嘉靖元年秦銳等刻本
徐康懿公餘力藁十二卷	明徐貫撰	四庫全書存目叢書影印明嘉靖間淳安徐健刻本
巽川祁先生文集十六卷	明祁順撰	四庫全書存目叢書影印清康熙二年在茲堂刻本
胡居仁文集	明胡居仁撰馮會明點校	江西人民出版社 2013 年
西村先生全集二十二卷	明史鑑撰	上海圖書館藏清鈔本
桃溪净稿八十四卷	明謝鐸撰	四庫全書存目叢書影印明正德十六年顧璘刻本
匏翁家藏集七十七卷補遺一卷	明吳寬撰	四部叢刊影印明正德三年長洲吳氏家刻本
未軒公文集十二卷	明黃仲昭撰	明嘉靖三十四年莆田黃希白刻本
愧齋集十七卷	明陳音撰	明嘉靖三十一年刻本

楓山章先生文集九卷	明章懋撰	明嘉靖九年張大綸常州刻本
碧川文選四卷	明楊守阯撰	四庫全書存目叢書影印明嘉靖四年陸鈳刻本
醫閭先生集	明賀欽撰 武玉梅校注	遼寧人民出版社2011年
定山先生集十卷	明莊㫤撰	明正德元年李善刻本
吳文肅公摘稿四卷	明吳儼撰	明萬曆十二年吳士遇等刻本
熊峰先生文集四卷	明石珤撰	四庫全書存目叢書補編影印明刻本
張文僖公文集十四卷詩集二十二卷	明張昇撰	四庫全書存目叢書影印明嘉靖元年刻本
龍皋文稿十九卷	明陸簡撰	四庫全書存目叢書影印明嘉靖元年楊籠閩中刻本
青谿漫藁二十四卷	明倪岳撰	明正德間熊世芳刻本
野航遺稿二卷	明朱存理撰	復旦大學圖書館藏王氏學禮齋鈔本
活溪集詩五卷文四卷	明符觀撰	明嘉靖十八年刊本
文文州集十二卷	明文林撰	四庫全書存目叢書影印明刻本
思玄集十六卷	明桑悅撰	四庫全書存目叢書影印明萬曆二年桑大協活字本
懷園睿制集十卷	明朱申鈘撰	明成化刻本
李東陽集	明李東陽撰 周寅賓、錢振民整理	岳麓書社2008年

唐音評注	元楊士弘編 陶文鵬等點校	河北大學出版社 2010 年
唐詩品彙九十卷	明高棅輯	上海古籍出版社影印明汪 宗尼刻本 2011 年
雅音會編十二卷	明康麟輯	四庫全書存目叢書補編影 印明天順七年刻本
廣州四先生詩四卷	明佚名編	景印文淵閣四庫全書本
閩中十子詩	明袁表等輯 苗健青點校	福建人民出版社 2005 年
滄海遺珠四卷	明沐昂編	景印文淵閣四庫全書本
皇明西江詩選	明韓陽編 周子翼點校	江西教育出版社 2007 年
文章辨體五十卷文章 辨體外集五卷	明吳訥撰	明天順八年刻本
足本皇華集	明倪謙等撰 趙季輯校	鳳凰出版社 2013 年
明文衡一百卷	明程敏政編	四部叢刊影印明本
吳都文粹續集五十六卷	明錢穀編	景印文淵閣四庫全書本
詩學權輿二十二卷	明黃溥編	四庫全書存目叢書影印明 天啓五年黃氏復禮堂刻本
皇明文徵七十四卷	明何喬遠輯	明崇禎四年自刻本
新安文粹十五卷附錄 一卷	明金德玹編	四庫全書存目叢書影印明 天順四年刻本
盛明百家詩三百二十 四卷	明俞憲編	四庫全書存目叢書影印明 嘉靖至萬曆間刻本
列朝詩集	清錢謙益編 許逸民等點校	中華書局 2007 年

明詩綜	清朱彝尊編 劉尚榮等點校	中華書局 2007 年
明經世文編五百卷	明陳子龍 等編	中華書局 1987 年影印雲 間平露堂等刊本
明詩評選	清王夫之 輯評 李金善點校	河北大學出版社 2008 年
明文海四百八十二卷	清黃宗羲編	中華書局 1987 年影印涵 芬樓鈔本
帝里明代人文略二十 四卷	清路鴻休編	清道光三十年甘氏津逮樓 刻本
明詩紀事	清陳田編 蔡傳廉等點校	上海古籍出版社 1993 年
明詩別裁集	清沈德潛 等編	上海古籍出版社 1979 年
甬上耆舊詩三十卷	清胡文學輯	景印文淵閣四庫全書本
橋李詩繫四十二卷	清沈季友撰	景印文淵閣四庫全書本
松風餘韵五十卷末一卷	清姚宏緒編	清乾隆九年寶善堂刻本
資江耆舊集	清鄧顯鶴編 熊治祁等校點	岳麓書社 2010 年
歸田詩話	明瞿佑撰	周維德集校全明詩話本
詩法	明黃子肅撰	周維德集校全明詩話本
西江詩法	明朱權撰	周維德集校全明詩話本
詩學梯航	明周叙撰	周維德集校全明詩話本
詩家一指	明釋懷悅撰	周維德集校全明詩話本
詩法源流	明釋懷悅編	周維德集校全明詩話本

菊坡叢話	明單宇撰	周維德集校全明詩話本
太和正音譜箋評	明朱權撰 姚品文箋評	中華書局 2010 年
松石軒詩評	明朱奠培撰	周維德集校全明詩話本
懷麓堂詩話校釋	明李東陽撰 李慶立校釋	人民文學出版社 2009 年
詩談一卷	明徐泰撰	清學海類編本
玉笥詩談二卷續一卷	明朱孟震撰	四庫全書存目叢書影印清 鈔本
藝苑卮言	明王世貞撰	歷代詩話續編本

二、今人著述之部

專　　著

明初詩文論研究	龔顯宗著	臺灣華正書局 1985 年
明代文學批評研究	簡錦松著	臺灣學生書局 1989 年
明代中期文學演進與 城市形態	鄭利華著	復旦大學出版社 1995 年
明永樂至嘉靖初詩文 觀研究	黃卓越著	北京師範大學出版社 2001 年
明清散文流派論	熊禮匯著	武漢大學出版社 2003 年
八股文與明清文學 論稿	黃強著	上海古籍出版社 2005 年
明中後期文學思想研究	黃卓越著	北京大學出版社 2005 年
明代詩文論争研究	馮小禄著	雲南人民出版社 2006 年
排律文獻學研究明 代篇	沈文凡著	吉林人民出版社 2007 年

明代詩學的邏輯進程與主要理論問題	陳文新著	武漢大學出版社 2007 年
士風與詩風的演進：明代成化至正德前期士人與詩派研究	劉化兵著	社會科學文獻出版社 2007 年
明代文學復古運動研究	廖可斌著	商務印書館 2008 年
明洪武建文時期地域詩學研究	丁威仁著	花木蘭文化出版社 2008 年
謝鐸及茶陵詩派	林家驪著	中華書局 2008 年
李東陽與茶陵派	周寅賓著	湖南師範大學出版社 2008 年
國家意志與文學復古：明代詩文復古嬗變論略	徐伯鴻等著	長江文藝出版社 2009 年
嘉靖前期詩壇研究（1522—1550）	余來明著	武漢大學出版社 2009 年
茶陵派與明中期文壇研究	司馬周著	湖南人民出版社 2010 年
明嘉靖時期詩文思想研究	楊遇青著	三秦出版社 2011 年
文人結社與明代文學的演進	何宗美著	人民出版社 2011 年
明中後期文學流派與文風演化	薛泉著	中國社會科學出版社 2012 年
明代文學思想史	羅宗強著	中華書局 2013 年
明代文人結社考	李玉栓著	中華書局 2013 年

明代詩文創作與理論批評的演變	陳書錄著	鳳凰出版社 2013 年
明代文學還原研究	何宗美等著	人民出版社 2014 年
流派論爭：明代文學的生存根基與演化場域	馮小禄等著	中國社會科學出版社 2015 年
前後七子研究	鄭利華著	上海古籍出版社 2015 年
明代詩文研究史 (1368—1911)	陳正宏著	上海文化出版社 2000 年
從經學到文學——明代《詩經》學史論	劉毓慶著	商務印書館 2001 年
明代唐詩接受史	查清華著	上海古籍出版社 2006 年
明代唐詩學	孫春青著	上海古籍出版社 2006 年
明代復古派唐詩論研究	陳國球著	北京大學出版社 2007 年
明代中古詩歌接受與批評研究	陳斌著	上海三聯書店 2009 年
明人編選漢魏六朝詩歌總集研究	楊焄著	陝西人民教育出版社 2009 年
《唐詩品彙》研究	申東城著	黃山書社 2009 年
明代前期楚辭學史論	陳煒舜著	臺灣學生書局 2011 年
明代詩學與唐詩	孫學堂著	齊魯書社 2012 年
明代中古詩歌批評析論	鄭婷尹著	臺灣文史哲出版社 2013 年
明代狀元與文學	郭皓政著	齊魯書社 2010 年

明代文臣出使朝鮮與皇華集	杜慧月著	人民出版社 2010 年
明代政權運作與文學走向	劉建明著	光明日報出版社 2010 年
明代洪武至正德年間的翰林院與文學	鄭禮炬著	中國社會科學出版社 2011 年
明代中央文官制度與文學	葉曄著	浙江大學出版社 2011 年
明代宦官文學與宮廷文藝	高志忠著	商務印書館 2012 年
明代科舉與文學	郭萬金著	商務印書館 2015 年
中國江浙地區十四至十七世紀社會意識與文學	陳建華著	學林出版社 1992 年
明代徽州文學研究	韓結根著	復旦大學出版社 2006 年
江蘇明代作家詩論研究	蘆宇苗著	南京大學出版社 2010 年
江蘇明代作家研究	劉廷乾著	東南大學出版社 2010 年
明代雲南文學研究	孫秋克著	雲南人民出版社 2010 年
明成化至正德間蘇州詩人研究	徐楠著	社會科學文獻出版社 2010 年
明代山東文學史	周瀟著	中國社會科學出版社 2015 年
王學與中晚明士人心態	左東嶺著	人民文學出版社 2000 年

情與理的碰撞——明代士林心史	夏咸淳著	河北大學出版社 2001 年
復古與新變——明代文人心態史	史小軍著	河北教育出版社 2001 年
明代後期士人心態研究	羅宗強著	南開大學出版社 2006 年
高棅詩學研究	蔡瑜著	臺灣大學出版委員會 1990 年
周憲王研究	任遵時著	臺灣三民書局 1979 年
陳白沙詩學論稿	章繼光著	岳麓書社 1999 年
寧王朱權	姚品文著	藝術與人文科學出版社 2002 年
李東陽研究	薛泉著	湖南人民出版社 2007 年
明宦官王振之研究	王文景著	花木蘭文化出版社 2010 年
朱有燉研究	趙曉紅著	齊魯書社 2012 年
楊循吉研究	李祥耀著	復旦大學出版社 2012 年
楊士奇年譜	胡令遠著	復旦大學出版社 1993 年
沈周年譜	陳正宏著	復旦大學出版社 1993 年
李東陽年譜	錢振民著	復旦大學出版社 1995 年
于謙年譜	錢國蓮著	吉林文史出版社 2005 年
商輅年譜	毛飛明編	香港天馬圖書有限公司 2005 年
費宏年譜	費正忠著	線裝書局 2011 年
王鏊年譜	劉俊偉著	浙江大學出版社 2013 年

薛瑄年譜	錢國蓮等著	浙江大學出版社 2015 年
陳獻章年譜	黎業明撰	上海古籍出版社 2015 年
中國學術思想編年明清卷	陳國慶等著	陝西師範大學出版社 2006 年
中國文學編年史明前期卷	何坤翁主編	湖南人民出版社 2006 年
明清江蘇文人年表	張慧劍著	人民文學出版社 2008 年
明代科舉史事編年考證	郭培貴著	科學出版社 2008 年
明代科舉與文學編年	陳文新等撰	武漢大學出版社 2009 年
中國學術編年明代卷	陳玉蘭等撰	華東師範大學出版社 2013 年
明洪武至正德中朝詩歌交流繫年	趙季等著	人民文學出版社 2014 年
明代文學	錢基博著	商務印書館 1934 年
明文學史	宋佩韋著	商務印書館 1934 年
中國文學批評通史明代卷	劉明今等著	上海古籍出版社 1996 年
中國散文史下	郭預衡著	上海古籍出版社 1999 年
明清傳奇史	郭英德著	江蘇古籍出版社 2001 年
明詞史	張仲謀著	人民文學出版社 2002 年
中國詩學史明代卷	朱易安著	鷺江出版社 2002 年
明雜劇史	徐子方著	中華書局 2003 年
明代八股文史探	龔篤清著	湖南人民出版社 2005 年

明代文學史	徐朔方等著	浙江大學出版社 2006 年
明代小説史	陳大康著	人民文學出版社 2007 年
中國詩歌通史明代卷	左東嶺等著	人民文學出版社 2012 年
明代詩文發展史	尹恭弘著	社會科學文獻出版社 2012 年
明代詞史	余意著	北京大學出版社 2015 年
明代哲學史	張學智著	北京大學出版社 2000 年
中國風俗通史明代卷	陳寶良等著	上海文藝出版社 2005 年
中國行政區劃通史明代卷	郭紅等著	復旦大學出版社 2007 年
中國佛教史明代卷	任宜敏著	人民出版社 2009 年
中國美學通史明代卷	肖鷹著	江蘇人民出版社 2014 年
中國藝術批評通史明代卷	朱志榮等著	安徽教育出版社 2015 年
中國科舉制度通史明代卷	郭培貴著	上海人民出版社 2015 年
明代內閣制度	杜乃濟著	臺灣商務印書館 1967 年
明代中央政治制度	楊樹藩著	臺灣商務印書館 1977 年
明代內閣制度史	王其榘著	中華書局 1989 年
明代的儒學教官	吳智和著	臺灣學生書局 1991 年
劍橋中國明代史	牟復禮等編 張書生等譯	中國社會科學出版社 1992 年
明代政治制度研究	關文發等著	中國社會科學出版社 1995 年
明代內閣政治	譚天星著	中國社會科學出版社 1996 年

明代行政管理制度	王興亞著	中州古籍出版社 1999 年
明代科舉制度研究	黃明光著	廣西師範大學出版社 2000 年
明代政治史	張顯清等著	廣西師範大學出版社 2003 年
明實錄研究	謝貴安著	湖北人民出版社 2003 年
國家、科舉與社會——以明代爲中心考察	錢茂偉著	北京圖書館出版社 2004 年
明代文官銓選制度研究	潘星輝著	北京大學出版社 2005 年
明史選舉志考論	郭培貴著	中華書局 2006 年
明代中央政府出版與文化政策之研究	張璉著	花木蘭文化出版社 2006 年
明代科舉文獻研究	陳長文著	山東大學出版社 2008 年
明代國家權力結構及運行機制	方志遠著	科學出版社 2008 年
明代職官年表	張德信著	黃山書社 2009 年
明代進士的地理分布	吳宣德著	香港中文大學出版社 2009 年
明代宮廷典制史	趙中男等著	紫禁城出版社 2010 年
三楊與明初之政治	駱芬美著	花木蘭文化出版社 2010 年
明代閣臣群體研究	洪早清著	華中師範大學出版社 2012 年
翰林與明代政治	包詩卿著	上海古籍出版社 2015 年
朱熹的文學批評研究	張健著	臺灣商務印書館 1988 年

清代詩學研究	張健著	北京大學出版社 1999 年
宋學與宋代文學觀念	李春青著	北京師範大學出版社 2001 年
隋唐五代文學思想史	羅宗强著	中華書局 2003 年
理學背景下的元代文論與詩文	查洪德著	中華書局 2005 年
魏晋南北朝文學思想史	羅宗强著	中華書局 2006 年
宋代詩學通論	周裕鍇著	上海古籍出版社 2007 年
清代詩學史第一卷	蔣寅著	中國社會科學出版社 2012 年
元代詩學通論	查洪德著	北京大學出版社 2014 年
知識與抒情：宋代詩學研究	張健著	北京大學出版社 2015 年

論　　文

明代福建地區城市生活與文學	陳廣宏	復旦大學 1990 年博士學位論文
明代江西文學的演進	魏崇新	復旦大學 1997 年博士學位論文
臺閣體研究	陳傳席	南京師範大學 2001 年博士學位論文
元末明初士人心態與文學風貌	索寶祥	北京師範大學 2001 年博士學位論文
從理學到文學——明代理學與文學關係的一種内在考察	雍繁星	南開大學 2002 年博士學位論文

明代科舉與詩歌	何玉軍	蘇州大學 2004 年碩士學位論文
楊士奇詩文研究——兼及對明代臺閣體的再認識	張紅花	暨南大學 2005 年碩士學位論文
明代文壇三楊研究	籍芳麗	上海師範大學 2006 年碩士學位論文
仁宣致治下的"臺閣"標本	王昊	山東師範大學 2006 碩士學位論文
明初吳派文學理論及其詩文	高郁婷	臺灣中山大學 2006 年博士學位論文
明代詩歌文體批評研究	李樹軍	遼寧大學 2008 年博士學位論文
明宣宗與宣德宮廷詩壇研究	劉秀紅	中南大學 2008 年碩士學位論文
楊士奇臺閣體詩歌研究	黃佩君	南昌大學 2010 年碩士學位論文
明前期士大夫主體意識研究	王偉	東北師範大學 2011 年博士學位論文
明代臺閣體及其詩學研究	張日郡	臺灣新竹教育大學 2011 年碩士學位論文
以楊士奇及其詩文爲標本審視臺閣體	朱桂芳	重慶師範大學 2011 年碩士學位論文
通往館閣——西昌雅正文學的生長歷程	饒龍隼	復旦大學 2011 年博士後出站報告
永樂年間庶吉士詩文與明前期社會	李華	武漢大學 2012 年博士學位論文

明初江西文人的臺閣文學創作研究	熊娜娜	福建師範大學 2012 年碩士學位論文
解縉文學研究	黃迎霞	湖北大學 2012 年碩士學位論文
臺閣體之美頌研究	孫燕娜	上海師範大學 2012 年碩士學位論文
洪武至天順江西籍文人研究	高文傑	閩南師範大學 2013 年碩士學位論文
明代十五世紀文學研究	胡世強	西北大學 2013 年博士學位論文
明代中期的政治與文學	師海軍	復旦大學 2013 年博士後出站報告
明代文官制度與明代文學	李軍	南開大學 2013 年博士學位論文
典雅、頌德、王權——明代臺閣文學研究	黃雋霖	臺灣靜宜大學 2014 年碩士學位論文
《四庫全書總目》中的明代臺閣體派述評研究	許逢仁	臺灣政治大學 2014 年碩士學位論文
明代詩聲理論研究	李國新	雲南大學 2015 年博士學位論文
楊榮詩文研究	莊書睿	福建師範大學 2015 年碩士學位論文
盛明詩臺閣體與諸別體之流變	李曰剛	國文學報總第 4 期 1975 年

明洪武至正統間的文學思想	阮國華	南開文學研究總第 1 期 1990 年
論明代景泰至弘治中期的文學思潮	廖可斌	杭州大學學報 1991 年第 3 期
楊榮與閩籍臺閣體詩人	陳慶元	南平師專學報 1995 年第 3 期
論臺閣體	魏崇新	文學評論叢刊 1997 年第 1 期
臺閣體作家的創作風格及其成因	魏崇新	復旦學報 1999 年第 2 期
從明中期狀元詩文看臺閣體向茶陵派的過渡	郭皓政	武漢大學學報 2010 年第 1 期
文集與人物研究——以明初閣臣黃淮爲例	朱鴻	臺灣師大歷史學報 2001 年第 1 期
明初臺閣派文學的再認識	紀明	聊城師範學院學報 2001 年第 2 期
臺閣體與明代文人的奴性品格	陳傳席	社會科學論壇 2001 年第 4 期
明弘正間審美主義傾向之流布	黃卓越	中國文化研究 2002 年第 1 期
論臺閣體與仁、宣士風之關係	左東嶺	湖南社會科學 2002 年第 2 期
從臺閣體到復古派	孫學堂	陝西師範大學學報 2002 年第 4 期
明代江西文人與臺閣文學	魏崇新	中國典籍與文化 2004 年第 1 期

楊士奇之創作及對臺閣文風之影響	魏崇新	南京師範大學文學院學報 2004 年第 2 期
徘徊在"臺閣"與"山林"之間的孤獨者	喬光輝	中國韵文學刊 2004 年第 3 期
仁宣致治下的"臺閣"標本——楊士奇詩歌解讀	王昊	泰安教育學院學報岱宗學刊 2005 年第 1 期
明代臺閣派形成	王蕭	上海大學學報 2005 年第 2 期
明代臺閣詞的創作風貌及其成因	張紅花	廣西社會科學 2005 年第 3 期
江西文人群與明初詩文格局	唐朝暉等	學術研究 2005 年第 4 期
明代洪武年間翰林院作家的文風研究	鄭禮炬	福建師範大學學報 2006 年第 3 期
永樂至弘治間臺閣諸臣的楚辭論	陳煒舜	静宜人文社會學報 2006 年第 1 期
明代臺閣體芻議	李振松	理論界 2007 年第 11 期
明初閩詩派與臺閣文學	陳廣宏	文學遺產 2007 年第 5 期
明代前期的臺閣文風、吴中文化與楚辭學	陳煒舜	國文學誌 2007 年第 2 期
歐學與明初臺閣文學	張德建	天津師範大學學報 2008 年第 1 期
論明代臺閣體文學鳴盛的淵源及缺失	馮小禄	勵耘學刊 2007 年第 2 輯
宋濂與臺閣體	許建中等	浙江社會科學 2008 年第 2 期

明初翰林院江西籍作家傳承研究	鄭禮炬	泉州師範學院學報 2008 年第 3 期
李東陽詩歌宗宋研究	鄭禮炬	中國韵文學刊 2008 年第 4 期
臺閣體新論	郭萬金	文學遺産 2008 年第 5 期
淺析"臺閣體"與楊士奇詩歌	黃佩君	安徽文學 2008 年第 8 期
解讀明代臺閣體領袖楊士奇的應制詩	張紅花	名作欣賞 2008 年第 11 期
明代臺閣體盟主楊士奇詩文取向初探	李精耕等	江西社會科學 2008 年第 11 期
桑悦生平及其詩學思想考論	楊彥妮	東華人文學報 2009 年第 1 期
明代翰林院的詩歌館課研究	連文萍	政大中文學報 2009 年第 1 期
臺閣體不能等同館閣體辨析	徐伯鴻	海南師範大學學報 2010 年第 5 期
從狀元文風看明代臺閣體的興衰演變	陳文新等	文學遺産 2010 年第 6 期
宋濂與"臺閣體"關係新探	陳昌雲	內蒙古大學學報 2010 年第 4 期
試論臺閣體詩人楊士奇的詩歌	王昊	廈門教育學院學報 2010 年第 3 期
元明之際唐詩系譜建構的觀念及背景	陳廣宏	中華文史論叢 2010 年第 4 期
明初越派文人與臺閣體文學	任永安	理論界 2011 年第 1 期

明初理學與政治話語下的文道關係	張德建	文化與詩學 2011 年第 1 期
明代政治理念與文學精神之關係的嬗變	張德建	勵耘學刊 2011 年第 1 期
明代前中期詩壇尊杜觀念的變遷及其文學取向	鄭利華	中正大學中文學術年刊 2011 年第 2 期
政策、思潮與文學思想傾向——关于明代臺閣文學思潮的反思	羅宗强	文史哲 2011 年第 3 期
朱元璋對臺閣體形成的基礎作用	何坤翁	哈爾濱工業大學學報 2011 年第 4 期
三楊臺閣派的詩文統系和論争特點	馮小禄等	四川師範大學學報 2011 年第 5 期
成化初臺閣派内部的一次政治、文藝鬥争	馮小禄等	貴州師範大學學報 2011 年第 5 期
臺閣體三楊二題	何坤翁	文藝評論 2011 年第 12 期
明代臺閣體詩派的消歇	何坤翁	學術交流 2011 年第 12 期
臺閣體派新論	李聖華	文學與文化 2012 年第 1 期
明初臺閣體的生成及泛衍	饒龍隼	蘇州大學學報 2012 年第 1 期
《四庫全書總目》對臺閣體的文學批評特色	史小軍等	南昌大學學報 2012 年第 4 期
明代庶吉士與臺閣體	何詩海	文學評論 2012 年第 4 期
明初臺閣體的前世今生	嚴明等	中國詩歌研究 2013 年第 1 期

明初臺閣體形成芻議	何坤翁	中國文學研究 2013 年第 2 期
20 世紀的江西詩派與臺閣體研究	左東嶺	故宮學刊 2013 年第 2 期
"臺閣體"命名還原研究	何宗美	西南大學學報 2013 年第 3 期
"臺閣體"非"七子"復古對立考論	劉寶强	南陽師範學院學報 2013 年第 4 期
"臺閣"重臣楊士奇的文學思想謏論	王昊	厦門廣播電視大學學報 2013 年第 4 期
論明代臺閣體盟主楊士奇的詩學傾向	張紅花等	文藝評論 2013 年第 8 期
楊士奇被確立爲明代臺閣體盟主的歷史與文學新探	張紅花	湖北社會科學 2013 年第 12 期
臺閣體審美範疇釋論：以《四庫全書總目》爲中心	何宗美	西南大學學報 2014 年第 1 期
永樂時期的東宮文人群體詩歌創作考論	崔秀霞	德州學院學報 2014 年第 3 期
明代臺閣體三論	張紅花	湖北社會科學 2015 年第 1 期
明初至明中葉士人的山林與臺閣之論	賈宗普	新國學 2015 年第 2 期
李東陽與臺閣體	薛泉	海南師範大學學報 2015 年第 4 期

明代前期儒學的分化與臺閣體、山林詩的分野	陳文新	齊魯學刊 2015 年第 4 期
明初江右"臺閣體"詩歌特徵及其詩史意義	温世亮等	南昌師範學院學報 2015 年第 4 期
明代臺閣文人詩序文結構與論述話語流變	劉洋	北方論叢 2015 年第 6 期

後　記

本書由筆者同題博士論文上編修訂而成。論文原計劃分爲上中下三編，上編爲永樂至成化間臺閣詩學總論，中編爲重要臺閣文人個案研究，下編爲永、成間詩學編年。但撰寫過程中，首先進行的下編蒐集材料之難度與數量遠超出原來的預訂計劃，最後成稿時下編字數已超過四十萬字，限於時間，答辯時只提交了上編"總論"與下編"編年"部分。

陳廣宏教授、黄仁生教授、孫小力教授、查清華教授、李舜華教授在答辯時提出了寶貴的修改意見，對本書最終成稿助益良多。答辯後，論文又陸續作了修改。然而作爲青年教師，一則需要承擔教學任務，忙於備課上課，二則又先後主持了國家社科基金項目與全國高校古委會項目，塵務經心，天分有限，修訂工作似乎越拖越久。因此先將上編獨立出版，中編具體個案研究將以單篇論文的形式陸續撰寫，下編將擴充爲《明代文學編年史》（第一卷），另行出版。

本書中部分章節，先後在《中國文學研究》、《文藝評論》、《求是學刊》、《山東師範大學學報》、《古代文學理論研究》、《中國韵文學刊》等刊物發表，今又作了部分修訂。感謝上海古籍出版社高克勤社長對該書的大力支持和責任編輯郭時羽老師的辛勤勞動。鄭利華師百忙之中賜序，師恩難忘，永銘在心。劉濤、徐美潔、宋世瑞、牛志威惠示資料，指正謬誤，匡我良多；李彩虹、張丹、郭新臻、洪麗嬌、李芷薇、王俊傑諸君核對了部分引文，在此均致謝意。作爲一部"少作"，書中難免疏漏訛誤，甚望方家批評指正。

丙申季春，湯志波識于櫻桃河畔。